ullstein

Leela Faber ist Schriftstellerin, ihr Freund Jakob Glaziologe. Die beiden erwarten Zwillinge und wollen heiraten. Doch als Jakob bei einem Gletscherabbruch in der Antarktis ums Leben kommt, bricht für Leela eine Welt zusammen – bis sie erfährt, dass Jakobs Tod kein Unfall war. Da entscheidet sie sich, Jakobs Kampf gegen die Klimakatastrophe weiterzuführen, und tritt mutig gegen übermächtige Gegner an. Denn während weltweit die Umweltkatastrophen zunehmen, in Brasilien und Australien gewaltige Brände wüten und Deutschland in Wassermassen versinkt, treiben skrupellose Konzerne die Zerstörung der Erde voran. Als Leela ins Visier dieser Männer gerät, beginnt ein Wettlauf um Leben und Tod.

NOAH RICHTER ist das Pseudonym eines erfolgreichen Autors von Drehbüchern, Theaterstücken und Spannungsliteratur. Als engagierter Klimaschützer liegt ihm das Thema Klimawandel sehr am Herzen. Es war deshalb nur eine Frage der Zeit, bis er seine Leidenschaft für den Klimaschutz mit seiner Liebe für spannende Geschichten verbinden würde. Das Ergebnis ist *2,5 Grad – Morgen stirbt die Welt*, ein aufrüttelnder Roman, der zeigt, was auf uns zukommen wird, wenn wir die Klimakatastrophe nicht aufhalten. Noah Richter lebt mit seiner Familie in Berlin.

NOAH
RICHTER

MORGEN STIRBT DIE WELT

ROMAN

Ullstein

Besuchen Sie uns im Internet:
www.ullstein.de

Sämtliche Handlungen und Personen in diesem Buch sind frei erfunden.
Die Begebenheiten, Gedanken und Dialoge sind ebenfalls erfunden.
Die Fakten zum Klimawandel wurden an die nahe Zukunft angepasst.

MIX
Papier
FSC® C083411

Originalausgabe im Ullstein Taschenbuch
1. Auflage Februar 2021

Umschlaggestaltung: zero-media.net, München
Titelabbildung: Feuerregen, Raster: FinePic®, München;
Sturmflut: © gettyimages/Nick Barkworth/EyeEm;
Wolkenhimmel: © gettyimages/john finney photography
Satz: LVD GmbH, Berlin
Gesetzt aus der ITC Slimbach und Proxima
Druck und Bindearbeiten: CPI books GmbH, Leck
ISBN 978-3-548-06320-1

PROLOG

Ich heiße Leela Faber, ich bin vierundzwanzig Jahre alt. In einer halben Stunde werde ich mein Hotelzimmer verlassen, zum Kongresszentrum gehen und eine Gaskartusche mit dem Rotationswärmetauscher der Klimaanlage verbinden. Um Punkt acht Uhr fünfzehn werde ich das Ventil aufdrehen und die Präsidenten von Amerika, China, Russland, Brasilien sowie die Chefs von ExxonMobil, BP, Shell, Saudi Aramco und noch einigen mehr, insgesamt einundzwanzig Personen, umbringen.

Ich weiß, dass das eine wahnsinnige Ansage ist. Und du fragst dich natürlich, ob ich irre bin, eine Spinnerin, eine geistesgestörte Psychopathin. Das bin ich nicht. Ich begehe dieses ungeheure Verbrechen, weil es keinen anderen Weg gibt. Weil endlich jemand handeln muss, bevor es zu spät ist und der Untergang der Welt sich nicht mehr aufhalten lässt. Und wenn du meinst, dass ich übertreibe, weil es schon nicht so schlimm werden wird, kann ich nur sagen, du hast recht. Es wird tatsächlich nicht so schlimm werden, wie die Wissenschaftler vorhersagen. Aber das gilt nur, wenn du zu den wenigen gehörst, die an der Macht sind, die die großen Konzerne führen, die Medien kontrollieren, die Banken besitzen und an der Klimakatastrophe verdienen. Die bringen sich schon längst in Sicherheit.

Für alle anderen, für dich und mich, wird es mit jedem Tag schlimmer. Das Perfide ist, dass es nicht auf einen Schlag passiert wie bei einem Vulkanausbruch oder einem Erdbeben, das Städte und Menschen verschlingt, sondern so schleichend und langsam, dass wir uns daran gewöhnen, wenn es im Sommer immer heißer wird und Tausende verdursten, wenn das Meer immer weiter ins Land vordringt und unsere Häuser und Wohnungen zerstört. Wenn es bald keine Gletscher mehr gibt, von schneebedeckten Gipfeln ganz zu schweigen, dafür aber Überschwemmungen, gegen die die große Sintflut ein Witz war. Wenn unsere Kinder irgendwann nicht mehr genug zu essen haben. Aus all diesen Gründen handele ich.

Sicher, ich trage auch einen Teil der Schuld. Ich fahre Auto, fliege durch die Welt und konsumiere gelegentlich, als gäbe es kein Morgen. Und ich kann durchaus einen Beitrag leisten, um das Problem zu verkleinern. Die Leute allerdings, die ich eben aufgezählt habe, vergrößern das Problem jeden Tag. Sie beuten die Natur aus, als wäre sie nicht Teil des Lebens, sondern eine Sklavin, die man vergewaltigen kann, wie es einem gerade in den Sinn kommt. Sie rasen in ihrer Herrenrassementalität, vor der das Leben ein Wurm ist, den man zertreten kann, und hinterlassen Zerstörung, Leid und Tränen. Sie wissen, was sie anrichten, und trotzdem machen sie immer weiter.

Das alles klingt verrückt, ich weiß, und ich verstehe selbst nicht recht, wieso ausgerechnet ich hier vor dem Fenster stehe und das zu dir sage. Ich war eigentlich immer ein zurückhaltendes und ängstliches Kind. Als kleines Mädchen hatte ich Angst vor dem Kettenkarussell, weil ich befürchtete, die Ketten könnten reißen und ich würde ins schwarze Weltall geschleudert werden. Später war es der Keller, in dem ein Monster hauste, das mich verschlingen wollte, wenn ich für meinen Vater Bier holen ging. In der Sechsten habe ich mich nicht getraut, den schönen Jan anzusprechen. In der Neunten habe ich weggeschaut, als die Coolen den Neuen gemobbt haben, weil ich nicht auch ihr Opfer sein wollte. Als ich in den Ferien bei Amazon Retouren ausgepackt habe, war ich nicht solidarisch mit den Streikenden, einfach, weil ich das Geld gebraucht habe, um mit Jakob nach Tibet reisen zu können.

Und das sind nur die Momente, die mich selbst betrafen, in denen meine Angst größer war als mein Mut. Es gibt mindestens genauso viele Momente, in denen ich Ereignisse einfach schulterzuckend hingenommen habe. Etwa als im vergangenen Jahr halb Los Angeles das Opfer eines Feuertornados wurde und so viele Menschen starben, dass man sie bis heute nicht gezählt hat. Oder als das riesige Maeslantkering-Sperrwerk an der niederländischen Küste sich nicht schließen ließ und die Sturmflut Rotterdam zerstörte. Oder als in Sibirien vier riesige Öltanks gleichzeitig brachen, weil dort der Permafrostboden taut und die arktische See auf Jahrzehnte hinaus mit Hunderttausenden Litern Diesel vergiftete, da habe ich wegen der Bilder von den sterbenden Eisbären und Robben geweint. Und eine Woche später habe ich mich wieder den Dingen zugewandt, die für mein alltägliches Leben wichtig waren. Meiner Arbeit, meiner Familie, meiner Liebe. Aber dann ist vor drei Monaten eine Katastrophe ebenso mühelos wie schmerzhaft in mich eingedrungen und hat mich restlos aus der Bahn geschleudert. Das war der Moment, in dem die grübelnde und zaudernde Version meines Selbst gestorben ist und ich beschlossen habe, endlich mutig zu sein und zu handeln.

Noch zwanzig Minuten.

Ich muss mich fertig machen. Mich anziehen, Kaffee trinken, das Croissant essen oder wenigstens den Apfel, obwohl ich kaum was runterkriege. Meine Spuren in dem Hotelzimmer verwischen, soweit es geht. Es ist nicht gut, wenn ich zu viel darüber nachdenke, was gleich passieren wird. Nicht weil es falsch sein könnte, sondern weil ich Angst habe, dass mich der Mut verlässt. Er muss schließlich all die Zweifel übertönen, die eine verdammte Teufelin namens Vernunft unaufhörlich in mir zu wecken versucht. Sie versucht mir einzureden, dass ich kein Recht habe, auch nur einen Menschen umzubringen. Ich antworte, dass ich in Notwehr handele. Sie wirft mir vor, ich könne allein nicht bestimmen, was Notwehr ist, ich würde mich zur Richterin über Leben und Tod erklären, ich würde Leute schuldig sprechen, obwohl auch sie nur Teil eines Systems sind. Sie häuft Gründe auf Gründe, und wenn das alles nichts nützt, kommt sie mir mit Jakob.

Ja, es stimmt, ich wusste nicht, wie ich damit fertigwerden sollte. Ich habe mich verkrochen und mit niemandem mehr geredet. Aber dann dachte ich, dass das feige und selbstmitleidig ist. Und dann habe ich ihm das Versprechen gegeben.

Seitdem hat sich fast alles in meinem Leben verändert. Ich habe mich so sehr verwandelt, dass ich mich selbst nicht wiedererkenne. Die Frau mit den kurzen Haaren, den müden Augen, den Blick in die leere Ferne jenseits des Spiegels gerichtet, bin ich das? Ich habe sieben Kilo abgenommen. Ich bin dünn und sehe klein aus. Selbst meine Mutter würde mich nicht wiedererkennen. Ich trage eine blonde schulterlange Perücke. Meine Augen huschen hinter der dicken Brille hin und her, um alles zu erfassen, damit mein Gehirn es bedenken kann.

Zehn Minuten.

Es schneit. Dicke weiße Flocken, die ausgelassen zur Erde herabtaumeln. Ich könnte ihnen stundenlang zuschauen, wie sie vor meinem Fenster schweben, sich vom Wind zum Tanz auffordern lassen, und mich dabei dorthin zurückträumen, wo es friedlich war und ich noch nicht diesen Weg eingeschlagen hatte. Es ist seltsam. Ich kann mich nicht erinnern, wann ich zum letzten Mal Wasser so friedlich erlebt habe. In den vergangenen Monaten ist es vor allem in seiner wütenden Gestalt als Gewitter über uns hergefallen und hat alles ertränkt, was es erreichen konnte. *Vielleicht machst du es, weil du schwanger bist, Leela.* Da ist sie ja wieder. Ich wusste, dass sie mich nicht in Ruhe lassen kann. *Es sind die Hormone, glaub es mir, Leela. Schwangere Frauen sind nicht zurechnungsfähig. Östrogen, Gestagen, und wie das Zeug alles heißt, verhindern, dass du klar denken kannst. Es geht dir nicht um den Planeten und die Umwelt. Das ist nur eine*

Ausrede, weil die eigentliche Antwort so banal und biologisch ist. Es geht dir um die Zwillinge in deinem Bauch. Was absolut nachvollziehbar ist. Das Leben hat zwei wesentliche Interessen. Unsterblichkeit oder Reproduktion. Es ist unmöglich, sich dagegen zu wehren. Was du schon allein daran erkennst, dass dein Körper zwei Wesen ernährt, die du noch gar nicht kennst. Alles, was du von ihnen bisher gesehen hast, sind Ultraschallfotos. Du hast dich ja noch nicht mal für Namen entschieden.

Sei still! Bitte. Sei endlich still, verdammt noch mal!

Ich muss sofort losgehen. Wenn ich noch eine Minute länger warte, mache ich es nicht mehr. Ich ziehe den weißen Arztkittel an, darüber den grauen Mantel, die weißen Sportschuhe. Ich stecke den Ausweis ein, den Leon mir besorgt hat. Jetzt bin ich Claudia Schmidt, frischgebackene Ärztin der Inneren Medizin, geboren in Leipzig. Ich hefte das entsprechende Namensschild an den Arztkittel, das mich zur Angehörigen des Deutschen Roten Kreuzes macht. Die Akkreditierung und Übermittlung der gefälschten Daten hat Leon ebenfalls übernommen.

Ich nehme die schwarze Arzttasche, die ich seit Tagen mit mir herumtrage. Ich öffne die Zimmertür und trete auf den Flur hinaus. Der Aufzug steht bereit. Ich drücke auf den Knopf mit dem Buchstaben *L*, woraufhin sich die Kabine rumpelnd nach unten bewegt und sich in der Lobby stöhnend öffnet, als sei sie genervt. Ich trete auf die Straße hinaus. Es hat aufgehört zu schneien. Der Himmel erstrahlt in diesem tiefen Blau, das es nur in den Alpen gibt, und die Sonne verschwendet sich noch einmal, bevor sie uns dem Winter überlässt.

Ich frage mich, wie du wohl über mich urteilen wirst. Mörderin? Durchgeknallte Irre? Oder gäbe es auch noch ein paar andere Optionen? Wie wäre es mit Widerstandskämpferin? Oder Retterin der Menschheit? Wie auch immer du urteilst, warte ab, bis du die ganze Geschichte kennst.

DREI MONATE ZUVOR

1 DER MENSCH BESTEHT ZU 65 PROZENT AUS WASSER

Und trotzdem kann man darin ertrinken, sagt die Wetterfee im Fernsehen. Ich habe vergangene Nacht sechsunddreißig Stunden lang Sandsäcke beladen, um die Elstervorstadt vor der Flut zu schützen, die wütend die Elbe herunterkommt. Nachdem ich ein paar Stunden geschlafen habe, bin ich für den nächsten Einsatz bereit. Ich trage frische Jeans und einen sauberen Pullover. Die Regenjacke liegt bereit, eine Basecap auch. Seit acht Uhr verfolge ich in der Küche meiner Zweizimmerwohnung die Sondersendung zum Hochwasser. Die Flutwelle, die die Elbe herunterkommt, übertrifft alles, was Wittenberg bisher erlebt hat, hat mein Vater gesagt. Er sitzt im Katastrophenstab und koordiniert seit drei Tagen die Abläufe. Tausend Helfer wechseln sich ab, um die Deiche zu schützen. Die Bevölkerung ist gewarnt oder bereits evakuiert. Anders als 2002 und 2023 ist man diesmal auf die Wucht der Wassermassen von Elbe und Mulde vorbereitet. Und wenn die Talsperren halten, kommen wir mit zwei blauen Augen davon, wiederholt mein Vater wie ein Roboter, als könne er durch Beschwörungen die Natur gnädig stimmen.

Ein Balearen-Tief schickt Luftmassen über Frankreich zum warmen Mittelmeer. Dort saugen sie sich mit Tonnen von Wasser voll, bilden hohe Wolkentürme. Von da geht es über Norditalien und Tschechien weiter nach Norden. An den Alpen kühlen die regenschwangeren Wolken ab. Komischer Begriff, denke ich. Regenschwangere Wolken. Bergbäche verwandeln sich in reißende Flüsse, die nach allem greifen, was sich ihnen in den Weg stellt. Erzgebirge und Riesengebirge können kein Wasser mehr aufnehmen, sagt die Wetterfee, weil der Boden vollgesogen ist. Es sieht nicht gut aus. Aber diesmal sind die Katastrophenstäbe besser vorbereitet.

Wie wäre es, wenn man nicht erst wartet, bis es überhaupt zu einer Katastrophe kommt?, denke ich. Die Leute sind wie die Maus vor der Schlange, die meint, es wird schon nichts passieren, weil die Schlange sich ja nicht bewegt.

Als das Telefon klingelt, schrecke ich hoch. Der Bildschirm des Notebooks auf meinen Knien ist schwarz. Ich schaue auf das Display meines Handys. *Papa*, steht dort. 22:54. Ich bin eingeschlafen.

»Wo bleibst du? Wir brauchen dich«, brüllt er.

Ich höre Wortfetzen, Rufe, die Motoren der Lkws. Dann bricht das Gespräch ab. Die Flutwelle ist da. Und irgendeine der Talsperren ist übergelaufen. Vielleicht auch mehrere. Wir werden nicht mit zwei blauen Augen davonkommen.

Vor dem Haus steht mein Fahrrad bereit, um mich in die Nähe der Elbebrücke zu bringen. Wallstraße, Stadtgraben, Kurfürstenring. Unter der Bundesstraße 2 hindurch, dann unter der Elbebrücke. Ich lasse das Fahrrad fallen, laufe zu den Lkws, wo bereits Hunderte Menschen am Ufer stehen und in einer eingeübten Kette Sandsäcke weiterreichen, um die Deiche zu befestigen. Starke Scheinwerfer tauchen die Szenerie in ein gespenstisches Licht.

»In Dresden haben sie zehn Meter«, ruft einer von der Feuerwehr. »Das sind anderthalb Meter mehr als 2002.« Das Jahr des Jahrtausendhochwassers. Ich reihe mich in die Kette ein. Vor mir steht unser Pfarrer, hinter mir der Bürgermeister. Unsere Bewegungen sind routiniert. Links nehmen, nach rechts weiterreichen. Ein paar Stunden lang wird es so gehen. Wie bei der letzten Flut. Da haben wir tagelang geschuftet, nur um am Ende zu erleben, wie der Deich mit einem lauten Knall gebrochen ist. Die Frau neben mir hat noch etwas gerufen, dann ist sie von der Flut weggespült worden. Wieso geht es nicht weiter? Ich schaue zu dem Lkw hin. Die Ladefläche ist leer.

»Der Lkw hängt fest!«, ruft jemand.

Sofort wird die Kette unterbrochen. Mehrere Männer bauen sich hinter dem Lkw auf und versuchen, ihn aus dem aufgeweichten Boden herauszuschieben. Die Hinterräder drehen durch, spritzen Schlamm hoch, und sofort sehen die Männer aus wie Gestalten der Hölle.

»Wir brauchen Bretter, um sie unter die Reifen zu legen«, ruft mein Vater.

Als ich mich nach Brettern umschaue, sehe ich flussaufwärts etwa hundert Meter entfernt ein Himmelbett, das an einem entwurzelten Baum festhängt. Jemand kniet darauf. Nein, nicht jemand, ein Tier. Ein Reh und mit ihm zwei Rehkitze. Ich blinzele. Womöglich spielt die Erschöpfung meiner Fantasie einen Streich. Aber es ist keine Einbildung. Da ist ein Himmelbett ohne Himmel mit drei Rehen darauf. Das Bett schaukelt in den Fluten. Nicht mehr lange, und es kippt, und die Ricke und die beiden Jungen werden in der Elbe ertrinken.

Ich schaue zu meinem Vater hin. Er ist mit dem Lastwagen beschäftigt. Selbst die Leute, die weiter flussaufwärts stehen, bemerken die Tiere nicht. Ich stapfe los. Über den Deich und die Sandsäcke, die darauf getürmt sind. Immer wieder rutsche ich weg, weil der Deich aufgeweicht ist. Die Rehkitze rufen. Ich kann es deutlich hören, je näher ich komme. Helle Töne, die sich wie ein Pfeifen anhören. Die Tiere starren mich an.

Ich muss langsam gehen, vorsichtige Bewegungen machen. Darf die Tiere nicht erschrecken. Ich mache mich klein, gehe gebückt Schritt für Schritt auf das Himmelbett zu. Die Ricke schaut zum reißenden Fluss, dann wieder zu mir und wieder zurück. Wenn sie das Bett verlässt, wird sie ertrinken und die Kitze mit ihr. Das scheint sie zu wissen. Woher auch immer. Vielleicht hat sie von den Überschwemmungen der letzten Jahre gelernt.

Noch fünf Meter. Ich steige in die Elbe. Das Wasser ist eiskalt und reicht mir bis zur Brust. Ich ahme den Ruf der Jungtiere nach. Keine Ahnung, ob das hilft. Noch zwei Meter, einen Meter. Dann kann ich die beiden Kitze greifen. Die Ricke schaut mich mit den ängstlichen Augen des Muttertieres an. Aber da ist auch noch etwas anderes. Sie lässt mich gewähren, als wüsste sie, dass ich ihr helfen will.

»Zuerst muss ich die beiden Kleinen absetzen«, rufe ich ihr zu. »Dann hole ich dich!«

Ich kämpfe mich durch die reißende Strömung zum Deich hin. Treibgut schlägt unter Wasser gegen meine Beine. Mein linker Schuh bleibt im Schlamm stecken. Aber auf allen vieren schaffe ich es und kann die beiden Tiere oben absetzen.

Als ich nun zu der Ricke zurückgehen will, macht die einen großen Satz von dem Bett herunter und schwimmt auf den Deich zu.

»Was machst du?«, rufe ich. »Das schaffst du nicht!«

Die Augen weit aufgerissen, rudert sie auf den Deich zu. Ich lege mich flach auf den Bauch, strecke die Hand nach ihr aus, packe sie am linken Vorderlauf und ziehe sie herauf. Aber dann, kaum hat sie Boden unter den Läufen, springt sie auf der anderen Seite des Deiches hinunter. Die Kitze bleiben stehen, sehen ihrer Mutter hinterher.

»Lauft!«, rufe ich. »Lauft hinter eurer Mutter her!«

Ich richte mich auf, scheuche sie, und im selben Moment bricht der Damm mit einem krachenden Schlag. Eine Flutwelle packt mich und reißt mich mit, drückt mich unter Wasser.

Es ist dunkel, laut. Ich verliere die Orientierung, schlucke Wasser, rudere mit Armen und Beinen, um wieder an die Wasseroberfläche zu kommen. Ich huste mir die Seele aus dem Leib, aber irgendwie schaffe ich es, über der Wasseroberfläche zu bleiben. Hektisch schwimmend, schaue ich mich um. Neben mir treibt ein herrenloses Schlauchboot. Ich greife danach, kann es aber nicht festhalten. Und wieder drückt mich eine Welle nach unten in den braunen Fluss. Ich stoße mit dem Bein gegen etwas Hartes. Der Schmerz jagt durch meinen Körper. Ich will schreien und muss den Schrei an den Lippen aufhalten. Auftauchen, brüllt mein Verstand. Auftauchen! Du musst sehen, wohin du schwimmst.

Schwimmst? Lachhaft! Ich werde getrieben, gezogen. In die Mitte der wütenden Elbe. Wo sie mich mit sich nehmen will, den ganzen Weg bis nach Hamburg. Ruhig bleiben! Nicht in Panik geraten! Du hast eine Chance, zu überleben, aber dazu musst du am Rand bleiben, in der Nähe des Ufers. Vielleicht kannst du einen Ast fassen, irgendetwas, das sich am Ufer verhakt hat. Du bist jung. Du bist trainiert. Du läufst dreimal die Woche zehn Kilometer, ohne außer Atem zu sein. Mit kräftigen Stößen schwimme ich aufs Ufer zu.

»Leela!«

Jemand ruft nach mir. Mein Vater? Ja, es ist mein Vater! Hauke läuft auf dem Deich neben mir her. Winkt mit einem Seil, holt in einem weiten Bogen aus, schleudert es in meine Richtung. Beim ersten Versuch landet es hinter mir. Ich drehe mich herum, will dem Seil entgegenschwimmen und werde von einer Welle überschwemmt. Etwas gerät in meinen Mund. Es schmeckt nach Erde und Scheiße. Ich strecke den Kopf aus dem Wasser. Huste weiter, spucke.

»Leela!«

Er hat das Seil eingeholt. Dann deutet er flussabwärts. Die Eisenbahnbücke über die Elbe. Noch etwa zwanzig Meter entfernt. Ich treibe direkt auf einen Pfeiler zu. Ein zweiter Versuch. Endlich kann ich das Seil greifen, schlinge es um das rechte Handgelenk. Mein Vater zieht mich ans Ufer, heraus aus der Elbe.

»Mich kriegst du nicht«, brülle ich den Fluss an. »Der Einzige, der mich kriegt, ist Jakob. Er mich und ich ihn.« Ich spüre das Ufer, die Steine, über die ich gezogen werde, an Bauch und Beinen. Dann lässt der Zug nach. Stiefel treten neben mich, Hände packen mich und richten mich auf. Mein Vater steht vor mir, wischt mir über das Gesicht. Umarmt mich und drückt mich an sich.

»Gott, Kind, wo warst du? Ich habe solche Angst um dich gehabt«, sagt er.

»Was ist mit den Rehen?«, frage ich.

Er sieht mich verwundert an.

»Welche Rehe?«

2 JAKOB WAR NOCH EIN KLEINER JUNGE

Gerade zehn Jahre alt, wurde er auf einer Wanderung am Corbassièregletscher von einer Lawine überrollt und unter einer dicken Schneedecke begraben. Er hatte kein Handy, um Hilfe zu rufen, weil Zehnjährige mit einem eigenen Handy damals noch eine Seltenheit waren. Zu seiner eigenen Überraschung blieb er unverletzt. Aber unter einem Meter Schnee begraben, vor Kälte zitternd und bewegungsunfähig, dachte Jakob, er würde erfrieren und niemand würde ihn jemals finden. Es sei denn als tiefgekühlte Leiche, wenn es irgendwann so warm wird, dass der Gletscher taut. In hundert Jahren. Oder vielleicht auch früher. Er hatte Angst. Erbärmliche Angst. Doch dann dauerte es nur fünfzehn Minuten, bis die Suchmannschaft ihn fand. Eine Atemhöhle hatte ihn vor dem Ersticken bewahrt, und der Schnee hatte eine isolierende Schutzschicht gebildet, in der ihn seine eigene Körperwärme rettete. Von diesem Moment an wusste er, dass er sich mit Schnee beschäftigen würde.

Der erste Satz, den er noch im Krankenhaus dazu las, stand in einem alten Erdkundebuch. Johannes Kepler hatte ihn bereits 1611 geschrieben. *Plättchen aus Eis. Sehr flach, sehr poliert und sehr transparent, ungefähr von der Dicke eines Blattes Papier. Aber perfekt in Sechsecken geformt. Ihre sechs Seiten sind so gerade und die sechs Winkel so gleich, dass es unmöglich für einen Menschen wäre, etwas so Genaues herzustellen.* Eine Woche später wurde Jakob aus dem Krankenhaus entlassen. Weitere neun Jahre später stürzte er sich in das Studium der Hydrologie an der Technischen Universität Dresden, gefolgt von sechs Semestern Glaziologie am Scott Polar Research Institute in Cambridge. Seitdem ist er mit Schnee und Eis verheiratet.

Seine derzeitige Adresse lautet Forschungsstation Neumayer III, Ekström Schelfeis, Atka-Bucht, nordöstliches Weddellmeer, Antarktis. Beziehungen, auch die zu Leela, hält er auf Distanz. Andere Freundschaften sind zerbrochen, weil er sich lieber mit den weißen Kristallen in all ihren Erscheinungsformen als mit den Problemen beschäftigt, die sich zwischen Menschen auftun können.

Vor ein paar Sekunden hat ihn ein furchtbares Bersten, gefolgt von heftigen Erschütterungen, aus dem Schlaf gerissen. Es war, als würde eine Hand, groß wie die eines Gottes, ein Haus in der Mitte auseinanderreißen und zu Boden schmettern. Im Grunde handelt es sich tatsächlich um ein Haus, nur ist es hier eines, das aus Milliarden Tonnen Eis gebaut ist. Seit einigen Tagen treten die Erschütterungen in immer kürzeren Abschnitten auf. Heute Morgen viel lauter und dröhnender als in den Tagen zuvor.

Der Blick auf das Messgerät sagt ihm, dass der Spalt im Schelfeis in den letzten zwei Stunden um zehn Zentimeter zugenommen hat. Das ist bedrohlich. Wenn der Gletscher sich nicht beruhigt, muss die Forschungsstation evakuiert werden. Das geht, was die Besatzung betrifft, recht einfach, weil sich in der Wintersaison außer ihm nur noch seine Kollegin Aniela in der Station aufhält. Und dieser mysteriöse Besucher, der ihm nicht gefällt.

Fünf Uhr. Also hat er fast vier Stunden geschlafen. Er schaut zur Decke hoch, wo ein Foto von ihm und Leela mit Tesafilm befestigt ist, aufgenommen auf dem Yamdroksee in Tibet. Leela und er hatten gestritten, als er Wittenberg vor einem Monat verlassen musste. Eigentlich war es vorbei zwischen ihm und ihr. Er hatte es nur noch nicht ausgesprochen. Doch dann hat er vergangene Nacht ihre Mail geöffnet, und das Foto ist ihm entgegengesprungen. Zwei Zellklumpen, sechs Wochen alt, winzig klein. Sie versucht es mit allen Mitteln, hat er zuerst gedacht. Wieso versteht sie das nicht? Er hat ihr doch gesagt, dass er kein Baby in diese Welt setzen will. Und schon gar nicht zwei. Es gibt dafür vier Gründe. Erstens will er einem Kind ersparen, in einer Welt aufzuwachsen, die gerade den Bach runtergeht. Zweitens hat er bereits ein Baby, sein Name lautet Glaziologie, die Wissenschaft von den Formen, dem Auftreten und den Eigenschaften von Eis und Schnee samt ihren Ausformungen als Gletscher und Schelfeis. Drittens ist er erst neunundzwanzig, und viertens hat er etwas getan, das ihn für Jahre ins Gefängnis bringen wird, sobald sie ihm auf die Spur kommen.

Aber dann hat er diese seltsamen Wesen auf dem Ultraschallfoto genauer angeschaut. Sie sehen aus wie Kaulquappen, hat er gedacht. Sie werden in Leelas Bauch nahezu alle Stufen der Evolution im Schnelldurchlauf von wenigen Monaten passieren und schließlich zwei richtige Babys sein. Seine Babys. Bevor es ihm noch richtig bewusst wurde, hat das Foto ihn verwandelt. Der Gedanke, dass er Vater wird, hat ihn hinterrücks mit einer unbekannten Wärme erfüllt, die tief aus seinem Inneren hervorströmte. Unfassbar.

Er richtet sich auf, öffnet das MacBook und schreibt. *Liebe Leela.* Er stockt. Liebe Leela? Ist das der richtige Beginn? Aber was soll er sonst schreiben? Geliebte? Zu sentimental. Hey Leela? Zu unpersönlich. Er schreibt von der Metamorphose, die in ihm stattgefunden hat, und löscht das Wort gleich wieder, ersetzt es durch *Veränderung.* Wir sind hier ja nicht im Biologieseminar. Er kommt nicht gut voran. Sein Herz läuft über, und der Verstand kommt nicht hinterher. Die Synapsen jagen in seinem Gehirn hin und her. Irgendwo muss es da doch so was wie ein Wörterbuch der Romantik geben. Doch alles, was die Synapsen finden, ist ein dünnes, zerfleddertes Heftchen.

Er schreibt, dass jetzt alles anders werden wird und wo er war, nachdem er Wittenberg verlassen hat. Es war ihr aufgefallen, dass er eine Woche länger brauchte, um zurück auf die Station zu kommen. Sie hat gedacht, er würde sich mit einer anderen Frau treffen. Er hat geantwortet, dass es aufgrund eines Sturms nicht möglich war, in Ushuaia zu starten. Sie hat daraufhin am Flughafen angerufen und natürlich erfahren, dass das eine Lüge war.

Jetzt schreibt er, dass er noch einen Kollegen getroffen hat, der wichtige Informationen für ihn hatte. Sie muss nicht wissen, dass er bei ExxonMobil eingebrochen ist und Gigabytes an Dateien kopiert hat.

Ich werde meine Arbeit auf Neumayer beenden und in vier Tagen zurück nach Deutschland fliegen. Ich hänge drei Dateiordner an die Mail. Sie sind verschlüsselt. Du musst sie auf einen Stick ziehen und dann löschen. Den Stick gibst Du an Mackenzie Little weiter. Ich könnte das auch selbst machen, aber ich befürchte, dass ihr Mailaccount überwacht wird. Mackenzie müsste wissen, wie die Dateien geöffnet werden können. Wenn ich zurück in Deutschland bin, werde ich alles Weitere koordinieren. Wir werden diesen Mördern die Masken von ihren hässlichen Fratzen reißen. Wir beide, Leela. Sprich außer mit Mackenzie mit niemandem. Pass auf Dich und die Babys auf. Ich liebe Dich.

Dann drückt er auf *Senden*. Er schaut zum Fenster hinaus. Obwohl draußen minus achtundvierzig Grad herrschen, ist es in der Station dank der Windkraftanlage angenehme einundzwanzig Grad warm. Er sieht den Mann, der vor zwei Tagen auf der Station angekommen ist. Angeblich hat das amerikanische Militär ihn geschickt, um das Observatorium unweit der Forschungsstation zu reparieren. Dort werden Daten zur Kontrolle des Verbots von Kernwaffenversuchen gesammelt. Der Mann steht zwanzig Meter entfernt mit dem Rücken zur Station und telefoniert mithilfe eines Satellitentelefons. Und dann, als würde er Jakobs Blick spüren, dreht er sich abrupt um. Er sieht aus wie ein Schauspieler. Schlank, groß gewachsen, scharf geschnittenes Gesicht, volles, dunkles Haar. Ein Frauentyp. Die Augen sind hellblau wie der Schnee am frühen Morgen. Und genauso kalt. Wie bei einem Raubtier. Der Mann ist ihm nicht geheuer.

Jakob duscht kurz, zieht sich an. Dann überprüft er ein paar Daten. Der Riss ist schon seit zehn Monaten sichtbar, aber zuletzt ist er gewachsen. Wenn es so weitergeht, wird der Gletscher kalben, und Neumayer III wird auf einem Eisberg in der arktischen See treiben. Auf dem Monitor sieht Jakob, dass es jetzt bereits fünfzehn Zentimeter sind. Fünfzehn Zentimeter sind viel. Mehr, als er erwartet hat. Er muss es vor Ort begutachten.

Aber vorher braucht er einen Kaffee.

3 HEUTE FRÜH HAT ANIELA DIENST

Dr. Aniela Wozniak, Ärztin. Ihr Forschungsprojekt nennt sich »Auswirkungen mehrmonatiger Isolation in lebensfeindlicher Umgebung«. Sie arbeitet für die Europäische Raumfahrtbehörde ESA. Die wollen wissen, ob Leute durchdrehen, wenn sie ein Jahr lang auf dem Mars leben müssen. Auf dem Mars! Wir drehen ja schon nach sechs Monaten auf der Station durch. Und was ist denn da der Plan? Wir ruinieren die Erde, und dann verkrümeln wir uns auf den Mars?

»Was hältst du von ihm?«, fragt Jakob.

Mit einem knappen Blick deutet er zu dem Amerikaner hin. Der sitzt am hintersten Tisch in der Messe, das rechte Bein auf den Tisch gelegt. Vor ihm steht eine gelbe Tasse, aus der feiner Dampf aufsteigt. Außer ihm sitzt niemand in der Messe. Die anderen acht Wissenschaftler, die sich während der Wintermonate auf der Station aufhalten, sind auf einer Expeditionstour.

»Sieht gut aus«, antwortet Aniela.

»Sieht gut aus?«

»Okay, nicht so gut wie du. Kaffee?«

»Schwarz.«

»Wie deine Seele, ich weiß.«

Jakob greift nach einem Apfel und einem Becher Joghurt.

»Was Neues von dem Riss?«, fragt Aniela.

»Wird konstant größer.«

»Muss ich mir Sorgen machen?«

»Nein, aber ich würde an deiner Stelle kein Buch mit mehr als hundertzwanzig Seiten anfangen.«

»Sehr witzig. Im Ernst, was passiert, wenn der Riss … ich meine, wenn er noch größer wird?«

»Er wird größer.«

»Und was ist mit der Station?«

»Wir gehen im Südatlantik auf Reise.«

Aniela sieht ihn besorgt an. Es wäre eine Katastrophe, wenn die Forschungsstation im Meer versinken würde. Sie ist nach dem Geophysiker Georg von Neumayer benannt. Koordinaten 70°40'S, 008°16'W. Antarktis, Atka-Bucht. Außenmaß 68 m × 24 m. Masse 2300 Tonnen. Höhe über Boden sechs Meter. Plattform mit vier Etagen. 4470 Quadratmeter Nutzfläche, klimatisierte Nutzfläche auf drei Etagen 1850 Quadratmeter. Fünfzehn Räume mit vierzig Betten für die Besatzung. Energieversorgung durch ein Blockheizkraftwerk mit zwei Dieselgeneratoren, die 300 Kilowatt Leistung liefern, und drei Windkraftwerken mit je 50 kW. Neun Motorschlitten für Erkundungsfahrten, elf Pistenbullys, zwei schwere Kettenfahrzeuge. Besatzung im Sommer zweiundfünfzig, im Winter neun. Ein Monstrum aus Stahl auf sechzehn Stelzen, welche in einem 8,20 Meter tiefen Graben auf dem Schneegrund aufsetzen und jährlich um zwei Meter hochgefahren werden müssen, damit die Station nicht im Neuschnee versinkt. Inbetriebnahme 2009. Geplantes Ende der Betriebsdauer 2039. Vor neun Monaten auf 2031 korrigiert. Wenn es so weitergeht, kann es auch morgen passieren. So was geht schnell. Wie 2002 bei Larsen B und 2017 beim Abbruch von Larsen C. Das Ding war so groß wie das Saarland. 720 Milliarden Tonnen Eis.

Normalerweise treibt Neumayer III auf dem circa 200 Meter dicken Ekström-Schelfeis 160 Meter pro Jahr in Richtung offenes Meer. Vor einigen Wochen hat sich das Tempo auf 600 Meter erhöht. Das heißt, der Gletscher bewegt sich jetzt ungefähr zwei Meter pro Tag unaufhaltsam auf das Meer zu. Wenn man geduldig ist, kann man es sehen. Wenn man ganz still ist und den Atem anhält, auch hören. Als Jakob es das erste Mal hörte, klang es für ihn, als würde ein Bär sich beschweren, weil man ihn aus dem Winterschlaf geweckt hat. Aber das ist ein romantisches Bild, das nur ungenügend beschreibt, was mit Neumayer III passiert.

»Ich sag dir Bescheid, damit du noch schnell deine Kosmetiktasche packen kannst.«

Aniela zeigt ihm den Finger und widmet sich den Rühreiern in der Pfanne.

Jakob geht zu dem Amerikaner, setzt sich ihm gegenüber. Er will ihm auf den Zahn fühlen.

»Wie geht's?«, fragt er.

»Am liebsten gut.«

Jakob reicht ihm die Hand. Sie fühlt sich hart an. Als würde er auf dem Bau arbeiten. Oder sich im Fitnessstudio an den Hanteln quälen. Auf dem Tisch liegt eine Mundharmonika.

»Spielst du?«, fragt Jakob.

»Hin und wieder, wenn ich Zeit und Lust habe. Und du?«

»Was meinst du?«

»Vögelst du sie?«, fragt der Amerikaner und deutet mit dem Kopf zu Aniela hin.

Jakob ist von der Frage überrascht.

»Nein, sie ist verheiratet.«

»Ein Grund mehr.«

Vom ersten Moment an hat Jakob ein unangenehmes Gefühl gehabt. Jetzt weiß er, dass sie keine Freunde werden, egal, wie lange der Amerikaner hierbleibt.

»Was macht Mata Hari?«, fragt Jakob.

Der Mann sieht ihn erstaunt an.

»Welche Mata Hari?«

Auf Neumayer nennen sie das Observatorium, mit dem das amerikanische Militär kontrolliert, ob ein Land unterirdische Atombombentests vornimmt, Mata Hari, nach der berühmten

Spionin. Dass der Mann nichts von Mata Hari weiß, ist kein gutes Zeichen.

»Das Observatorium.«

»Wusste nicht, dass ihr es nach einer Nutte benannt habt.«

»Sie war eine Spionin.«

»Kommt auf den Blickwinkel an, oder?«

»Nein. Aber es hat mich schon immer interessiert, unterhalb welcher Hörbarkeitsschwelle gemessen wird?«

»Unterschiedlich.«

Unterschiedlich? Der Mann hat keine Ahnung. Mata Hari misst akustisch unterhalb der Hörbarkeitsschwelle im Infraschall-Bereich von 15 bis 20 Hertz.

»Deine Eier sind fertig«, ruft Aniela.

Der Amerikaner grinst anzüglich. Jakob erhebt sich und schlendert zur Kombüse.

»Der hat keine Ahnung. Und er ist weder Wissenschaftler noch Ingenieur, noch vom amerikanischen Militär«, sagt er zu Aniela.

»Warum soll er denn sonst hier sein?«

Gute Frage. Es kann sein, dass er wegen ihm hier ist. Wegen der Dateien, die Jakob im Washingtoner Büro von ExxonMobil kopiert hat. Er hat von Mackenzie einen Tipp bekommen, dass dort Dokumente liegen, die die Rolle der Black Seven bei der Leugnung des Klimawandels beweisen. Was er dann auf dem Exxon-Server gefunden hat, war noch weitaus dramatischer, als er je erwartet hat. Beinahe hätten sie ihn erwischt. Im letzten Moment konnte er über einen Balkon abhauen. Er ist mit einem Leihwagen über die Grenze nach Mexiko gefahren, von dort mit einem Schiff bis nach Peru und dann via Bolivien nach Argentinien. Von Ushuaia hat er dann per Flugzeug in die Antarktis übergesetzt.

Als Jakob sich umdreht und zum Tisch zurückgehen will,

ist der Mann verschwunden. Umso besser. Aber dann fällt ihm ein, dass er sein Zimmer nicht abgeschlossen hat. Jakob stellt den Teller ab und stürzt los.

»Was ist passiert?«, ruft Aniela ihm hinterher.

Aber er hat keine Zeit für eine Antwort. Die Treppe hinauf in den dritten Stock, nach links zu seinem Zimmer. Die Tür steht offen. Er sieht es schon von Weitem. Das Notebook ist weg. Natürlich ist es weg! Wie kann man nur so blöd sein und die Tür nicht abschließen? Wo ist der Scheißkerl? Wahrscheinlich schnappt er sich gerade einen der Pistenbullys und macht sich auf den Weg zu Sanae IV. Die Station liegt 225 Kilometer entfernt im Südosten. Von da könnte er mit einem Oryx-Helikopter auf den Eisbrecher S. A. Agulhas II übersetzen.

Jakob greift nach der dicken Jacke, schlüpft in die Stiefel und rennt los. Immer drei Stufen auf einmal, den Gang entlang zur Außentür. Als er die Tür öffnet, schlägt ihm die Kälte ins Gesicht. Er hört, wie der Motor eines Bullys eiert. Und jetzt sieht er den Mann. Er hat einen Rucksack geschultert, ist unter der Pelzkapuze kaum zu erkennen.

»Hey!«, brüllt Jakob und rennt zu dem Bully hin, stolpert über die Schnürsenkel und landet im festgefrorenen Schnee. Die Eiskristalle stechen in Gesicht und Hände. Hastig rafft er sich wieder auf. Der Motor des Bullys eiert immer noch. Und als er den Mann endlich erreicht, blickt Jakob in den Lauf einer Pistole.

»Ich schlage vor, du gehst zurück zur Station, und wir vergessen, dass ich hier war und dass du irgendwo eingebrochen bist und etwas kopiert hast, das dir nicht gehört. Und du wirst deiner Leela sagen, dass sie die Dateien wieder löschen soll. Was hältst du davon? Dann erspare ich mir, dir eine Kugel ins Gesicht zu schießen, deine Leela zu besuchen und mit ihr über den jämmerlichen Liebesbrief zu reden, den du ihr geschrieben hast. Mal im Ernst, das ist alles, was du draufhast? Der Brief ist eine Katastrophe. Wenn ich sie wäre, würde ich dir einen Tritt geben.«

Jakob spürt, wie eine so elementare Angst in ihm hochkriecht, dass der Boden unter ihm zu schwanken scheint. Wie damals, als er zehn Jahre alt war und die Lawine ihn verschüttet hatte. Doch als nun die Sirenen losbrüllen, weiß er, dass es nicht seine Angst ist, die den Boden erschüttert.

Der Mann sieht ihn verblüfft an. »Was ist das?«, fragt er beunruhigt.

»Das Schelfeis bricht ab«, sagt Jakob. Er dreht sich zu dem Riss hin.

»Und was heißt das?«

»Die Station wird ins Meer stürzen und versinken.«

Jakob sagt es so ruhig, als handle es sich um ein Ereignis, das bereits in der Vergangenheit liegt.

4 DREI MAL LANG, DREI MAL KURZ, DREI MAL LANG

Der Morsecode für *Save Our Souls*. 1909 wurde damit zum ersten Mal ein Schiff in Seenot gerettet. Der Titanic hat es 1912 nichts genützt, weil die nahen Schiffe den Notruf für einen Scherz gehalten haben. Hier ist es kein Scherz. Jakob sieht, wie der Riss zu einem Spalt anwächst, der nun einen Meter breit ist. Dann zwei, drei. Er sieht, wie die Motorschlitten, Pistenbullys und schwere Kettenfahrzeuge, die alle neben den Dieseltanks geparkt sind, in den Spalt stürzen, der Sekunde um Sekunde größer wird. Ein metallisches Kreischen erfüllt die kalte Luft. Die Station ächzt wie eine gequälte Kreatur. Noch steht sie im Lot, aber nicht mehr lange, und sie wird sich zu dem Riss hin neigen. Das darf unter keinen Umständen passieren. Jakob weiß, was er tun muss. Genügend Schnee unter die sechzehn Stelzen packen, die die Forschungsstation tragen.

Unter der Station steht die Raupe, mit der sie den Schnee bewegen. Jakob rennt los. Der Mann auf dem Bully ist vergessen. Jetzt geht es nur noch darum, Neumayer III zu retten. Zum einen, weil sie von unschätzbarem Wert für die Forschung ist, zum anderen, weil bei minus 45 Grad kein Mensch mehr als drei, maximal vier Stunden im Freien überleben kann. Der Schlüssel steckt. Der Motor springt sofort an. Die beiden nördlichen Stelzen N1 und N2 fangen bereits an, sich zu verformen. Also muss er N3 und N4 stabilisieren, sonst werden sie unter den 2300 Tonnen Stahl wie Streichhölzer brechen. Er kennt das Prozedere. Hat es schon hundertmal gemacht. Mit der Fernsteuerung zwei Stelzen hochfahren, mit der Raupe Schnee darunterschieben, die Stelzen absenken. Dann die nächsten zwei. Hochfahren, Schnee darunter, absenken. Das macht ihm keine Probleme, weil seine Konstitution auf körperliche Arbeit ausgelegt ist. Weitere Stelzen werden instabil. Das ist unvermeidlich, weil der diagonale Druck zu groß wird. Wenn er sich nicht beeilt, wird die Station ihn unter sich begraben. Aber noch ist es nicht so weit. Noch stehen vierzehn Stelzen.

Schon eine Weile kann er seine Hände am Lenkrad der Schneeraupe nicht mehr spüren. Es sind die ersten Anzeichen von Erfrierungen. Wenn er es schafft, die Station zu retten, wird Aniela warmes Wasser über seine Hände gießen müssen, damit er sie öffnen und vom Lenkrad lösen kann. Das dauert dann mindestens zehn Minuten. Wenn er Glück hat, tauen die Finger wieder auf. Allerdings kommen dann auch Schmerzen, die kaum zu ertragen sind.

Von irgendwoher, er kann die Richtung nicht lokalisieren, hört er aufgeregte Rufe. Es ist Aniela. Er reagiert nicht. Hektik bringt nichts. Hektik verursacht Fehler, die in solchen Situationen tödlich enden. Jakob macht seine Arbeit ruhig, gründlich und gefasst. So war es schon immer. Je lauter es um ihn herum wird, umso ruhiger wird er. Je ängstlicher seine Begleiter werden, umso gelassener bleibt er. Er weiß nicht, wieso das so ist. Vielleicht hängt es damit zusammen, dass die Möglichkeit zu sterben ihn nicht erschreckt. Er nimmt es als Geschenk des Lebens. Daher versteht er die Angst vor dem Tod nicht so ganz, und das trennt ihn von den meisten Menschen. Wenigstens war es so bis zu diesem Morgen. Bis er das Ultraschallbild gesehen hat.

»Jakob, hör auf! Du musst unter der Station raus. Sofort!«, brüllt Aniela.

Sie ist so nahe, dass er zusammenzuckt. In dem Gestöber aus Schnee und kleinen Eispartikeln kann er sie kaum erkennen. Sie hat die Kapuze ihrer grünen Jacke tief ins Gesicht gezogen. Nur ihre silberne Skibrille und darunter die rot glühenden Wangen sind noch zu sehen. Und der Mund mit den blassen Lippen, die von den Schneeflocken umkreist werden. Sie hat Angst.

»Lass die verdammte Schneeraupe, und komm!«, schreit sie. »Wir sind bei sechs Grad Neigung!«

Dass die Station sich neigt, weiß er auch ohne sie, und er kennt die Folgen.

»Ruf die Südafrikaner an oder die Engländer«, brüllt er. »Die sollen einen Hubschrauber schicken. Los, geh schon!«

Aniela weicht zurück. Er schaut ihr nach, wie sie die Rampe erklimmt und ins Freie klettert. Der Fremde ist nirgends zu sehen. N6 und N7 biegen sich schneller, als er gedacht hat. Er muss die Stelzen sofort entlasten. Das heißt, N8 und N9 hochfahren, Schnee darunterschieben, absenken. Er jagt die Schneeraupe zwischen den Stelzen hindurch, als würde er ein Slalomrennen fahren.

Und dann wird es inmitten des Chaos mit einem Mal still. Er hört nur noch, wie das Blut in den Ohren pulst, die Luft in den Bronchien kreischt. Die nördlichen Stelzen brechen. Die Station über ihm sackt herab. Der Boden kommt näher und näher, bis er seine Schultern berührt. Neun Grad.

Wenn ich Atlas wäre, denkt er, würde ich dich tragen. Wie Leela damals in den Davoser Bergen. Jakob schüttelt die Erinnerung ab. Er beugt sich. Geht in die Hocke. Er müsste aus der Schneeraupe aussteigen, aber er weiß nicht, wie er das mit den festgefrorenen Händen machen soll.

Zehn Grad.

Elf Grad.

Als die Station die Schneeraupe unter sich wie ein Modell aus Streichhölzern zerknickt, brechen auch Jakob Richters steif gefrorene Finger. Seltsamerweise fühlt er keinen Schmerz. Er hört nur das majestätische Geräusch von berstendem Eis.

5 JAKOB SPRICHT ANDAUERND VON 2,5 GRAD

Das ist die Limina, deren Überschreitung die nicht lineare Modifikation des globalen Klimas provoziert. Genauso habe ich ihn kennengelernt. Bei einer Fridays-for-Future-Demo, die ich in Wittenberg organisiert hatte. Er war der Starredner und hat einen Vortrag gehalten, der mit so vielen Fachbegriffen gespickt war, dass kein Schwein was verstanden hat. Ich bin auf die Bühne gegangen, habe mir das Mikro geschnappt und ihn gebeten, Kipppunkte so zu beschreiben, dass alle es verstehen können. Andernfalls müsse er sich einen Simultandolmetscher zulegen. Er war ziemlich beeindruckt.

Am Morgen danach haben wir im Bett darüber geredet, wie er das mit den Kipppunkten am besten erklären könnte. Jakob hat es mit dem Niesen verglichen. Die Reize sammeln sich, bis es zur Entladung kommt. Ich habe eher an Sex gedacht. Du spürst, dass du kommst, und ab einem bestimmten Punkt kannst du es nur noch mit äußerster Anstrengung aufhalten. Zum Beispiel, indem du an Herpes denkst. Wir haben uns im Bett gewälzt vor Lachen. Aber am besten war Jakobs Bild mit der Achterbahn. Du wirst langsam nach oben gezogen, immer höher und höher. Da könntest du noch anhalten, die Anlage abschalten und langsam wieder zurückrollen. Wenn du aber ganz oben angekommen bist, eben am Kipppunkt, geht es bergab. Und das kann niemand mehr stoppen. Unten steht dann eine Wand, in die du mit vollem Speed reinkrachst.

Ich nehme das Handy und lese Jakobs Mail. Eine Liebeserklärung, so unbeholfen formuliert, als würde er Textbausteine aneinanderreihen wie Vektoren bei seiner Forschung. Ich habe nicht erwartet, dass er jemals so etwas schreiben würde. Gehofft schon, aber nicht für möglich gehalten.

In der Küche sieht es aus, als hätte ich auf Facebook zu einer Party eingeladen. Aufräumen gehört nicht zu meinen Talenten. Jakob regt sich darüber ziemlich auf. Als Wissenschaftler braucht er Ordnung und System. Im Schrank finde ich eine unbenutzte Tasse. In der kleinen Kaffeemaschine aus Alu, die Jakob mir aus Sizilien mitgebracht hat, sind noch ein paar Schlucke einer tiefschwarzen Flüssigkeit. Wenn ich heißes Wasser dazugieße und gnädig bin, lässt sich die Brühe als Kaffee bezeichnen. Jakob würde den Kopf schütteln und mich eine Barbarin nennen.

Meine Hand gleitet unwillkürlich an meinen Bauch. Ist da etwas zu spüren? Nach sechs Wochen? Es fühlt sich nicht anders an als an den Tagen, an denen ich Blähungen habe. Während ich den Kaffee schwarz trinke, weil ich vergessen habe, die Milchtüte in den Kühlschrank zu stellen, weshalb sie nun sauer ist und flockt, widme ich mich wieder der Mail.

Jakob hat drei Dateiordner angehängt. Die soll ich an Mackenzie, seine Ex aus Studienzeiten, weitergeben. Ich kenne Mackenzie nur von Videos und Fotos. Größer, runder und kurvenreicher als ich, eine Haut wie schmelzende Schokolade, die Haare ein schwarzer Ballon. Und dann ist sie auch noch klug und wortgewandt. Kein Wunder, dass Jakob auf sie abgefahren ist.

Es ist wichtig, dass Du sofort nach Berlin fährst, schreibt er. *Wir werden diesen Mördern die Masken von ihren hässlichen Fratzen reißen. Wir beide, Leela. Sprich außer mit Mackenzie mit niemandem. Pass auf Dich und die Babys auf. Ich liebe Dich.*

Ich habe auf seine Mail geantwortet, habe geschrieben, dass ich ihn auch liebe und dass ich alles tun werde, damit unsere Babys leben können. Das war vergangene Nacht. Seitdem habe ich nichts von ihm gehört. Der Zeitunterschied beträgt zehn Stunden. Zehn Stunden ohne eine Antwort sind eine Ewigkeit. Wenn ich mich wenigstens auf meine Arbeit konzentrieren könnte. Seit einer Stunde starre ich die Tastatur an, warte, dass meine Finger ein Wort schreiben, aber meine Gedanken schweifen ab, als seien sie auf der Flucht vor einem Ungeheuer. Er geht auch nicht ans Satellitentelefon. Bestimmt haben sie da unten mal wieder Sturm. Oder es ist etwas passiert? Reiß dich zusammen, sage ich mir. Wenn du eine ernsthafte Schriftstellerin sein willst, darfst du dich von so was nicht ablenken lassen. Dann musst du dich vollständig in die Arbeit vertiefen können.

Jetzt spüre ich schon wieder die Übelkeit. Ich springe auf, stürze zur Toilette und schaffe es im letzten Moment noch, den Klodeckel zu öffnen, bevor der Kaffee und Reste meines Frühstücks in der Kloschüssel landen. Niemand in meiner Familie weiß, dass ich schwanger bin. Ich habe es ihnen nicht gesagt, weil ich mit dem Gedanken an einen Abbruch gespielt habe. Aber seit Jakob die Zeilen geschrieben hat, ist der Gedanke selbst abgebrochen. Wir werden es schaffen, schreibt er. Und dass wir gerade in diesen Zeiten ein Kind in die Welt setzen, sei ein Zeichen der Hoffnung. Und der Liebe.

Als mein Magen sich wieder beruhigt hat, gehe ich zurück zum Schreibtisch. Auf WhatsApp ist eine Message von meiner Mutter angekommen.

Hast Du die Nachrichten gesehen?

Ich öffne CNN.

Ein kurzer Bericht über Neumayer III. Ein Foto der Station, die auf Stelzen wie ein Schiff über dem ewigen Eis steht. Weiß mit einem roten Dach. Und dann ein kurzer Satz.

»Die Station scheint kollabiert zu sein. Nach unbestätigten Meldungen ist sie in der antarktischen See versunken«, sagt der Nachrichtensprecher.

Sie ist versunken? Untergegangen? Und was ist mit Jakob?

6 DIE GESICHTER SIND FAHL, DIE AUGEN GERÖTET.

Eigentlich könnten sie auf dem Rummel bei der Geisterbahn anfangen, denkt Leon. Das Krisenkabinett ist seit Wochen im Dauereinsatz, die Männer und Frauen schlafen zu wenig und ernähren sich von Kaffee. Jetzt streiten sie im siebten Stock des Kanzleramtes darüber, wie die Regierung auf die katastrophalen Lagen entlang der Elbe, im hessischen Taunus, am Rhein in Köln, der Donau in Ulm und Regensburg, auf die zweite Sturmflut innerhalb von einem Monat, die Hamburg und die Nordseeküste kilometerweit unter Wasser gesetzt hat, und natürlich auch auf die Lage im Nachbarland Niederlande reagieren soll.

Bundeskanzlerin Diana Falk steht vor dem großen Fenster, das den Blick zum alten Reichstagsgebäude öffnet. Sie hat weit auseinanderstehende grüne Augen und trägt das Haar in einem modernen Kurzhaarschnitt, der ihre schmalen Gesichtszüge zur Geltung bringt. Ihre schlanke, durchtrainierte Gestalt und die tiefe, klare Stimme verleihen ihr die Aura einer entschlossenen Person, mit der man sich besser nicht anlegt.

»Ich habe vor drei Tagen mit meinem niederländischen Amtskollegen van Halen gesprochen. Das Hochwasser hat sich zurückgezogen, die Schäden belaufen sich auf geschätzte achtzehn Milliarden Euro. Er befürchtet, dass sie die kontrollierte Aufgabe von Amsterdam, Rotterdam, Utrecht und Den Haag nicht aufhalten können.«

Die Blicke der Kabinettsmitglieder sind auf den Tisch gerichtet, auf Tassen, Stifte, Wasserflaschen, Papiere. Jeder versucht, die Besorgnis im Zaum zu halten, die diese Information auslöst.

Falk ist bei ihrer Wahl zur Bundeskanzlerin mit dem Versprechen angetreten, den Klimawandel zu bremsen. Sie will es besser machen als alle Kanzlerinnen und Kanzler vor ihr, hat sie den Journalisten in die Mikrofone diktiert. Es ist nicht nur ihre politische Agenda, sondern ein persönliches Ziel, angetrieben von heiligem Zorn. Der Weg dahin heißt, bei der *World Climate, Environment und Economic Conference* in Davos genügend Länder auf ihrer Seite zu haben, damit der internationale gesetzliche Notstand ausgerufen werden kann. Damit es dazu kommt, muss Falk allerdings zuerst das Kabinett von der Notwendigkeit überzeugen.

»Wir müssen verhindern, dass die Temperatur über 2,5 Grad ansteigt«, sagt Falk ruhig und ohne aufgesetzte Dramatik. »Wir müssen das unter allen Umständen verhindern.«

Sie schaut die Mitglieder des Krisenkabinetts an. Sie weiß, wer auf ihrer Seite ist und wen sie noch überzeugen muss. Deswegen hat sie den Ablauf der Sitzung wie ein Theaterstück geplant. Die Dramaturgie ist unter Berücksichtigung der möglichen Einwände und Attacken ihrer Gegner genau festgelegt. Folglich weiß sie auch, dass Innenminister Kotzer sich nun an der Spitze ihrer Widersacher positionieren wird. Er hat im Kabinett die Rolle des ewigen Bedenkenträgers eingenommen. Eine dankbare Rolle, weil er nichts tun muss, außer zu bremsen.

»Ja, wir haben eine Menge Probleme. Und ja, wir müssen handeln. Aber das heißt doch nicht, dass wir die Ersten sein müssen. Wollen Sie denselben Fehler wie Ihre Vorgängerin beim Atomausstieg machen? Wollen Sie das, Frau Bundeskanzlerin?«

Statt zu antworten, nickt Falk ihrem Sherpa Leon Roth zu. Das vereinbarte Zeichen für seinen Einsatz.

Leon erhebt sich von seinem Platz am anderen Ende des Tisches. Von seinem Computer aus startet er eine Animation, die Fotos von riesigen Feuern, Überschwemmungen, abbrechenden Eisbergen, rauchenden Schornsteinen, gewaltigen Flüchtlingstrecks zeigt.

»Wie wir jetzt bereits sehen können, hat der Temperaturanstieg um 2,5 Grad den Treibhauseffekt weiter beschleunigt. Der Zusammenbruch von Ökosystemen, wie zum Beispiel dem Korallenriff vor dem Great Barrier Reef oder dem Amazonas-Regenwald oder der Antarktis, ist nicht mehr aufzuhalten.«

»Was heißt das, ist nicht mehr aufzuhalten?«, fragt Wirtschaftsminister Becker.

Er ist so farblos, dass er vor einer weißen Wand unsichtbar wird. Die wenigen Haare hat er von rechts nach links gekämmt, um seine Glatze zu verbergen. Vor ihm auf dem Tisch liegt ein Päckchen Zigaretten, das er ungeduldig hin und her schiebt.

»Es ist so, als ob Sie auf der Spitze des Montblanc einen Schneeball losrollen lassen«, sagt Leon. »Er sammelt Schnee und wird irgendwann zu einer Lawine, die Sie nicht mehr aufhalten können.«

»Und was heißt das für uns?«, fragt Helga Fuchs, Finanzministerin und die Älteste im Kabinett. Klein, faltig, vom Stress gegerbt. Sie ist seit ein paar Tagen zum dritten Mal geschieden und hängt an ihrem Job wie eine Klette am Rocksaum.

»Mittelfristig führt es dazu, dass sich etwa eine Milliarde Menschen auf den Weg in den Norden und damit auch nach Deutschland machen, weil ihre Lebensgrundlagen verschwinden«, fährt Leon fort. »In den nächsten zwei bis drei Jahren werden die Städte am Äquatorgürtel unbewohnbar, weil die Trinkwasservorräte ausgehen. In Südeuropa, Spanien, Griechenland, Nordafrika bricht die Landwirtschaft zusammen, was unsere Lebensmittelversorgung massiv beeinträchtigt.«

Leon kann in den Gesichtern die üblichen Reaktionen ablesen. Zuerst ungläubiges Staunen, dann Abwehr, weil das Problem so groß ist, dass es eine titanische Anstrengung braucht, um es zu lösen.

»Aber das ist nur der Blick auf den Süden der Halbkugel.

Inzwischen können wir beobachten, dass das arktische Meereis nicht erst im Sommer 2040, wie prognostiziert, komplett verschwunden sein wird, sondern vermutlich schon nächstes Jahr. Das bedeutet, dass der dunkle Boden mehr Wärme aufnimmt, was zu einer sogenannten ›arktischen Todesspirale‹ führt.«

»Und was können wir tun?«, fragt Fuchs ungeduldig.

»Nichts.«

»Wie, nichts?«

»Es ist zu spät.«

»Unsinn«, sagt Innenminister Kotzer. »Es ist nie zu spät.«

»In diesem Fall schon. Wir werden die globale Erwärmung nicht aufhalten, wenn wir uns auf ein Gesetz zu erneuerbaren Energien, Elektromobilität, Fahrräder, reduziertem Fleischkonsum und einem Kohleausstieg bis 2038 verlassen. Wir brauchen die Abschaltung sämtlicher Kohlekraftwerke, und zwar sofort«, sagt Leon.

Als die erwartete Empörung sich über ihn ergießt, Kotzer, Fuchs und Becker empört aufspringen und der Bundeskanzlerin Defätismus, Schwarzmalerei und Panikmache vorwerfen, verordnet Falk der Runde eine Kaffeepause. Danach werden sich die Gemüter hoffentlich ein wenig beruhigt haben. Kotzer, Fuchs und Becker werden sich absprechen, aber nicht auf ein gemeinsames Vorgehen gegen die Kanzlerin einigen können. Zumindest steht es so in Falks Schlachtplan. Man wird sehen.

Leon zieht sich auf die Toilette zurück, um zu pinkeln und sein Hirn zu resetten. Dazu braucht er fünf Minuten. Diana Falk hat ihm einen Trick gezeigt. Alles, was er tun muss, ist, sich auf die Kloschüssel zu setzen, den Schlüsselbund in die rechte Hand zu nehmen, Rücken und Kopf gegen die Wand zu lehnen und die Augen zu schließen. Wenn die Hand entspannt ist und der Schlüsselbund irgendwann zu Boden fällt, wird er genau die Menge Schlaf bekommen haben, die er braucht, um auch an diesem Tag bis nach Mitternacht wach zu bleiben.

Als eine Stimme ihn weckt, sind fünf Minuten vergangen, und er hält den Schlüsselbund immer noch in der Hand.

»Wenn das mit dem Schlüssel bei dir nicht klappt, Leon, musst du dir einen Wecker stellen. Los jetzt«, ruft Falk in die Herrentoilette hinein.

Leon wirft einen kurzen Blick in den Spiegel. Er hat in den letzten Monaten zugenommen. Bestimmt fünf Kilo. Die kurzen blonden Haare stehen störrisch allen Bemühungen um eine Frisur im Weg. Nach zwei Jahren bei Falk sieht er aus, als hätte er in Transsilvanien bei Vlad Dracul Urlaub gemacht. Er sollte nicht hier sein, er hat Berge von Arbeit auf dem Tisch, aber als die rechte Hand der Kanzlerin muss er bei allen Besprechungen dabei sein. »Können Sie das?«, hat Diana Falk ihn beim Einstellungsgespräch gefragt, »oder sind Sie auch einer von denen, die dreimal in der Woche zum Yoga gehen müssen, um sich zu entschleunigen? Wenn dem so ist, sind Sie hier falsch. Bei mir haben Sie eine Achtzigstundenwoche. I need your answer in two.« Sie driftet gelegentlich ins Englische ab, ohne es zu merken. Wegen der Konferenzen, auf denen man schlechte Karten hat, wenn man auf die Dolmetscher angewiesen ist. »In zwei *was?*«, hatte Leon gefragt. »Tagen?« »Nein, Stunden.«

Als die Sitzung weitergeht, verweist Finanzministerin Helga Fuchs auf die drohenden finanziellen Probleme. Immer wenn sie über Geld spricht, hört es sich an, als würde sie dafür auf ihre Altersversorgung zurückgreifen.

»Die Konzerne werden uns mit so vielen Klagen überrollen, dass uns schwarz vor Augen wird. Das läuft auf Hunderte Milliarden hinaus. Und wir haben jetzt schon Schwierigkeiten, uns über Staatsanleihen zu finanzieren. Haben Sie das bedacht, Frau Bundeskanzlerin?«

Als Nächster stöhnt Becker hörbar auf. Bevor er von der Telekom ins Wirtschaftsressort wechselte, hatte er sich noch schnell auf Mallorca eine Villa direkt am Strand von Cala Deià gekauft. Seit einem Jahr versucht er, die Immobilie wieder loszuwerden. Aber so, wie es inzwischen auf Malle aussieht, kann er das vergessen. In Port de Pollença stehen die Hotels einen halben Meter unter Wasser. Der Deutschen liebste Ferieninsel wird inzwischen gerne als Drehort für apokalyptische Katastrophenfilme verwendet.

»Wir müssen einen Weg finden, wie wir diesen Schlamassel stoppen können, aber nicht, indem wir die Energieversorgung infrage stellen. Sie können keine Politik gegen die Industrie machen, Frau Bundeskanzlerin. Und das wissen Sie.«

Kotzer, Fuchs, Becker. Die Dreifaltigkeit der Verhinderer. Leon ist bereit, seine Sammlung von Bruce-Springsteen-Platten zu verwetten, dass die drei von den Black Seven bezahlt werden, damit sie Falk jeden Knüppel, den es gibt, zwischen die Beine werfen.

Die Sitzung wird durch Falks Büroleiterin unterbrochen. Mit besorgter Miene reicht sie der Bundeskanzlerin einen Zettel. Das verheißt nichts Gutes, denkt Leon. Nach ein paar Sekunden kommt die Bestätigung.

»Wir haben durch die Überschwemmungen entlang der Elbe in Riesa, Torgau und Wittenberg achtunddreißig Tote zu beklagen«, verkündet Falk mit belegter Stimme.

Niemand reagiert. Nach mittlerweile neun Stunden wollen sie nichts mehr von den Katastrophen hören.

»Ich danke Ihnen allen, die Sitzung ist beendet. Aber ich bitte Sie, noch mal darüber nachzudenken, welche Alternativen wir haben, um eine globale Katastrophe zu verhindern, die alles in den Schatten stellen wird, was wir kennen. Unsere Kinder und unsere Enkel werden uns eines Tages fragen, warum wir nicht rechtzeitig und entschlossen genug gehandelt haben.«

Bevor seine Chefin ihn noch aufhalten kann, verlässt Leon den Besprechungsraum und kurze Zeit später das Kanzleramt. Die Wolken hängen so tief, als wollten sie die Menschen verschlingen. Leon nimmt das Handy aus der Hosentasche. Es dauert eine Weile, bis Mackenzie sich meldet.

»Hast du neue Informationen?«

»Neumayer III ist kollabiert. Jakob ist vermutlich tot.«

Als er am Morgen in den Nachrichten von dem Unglück gehört hat, war er schockiert. Bitte nicht Jakob Richter, hat er gedacht. Richter wollte Informationen besorgen, mit denen die europäischen Regierungen überzeugt werden können, Falks Plan zuzustimmen.

»Und die Dokumente, die du mir versprochen hast?«, fragt Leon.

»Weiß ich noch nicht.«

Bevor er eine Antwort erhält, hört er Falks Stimme in seinem Rücken.

»Was ist? Kommst du?«, fragt sie. »Wir haben eine Menge Arbeit vor uns.«

»Ja, komme.«

Also wieder eine Nachtschicht.

Als wollte sie den Muskel mit festem Druck zum Stillstand bringen. Die Bilder vom Zusammenbruch und Versinken der Forschungsstation sind in mich eingedrungen. Unfähig, auch nur einen Schritt zu machen, wenigstens einen Gedanken zu fassen, starre ich seit Jahrhunderten den Bildschirm an. Erst als meine Mutter anruft und sagt, dass noch nicht alles verloren sei, dass Jakob sich bestimmt habe retten können, dass er erfahren sei und wisse, was er zu tun habe, und mir befiehlt, sofort nach Hause zu kommen, wache ich auf. Sie hat recht. Ich darf mich nicht meiner Panik überlassen. Solange wir keine Nachricht von seinem Tod haben, lebt er.

In den gelben Gummistiefeln, die mir bis zu den Knien reichen, wate ich durch das brackige Hochwasser in der Altstadt. Die Elbe hat nach neuen Regenfällen auch die Gegend um den Marktplatz überschwemmt. Sieben Meter dreißig über NN. Der höchste Stand seit den ersten Messungen vor fünfhundert Jahren. In der Fußgängerzone fahren die blauen und roten Boote vom THW und der Feuerwehr durch die Straßen, die jetzt zu Kanälen geworden sind. Überall treiben Müll, Unrat, Äste, Plastiktüten. Die Läden stehen so hoch unter Wasser, dass nur noch der obere Rand der Schaufenster zu sehen ist. Aber was macht das für einen Unterschied, wenn sie ohnehin seit drei Jahren leer stehen? Der Bioladen, das Nagelstudio, der Optiker, die Boutique für Übergrößen. Bei Aldi schwimmen Brötchen durch die zerbrochene Tür nach draußen. Martin Luther steht bis zu den Knien im Wasser. Ein Schlauchboot fährt ein paar Meter entfernt vorbei. Die Frau darin hat die Arme voller Bücher, schaut in meine Richtung und winkt. Sie heißt Paula Hoffnung. Ihr gehört die Buchhandlung in der Schlossstraße. Die Hoffnung kann ihren Laden vergessen, hat mein Vater vor ein paar Tagen gesagt. Überhaupt können alle in der Altstadt ihre Läden vergessen. Die Wände werden von schwarzem Schimmel überzogen, und es wird ewig nach Fäulnis stinken. Gestern hieß es im Radio, die Feuerwehr habe ein Kind gefunden. Es trieb im Wasser. Bisher hat niemand eine Vermisstenmeldung aufgegeben. Wo sind die Eltern? Auch tot? Als ich die Nachricht hörte, musste ich weinen.

Mein Elternhaus liegt auf einer kleinen Anhöhe. Bis hierher reichen die Fluten nicht. Christa öffnet die Tür. Sie ist zehn Jahre alt. Ein Unfall. Hervorgegangen aus dem großen Stromausfall. Sie hat die gleiche Hautfarbe wie unsere Mutter, ein Braun, das in der Sonne golden schimmert. Klein und zart wie ein Reh. Ich hab versprochen, ihr bei einem Deutschaufsatz zu helfen, sobald sie aus der Schule kommt.

»Hilfst du mir jetzt?«, fragt sie.

Offensichtlich weiß Christa noch nichts von dem Unglück. Oder es ist nicht so wichtig wie eine gute Note, damit sie das Schuljahr schafft.

»Warum zitterst du?«, fragt sie.

»Mir ist kalt.«

»Zieh die Gummistiefel aus!«, ruft mein Vater aus dem Wohnzimmer.

Er sitzt im Wohnzimmer vor dem Fernseher, eine Flasche Wodka in der Hand. Sie ist halb leer. Wenn es seine erste ist, ist er noch nicht so betrunken, dass er die Kontrolle verliert. Er starrt zornig auf die Bilder von der Elbeflut, die die Hälfte der Deiche weggerissen hat. Bilder und verwackelte Videos von Menschen, die in Städten und Dörfern verzweifelt um ihre Häuser, ihre Geschäfte, ihre Äcker und ihr Leben kämpfen.

»Wir dürfen in der Schule nicht auf die Toilette gehen, weil aus den Klos nichts mehr abläuft«, sagt Christa.

»Ich hab es euch gesagt«, mault Hauke. »Und ich hab es euch

immer wieder gesagt. Die Natur ist nicht dein Freund. Die Natur ist dein Feind. Sie ist Regen und Sturm und Hitze und Kälte. Das war schon immer so und wird auch immer so bleiben.«

Er setzt die Flasche an, nimmt einen langen Schluck. Dann schaut er mich an. Kurz weht ein Hauch von Mitleid durch seinen Blick.

»Beim Alfred-Wegner-Institut wissen sie nichts über den aktuellen Zustand von Neumayer III«, sagt er. »Sie haben mich an die Arschlöcher vom Forschungsministerium verwiesen, und die haben mir die Nummer vom Umweltministerium gegeben. Alles Deppen. Wo du auch hinguckst. Vielleicht versuchst du es mal bei den scheiß Franzosen«, sagt Hauke. »Und sag ihnen einen schönen Gruß von mir und dass ich hoffe, ihr beschissenes Land säuft als Erstes ab.«

Seit sie ihn vor vier Jahren bei der *Lausitz Energie AG* entlassen haben, ist er nur noch wütend. Er hat angefangen zu trinken und ist dick geworden. Sein Gesicht ist aufgedunsen, er läuft in Trainingshose und Schlappen durch die Wohnung, lässt sich gehen. Wenn ich ihn frage, warum er sich so gehen lässt, sagt er, dass die Franzosen daran schuld wären. Er hatte mit einem Team an einer Methode gearbeitet, wie man die Erhitzung der Atmosphäre reduzieren kann, indem Schwefeldioxid in die Stratosphäre eingebracht wird. Das Projekt wurde von der EU finanziert. Nach der Theorie oxidiert es zu Sulfaten, an denen sich Wasser anlagert, wodurch Schwefelaerosole entstehen. Die können die Sonnenstrahlen reflektieren, was wiederum zu einer Verringerung der Erderwärmung führt. Es ist im Grunde das gleiche Prinzip wie bei einem Vulkanausbruch. Als die französische Regierung die Gelder für das Projekt gestrichen hat, haben sie es eingestellt. Er hat dem Vertreter des französischen Wirtschaftsministeriums gesagt, was er von ihm hält. Und das war's dann.

Er hebt den Kopf und sieht mich an. »Alles okay mit dir?«

Nein, es ist nicht alles okay mit mir. Wie sollte es? Aber es hat keinen Zweck, ihm das zu sagen. Er hat sich gegen die Schwäche anderer gepanzert. Wenn die bei ihm selbst auftaucht, ertränkt er sie in Bier. Oder wenn es schneller gehen soll, in Wodka.

Ich versuche es noch einmal beim Alfred-Wegner-Institut. Dann beim Forschungsministerium, beim Umweltministerium, bei den Franzosen. Aber die sind damit beschäftigt, die Schuld auf die Russen zu schieben. Und die Russen verschanzen sich hinter Vereinbarungen, wonach die Zuständigkeit für die Sicherheit der Station eindeutig in Deutschland liegt. Wieso will mir niemand sagen, was mit Jakob passiert ist? Wie es ihm geht, ob er verletzt ist, ob er noch …

Den letzten, den schrecklichsten Gedanken schiebe ich beiseite. Ich habe die Erfahrung gemacht, dass manche Dinge wahr werden, wenn man den Gedanken daran zulässt.

Aus der Küche dringt Gemurmel herüber. Meine Mutter steht am Waschbecken und betet in der Hoffnung, Gott gnädig stimmen zu können. Seit meine Familie vor fünfzehn Jahren die christliche Gemeinde in Trivandrum verlassen hat, versinkt sie tiefer und tiefer im Glauben an den Allmächtigen, wie sie Gott nennt. Sie ist schmal und zäh. Ihre Frisur erinnert mich an ein Vogelnest. Das Kruzifix über dem Regal muss sie erst vor ein paar Tagen aufgehängt haben.

Ich warte, bis sie fertig gebetet hat, dann nehme ich ein Glas und fülle es mit Leitungswasser. Meine Lippen sind trocken und kleben aneinander.

»Es wird alles gut werden«, sagt sie.

»Ja, hoffentlich.«

»Nein, ganz sicher. Gott hat es mir gesagt.«

Gott hat ihr gesagt, dass alles gut wird? Ist es nicht ein Kinderglaube, dass Gott wie ein heldischer Vater die Welt reparieren kann? Die kaputten Rollschuhe, den platten Reifen, das Loch im Hausdach, die gebrochenen Flügel der Taube. Und weil Gott noch viel mächtiger als ein Vater ist, soll er jetzt auch eine kollabierte Forschungsstation reparieren und – wenn es sein muss – sogar die Toten zum Leben erwecken? Und dann noch die Vorstellung, dass sie mit Gott spricht. Ist das nicht bizarr? Trotzdem kann ich das irgendwie verstehen, aber dass Gott angeblich zu ihr spricht, finde ich, ist beunruhigend.

»Papa und ich haben telefoniert. Niemand weiß etwas«, sage ich.«

»Das stimmt nicht«, sagt Gita. »Gott weiß es. Du musst ihn nur um eine Antwort auf deine Fragen bitten.«

Im selben Moment klingelt das Haustelefon. Meine Mutter und ich schauen den Apparat besorgt an, als wüssten wir, dass der Anruf nichts Gutes bedeuten kann. Wir trauen uns nicht, den Hörer in die Hand zu nehmen.

»Geht jemand dran?«, ruft Hauke ungeduldig aus dem Wohnzimmer.

Ich nicht. Solange ich nicht höre, was die Person am anderen Ende der Leitung sagt, kann ich noch hoffen, dass tatsächlich alles gut ist. Meine Mutter nimmt den Telefonhörer, drückt auf das grüne Symbol. Sie sagt ihren Namen, und dann hört sie zu. Schweigend, reglos. Nach einer Weile lässt sie den Hörer los. Er fällt zu Boden, das Plastikgehäuse zerspringt.

Ich sehe es in ihren Augen. Gott kann nicht alles reparieren.

8 NUR NOCH DIESEN EINEN JOB

Diesen letzten. Nicht wegen Geld. Geld ist die Droge derer, die nicht wissen, dass die wahre Fülle jenseits der materiellen Zuckerwatte wartet, denkt Paulus Moses. Francis Watson hat ihn angerufen und aufgefordert, sofort nach Washington zu kommen. Er hat angespannt geklungen. Offensichtlich hat jemand im Washingtoner Büro von ExxonMobil Dateien kopiert. Watson hat ihm kurz beschrieben, um welche Dateien es sich handelt, und gemeint, dass die auf keinen Fall in die Öffentlichkeit gelangen dürfen. Moses hat ihn beruhigt und gebeten, erst mal nichts zu unternehmen. Watson war einverstanden, sagte aber, dass der Einbrecher, ein Wissenschaftler namens Jakob Richter, inzwischen verstorben sei. Wahrscheinlich hat er Henry Fonda losgeschickt. Einen der Schakale, die immer dann von der Leine gelassen werden, wenn nichts anderes mehr hilft. Eine widerliche Type. Jemand muss dem Kerl das Herz herausgenommen und stattdessen einen Alligator eingesetzt haben. Niemand weiß, wie er mit richtigem Namen heißt, aber weil er wie der Schauspieler aus »Spiel mir das Lied vom Tod« aussieht, wird er überall nur Henry Fonda genannt.

Dennoch muss Henry Scheiße gebaut haben, sonst würde Watson nicht nach ihm rufen. Paulus Moses, der Mann für die eleganten Lösungen. Den man holt, wenn es darum geht, Schmutz auszugraben, um ihn dezent auf unliebsame Personen zu werfen, und mit seiner berühmt-berüchtigten Elfen-Legion die öffentliche Meinung so zu manipulieren, dass Wahrheit und Lügen wie eins erscheinen. Auf Wunsch des Kunden verbreitet er Falschinformationen, Hasspropaganda, Volksverhetzung, flutet Facebook, Instagram, Twitter und alles, was es sonst noch gibt. Moses' Geschäft ist das lautlose Töten.

Wegen sintflutartiger Regenfälle hat Rhein-Main sämtliche

Flüge auf *Verspätet* gesetzt. Moses schaut durch das Fenster der First-Class-Lounge hinaus aufs Rollfeld. Die Start- und Landebahnen stehen zwanzig Zentimeter unter Wasser. Mehr als vierzig Flugzeuge stauen sich in der Warteposition. In sechs Wochen ist die *World Climate, Environment and Economic Conference* in Davos, hat Francis Watson gesagt. Er will mit ihm besprechen, wen sie im Vorfeld noch an Land ziehen müssen, und vor allem, wie. Die Polen, Tschechen und Ungarn sind an Bord. Die Italiener und Spanier auch. Nur die deutsche Bundeskanzlerin ziert sich noch.

»Sie sind Deutscher, Sie müssten doch wissen, wie man mit Nazis redet«, hat Francis Watson gesagt.

Das mit den Nazis ist natürlich ausgemachter Blödsinn, den nur ein Redneck von sich geben kann. Aber Paulus Moses weiß, wie es gemeint ist. Die blonde Servicekraft bringt ihm einen Tullamore Dew. Es ist sein dritter Whiskey.

»Geht es Ihnen nicht gut?«, fragt sie und setzt dieses gespielt besorgte Lächeln auf, mit dem sie gewöhnlich die Schweralkoholiker auffordern, sich zusammenzureißen. Auf dem kleinen Anstecker an ihrer Uniform steht »Heidi«. Heidi müsste doch wissen, dass er Flugangst hat. Er fliegt die Strecke seit fünf Jahren einmal pro Monat, und vor jedem Flug gibt er sich die Kante. Er kippt den Whiskey, und sofort zieht eine beruhigende Wärme durch seinen Körper. Er braucht noch zwei weitere, dann kann er einigermaßen ruhig in die Maschine einsteigen.

Auf dem Monitor neben seinem Sessel tauchen Bilder von Erdrutschen und Schlammlawinen im Taunus auf. Der Regen hat die Straßen und Häuser in Bad Homburg unterspült. Vor einem Jahr hat er sein Haus dort verkauft. Seitdem wohnt er in Hotels. Er will bereit sein, wenn Claire ihm erlaubt, sie zu treffen. Feuerwehr und Technisches Hilfswerk versuchen, mit Barrieren und Sandsäcken die Sturzfluten umzuleiten. Wahrscheinlich haben ein paar von seinen superreichen Ex-Nachbarn den Ministerpräsidenten in Wiesbaden angerufen und mit der Einstellung der Spenden gedroht, wenn ihre Villen nicht sofort gerettet werden. Der Kerl hat sich mit Sicherheit vorschriftsmäßig in die Hosen gemacht und sofort alle Kräfte nach Bad Homburg geschickt. Als Heidi ihm den nächsten Whiskey bringt, legt er die EarPods ab.

»Was meinen Sie, Heidi, ist der Mensch für den Klimawandel verantwortlich?«

Sie weiß es nicht. Oder sie ist angehalten, den Gästen gegenüber keine Meinung zu äußern, um nicht in Fettnäpfchen zu treten. Und in der Senator-Lounge stehen genug davon herum.

»Klar sind wir das. Wer denn sonst? Läuft die ganze Sache auf eine Katastrophe hinaus? Absolut. Also muss die Menschheit aufhören, Kohlendioxid in die Luft zu blasen? Nein. Jetzt noch nicht. Jetzt muss zuerst alles dafür getan werden, dass diese Botschaft wieder aus den Köpfen verschwindet. Den Part mit den Warnungen haben ja die Kids von ›Fridays for Future‹ und die Grünen übernommen. Und die machen den Job zum Glück so schlecht, wie es nur geht. Wenn die mich engagieren würden, könnte ich ihnen sagen, wo der Fehler liegt. Haben Sie eine Ahnung, wo der Fehler liegt?«, fragt er Heidi.

Hat sie nicht. Woher auch?

»Man nennt es das Kassandra-Syndrom. Alle wissen, dass du die Wahrheit sagst, aber niemand will die Wahrheit hören, weil sie zu komplex ist, als dass du eine Chance hast, etwas daran zu ändern.«

Die Besprechung bei Watson ist für zehn Uhr früh angesetzt. Wenn die Maschine innerhalb der nächsten zwei Stunden startet, kann er den Termin halten. Er geht zu einem der vier Toilettenräume. Beim Händewaschen betrachtet er eingehend sein

Spiegelbild. Blondes Haar bis auf die Schultern. Ich sehe gut aus, denkt er. Mit fünfzig besser als mit vierzig. Wenn er nun noch den Alkohol weglassen könnte, würden auch die kleinen roten Flecken auf den Wangen verschwinden.

Zurück an seinem Platz, stopft er sich die EarPods in die Ohren, scrollt durch sein iPhone. Stones? Lynyrd Skynyrd? AC/DC? Er steht auf das alte Zeug. Aber noch mehr steht er auf den ersten Rock 'n' Roller der Geschichte. Den alten Ludwig van. Vor allem auf seine Fünfte, die Schicksalssinfonie, mit den drei markanten Achteln auf *G*, gefolgt von einem lang gezogenen *Es*. Beginnt in c-Moll und endet auf C-Dur. Das ist der klarste Ausdruck seiner Philosophie. *Per aspera ad astra* – über raue Pfade gelangt man zu den Sternen. Durch die Nacht zum Licht. Teodor Currentzis dirigiert, treibt an, fordert extreme Lautstärke und dann wieder eine Stille, dass man die Instrumente kaum noch hören kann. Bei 3:25 im zweiten Satz weint er, und im vierten Satz bei 6:30 wieder. Das ist jedes Mal so. Weil die Bläser eine sanfte Euphorie verbreiten, Trost und Hoffnung, den Glauben an eine bessere Zukunft mit Claire. Er wiegt sein Telefon in der Hand. Wählt ihre Nummer, die in den Favoriten ganz oben steht. Er weiß, dass sie den Anruf nicht annehmen wird.

Hallo, Schätzchen. Hab ich dir gesagt, dass ich nur noch diesen einen Job mache? Ich glaube schon. Ich fliege nach Washington, und du darfst raten, wen ich da treffe. Aber bevor du dich aufregst, diesmal wird es anders sein. Die werden sich alle noch wundern. Ich hab dich lieb. Vielleicht sehen wir uns bald wieder und sprechen, wenn du möchtest. Ich küsse dich, meine süße Tochter.

Es zerreißt ihm jedes Mal das Herz, wenn er diese Sätze sagt. Er weiß es schon, bevor er Luft holt, um das erste Wort zu sagen. Dann muss er sich abwenden, damit er nicht vor den

Leuten anfängt loszuheulen. Im Fernsehen sieht er, dass die Überschwemmung bei der weltberühmten Spielbank angekommen ist. Dostojewski hat sich hier ruiniert. Er selbst hat mal fünfundzwanzigtausend beim Großen Roulette verloren, aber er weint dem Laden keine Träne nach, im Gegenteil. Endlich hat sich der Satz, dass die Bank immer gewinnt, erledigt.

Eine Anzeige wird eingeblendet. *Washington, Boarding.*

9 DIE STUNDEN WAREN WIE TREIBSAND

Ich bin darin versunken, und jede Erinnerung an Jakob hat mein Ertrinken beschleunigt. Das Paradies hat mich ausgekotzt. Ich habe versucht, wieder hineinzukommen, aber da war kein Paradies mehr. So, als wäre es nur ein Traum gewesen. Wie kann Jakob tot sein? Er ist unverwundbar, hat sieben Leben, hat er gesagt. Hat er die alle schon verbraucht?

Die Rollläden an den Fenstern meiner niedlichen, hässlichen Wohnung hatte ich runtergelassen, die Tür verschlossen. Meinen Eltern hatte ich gesagt, ich würde für ein paar Tage verreisen. Was auch stimmte. Nur war es keine physische Reise, sondern eine in meine Seele hinein, dorthin, wo alle Schmerzen aufhören. Die Gegenwart war ausgelöscht und die Zukunft ein dunkler Flur mit einer Tür am Ende, hinter der ich schlafen könnte. Ich war bereit, durch die Tür zu treten. Aber dann hat das Leben in meinem Bauch die Hand mit den Tabletten darin zur Toilette geführt.

Seitdem sitze ich auf dem Bett, das Notebook auf den Knien, und lese Jakobs Nachrichten. Das Masochismus-Programm in vollen Dosen.

Es ist wichtig, dass Du sofort nach Berlin fährst. Wir werden diesen Mördern die Masken von ihren hässlichen Fratzen reißen. Wir beide, Leela. Sprich außer mit Mackenzie mit niemandem. Und pass auf Dich und die Babys auf. Ich liebe Dich.

Wir beide, Leela. Wir beide. Ein seltsamer Satz, wenn er von jemandem gesagt wird, der tot ist. Ich hole ein Foto von Jakob und mir auf den Bildschirm. Wir beide in einem Ruderboot auf der Elbe. Ich halte das Notebook mit beiden Händen fest. Während ich das Foto ansehe, sein Lächeln, die Hand, die über meine Wange streicht, spüre ich, wie eine kribbelnde Wärme vom Bauch aus in alle Teile meines Körpers strömt. Als hätten die

Babys Feuer in mir gelegt und die Kontrolle darüber verloren. Als würde die Leela, die sterben wollte, langsam verbrennen und die Flammen mit einem Mal eine alte Energie in mir zum Leben erwecken.

Ich verspreche dir, dass ich deine Arbeit zu Ende führe, flüstere ich.

Und dann noch einmal laut.

»Ich verspreche dir, dass ich deine Arbeit zu Ende führe!«

Ich wiederhole es, schreie es.

»Ich verspreche dir, dass ich deine Arbeit zu Ende führe. Und dass ich deinen Tod rächen werde.«

Ich weiß noch nicht, wie ich das machen soll. Aber ich habe es versprochen. Alles Weitere wird sich ergeben. Ich ziehe die Dateiordner auf einen Stick und lösche die Mail.

Im Badezimmer schneide ich mir die langen braunen Haare ab. Die Person, die mich danach im Spiegel ansieht, erinnert eher an eine Strafgefangene auf dem Weg zum Schafott als an eine Heldin. Ich hole meinen Rucksack unter dem Bett hervor, stopfe wahllos Klamotten hinein. Immer wieder sage ich den Satz. Wie ein Mantra.

Ich verspreche dir, dass ich deine Arbeit zu Ende führe.

Als ich fertig gepackt habe, ist der Rucksack so schwer, dass ich ihn nicht auf den Rücken kriege. Ich muss mich auf den Bauch legen und mich wie ein Kamel zuerst mit den Beinen und dann mit den Armen hochdrücken. Als ich endlich stehe, taumele ich ein paar Schritte nach hinten und kann mich gerade noch am Schreibtisch festhalten, sonst würde ich rückwärts aus dem Fenster fallen. Im Badezimmer zeigt die Waage siebzig Kilo. Ich wiege einundfünfzig, der Rucksack somit neunzehn. Ein paar schwere Sachen müssen raus Ich gehe die Liste zweimal durch, dann entscheide ich mich gegen den Computer und damit gegen meinen Roman. Ich werde ihn erst zu Ende schreiben, wenn ich das Versprechen eingelöst habe. Wenn überhaupt.

Ich fahre nach Berlin, melde mich bald, schreibe ich in die Familiengruppe bei WhatsApp. Dazu noch die Telefonnummer von Mackenzie. Für alle Fälle.

Was machst Du in Berlin?, fragt meine Mutter.

Jemanden besuchen.

Kommst Du wieder zurück?, will Christa wissen.

Na klar.

Schwörst Du's?

Ich schwöre.

Um kurz nach acht verlasse ich die Wohnung.

Am Busbahnhof sind die Aufräumarbeiten immer noch in vollem Gange. Bauarbeiter schütten Sand in das Loch in der Straße. Ich balanciere über die Holzbohlen. Vor dem Informationsschalter der Bahn steht eine schier endlose Menschenschlange. Eine Frau mit zwei Kindern an den Händen und einem dritten im Buggy erklärt mir genervt, dass der Zugverkehr nach Berlin wegen der unterspülten Gleise entlang der Strecke eingestellt ist. Na großartig! Davon hat Bahn.de nichts gesagt, als ich das Ticket gekauft habe. Während ich die Anzeigetafel anstarre, als könnte ich sie hypnotisieren, spricht ein Mann mit stylischer Piloten-Sonnenbrille mich von der Seite an.

»Nette Frisur haben Sie. Sind Sie unter den Rasenmäher gekommen?«

Er sieht gut aus. Ist wohl in den Fünfzigern. Groß, schlank, mit den scharfen Gesichtszügen von jemandem, der einiges durchgemacht hat im Leben. Er erinnert mich an einen Schauspieler.

»Wenn Sie nach Berlin wollen, kann ich Sie mitnehmen. Ich habe bei Sixt den letzten Mietwagen ergattert. Es ist ein BMW

SUV. Eine Dreckschleuder, aber was soll's, wenn die Welt sowieso untergeht, meinen Sie nicht?«

Er lacht. Ein sympathisches Lachen, das von einem Ohr bis zum anderen reicht. Trotzdem frage ich mich, woher er weiß, dass ich nach Berlin fahren will. Ich lehne das Angebot ab. Man weiß ja nie. Ich will nicht abseits der Straße auf einem Waldweg aufwachen, Hose und Slip auf den Knöcheln.

»Danke, ich versuche es morgen noch mal. Vielleicht fährt der Zug dann wieder.«

Sein Lächeln gefriert für die Winzigkeit eines Augenblicks. Dann hat er sich wieder unter Kontrolle.

»Ist ja auch besser für die Umwelt«, sagt er.

Ich stehe ratlos da und weiß nicht, was ich nun tun soll. Ich könnte meinen Vater bitten, mich zu fahren, wahrscheinlich würde er es sogar machen, aber dann müsste ich ihm erklären, warum ich so plötzlich nach Berlin aufbreche. Andererseits kann ich auch nicht den ganzen Tag hier stehen bleiben. Und der Mann neben mir macht keine Anstalten zu verschwinden. *Was willst du von mir?*

Um ihn loszuwerden, gehe ich in die Bahnhofshalle. In der nächstbesten Boutique schnappe ich mir wahllos ein Kleidungsstück von der Stange und verschwinde in eine Umkleidekabine. Ich stelle den Rucksack ab und setze mich auf den Hocker.

Wie soll ich jetzt nach Berlin kommen? Trampen? Dann hätte ich auch mit dem Kerl fahren können. Mit dem Bus fahren? Stand nicht ein Flixbus auf dem Busbahnhof? Und sind da nicht Leute eingestiegen? Das ist es. Wieso bin nicht gleich draufgekommen? Ich schultere erneut den Rucksack und verlasse die Kabine. Irgendwer spielt eine Melodie auf der Mundharmonika. Wo kommt das denn her? Als ich die Boutique verlassen will, steht der Typ vor der Tür. Jetzt fällt es mir wieder ein. Er sieht aus wie der Schauspieler Henry Fonda. Das Gesicht unbewegt, der Blick gelangweilt, fast leblos. Was will der von mir?

»Darf ich bitte vorbei?«, frage ich.

Ich versuche, genervt und ungeduldig zu klingen.

»Klar. Aber vorher würde ich gerne wissen, was du mit den Dateien gemacht hast«, sagt er.

»Wer sind Sie, welche Dateien?«

»Die dein Freund unerlaubterweise kopiert hat.«

»Sind Sie von der Polizei?«

»So etwas Ähnliches.«

»Kann ich Ihren Ausweis sehen?«

»Du hast drei Sekunden«, sagt er.

Sofort legt sich die Angst wieder auf meine Brust. Schnürt mir die Luft ab, drückt das Blut in den Kopf. Ich darf ihm auf keinen Fall den Stick geben.

»Sorry, darf ich mal bitte? », fragt eine Stimme hinter Henry Fonda in pikiertem Ton.

Eine stark geschminkte Fünfzigerin mit Kunstpelzjacke und zwei schleifenverzierten Schoßhunden an der Leine verlangt störungsfreien Eintritt in die Boutique. Ich sehe ein leichtes Flackern in Fondas Augen. Die Störung passt nicht in seinen Plan. Er öffnet seine Jacke, zeigt mir eine Pistole, die in seinem Hosenbund steckt.

»Kein Wort«, sagt er.

Dann wendet er sich an die Frau.

»Einen Moment noch. Meine Tochter und ich …«

Jetzt! Ich werfe mich mit aller Kraft gegen ihn, er taumelt zurück und fällt über eine der beiden Hundeleinen, flucht. Während er sich aufrappelt, renne ich los. Zu den Gleisen. Vielleicht kann ich mich da irgendwo zwischen den Waggons verstecken. Nach wenigen Metern höre ich Fondas Schritte hinter mir. Ich springe vom Bahnsteig hinab in das Gleisbett. Plötzlich schreit jemand gellend auf. Ich wende den Kopf. Ich habe den Regionalexpress, der auf dem Gleis in den Bahnhof einfährt, nicht gesehen. Im allerletzten Moment kann ich mich mit einem Sprung in Sicherheit bringen. Falle über die Schienen und reiße mir die Hose an den scharfkantigen Steinen auf. Fonda muss warten, bis der Zug weiterfährt. Ich stolpere zu einem Güterzug, dessen Waggons eine Schlange bilden, weiter, als ich schauen kann. Die Seitentüren stehen offen. Ich werfe den Rucksack in einen der Waggons, klettere hinterher und warte. Wenn ich Glück habe, gibt Fonda die Suche nach mir auf. Und wenn ich noch mehr Glück habe, fährt der Güterzug nach Berlin.

Und tiefer, als man zu tauchen vermag, sei der See einst gewesen. Als die Alten davon geschwärmt haben, war Afeni noch ein Kind. Sie haben erzählt, wie sie nachts rausgefahren sind und so viele Fische gefangen haben, dass ihre Boote beinahe gesunken sind. Afeni weiß, dass das stimmt, denn einmal hat beim Tauchen ein Barsch nach ihr geschnappt, der war doppelt so groß wie sie, und sie wäre beinahe ertrunken. Aber das ist lange her. Länger, als der Horizont reicht. Der Tschadsee ist von 250 000 Quadratkilometern Fläche auf nur noch 2500 geschrumpft. Die Hitze hat ihn ausgetrunken, und jetzt ist nur noch eine Pfütze übrig, an deren Rändern die Antilopen, Elefanten und Löwen einträchtig nebeneinander verdursten, in der die toten Fische stinken und die Geier reiche Beute finden. Millionen sind inzwischen gestorben, die Städte zur Beute von Banden geworden, die jeden, der noch etwas zum Leben hat, ausrauben, bis sie selbst auch dahinsiechen. Seitdem gibt es keine Schulen mehr, keine Bars, keine Feiern, keine Hochzeit. Anfangs gab es noch Beerdigungen, aber seit niemand mehr da ist, der die Toten in die Erde legen kann, bleiben sie in den Häusern liegen und warten darauf, dass Gott sie zu sich holt und ihnen ein neues, besseres Leben schenkt.

Auch N'Djamena, die Stadt, in der Afeni Ismeil Sorag und ihr Sohn Nelson leben, ist ein einziger Friedhof. Deswegen haben sie beschlossen, ihre Heimat zu verlassen. Auch auf die Gefahr hin, unterwegs auf Boko Haram zu treffen. Diese verdammte Mörderbande, die beweist, dass der Teufel mächtiger als Gott geworden ist.

Vor einem Monat haben die mit ihren Pick-ups und den Maschinengewehren auf den Ladeflächen die Schule angegriffen, an der Afeni Englisch, Deutsch und Mathematik unterrichtet hat. Es war ein Samstag, als sie die schwarzen Flaggen schon von Weitem kommen sah. Die Blauhelme liefen schreiend weg, während die Mörder vor der Schule anhielten. Afeni konnte sich mit ihren Schülern in einem Speicher verstecken. Aber den Direktor schlugen sie mit Macheten in Stücke wie ein Lamm, das auf dem Markt verkauft werden soll. Die Mädchen in seiner Klasse mussten zuschauen. Dann gingen die Männer zu den Mädchen. »Für Allah!«, riefen sie und lachten. Was ist das für ein Gott, der in Blut watet?

Überall, wo Afeni und Nelson seit dem Beginn ihrer Flucht hinkommen, sind Zehntausende unterwegs. Wie die Heuschrecken, die früher über das Land gezogen sind. Und selbst die sind inzwischen verhungert. Der Lkw, auf dessen Ladefläche sie zusammengedrängt kauern, hält in nahezu jedem Dorf an und fragt, wer mitkommen will. Für fünfhundert Dollar gibt es einen Platz auf der Ladefläche. Als sie losgefahren sind, waren sie etwa zwanzig, jetzt hocken mehr als fünfzig Menschen beieinander.

Afeni hat sich ganz an den Rand gesetzt. Hier ist sie vor den Männern sicher, die die Frauen andauernd angrapschen. Sie ist eine schöne Frau, das weiß sie, weil ihre Mutter es immer wieder verflucht hat. Eine schöne Frau lebt nicht lange in ihrer Schönheit, hat sie gesagt. Ihr rotes Gewand lässt lediglich die Hände frei. Vor das Gesicht hat sie ein Tuch gebunden. Wegen des Staubs und des dicken Fahrers. Wenn der anhält, kann es sein, dass er sie vom Lkw herunterholt und nach vorne in das Fahrerhaus schleppt. Mit Maha hat er es schon am ersten Tag gemacht. Als Mahas Mann dem Dicken gesagt hat, er soll seine Frau in Ruhe lassen, hat er ihn mit einem Ochsenziemer verprügelt und vom Lkw geworfen. Maha hat nun Angst, dass sie schwanger ist. Oder krank.

Die Fahrer nehmen jedem Passagier zu Beginn der Fahrt

Pässe und Geld ab. Nicht nur das, was für die Fahrt ausgemacht ist, sondern auch das Geld für die Überfahrt nach Europa mit dem Boot. Angeblich zu ihrer Sicherheit, falls sie überfallen werden. Afeni hat ihnen das gegeben, was sie in ihrer Tasche hatte. Es war nicht viel. Der dicke Fahrer hat sie angebrüllt. Wo ist der Rest?, hat er geschrien, du musst doch noch viel mehr haben. Das hat Afeni auch, aber sie hat es an einer Stelle versteckt, an der er nicht suchen wird. Zusammen mit der Adresse, zu der sie gehen werden, wenn sie in Deutschland sind. Dann wollte der Dicke das Amulett haben, das sie um den Hals trägt. Aber das kann sie ihm nicht geben. Noch weniger als das Geld, das sie versteckt hat. Er darf das Amulett noch nicht einmal berühren, weil das Unglück bringt. Er hat sie ausgelacht, das Amulett angefasst und sofort wieder losgelassen, als wäre es glühend heiß. Von da an hat er sie in Ruhe gelassen.

Die Fahrt ist eine einzige Tortur. Der Staub setzt sich trotz des Tuchs in Nase und Hals fest, kratzt und beißt, die Augen tränen unaufhörlich, die Sonne brennt erbarmungslos vom Himmel herab, als wollte sie die Menschen rösten. Hin und wieder taucht eine Wolke auf und verzieht sich bald wieder. Afeni und Nelson haben kaum noch etwas zu essen. Aber das ist nicht so wild. Schlimmer ist, dass jemand ihren Wasservorrat gestohlen hat, obwohl Afeni die drei Flaschen zwischen ihren Beinen versteckt hatte. Nelson hat deswegen einen der Männer geschlagen, aber sie haben das Wasser trotzdem nicht zurückbekommen. Der Durst ist unerträglich.

Maha erzählt von Deutschland, wo ihre Schwester schon seit zwei Jahren in einer Stadt namens München lebt.

»Meine Schwester sagt, dass die Männer im Haus helfen und auf die Kinder aufpassen.«

Alle lachen, weil die Vorstellung so absurd ist, dass es sich um einen Witz handeln muss.

»Dann sind das keine Männer«, sagt Nelson, »sondern Weiber, die sich als Männer verkleiden.«

»Du weißt das ja ganz genau, weil du schon hundertmal da warst, oder?«, sagt Afeni.

»Stimmt, ich war schon hundertmal da«, sagt Nelson.

»Aber nur im Traum.«

»Woher willst du das wissen, du warst doch gar nicht in meinem Traum.«

Nein, das war sie nicht. Aber auch sie besucht in ihren Träumen das Land im Norden. Es ist unvorstellbar, dass die Menschen dort in Häusern leben, die kühl sind, dass es dort mehr Wasser gibt, als die Menschen brauchen. Es gibt Videos im Internet, die zeigen, dass Flüsse über die Ufer treten und das Land überschwemmen. Hoffentlich wird das Wasser weg sein, wenn sie in Deutschland ankommen.

Seit vier Stunden schon fahren sie auf der holprigen Piste durch die Wüste. Jedes Schlagloch, jede Unebenheit rüttelt sie durch, verprügelt den Rücken und trifft sie wie schwere Stiefel in den Hintern. Vor einer Stunde mussten sie die Straße verlassen, weil die Grenze nach Libyen vom Militär oder den Milizen oder beiden kontrolliert wird und weil die auf jeden Lkw schießen, der ohne Genehmigung passieren will. Zwar patrouillieren die Soldaten in ihren Jeeps auch an der Landesgrenze in der Wüste, aber es sind zu viele Kilometer, um alles überwachen zu können. Und da um sechs Uhr abends schlagartig die Sonne versinkt, wird auch schon eine Stunde früher die Luftüberwachung eingestellt. Nicht mehr lange, dann sind sie in Tripolis. Dort müssen sie zum Hafen, wo ein Boot für sie bereitliegt.

Afeni hat die Arme über den Knien verschränkt, den Kopf darauf abgelegt und döst vor sich hin, versinkt in einen leichten Schlaf und träumt von der Stadt im Norden. Bis ein fürchterlicher Schlag den Lkw erschüttert. Nelson kann Afeni gerade noch festhalten, sonst wäre sie nach hinten gekippt. Etwas unter der Ladefläche schlägt auf Metall. Als sie nach wenigen Metern zum Stehen kommen, springen die beiden Fahrer heraus. Brüllend beugen sie sich unter den Wagen. Fluchen derbe. Schreien sich an. Es fehlt nicht mehr viel, und sie schlagen aufeinander ein.

»Was ist los? Warum haltet ihr an?«, fragt Nelson.

»Halts Maul«, brüllt der Dicke.

Der andere Fahrer nimmt sein Handy, geht ein paar Schritte und telefoniert. Er sieht aus wie die Menschen im Osten, ist bestimmt schon über sechzig, groß und schmal. Sein Gesicht ist faltig wie eine zerknüllte Postkarte.

»Meinst du, wir können weiterfahren?«, fragt Afeni.

Nelson weiß es nicht. Auf der Ladefläche wird jetzt aufgeregt diskutiert. Alle haben Angst, dass die Fahrer sie einfach in der Wüste zurücklassen. Einige fangen an zu jammern, andere werden wütend. Aber niemand traut sich, etwas zu unternehmen. Sie harren aus. Maulend und trotzig. Nach einer Weile kommt der Alte zurück und spricht mit dem Dicken. Dabei sehen sie kopfschüttelnd zu ihren Fahrgästen hin.

»Alle runter, wir fahren nicht weiter, die Achse ist gebrochen«, sagt der Dicke. »Los, beeilt euch! Was ist denn? Soll ich euch Beine machen?«

Die Männer springen zuerst von der Ladefläche, lassen sich von den Frauen das Gepäck geben. Koffer, Taschen, Bündel aus farbigen Leinensäcken. Dann helfen sie den Frauen vom Lkw herunter.

»Was passiert jetzt?«, fragt Afeni.

»Was denkst du denn? Ihr lauft«, sagt der Alte.

»Wie weit ist es noch?«, fragt sie.

»Nicht mehr weit. Und wenn du müde bist, rufen wir dir ein Taxi«, sagt der Dicke und lacht böse.

Aber dann scheint er sich an den Moment zu erinnern, als er das Amulett berührt hat. Er verstummt und wendet den Blick von Afeni ab.

Laufen. Laufen ist kein Problem. Afeni ist schon ihr ganzes Leben gelaufen. Als Kind, um Wasser zu holen, als Jugendliche, um auf dem Markt Fische zu verkaufen und zur Schule zu gehen, als Schwangere mit Nelson in ihrem Bauch. Aber dann hat sie stets gewusst, wie weit sie laufen muss. Das war wichtig, weil sie dann ihre Kräfte einteilen konnte. Nelson nimmt den Koffer, Afeni lädt das gelbe Bündel auf ihren Kopf, dann gehen sie los. Der Alte bleibt bei dem havarierten Fahrzeug. Wahrscheinlich hat er Angst, dass Milizen kommen und den Lkw ausschlachten, bis nichts mehr davon übrig ist. Sie gehen in Richtung Norden, folgen der Piste, die rechts und links von Kadavern gesäumt ist. Gnus, Zebras, Giraffen, manchmal auch Menschen, bis auf die Knochen von Tieren abgenagt. Pick-ups überholen sie oder kommen ihnen entgegen. Sie winken den Fahrern, obwohl sie wissen, dass keiner von denen anhält. Auch die von der UN in ihren neuen weißen Jeeps nicht.

»Es ist nicht mehr weit«, sagt Nelson.

Das sagt er, obwohl er es gar nicht wissen kann, dennoch ist Afeni für den Trost dankbar. Nelson ist erst zwanzig Jahre alt und schon ein richtiger Mann. Stolz, mutig und tapfer. So hat sie ihn erzogen. Maha reicht ihr eine Wasserflasche.

»Nimm einen Schluck«, sagt sie. »Du musst trinken, sonst schaffst du es nie nach Paris.«

»Danke«, antwortet Afeni. »Ich will nicht nach Paris.«

Sie geht mit Nelson nach Deutschland, weil sie jemanden kennt, der sie und Nelson aufnehmen wird. Zumindest für die ersten Wochen, bis sie eine Arbeit gefunden haben und sich eine eigene Wohnung leisten können. Die Stadt, in der ihr

Freund wohnt, ist wunderschön. Es gibt alte Häuser, die aussehen wie in einem Märchen.

Afeni hat ihn bei einer Expedition auf den Mount Kenia kennengelernt. Das war vor einem Jahr. Sie war der Gruppe als Dolmetscherin zugeteilt, weil sie außer ihrer Muttersprache auch noch Englisch und Deutsch spricht. Am letzten Tag der Expedition hat er ihr die Adresse einer Frau gegeben, mit der er zusammenlebt. Sie hat sie in ihrem Mobiltelefon notiert. Und weil sie das Telefon verlieren oder der Akku leer sein könnte, hat sie die Adresse auswendig gelernt.

Leela Faber, Wittenberg, Dr.-Behring-Straße 82.

11 ICH BETE, DASS ER AUFGIBT

Er soll den Güterzug nicht ins Visier nehmen, die Waggons nicht durchsuchen, vor allem nicht den Waggon, in dem ich mich verstecke. Wenn ich einen kurzen Blick nach draußen wage, sehe ich ihn auf den Gleisen. Sein Blick kreist wie der eines Raubvogels, bereit, auf die kleinste Bewegung zu reagieren. Ich zittere, meine Beine fühlen sich an, als würden Ameisen darin auf und ab rennen. Dann, nach einer endlosen Weile, wendet Fonda sich endlich ab. Ich atme auf. Doch im selben Moment setzt der Güterzug sich ruckelnd in Bewegung, ich werde zur Seite gerissen und schreie auf, als ich mit dem Kopf gegen das schwere Türschloss knalle. Den Schrei muss Fonda gehört haben. Denn jetzt läuft er auf meinen Waggon zu, die Pistole in der rechten Hand auf den Boden gerichtet.

Wieso habe ich mich nicht besser versteckt? Wieso nicht festgehalten? Und dann auch noch geschrien! Jetzt bleibt mir nichts anderes übrig, als auf der anderen Seite des Waggons abzuspringen und zu hoffen, dass Fonda es nicht bemerkt. Ich renne über die Gleise, stolpere, fange mich im letzten Moment. Klettere über den Zaun, der den Bahnhof begrenzt. Schaue mich um. Wo ist er? Ich kann ihn nirgends entdecken. Und selbst wenn, würde er mich hier nicht finden. Ich kenne die Gegend hinter dem Bahnhof. In dem baufälligen Schulhaus habe ich meine erste Zigarette geraucht und zum ersten Mal einen Jungen geküsst. Aber das nützt mir jetzt auch nichts. Ich muss die Straße nach rechts, die Böschung hinauf, bis zur Bahnhofsbrücke. Und ich habe Glück. Von Weitem sehe ich, dass der Flixbus, der nach Berlin fährt, noch am Bussteig steht. Fahrgäste drücken dem Fahrer ihr Gepäck in die Hand, der verstaut die Koffer und Taschen in dem großen Fach unterhalb des Passagierraumes. Ich renne los und stoppe sofort wieder. Fonda hat wohl die gleiche Idee wie ich gehabt. Er steht neben dem Busfahrer, sagt etwas zu ihm, der Fahrer zuckt nur mit den Schultern und lässt sich nicht weiter bei der Arbeit stören. Fonda läuft auf und ab, späht immer wieder in den Bus hinein. Er scheint entschlossen, mich unter allen Umständen zu fassen. Aber das wird ihm nicht gelingen. Er rechnet nämlich bestimmt nicht damit, dass ich auch noch später einsteigen kann. Es ist die brillanteste Idee des Monats, für die ich mich ausgiebig selbst lobe. Ich halte ein Taxi an und bitte den Fahrer zu warten. Als der Bus sich in Bewegung setzt, sage ich den Satz, der mir endgültig das Gefühl gibt, mitten in einem Abenteuer zu sein.

»Folgen Sie dem Bus, schnell!«

An der Kreuzung mit der Bundesstraße 2 setzt sich das Taxi vor den Bus und zwingt ihn anzuhalten. Der Busfahrer schimpft wie ein Rohrspatz, aber als ich ihm von Fonda erzähle, sagt er, dass der Kerl ihm unheimlich war, und ich darf mitfahren. Ich nehme in der letzten Sitzreihe Platz neben einem Mann, der die ganze Zeit mit seiner Familie in Daressalam telefoniert. Ich atme durch. Das war verdammt knapp. Dieser Typ, der wie Henry Fonda aussieht, hat mir wirklich Angst gemacht. Wer ist er? Wer hat ihn geschickt?

Wegen des Hochwassers müssen wir immer wieder Umwege fahren. Straßen und Brücken sind gesperrt. Auf einem Feld stehen zwei Pferde bis zum Bauch im Wasser. Ich sehe einen Traktor. Ein Mann sitzt darin vornübergebeugt. In Ludwigsfelde geraten wir in einen Autokorso von Dutzenden Pick-ups und Kleinbussen. Schwarze Fahnen mit stilisierten Hakenkreuzen wehen an langen Stangen. Aus einigen Autos dröhnt lautes Schwermetall. Ich weiche vom Fenster zurück, als der Korso den Bus überholt. Einige Männer in den Pick-ups tragen Uniformen.

»Sind das Nazis?«, fragt der Mann neben mir.

In seiner Stimme schwingt ein ängstliches Schaudern.

»Ich bin schon zweimal überfallen worden. Was wollen die? Wo fahren die hin?«

Ich weiß es nicht. Ich habe nur gehört, dass ein paar Prepper was Großes planen, aber ich habe mich nicht übermäßig dafür interessiert, und kurz bevor wir Berlin erreichen, ist der Spuk auch schon wieder vorbei. Der Bus fährt in den Busbahnhof ein und bahnt sich hupend den Weg durch die Wartenden. Sie stoßen einander beiseite, steigen über Koffer hinweg, schreien sich an, zerren und reißen an ihren Taschen. Manche von ihnen haben so viel Gepäck dabei, dass man meinen könnte, sie wollten auswandern.

»Das sind die armen Schweine, die in den Überschwemmungsgebieten wohnen und jetzt ihre Häuser und Wohnungen verlassen müssen«, sagt der Busfahrer, als wolle er uns warnen.

Als er die Türen öffnet, warte ich, bis die anderen Fahrgäste sich aus dem Bus gequetscht haben, dann greife ich meinen Rucksack und steige aus.

Der Himmel ist grau. Vor mir liegt ein Parkplatz, der von weißen Zelten übersät ist. Dutzende Männer und Frauen stehen am Rande, rauchen und diskutieren erregt. Vor einem riesigen Gebäude, das wie ein Raumschiff aussieht, stehen weitere Zelte. Einige Leute haben Grills aufgebaut, von denen der Geruch von angebranntem Fleisch herüberweht. Obwohl ich seit zwei Jahren Vegetarierin bin, läuft mir das Wasser im Mund zusammen.

Das letzte Mal war ich auf der Abiturfahrt in Berlin. Seitdem hat die Stadt sich so verändert, dass ich sie kaum wiedererkenne. Damals habe ich über die breiten Straßen gestaunt, über die neuen Häuser, die überall aus dem Boden wuchsen, dazwischen die alten Prachtbauten, die selbstbewusst das Stadtbild regierten. Jetzt erinnert mich Berlin eher an Trivandrum, den Ort im indischen Bundesstaat Kerala, an dem ich meine ersten neun Lebensjahre verbracht habe. Die gleiche Enge, das gleiche Gedränge, der gleiche Müll auf den Straßen. Allerdings ist das Getümmel hier aggressiver und lauter.

Ein Schild weist den Weg zum U-Bahnhof Kaiserdamm. Ich schultere meinen Rucksack und marschiere los. Die Luft ist warm und feucht und legt sich wie ein unsichtbares Tuch auf die Haut. Du musst regelmäßig trinken, sagt meine Mutter zu jeder Gelegenheit. Aber das brauche ich hier nicht, meine Haut nimmt zwei Liter pro Tag allein durch die Osmose auf. Schon nach ein paar Schritten fange ich an zu schwitzen. Kurz vor Berlin habe ich Mackenzie endlich erreicht und mich mit ihr an einem Ort verabredet, der Telegrafenberg heißt. Ich soll mit dem M 45 bis zum Bahnhof Zoo fahren und dann in die S-Bahn nach Potsdam einsteigen. Sie hat am Telefon ziemlich gestresst geklungen, als hätte sie keine Lust auf Besuch. Dabei geht es doch um die Dateien, die ich von Jakob erhalten habe. Vielleicht weiß Mackenzie, was sie damit anfangen soll. Immerhin forscht sie als Wissenschaftlerin und Aktivistin schon seit Jahren über den Klimawandel, hat Bücher geschrieben und Vorträge gehalten. Ich habe mir einige davon auf YouTube angeschaut. Es ist faszinierend zu sehen, mit welcher Leidenschaft und welchem Witz sie ihre Geschichten erzählt. Aber das ist auch nicht verwunderlich. Erstens ist sie Amerikanerin, und zweitens ist der berühmte schwarze Menschenrechtsaktivist Xavier Little ihr Vater. Das hat sie bestimmt alles von ihm gelernt.

Am Bahnhof Zoo herrscht das gleiche überreizte Gewimmel. Obdachlose schlafen auf den Bürgersteigen. Mehr als fünfzigtausend Menschen sind auf der Flucht vor dem Hochwasser in den letzten Tagen in Berlin angekommen, hat der Busfahrer gesagt. Auf dem Parkplatz vor dem Bahnhof verteilt die Tafel Essen. Die Schlange der Hungrigen ist Hunderte Meter lang.

Einige halten die Köpfe gesenkt, als würden sie sich schämen, hier anstehen zu müssen.

Ich werde zur Seite gedrängt, angerempelt. Mit Mühe kann ich meine Tasche und den Rucksack festhalten. Als ich den Bahnsteig erreiche, fährt einer der gelb-roten Züge ein. Kaum werden die Türen geöffnet, quellen vermummte Menschen heraus wie Zombies aus einem Grab. Auf ihren Jacken steht *Guardians of Life*. Sie stürzen brüllend zu den Treppen. Rufen etwas, das ich nicht verstehe. Und dann, ehe ich mich versehe, ist der Bahnsteig wieder leer. Der Lärm entfernt sich, pulsiert außerhalb des Bahnhofs weiter, und am Bahnsteig kehrt eine geradezu gespenstische Stille ein. Ich steige in die S-Bahn in Richtung Potsdam Hauptbahnhof, von da soll ich die Straßenbahn zum Telegrafenberg nehmen und mich dann zum Süring-Haus durchfragen.

Während die Bahn über die Schienen holpert, die Stadt vor den Fenstern des Waggons vorbeizieht, nehme ich die fiebrige Stimmung auf, die wie eine Wolke in den Straßenschluchten wabert. Wege und Plätze stehen unter Wasser. Bäume liegen quer über Fahrbahnen. Autos, die vom Hochwasser wie Spielzeug hin und her geschoben wurden, sind darunter begraben und verstopfen die Straßen. Dächer wurden abgedeckt, Baugerüste sind umgeweht worden und hängen bedrohlich zur Seite, bereit, beim kleinsten Windstoß zu stürzen. Polizei und Feuerwehr bahnen sich mühevoll ihren Weg. Hier ist alles noch viel schlimmer als zu Hause in Wittenberg. Ich sehe einen wütenden Haufen, der einen Supermarkt plündert. Menschen prügeln mit Stangen aufeinander ein. Aggression und Depression wie Geschwister nahe beieinander.

Eine Stunde später habe ich den Telegrafenberg und das *Potsdam-Institut für Klimafolgenforschung* erreicht. Ein Bau mit einer quadratischen Fassade aus ockerfarbenem Sandstein, durchzogen von hellbraunen Streifen. Zwei Männer stehen davor. Einer hat Dreadlocks, der andere raucht. Auf einem T-Shirt steht *Refugees welcome*, auf dem anderen *ACAB*.

»Wo willst du denn hin?«, fragt der mit den Dreadlocks.

»Ich bin mit Mackenzie Little verabredet. Sie wartet auf mich, weil ich eine Nachricht von Jakob Richter für sie habe.«

Bei dem Namen Jakob Richter wird Dreadlock aufmerksam, nimmt sogar richtig Haltung an. Der Name ist ein Türöffner. Irgendwann wird mein Name auch so eine Bedeutung haben, denke ich.

»Erster Stock, sie wartet schon auf dich.«

»Danke«, sage ich, froh, dass mal etwas glattläuft.

Anders wird er nicht wach. Während Leon zuschaut, wie die Kaffeemaschine gurgelt und zischt, versucht er, Mackenzie zu erreichen. Er weiß immer noch nicht, ob Jakob Richter die Dokumente an sie schicken konnte, bevor Neumayer III ins Meer gestürzt ist. Er braucht die Papiere. Wenn da drinsteht, was Mackenzie versprochen hat, wird es vielleicht doch noch was mit dem gesetzlichen Notstand. Im Hintergrund dreht sich Bruce Springsteen auf dem Plattenteller. »I'm On Fire«.

Der Blick aus Falks Wohnung im achten Stock des Kanzleramtes fällt auf den Hauptbahnhof, vor dessen Türen mehrere Dutzend Menschen auf Matratzen und in Schlafsäcken übernachten. In zwei Stunden wird die Polizei sie vertreiben. An den Wänden hängen Schwarz-Weiß-Fotografien von Frauen, die zu Falks morgendlicher Erbauung beitragen. Angela Merkel, Oprah Winfrey, Jill Abramson, Malala Yousafzai. In den Regalen stehen neben den Biografien berühmter Politiker und Künstler, neben Sun Zu und Machiavelli auch *Die Neapolitanische Saga* und *Harry Potter*. Den weißen Kelim vor dem Regal hat sie aus Kasachstan mitgebracht, der Schreibtischstuhl ist antik. Alles hier ist genau ausgewählt und an seinem Platz. Der schwarze Schreibtisch ist penibel aufgeräumt. »VS-VERTRAULICH!« steht in fetten Buchstaben auf dem Deckel einer Mappe.

Mit dem Espresso in der Hand setzt Leon sich auf den Schreibtischstuhl. Das kalte Leder erschreckt ihn, wenn er sich zurücklehnt. Er könnte Unterhose und T-Shirt anziehen, aber dann müsste er zurück ins Schlafzimmer gehen, und vielleicht würde sie dann aufwachen. Er liest, was der BND in den letzten Tagen an Informationen zusammengetragen hat. Undine von Broch hat die rechtsradikalen Prepper zu einer bundesweiten Aktion aufgerufen. Sie wollen die Regierung stürzen. Wieder einmal. Die Brände im brasilianischen Regenwald greifen um sich. Als die Regierung gemerkt hat, dass sie die Kontrolle verliert, hat sie das Militär losgeschickt. Aber da war es bereits zu spät. Nach sechs Monaten Dürre ist das Feuer nicht mehr zu stoppen. Es frisst sich von innen nach außen wie die Druckwelle einer Atombombenexplosion. Die Hilferufe an die Amerikaner waren natürlich ein Witz, weil die ihrerseits damit beschäftigt sind, Los Angeles zu evakuieren. Die Stadt ist eingeschlossen. Zuerst war es der Feuertornado, jetzt kommt vom Meer her das Wasser.

Aus dem Schlafzimmer ist ein leises Rumoren zu hören. Leon hält inne, lauscht. Wahrscheinlich hat sie nur geträumt. Es wird wieder ein harter Tag werden. Endlose Telefonate, damit sie auf der *World Climate, Environment und Economic Conference* in Davos den gesetzlichen Notstand ausrufen können. Die Konzerne sollen einige der größten Dreckschleudern abschalten. Dafür sollen sie Entschädigungen in Milliardenhöhe erhalten. Wenn sie sich weigern, sollen sie verstaatlicht werden. Das ist natürlich nur die Ultima Ratio. Und ein Tabubruch. Die Polen haben auch prompt signalisiert, dass sie auf keinen Fall mitmachen. Wie auch, sie sind die größten Kohleproduzenten Europas. Die Russen, Amerikaner, Chinesen und Saudis erst recht nicht. Und Falk scheint manchmal selbst nicht mehr dran zu glauben, dass es noch zu einer Einigung kommt. Deswegen brauchen sie Richters Informationen.

»Leon? Bist du noch da?«

»Ja.«

»Komm zu mir.«

»Zu Befehl.«

Er geht zurück ins Schlafzimmer. Diana liegt halb bedeckt, das iPad in den Händen, und wischt durch die Nachrichten.

»Was hast du gemacht?«

»Ein paar Vitamine genommen, um mich von der Nacht zu erholen. In meinem Alter dauert es länger mit der Regeneration.«

»Ich weiß. Ich hab gelesen, dass Männer den Höhepunkt ihrer sexuellen Leistungsfähigkeit mit dreiundzwanzig überschritten haben.«

»Was man von Frauen über fünfzig wohl kaum sagen kann.«

Er legt sich zu ihr, versenkt den Kopf an ihrer Schulter, dort, wo das Schlüsselbein liegt und wo sie besonders gut riecht. Vielleicht kann er noch ein paar Minuten schlafen. Doch kaum hat er die Augen geschlossen, legt sie das Pad beiseite und steht auf.

»Komm frühstücken«, sagt sie, während sie das Schlafzimmer verlässt. Er sieht ihr hinterher. Sie ist schlank, muskulös, und ihre Haut ist für ihr Alter überraschend fest. Eine Kämpferin, die so leicht nichts erschüttern kann. Wenn andere müde werden, holt sie von irgendwoher ungeahnte Energien, als hätte sie ein paar versteckte Akkus. Er ist gerne mit ihr zusammen. Und er hat gerne Sex mit ihr. Er beobachtet, wie sie ein paar tänzelnde Schritte zu »My Hometown« macht.

Eine Viertelstunde später hat er einen Power Smoothie aus Rucola, Spinat, Pfefferminze, Brennnessel, Chia-Samen und Himbeeren zubereitet. Krebszellen mögen keine Himbeeren, sagt Diana. Vor acht Jahren hatte sie Brustkrebs. Sie wurde operiert und hat es überstanden. Sie ist zäh. Wahrscheinlich würde sie auch einen Sturz von einem Hochhausdach überleben. Sie trägt ihre Kampfuniform. Dunkelblauer Hosenanzug von Armani. Sie trinkt den Smoothie aus, reicht ihm das Glas und deutet auf die Geschirrspülmaschine. Er räumt das Glas ein.

»Ich hab da so eine komische Notiz gefunden«, sagt Leon. »Was ist Decamerone?«

Sie sieht ihn skeptisch an.

»Spionierst du mir hinterher?«

Was soll er darauf antworten? Und wieso klingt sie so aggressiv?

»Nein, ich spioniere dir nicht hinterher.«

»Sicher?«

»Wird das ein Verhör?«

»Verhört haben die Nazis. Ich foltere.«

Sie lächelt, gibt ihm einen Kuss und rutscht wortlos von dem Hocker herunter. Er wischt die schmale Theke sauber. Wieso weicht sie ihm aus, wenn er sie nach Decamerone fragt?

»Hast du das über Sibirien gelesen?«, fragt Falk. »Heute Nacht sind schon wieder mehr als 50000 Tonnen Dieseltreibstoff und Chemikalien aus zwei geborstenen Tanks bei Nornickel ausgelaufen.«

Auf ihrem iPad schauen sie die Videos an, die zeigen, wie sich ein breiter roter Fluss seinen Weg durch den schlammigen Boden bahnt.

»Die Brühe hat den Ambarnaja erreicht«, sagt Leon. »Das heißt, die Scheiße macht sich auf den Weg in Richtung Nordpolarmeer.«

Im Sekundentakt werden Videos von Amateurfilmern hochgeladen, in denen der Katastrophenschutz mit schwerem Gerät anrückt. Hochleistungspumpen, schwimmende Ölsperren, aufblasbare Ballons, um die übrigen Tanks zu stützen. Lastwagen, in deren Bauch Tonnen von Beton gemischt werden, holpern über verschlammte Straßen in Richtung des Kraftwerkes. In einem wackligen Video taucht ein Junge ein Stück Stoff in den Ambarnaja, nimmt es wieder heraus und hält ein Feuerzeug darunter. Sofort steht der Stoff lichterloh in Flammen.

»Popkow hat in den Nachrichten getobt. Aber auch wenn das jetzt zynisch klingt. Es kann sein, dass die Katastrophe uns hilft, weil sie ihm jetzt zu Hause noch mehr Feuer unterm Hintern machen«, sagt Falk.

»Du denkst, dass er in Davos auf unsere Seite wechselt?«

»Keine Ahnung. Vielleicht solltest du jemanden losschicken, der die sibirischen Wälder in Brand setzt.«

Wie bitte? Meint sie das ernst? Sie scheint seinen entsetzten Blick zu bemerken.

»Beruhig dich wieder. Es war ein Scherz«, sagt sie.

Ein Scherz. Und trotzdem sind das die Momente, in denen sie ihn erschreckt. Er ist in einem Elternhaus aufgewachsen, in dem es sehr moralisch zuging. Der Vater Polizist, die Mutter Lehrerin. Das Gute kann nur durch das Gute erreicht werden, predigte sein Vater bei jeder Gelegenheit. Leon hat ihn für diese Haltung bewundert. Es ist der einzige Weg, um nicht korrumpiert zu werden. Egal, was du tust, egal, wo du bist. Vor allem, wenn du in die Politik gehst, musst du etwas haben, woran du dich festhalten kannst, weil an jeder Ecke ein Teufel wartet, der dir in der Frustration die Hand reicht. Für Leon ist es die Erinnerung an seinen Vater, der es vorzog, lieber keine Karriere zu machen, als jemandem hinten reinzukriechen. Das Wort »Kompromisse« kam in seinem Wortschatz nicht vor. In Diana Falk glaubt Leon eine Schwester im Geist gefunden zu haben.

»Was ist mit diesen Dokumenten, von denen du gesprochen hast?«, fragt sie.

»Noch nichts Neues. Mein Kontakt antwortet nicht.«

»Dann ruf ihn an. Leon, wir haben keine Zeit. In knapp sechs Wochen beginnt die Konferenz. Wenn wir bis dahin nicht genügend Regierungen auf unserer Seite haben, brauchen wir erst gar nicht hinzufahren.«

Er wählt Mackenzies Nummer. Wieder nichts. Warum geht die Frau nicht ans Telefon? Sieht sie seine Nummer auf dem Display und lässt ihn deswegen verhungern?

13 ICH HABE MICH ÜBER MACKENZIE INFORMIERT

Studium der Ozeanografie an der TU Dresden. Da hat sie Jakob kennengelernt und war eine Weile mit ihm zusammen. Dozentin am PIK, dem Potsdamer-Institut für Klimafolgenforschung, mehrfach wegen Widerstands gegen Vollstreckungsbeamte von der Polizei festgenommen. Zusammen mit fünfzig anderen höre ich Mackenzies Vortrag zu.

»Auf der Klimakonferenz in Glasgow hieß es, dass sich im Jahr 2050 die globale Durchschnittstemperatur auf 2,5 Grad erhöht haben wird. 75 Prozent des Regenwaldes im Amazonas werden gerodet und durch Ackerflächen ersetzt sein. Dadurch wird der Niederschlag verringert, und die Ackerflächen werden unbrauchbar. Es hieß, dass dann die Brände in Alaska, Kanada und Sibirien dazu führen, dass 30 Millionen Quadratkilometer Permafrostboden auftauen und dadurch 2000 Milliarden Tonnen Kohlenstoff freigesetzt werden. Ölleitungen würden bersten und Industrieanlagen und ganze Städte im Morast versinken. Es hieß, dass sich bis zum Jahr 2050 die Eisschmelze in Grönland dramatisch beschleunigen und 30 Zentimeter zum Anstieg des Meeresspiegels beitragen würde. Dass dann der Gangotri-Gletscher im Himalaja verschwunden sein wird und achthundert Millionen Menschen in Indien, Nepal, Bhutan, China das Wasser ausgeht, weil der Ganges nur noch ein Bach sein wird. Dass die Arktis ganzjährig eisfrei sein wird. Dass die Gletscher in den Bayrischen Alpen komplett verschwinden. Das alles wurde für das Jahr 2050 vorhergesagt. Und es waren falsche Vorhersagen. Es ist jetzt schon so weit. Hier und heute.«

Ich schaue mich um. Die Leute hängen förmlich an Mackenzies Lippen.

»Das wissen wir doch alles. Was schlägst du vor, was wir tun sollen?«, fragt ein junger Mann ein paar Plätze neben mir.

»Das weiß ich nicht«, antwortet Mackenzie. »Ich bin Wissenschaftlerin, keine Politikerin.«

»Wir können aber doch nicht einfach weiter auf die Straße gehen und noch Jahre demonstrieren«, regt sich eine Frau auf. »Die Zeit läuft uns davon, und die Politik tut so, als würde sich das Problem von selbst lösen.«

»Das ist richtig«, sagt Mackenzie. Wir wissen, dass hinter dem Scheitern aller bisherigen Klimakonferenzen, angefangen 1995 in Berlin über '97 in Tokio, 2009 in Kopenhagen, 2015 in Paris und 2025 in Istanbul die Arbeit einer Lobbygruppe steckt, die mit Hunderten Millionen Dollar Druck auf Regierungen ausübt. Es ist schwer zu verstehen, wie diese Leute funktionieren. Wieso sie, um Profit zu machen, die Zerstörung der Erde vorantreiben. Ich habe versucht, es zu kapieren, aber es gelingt mir nicht.«

Die Diskussion geht noch eine Stunde weiter. Je länger ich zuhöre, umso mehr gerate ich in eine eigenartige Unruhe. Ich habe Bücher über den Klimawandel gelesen, habe mit Jakob nächtelang diskutiert. Aber noch nie hat mich jemand mit den Schilderungen einer nahen Katastrophe derart berührt und in Angst versetzt.

»Wir werden das Sterben der Erde, so wie wir sie kennen, nicht aufhalten, wenn wir nicht begreifen, dass es eine Verschwörung gegen das Leben, gegen die Natur, gegen die Tiere und gegen uns gibt. Wir müssen erkennen, wer diese Verschwörung betreibt, wer unser Feind ist. Wir müssen endlich die Wahl der Waffen annehmen. Danke, dass ihr mir zugehört habt.«

Sie verbeugt sich knapp, und ihre Zuhörer applaudieren wie

wild. Ich klatsche auch, aber ich hätte gerne noch gehört, was das heißt, die Wahl der Waffen anzunehmen. Hat das mit den Dateien zu tun, die Jakob mir geschickt hat? Als der Applaus abebbt und einige aus dem Publikum Selfies mit Mackenzie gemacht haben, kommt sie auf mich zu.

»Du bist Jakobs Freundin?«, sagt sie erstaunt.

»Ja, wieso?«

»Er hat gesagt, du bist eine tolle Schriftstellerin.«

»Hat er das wirklich gesagt?«, frage ich ungläubig.

»Ich schwöre es dir.«

»Aber ich habe doch noch nichts fertig geschrieben.«

Es berührt mich, dass er das von mir gedacht hat. Ich fange an zu weinen, Mackenzie umarmt mich, und ich bin so überrascht, dass ich mich nicht wehren kann. Es geschieht nicht oft, dass eine fremde Person mich so emotional empfängt. Aber ich lasse den Überfall über mich ergehen, weil ich spüre, dass er nicht geheuchelt ist. Nach einer Weile befreie ich mich dann doch von ihr.

»Sorry«, murmelt Mackenzie.

Sie wischt sich schnell über die Augen und lächelt.

»Es tut mir so leid. Weißt du, ich hab mich gefragt, wie die Frau wohl aussieht, die es länger als drei Monate mit ihm aushält. Und jetzt … Tut mir leid. Ich weiß einfach nicht, wie ich damit umgehen soll, dass er tot ist. Wart ihr gut miteinander? Ich meine, wolltet ihr …?« Sie bricht mitten im Satz ab.

»Ich bin schwanger«, sage ich.

Das wollte ich eigentlich nicht sagen. Ich wollte es niemandem sagen, und jetzt ist es mir herausgerutscht, als wollte ich beweisen, dass es ernst zwischen ihm und mir ist. War. Mackenzie sieht mich mit großen Augen an, so als hätte sich die letzte Schwangerschaft vor tausend Jahren ereignet.

»Du bist schwanger? Wievielter Monat?«

»Zweiter. Aber ich will nicht darüber reden. Und auch nicht mehr über Jakob. Okay?«, sage ich.

Mackenzie nickt. »Ja, verstehe ich.«

Sie greift ihre Jacke und Handtasche, ich meinen Rucksack.

»Mit dem Ding bist du unterwegs? Interessant. Schmuggelst du Waffen?«

Das wäre vielleicht nicht die schlechteste Idee, nach der Begegnung mit Henry Fonda. Als mein Handy klingelt, zucke ich zusammen. Wie jedes Mal, weil ich immer noch hoffe, dass Jakob dran ist und sagt, dass er doch noch lebt. Aber es ist meine kleine Schwester.

»Chrissie, was ist los?«

»Die streiten sich total. Papa ist betrunken, und Mama hat sich im Schlafzimmer eingesperrt, weil er sie geschlagen hat.«

Nicht schon wieder!

»Chrissie, ich kann jetzt nicht nach Hause kommen. Ruf die Polizei an.«

»Hab ich schon. Wann kommst du?«

»Weiß ich noch nicht.«

»Kann ich nicht zu dir kommen?«

»Das geht jetzt nicht. Aber ich komm dich holen. Ich verspreche es, okay?«

Stille.

»Chrissie?«

Sie hat das Gespräch beendet. *Wann kommst du*. Die Frage trifft mich. Ich kenne die Situation. Ich weiß, was zu Hause los ist, wenn mein Vater getrunken hat. Wenn zuerst die ganze Welt, dann die Firma und dann Gita an seinem Elend schuld sind. Ich habe erlebt, wie er sich auf unsere Mutter gestürzt hat und ich ihn nur stoppen konnte, indem ich ein Messer genommen und gedroht habe, ihn umzubringen. Danach war monatelang Ruhe. Er war sogar zu den Anonymen Alkoholikern gegangen und hatte sich auf neue Jobs beworben. Aber als er auch da entlassen wurde, ging es wieder von vorne los.

»Alles okay?«, fragt Mackenzie.

»Ja«, antworte ich.

Ihr Großvater hat es ihr immer wieder eingebläut. Man braucht einen Feind, auf den die Schuld abgeladen werden kann. Juden, Kapitalisten, Araber, Schwule, Neger, ganz egal. Richtig verstanden hat Undine es erst, als sie einmal mit ihrem Vater im Fußballstadion war. Da war sie dreizehn oder vierzehn. Der Hass, den sie dort erlebt hat, war phänomenal. Diese unbändige Wut auf den Gegner, die nur darauf wartete, freigelassen zu werden, und nur durch Zäune und Polizisten gebändigt wurde, hat sie erschreckt und fasziniert. Ihr persönlicher Feind ist die Regierung, die Deutschland an die Konzerne verkauft hat, zuschaut, wie das Land zerstört wird, wie der Wald stirbt, die Tiere gequält werden und das Volk versklavt wird.

Und dann gibt es noch einen zweiten Feind. Ein Feind, der die Deutschen hinter ihr vereint. Das ist dieser Schwarm von menschlichen Heuschrecken, der über die Heimat hereinbricht. Heuschrecken ist das richtige Bild. Es erinnert an die Bilder aus Afrika, wo Bauern sich gegen die Plage wehren und mit Stöcken vergeblich nach den Tieren schlagen. So wird es auch hier sein. Allerdings mit dem Unterschied, dass sie keine Stöcke in den Händen halten und dass sie nicht vergeblich nach ihnen schlagen werden.

Sie macht einen langen Spaziergang durch den Garten. Die Tomaten, Zucchini, der Salat, alles liegt verfault auf dem Boden. Die beiden Gärtner sind ihr davongelaufen, weil sie nicht den ganzen Tag im Regen arbeiten wollten. Während sie die verrotteten Kartoffeln aus dem nassen Boden reißt und auf den Komposthaufen wirft, denkt sie, dass es ab und zu ein reinigendes Gewitter braucht, einen Krieg, damit die Menschen wissen, was sie vom Leben haben. Die Faulheit, das Weiche, das Grübeln müssen weggespült werden. Die

Diskussionen, die Rechtfertigungen, die verlogene politische Korrektheit.

Heute kommen sie zusammen. Zum Schloss ihrer Vorfahren, derer von Broch. Aus allen Teilen des Landes reisen sie an. Wollen hören, was sie, Undine von Broch, ihnen zu sagen hat. Wollen, dass sie ihnen den Weg weist. So wie ihre Vorfahren es gemacht haben. Ihr Vater im Zweiten Weltkrieg vor Stalingrad, ihr Großvater im Ersten Weltkrieg vor Verdun, ihr Urgroßvater als junger Mann 1871. Im Salon hängt die Ahnenreihe, die bis ins siebzehnte Jahrhundert zurückreicht. Tapfere, stolze Männer, in deren Tradition sie als Frau stehen wird. Denen sie beweisen muss, dass eine Frau genauso stark, entschlossen und unbarmherzig sein kann wie sie. Eine Anführerin, eine Visionärin. Die weiß, dass die Zivilisation ein dünner Firnis ist und dass die Barbarei nur darauf wartet, den Firnis zu durchbrechen, um die seit den Kindertagen antrainierten Fesseln zu zerreißen. Alles, was sie tun muss, ist, den Menschen zu sagen, ihr dürft. Ihr habt Angst? Ihr dürft. Ihr seid stolz? Ihr dürft. Ihr seid wütend? Ihr dürft. Man hat euch nicht zugehört, euch nicht ernst genommen, euch beschimpft? Ihr dürft. Dürft zurückschlagen. Euch befreien. Und wenn sie uns dann vorwerfen, wir würden Terror verbreiten, dann frage ich euch, seit wann ist die Verteidigung der Scholle, der Familie, der Kultur Terror?

Sie hat das tägliche Training absolviert, hat kalt geduscht, Brot mit Olivenöl und Schafskäse gegessen, schwarzen Kaffee getrunken. Sie hat die schwarzen Hosen angezogen, die Stiefel fest geschnürt. Ist in das rote T-Shirt geschlüpft und hat das schwarze Hemd sorgfältig in die Hose gestopft. Wichtiger noch als das, was sie sagt, ist der Eindruck, den sie hinterlässt.

Ein letzter kritischer Blick in den Spiegel. Dann setzt sie sich in der Bibliothek vor die Kamera ihres Computers. Es wird der neunte und letzte Aufruf an ihre Fans und Follower sein. Mehr als fünftausend haben sich angemeldet. Hauptsächlich Männer, aber nicht nur. Wenn man berücksichtigt, dass an manchem Bildschirm nicht nur eine Person sitzt, sondern zwei, drei, vielleicht ein Dutzend, dann sind es Zehntausende oder mehr, die ihr gleich zuhören werden. Sie spürt die Nervosität. Schweißperlen wachsen auf ihrer Stirn, der Mund ist trocken. Sie hat die Rede immer und immer wieder geübt, und jetzt hat sie Angst, dass sie kein Wort herausbringen wird, versagen wird. Immerhin ist es die wichtigste Ansprache, die Aufforderung zur Revolution. Sie räuspert sich.

»Freunde und Freundinnen, Kameraden und Kameradinnen, Deutsche! Wir haben einen Auftrag.«

Es geht. Sie hat die ersten beiden Sätze sagen können, ohne zu stottern. Also weiter. Atmen, die Schultern runter und die Stimme senken.

»Wir werden gemeinsam die Zerstörung unseres geliebten Vaterlandes stoppen. Nicht erst morgen oder in einer nahen Zukunft, wir werden es jetzt angehen. Weil der Schutz der Natur die Lebensgrundlage unseres Volkes darstellt. Wir werden Schluss machen mit der Verpestung der Luft, der Vergiftung der Flüsse, der Vergewaltigung des Ackers, der Zerstörung der Heimat.«

Von Aufruf zu Aufruf ist sie immer sicherer geworden. Jetzt kann sie sich sogar vom Manuskript lösen. Als sie nach dem Glas Wasser greift, zittert ihre Hand. Aber nur ganz leicht. Sobald sie das Glas hält und zum Mund führt, ist sie ruhig.

»Wir müssen jetzt handeln. Denn wir haben keine Zeit mehr für Geduld, Nachsicht und Toleranz. Aber was heißt das nun für jeden von uns?«

Sie wartet, ob jemand die Kommentarfunktion nutzt, um

sich mit einer Antwort hervorzutrauen. Doch nichts geschieht. Noch nicht.

»Wir befinden uns im Krieg. Gegen eine Regierung aus Volksverrätern, die in ihren geschützten Villen hockt und zuschaut, wie die Heimat im Chaos versinkt. Sie sind die korrupten Büttel einer Industrie, die Deutschland zerstört und die Menschen in Not bringt. Sie haben sich versündigt, meine Freunde. Und deswegen befinden wir uns im Krieg. Es ist ein Krieg, den nicht wir erklärt haben, sondern die Regierenden. Für sie seid ihr nicht mehr als ein Name auf einem Grabstein des nächsten Soldatenfriedhofs. Und es gibt auch noch eine zweite Front. Dort stehen die Fremdlinge, dort wuchert die Plage. Wie die Herkulesstaude und der rote Sumpfflusskrebs. Jahrelang sind sie bei uns eingewandert, haben die heimische Flora und Fauna verdrängt. Im Gepäck haben sie Krankheiten, auf die Mensch und Tier nicht vorbereitet sind. Und ich spreche absichtlich von Heuschrecken, weil das Bild uns sagt, was nach dem Überfall von uns übrig bleibt.«

Die Herzen und gereckten Daumen auf dem Bildschirm werden jetzt von wütenden Kommentaren, Emojis von Handgranaten, Pistolen und Äxten abgelöst.

»Jetzt könnte man sagen, auch der Überfall der Heuschrecken ist Teil eines natürlichen Prozesses. Ja, das kann man sagen, wenn man lebensmüde ist, wenn man sich aufgegeben hat. Aber gibt die Eiche sich auf, wenn sie angegriffen wird? Nein. Sie setzt sich mit allem, was sie hat, zur Wehr. Macht sie das allein? Nein, wie wir wissen, gibt es ein unterirdisches Geflecht von Wurzeln, mit denen ganze Wälder kommunizieren und sich gegenseitig stärken. So wie die Natur sich gegen Eindringlinge wehrt, müssen auch wir uns gegen Eindringlinge wehren. Heimatschutz ist Naturschutz. Heimatschutz ist Artenschutz.«

Immer mehr begeisterte Kommentare, Jubelrufe und teilweise selbst entworfene Emojis fluten den Bildschirm. Sie hat es geschafft. Der erste Schritt ist getan. Gemeinsam werden sie Berlin stürmen und die Volksverräter davonjagen. Und sie wird den Sturm anführen.

15 DIE FAHRT FÜHRT INS MÄRKISCHE VIERTEL

Vorbei an endlosen Reihen von Autos, die an den Straßenrändern geparkt stehen und deren Kennzeichen erzählen, dass sie sich aus ganz Deutschland auf den Weg nach Berlin gemacht haben. Aufkleber mit den Flaggen des Deutschen Reiches, Hakenkreuze, das Zeichen der Reconquista Germanica kleben auf den Heckscheiben. Sie sehen aus wie die, die uns auf der Fahrt nach Berlin überholt haben. Als wir den Senftenberger Ring erreichen, stellt Mackenzie den alten Tesla in der Nähe eines Aldi ab und kauft Bier, Limonade, Käse und Brot. Ihre Wohnung ist groß. Bestimmt neunzig Quadratmeter. Schick eingerichtet. Ich bleibe in der Tür zum Wohnzimmer stehen.

»Was ist?«, fragt Mackenzie.

»Hier ist alles so ordentlich, hast du eine Putzfrau?«

»Die steht vor dir. Du kannst da schlafen«, sagt sie.

Sie deutet in ein Zimmer, in dem ein Schlafsofa, Tisch, Sessel und ein Schrank stehen. Alles funktional, kein Vintage, nichts auf edel gemacht. Unzählige Bücher füllen zwei Regale. Ich stelle den Rucksack neben dem Sofa ab. Mein Rücken fühlt sich an, als wäre er aus Stein. Jeder einzelne Muskel schmerzt. Ich berühre eine Stelle bei den Lendenwirbeln und zucke zurück. Die Haut ist gerötet und brennt bei der Berührung.

Mackenzie öffnet eine Flasche Bier und eine Flasche Limonade, reicht mir die Limo.

»Wieso trinkst du Bier und ich Limo?«, frage ich.

»Weil du schwanger bist, Herzchen.«

Wir stoßen an, trinken, stehen eine Weile am Fenster, wo uns ein fantastischer Ausblick Berlin zeigt.

»Es ist richtig schlimm, was mit Jakob passiert ist«, sagt Mackenzie.

»Wir haben uns gestritten«, sage ich. »So heftig, dass ich

dachte, er kommt nie mehr zu mir zurück. Und so ist es ja auch. Nur anders, als ich es erwartet habe.«

Wir stehen lange einfach nur da. Erst als die untergehende Sonne das Zimmer so golden erstrahlen lässt, als stünde es in Flammen, wende ich mich ab. Ich bin müde von den Erinnerungen.

»Ruh dich aus«, sagt Mackenzie.

»Ja.«

Mackenzie geht in die Küche und räumt die Lebensmittel ein. Hantiert mit einem Topf und der Kühlschranktür.

»Ich mach dir was zu essen«, ruft sie.

Ich setze mich auf das Sofa. Es ist weich und bequem, und es ruft mich.

Als ich die Augen wieder öffne, ist es dunkel. Es dauert einen Moment, bis ich mich erinnere, wo ich bin. In der Küche brennt Licht. Ich taumele. Meine Beine sind noch in dem Traum unterwegs, in dem ich über meterhohe Schneeberge gerannt bin. Verschlafen taste ich mich dem Licht entgegen.

Mackenzie sitzt am Küchentisch, hat ihr Notebook aufgeklappt und liest. Der Stick, auf den ich die Dateien geladen habe, liegt daneben. Sofort bin ich hellwach.

»Was machst du da?«

»Lesen, was Jakob geschrieben hat. Wir haben nicht viel Zeit, Leela. Da ist was zu essen für dich.«

Sie deutet zu einem Topf auf dem Herd.

»Spaghetti Pomodoro à la Mac. Teller sind im Schrank links. Besteck in der Schublade. Ist das alles, was Jakob dir geschickt hat?«

»Was meinst du?«

Ich setze mich Mackenzie gegenüber. Das Essen wärmt mich. Ich spüre die Energie der Kalorien wie eine Injektion von Kraft und Selbstvertrauen. Mackenzie freut sich offensichtlich, dass es mir schmeckt. Nach wenigen Stunden bin ich ihr schon so nahe, als wäre sie meine große Schwester.

»Keine Passwörter?«

»Jakob hat in seiner Mail geschrieben, dass du die Dateien öffnen kannst. Oder jemanden kennst, der es kann.«

»Okay, dann muss Manuel ran«, sagt Mackenzie.

»Wer ist Manuel?«

»Ein Freund.«

»Und der kann Passwörter knacken?«

»Die einzigen Passwörter, die Manuel nicht knacken kann, sind seine eigenen.«

»Das muss er ja auch nicht.«

»War ein Witz.«

Mackenzie verschickt die Dateiordner mit einem Verschlüsselungsprogramm, dann klappt sie das Notebook zu.

»Was ist?«, frage ich.

Ich sehe in Mackenzies Blick ein riesiges Fragezeichen.

»Du weißt, was Jakob in den letzten Wochen und Monaten gemacht hat, oder?«, fragt Mackenzie.

»Was meinst du? Er war in der Antarktis.«

»Ja, aber nicht nur.«

»Sondern?«

»Okay, du weißt es nicht. Also, die ersten zwei Jahre hat Jakob auf Neumayer III einen Artikel nach dem anderen veröffentlicht.«

»Ich weiß, ich hab die alle gelesen«, sage ich.

»Dann hast du vielleicht auch gemerkt, dass er seit ein paar Wochen keinen einzigen Artikel mehr veröffentlicht hat.«

»Es ist mir durchaus aufgefallen, aber ich habe gedacht, er hatte zu viel mit seiner Forschung zu tun und deswegen keine Zeit, Artikel zu schreiben.«

»Weißt du, Leela, seit mehr als dreißig Jahren warnen wir

Wissenschaftler davor, dass es zur Klimakatastrophe kommen wird. Selbst die Ölindustrie weiß, dass die Atmosphäre sich aufheizt. Exxon hat 1977 Studien erstellen lassen, die zeigen, dass das Verbrennen fossiler Stoffe den CO_2-Gehalt in der Atmosphäre ansteigen lässt und wie das zur Erwärmung der Erde führt. Aber als sie das gesehen haben, sind die Studien schnell im Giftschrank verschwunden.«

Als der Wasserkessel zu pfeifen anfängt und wir beide gleichzeitig erschrecken, müssen wir lachen.

»Was für einen Tee willst du?«

»Was hast du?«

»Pfefferminz und Pfefferminz.«

»Dann nehme ich Pfefferminz.«

»Gute Wahl.«

»Ich weiß.«

Etwas unbeholfen stopft Mackenzie grüne Blätter in ein Teesieb, gießt vorsichtig Wasser darüber und wedelt den Duft in meine Richtung.

»Braucht ein paar Minuten«, sagt sie und setzt sich wieder an den Küchentisch. »Wo war ich?«

»Bei Exxon.«

»Jakob hat sich gefragt, was er tun kann. Wie er dafür sorgen kann, dass der ungleiche Kampf gegen die Energiekonzerne weniger ungleich wird. Also ist er bei denen eingebrochen.«

»Er ist bei Exxon eingebrochen? Wieso hat er mir das nicht geschrieben?«

»Weil ich ihm den Tipp gegeben habe.«

»Und wo hast du die Information her?«

»Von einem Whistleblower.«

»Wer ist das? Wie heißt der?«

»Weiß ich nicht. Er arbeitet für Exxon, und er will nicht, dass irgendjemand seinen Namen kennt.«

Mackenzie nimmt zwei Tassen aus einem Schrank und gießt Tee ein. Der Tee ist heiß, ich zucke zurück, als ich mir die Lippen verbrenne. Ich bin wütend, weil Jakob mir etwas verschwiegen hat. Als wäre ich ein dummes Mädchen, das nichts von den Dingen versteht, mit denen er sich befasst. Um mich nicht zu beunruhigen? Ich überlege, ob ich Mackenzie von der Begegnung mit Henry Fonda erzählen soll.

Ein kurzer Pfeifton weckt mich aus den Gedanken. Mackenzie öffnet die Mail.

Dateiordner angekommen. Kassandra hab ich geknackt. Wenn Du Deinen süßen Arsch hierher bewegst, wirst Du staunen.

»Na also«, sagt Mackenzie.

Ich beschließe, die überstandene Verfolgungsjagd erst mal für mich zu behalten.

16 SIE MÜSSEN SICH BEEILEN

Sie weiß nicht, wann Hauke zurückkommt. Gestern Abend hat sie ihm gesagt, dass sie mit dem Zug für ein paar Tage zu seiner Mutter fahren will. Die alte Frau ist fast blind und kommt allein nicht mehr so gut zurecht. Hauke hat sich gewundert. »Wieso holst du sie nicht zu uns?«, hat er gefragt. »Sie will nicht«, hat sie geantwortet. Da hat sie gerade noch verhindern können, dass er seine Mutter anruft und erfährt, dass sie nicht zu ihr geht. Irgendwann hat er es dann vergessen.

Sie wird ihn verlassen. Nach fünfundzwanzig Jahren Ehe, weil er sein Versprechen gebrochen hat. Er, der gut aussehende deutsche Ingenieur, sie, die junge Angestellte der Bauaufsicht. »Ich werde für euch da sein, ich werde euch lieben, und ich werde euch immer beschützen«, hat er gesagt, als sie das Kraftwerk gebaut haben, da war sie schon mit Leela schwanger. Von diesem Versprechen ist nichts mehr übrig. Deshalb geht sie. Zu einem anderen Mann, einem, der sie und ihre Tochter Christa beschützen wird. Und vielleicht auch Leela, wenn die irgendwann zur Vernunft kommt.

Sie hat gewartet, bis Hauke unterwegs zum Baumarkt war. Dann ist sie die schmale Treppe in den Keller hinabgestiegen, um den Koffer zu holen, und erschrocken. Die Tür zum Heizungskeller war vergittert. Wieso hat er die ausgetauscht? Will er sie einsperren, wenn es ihm zu viel wird? Überall stehen Regale, bis oben hin mit Lebensmitteln gefüllt. Konserven, Nudeln, Reis, Toilettenpapier. Batterien, Gaskocher. Es sieht aus, als würde er damit rechnen, dass die Welt untergeht. Das wird sie ja auch. Nicht morgen, auch nicht übermorgen, aber bald. Man muss bloß die Nachrichten schauen.

Am Morgen hat sie einen Bericht über die Verwüstungen in ihrer geliebten Heimat gesehen. Die Einwohner von Kalkutta müssen ihre Stadt verlassen, weil das Meer immer weiter ins Landesinnere drängt. Millionen Menschen, die nicht wissen, wohin sie gehen sollen. Vishakhapatnam existiert nicht mehr. Chennai steht einen Meter tief unter Wasser. Sie konnte die Tränen nicht mehr zurückhalten. Das ist der eigentliche Weltuntergang, hat sie da gedacht. Dass da kein Hamstern mehr hilft, weil das Verderben unausweichlich ist und kein Mensch es aufhalten kann. Und dass es nur eine Hoffnung gibt, wenn man bereit ist, den richtigen Weg zu gehen. Den Weg zu Gott. Sie wird ihn gehen, damit ihre beiden Töchter eine Zukunft haben. Denn nur in Gott finden sie Rettung, wie es in der Bibel heißt und Abel Odessa gesagt hat.

Gita ist Abel zum ersten Mal vor zwei Jahren begegnet. In einem Moment, der so dunkel war, dass sie dachte, sie würde nie wieder Licht sehen. Sie wusste sofort, dass die Begegnung kein Zufall sein konnte. *Wenn der Schüler bereit ist, erscheint der Meister.* Sie ist bereit gewesen. Wie schon so oft, wenn sie in Momenten großer Not überraschend Hilfe gefunden hat, in Büchern oder Filmen. Jetzt war es Abel Odessa, der sie gerettet hat, indem sie seine Schriften las und seine Videos anschaute, dann auch zweimal zu den Gottesdiensten gegangen ist, die er im ganzen Land abhält, um den Menschen Hoffnung zu geben und sie auf den Tag der Erlösung vorzubereiten.

Hauke wird sie natürlich nicht gehen lassen, das ist sicher. Deswegen muss sie das Haus verlassen, bevor er vom Baumarkt zurückkommt. Sie stopft die Klamotten wahllos in den Koffer. Unterwäsche, T-Shirts, Hosen, Blusen. Das schöne Kleid mit den Sonnenblumen, das sie vergangenen Sommer gekauft hat, zieht sie auf der Reise an. Sie hat gelesen, dass Abel Wert darauf legt, dass die Menschen gut angezogen sind, wenn sie an der Tür zur Kolonie um Einlass bitten.

»Beeil dich, Christa«, ruft sie.

Christa darf zu ihren Lieblingsklamotten lediglich zwei Bücher in den Rucksack packen und wird trotzdem nicht fertig. Die Bücher liegen nebeneinander auf Christas Bett, offensichtlich kann sie sich nicht entscheiden.

»Wie lange bleiben wir bei Oma?«, fragt Christa.

»Nur ein paar Tage.«

»Aber ich muss doch in die Schule.«

»Ich habe dich beurlaubt.«

Später, wenn sie bei Abel sind, wird sie ihr erklären, warum sie ihr nicht die Wahrheit gesagt hat, und hoffen, dass Christa es versteht. Sie hat das Gefühl, sie muss alle Brücken abbrechen. Weil sie einen Halt braucht, der von einem anderen Ort kommt als dem, den Hauke ihr bietet. Was ist das für eine arme Welt, in der die menschliche Vernunft das Maß der Dinge ist?

»Wieso nur zwei Bücher?«, fragt Christa.

Sie hat die sieben Bände von *Svynx* nebeneinandergelegt. Es sind ihre absoluten Lieblingsbücher. Die Einbände sind abgegriffen und wellen sich, weil sie jede freie Stunde dem mutigen Jonas auf seinen Abenteuerreisen folgt. Zufällig hat er auch noch denselben Nachnamen, was ihn für Christa zu einem Familienmitglied macht.

»Der Rucksack ist sonst zu schwer.«

»Bitte!«

Es werden drei Bände. Dann wird der Rucksack geschlossen, indem Gita die Seiten gegeneinanderdrückt und Christa den Reißverschluss langsam zuzieht. Sie ziehen Schuhe und Jacken an, legen ihr Gepäck bereit.

»Wann kommt das Taxi?«, fragt Christa.

Gita weiß es nicht. Der Wagen hätte vor zehn Minuten schon vor der Tür stehen sollen. Sie wählt die Nummer, unter der sie den Wagen bestellt hat.

»Hallo, hier ist Faber, ich habe ein Taxi vorbestellt für elf Uhr. Jetzt ist es Viertel nach, und es ist immer noch nicht da.«

Die Frau am anderen Ende der Leitung ist freundlich. Sie will nachfragen, und wenn es Probleme mit dem einen Wagen gibt, will sie sofort einen anderen losschicken. Gita bedankt sich. Sie legt auf und schaut auf die Uhr. Manchmal kommt es ihr vor, als könnte die Zeit ihre Geschwindigkeit verändern, als würde sie langsamer werden, wenn man Schmerzen hat, und beschleunigen, wenn man Freude empfindet. Aber auch das ist etwas, das man nur verstehen kann, wenn man aufhört, es verstehen zu wollen. Die Zeit ist eine Prüfung, die Gott für uns bereithält, hat Abel gesagt.

Dann klingelt ihr Handy. Ohne auf das Display zu sehen, nimmt sie das Gespräch an.

»Wann kommt der endlich?«, fragt sie.

Erst jetzt merkt sie, dass es nicht die Taxizentrale, sondern Hauke ist. Er wundert sich. Fragt, wen sie meint. Jetzt wird sie sofort rot. Im Spiegel bemerkt sie, wie die bekannten Flecken wieder auf ihrem Hals erblühen. Die tauchen immer auf, wenn sie lügt. Zum Glück kann Hauke sie jetzt nicht sehen.

»Ich meine Timmi. Christas Schulfreund. Der wollte schon vor einer Stunde hier sein. Christa ist ganz ungeduldig.«

Was für eine schlechte Lüge!

»Du hast mir nicht gesagt, dass Timmi kommen will«, sagt Christa.

Sie sagt es so laut, dass Hauke es hören kann. Jetzt schöpft er Verdacht. Fragt sie, was los ist. Noch ist es nur seine Eifersucht, weil er denkt, dass die Männer hinter ihr her sind und sie sich jedem, der ihr über den Weg läuft, hingibt, nur weil ein paar Männer sie attraktiv finden. Dabei fühlt sie sich in Wahrheit belästigt. Von ihnen allen. Er schreit sie durchs Telefon an, droht, sie umzubringen, wenn er sie mit einem anderen erwischt.

Schnell legt sie auf. Nimmt den Koffer in die eine Hand, packt Christa mit der anderen und zerrt sie zur Haustür hinaus. Sie sieht das Taxi, das langsam die Dr.-Behring-Straße entlangkommt. Der Fahrer scheint nach der Hausnummer Ausschau zu halten. Sie winkt ihm.

»Was ist denn los?«, fragt Christa.

Sie weint, weil sie gemerkt hat, dass etwas nicht stimmt. Das Kind hat so feine Antennen für die atmosphärischen Misstöne, denkt Gita.

»Warum warten wir nicht, bis Papa kommt?«, fragt sie.

»Das erkläre ich dir später.«

Gita wartet nicht, bis der Taxifahrer aussteigt. Sie reißt selbst den Kofferraum auf, wuchtet das Gepäck hinein. Wenn sie Pech hat, wird Hauke im nächsten Augenblick um die Ecke gerast kommen. Sie schiebt Christa auf den Rücksitz.

»Alles in Ordnung bei Ihnen?«, fragt der Taxifahrer.

»Fahren Sie los, schnell!«, sagt Gita.

Der Taxifahrer startet den Wagen. Als er den nahen Kreisverkehr erreicht, sieht Gita, wie Hauke von Osten her kommt. Er scheint das Taxi nicht mehr gesehen zu haben. Doch dann hört sie ein Hupen. Er hat sie doch noch entdeckt.

»Geben Sie Gas!«, schreit Gita den Taxifahrer an.

17 SIE LASSEN IHN WARTEN

Ein Ritual, um die Hackordnung klarzumachen. Du, Paulus Moses, bist ein kleiner Economic Hitman, du machst in unserem Auftrag den Regierungen Angebote, die sie nicht ablehnen können, wir scheißen dich mit Geld zu, und wenn du nicht parierst, schicken wir dir Henry Fonda. Wir dagegen gehören zu den zwanzig reichsten Männern der Welt und sind entsprechend dazu bestimmt, die Welt zu beherrschen. Das wissen sie ganz sicher. Was sie nicht wissen, ist, dass er nicht wegen ihnen hier ist, sondern wegen Claire. Aber das werden sie noch früh genug erfahren.

Bill Watson, CEO von ExxonMobil, hat seine Villa für das Meeting zur Verfügung gestellt, und die CEOs der Black Seven sind mit ihren Privatflugzeugen und Hubschraubern auf der Stone-Ranch gelandet. Sie halten sich für eine Art Götter, denen man nur auf Knien begegnen darf. Jetzt allerdings müssen sie feststellen, dass außerhalb des Olymps, in dem sie sich verschanzt haben, eine Rebellion losgeht, an deren Ende sie unter Umständen alles verlieren werden.

Nach einer Viertelstunde lassen sie ihn in die Bibliothek kommen. Moses muss an sich halten, dass er nicht sofort laut loslacht. Der Raum ist das Klischee aller Rinder-Baron-Western. Dunkles Holz, die Möblierung komplett in braunem Leder, ein Kamin, in dem Flammen einen Berg Holz fressen. An einer Wand ein Regal mit ledergebundenen Schinken, die aussehen, als hätte Watson dafür eine alte Klosterbibliothek aufgekauft. Es gibt keine Begrüßung, keine Namen, nur ein kurzes Nicken. Bill Watson (Exxon), Kamal Patel (BP), John DeKlerk (Shell), Antonio Guzman (Chevron), Philippe Laval (Total), Sergej Eizenstein (Gazprom) und Nadhimi Al-Benyun (Saudi Aramco). Sie reden miteinander, als wäre er gar nicht da.

Irgendwann sieht Watson zu ihm hin, wendet sich an die Runde. Er trägt Cowboystiefel, Jeans und einen Hut. Angeblich hat er den aus dem Nachlass von John Wayne. Große blaue Augen, dichtes grau meliertes Haar und eine unruhige Energie. Seit zehn Jahren ist er CEO von ExxonMobil, verfügt über ein Privatvermögen von geschätzten zwölf Milliarden Dollar und ist bekannt dafür, dass er nicht unter achtzig Stunden die Woche arbeitet. Er trägt eine modische Brille mit dunklen Gläsern. Vermutlich ist er kurzsichtig.

»Sie kennen Paulus Moses, meine Herren. Unser Weißer Ritter hat schon so manches Eisen für uns aus dem Feuer geholt. Sie erinnern sich vielleicht, dass er in der öffentlichen Debatte das hässliche Wort ›Klimakatastrophe‹ durch das viel nettere Wort ›Klimawandel‹ ersetzt hat.«

Die Köpfe drehen sich zu ihm hin. Das ist dann aber auch schon das Äußerste, was sie ihm an Höflichkeit gönnen. Doch das stört Moses nicht. Er weiß, dass sie am Ende der einen Stunde auf seinem Schoß sitzen werden.

»Sie kommen aus Deutschland?«, fragt DeKlerk.

»Bad Homburg. Vielleicht kennen Sie die Spielbank.«

»Ich war noch nicht dort, aber mein Großvater hat Dostojewski dort einmal getroffen.«

Will DeKlerk ihn verarschen? Offensichtlich. Sonst würde er nicht so schallend lachen.

»Ihr eigener Großvater war doch hoffentlich bei den Nazis, oder?«, fragt Guzman.

»Nein, er war im Untergrund.«

»Sie meinen, er hat eine U-Bahn gefahren?«

Er lässt den Spott über sich ergehen, reagiert nicht darauf. Wartet, bis sie merken, dass er die Witze bereits alle kennt. Vor allem die mit den Nazis.

»Okay«, beruhigt Watson die Runde. »Herr Moses hat gesagt,

er könnte das Meer für uns teilen, also hören wir uns mal an, wie er das anstellen will.«

Wieder das Gelächter. Als sie sich endlich beruhigt haben, beginnt Moses.

»Der Generalstaatsanwalt von New York hat eine Klage gegen Sie, meine Herren, auf den Weg gebracht. Ich habe seine PK im Internet gesehen. Besonders sein Schlusssatz hat mich amüsiert. ›Das Recht auf Meinungsfreiheit gibt den Ölkonzernen nicht das Recht auf Betrug‹, hat er gesagt.«

Keine Reaktion.

»Ich weiß, dass Sie darüber nicht übermäßig beunruhigt sind, immerhin sitzt einer Ihrer Vertrauten an der Spitze des Justizministeriums. Die Frage, die ich mir allerdings stelle, lautet: Was passiert, wenn die Dateien, die ein gewisser Jakob Richter kopiert hat, an die Öffentlichkeit und damit in die Hände des Generalstaatsanwalts gelangen?«

»Dieser Hurensohn hat uns ganz schön gelinkt«, sagt Watson.

»Woher hat Richter überhaupt von den Dateien gewusst?«, fragt Al-Benyun.

»Ganz einfach, weil unser Freund Watson einen verdammten Maulwurf in seinem Laden hat«, sagt Laval.

Für einen Moment droht der Burgfrieden zu brechen, den die Männer, die auf dem Markt erbitterte Gegner sind, geschlossen haben.

»Den müssen Sie ausschalten, Mr Watson«, sagt Moses. »Und zwar so schnell wie möglich. Aber das wird das aktuelle Problem nicht lösen, weil die Dateien auf alle Fälle an die Öffentlichkeit gelangen werden. Daran gibt es keinen Zweifel.«

»Das sollten wir verhindern«, sagt Guzman.

»Wie wollen Sie es verhindern? Jakob Richter hat sie vor seinem Tod noch weitergeschickt.«

Ein unmerkliches Grinsen macht sich in der Runde breit. Vermutlich stecken sie hinter dem Tod von Jakob Richter. Vermutlich hat Watson persönlich Henry Fonda losgeschickt.

»Wir haben Sie hierherbestellt, damit Sie uns Antworten liefern, und nicht, um Fragen zu stellen«, sagt Watson. Er hat vom freundlichen Gastgeber auf Boss umgeschaltet. Die freundliche Fassade fällt, wenn etwas nicht so läuft wie gewünscht.

»Kennen Sie die Serengeti-Strategie?«, fragt Moses.

Kennen sie nicht.

»Die Löwen in der Serengeti erlegen ihre Beute, indem sie ein Tier von der Herde isolieren und dann töten.«

»Was heißt das für uns?«, fragt Eizenstein.

»Sie müssen die Leute attackieren, die mit den Dateien an die Öffentlichkeit gehen wollen.«

»An wen denken Sie da?«, fragt Al-Benyun.

»An drei Personen. Die Freundin von Jakob Richter, Leela Faber, dann eine gewisse Mackenzie Little und einen Hacker namens Manuel da Silva.«

Watson nickt, als wären ihm die Namen bereits bekannt.

»Und wie soll das ablaufen?«, fragt Al-Benyun weiter.

»Zersetzung. Wir können da auf die Erfahrungen der Staatssicherheit zurückgreifen, die diese Methode sehr erfolgreich zu Zeiten benutzte, als es die DDR noch gegeben hat.«

»Allzu erfolgreich können die Methoden nicht gewesen sein, sonst würde es die DDR noch geben«, sagt DeKlerk.

»Ich würde gerne hören, was Herr Moses unter Zersetzung versteht«, sagt Watson sichtlich genervt.

»Ich hoffe, es ist nicht das, was meine Frau betreibt, wenn sie mal wieder Lippenstift an meinem Hemdkragen gefunden hat«, sagt Laval.

Brüllendes Gelächter. Moses wartet, bis die Herren sich wieder beruhigt haben. Trotz all des Reichtums, trotz aller Macht sind es Kindsköpfe, die in den Niederungen der Ehen ihre Frauen zu ihren Müttern gemacht haben.

»Zersetzung funktioniert folgendermaßen: Man sucht nach den Schwachpunkten eines Menschen, um sein Ansehen zu diskreditieren. Wenn in der Biografie nichts zu finden ist, geht man zur Verleumdung über. Bei Männern werden Informationen gestreut, die auf Pädophilie oder sexuelle Übergriffe abzielen. Bei Frauen hilft es, wenn Besuche von Psychiatern, häufiger Wechsel von Sexpartnern, Vernachlässigung der Kinder ins Spiel gebracht werden. Damit ist die Person als moralische Instanz tot.«

»Und was ist mit diesen kommunistischen Schwanzlutschern«, fragt Laval. »Wie heißen die doch gleich?«

»Sie meinen die Guardians of Life?«

»Genau die.«

»Um die wird sich gekümmert.«

»Verraten Sie mir auch, wie?«

»Besser nicht.«

Ein kurzer Moment des Schweigens. Er verlangt fünfzehn Millionen Dollar. Und er verlangt, dass Henry Fonda sich raushält.

»Gerade hat er mir geschrieben, dass er auf dem Weg zu Manuel da Silva ist«, sagt Watson.

Das heißt, es wird Blut fließen.

»Haben Sie ihn geschickt?«

Watson reagiert nicht auf die Frage. Also hat er. Moses ist genervt.

»Sie müssen sich entscheiden, meine Herren, wer dieses Problem für Sie lösen soll. Ich oder dieser Psychopath.«

»Sie werden es lösen. Henry ist nur Ihr Back-up.«

18 DER TAG IST NOCH JUNG

Die Sonne wagt sich schüchtern hinter ein paar Wolken hervor, als wüsste sie, dass sie zurzeit nicht viel zu melden hat. Wir sind zu Manuels Wohnung im Stadtteil Westend gefahren. Ein kleines Einfamilienhaus, eingezwängt in eine geschlossene Reihe von gleichen Häusern. Jedes davon in einer anderen Farbe angemalt.

»Hier wohnt er?«, wundere ich mich.

»Hacker verdienen ganz gut Geld, wenn sie für die richtigen Leute arbeiten«, sagt Mackenzie.

Da Manuel auf das Klingeln nicht öffnet, wühlt Mackenzie in einem Blumentopf und zaubert einen Ersatzschlüssel hervor.

»Manchmal gieße ich seine Pflanzen. Wenn er ein paar Wochen weg ist. Vielleicht ist er gerade nur was einkaufen gegangen.«

Die Wohnung ist genauso aufgeräumt wie bei Mackenzie. Die beiden könnten problemlos zusammenwohnen. Nirgendwo liegt etwas herum. In der Küche strahlen die Arbeitsflächen leer und blitzsauber. Im Wohnzimmer sind die Bücher ordentlich in ein Regal einsortiert, Schallplatten stehen in einem Glasschrank, auf dem Deckel des Plattenspielers ist nicht ein einziges Staubkörnchen zu finden. Auf dem schweren Eichentisch in der Mitte des Zimmers steht ein iMac, neuestes Modell. Mackenzie fährt mit dem Finger über das Trackpad. Der Bildschirm erwacht und zeigt den Dateiordner Kassandra und darunter weitere Dateien. Sie sind durchnummeriert. Römisch I, II, III und so weiter.

»Was hab ich gesagt, Passwörter sind für Manuel kein Problem«, sagt sie.

»Hat er auch die anderen geöffnet?«

Mackenzie sucht nach den Pythia- und Zyklop-Dateiordnern.

»Nein.«

Eilig holt sie eine Excel-Datei nach vorne, scrollt durch die einzelnen Seiten. Plötzlich hält sie inne.

»Wow! Weißt du, was das ist?«, fragt sie konsterniert.

Sie schlägt die Hände über dem Kopf zusammen.

»Sieh dir das an. Jeden verdammten Artikel, der behauptet, meine wissenschaftlichen Berechnungen wären übertrieben, hat jemand geschrieben, der von diesem fucking Paulus Moses dafür bezahlt worden ist. Hier …«

Sie dreht den Bildschirm so, dass ich die Excel-Datei sehen kann. Die erste Spalte enthält eine Liste von Namen, die zweite die Berufsbezeichnung, die dritte Daten, die vierte die Namen von Banken, die fünfte Zahlen. Dollar, Euro, Schweizer Franken.

»Was bedeutet das?«, frage ich.

»Das hier sind die Namen von Politikern, Journalisten, Künstlern, die sich verpflichtet haben, den Klimawandel entweder zu leugnen oder infrage zu stellen. Das da sind die Monate und Jahre, in denen sie für die Black Seven gearbeitet haben. Das sind die Banken in Panama, Guernsey, Delaware, auf die die Honorare überwiesen wurden.«

Mackenzie deutet auf die letzte Spalte. »Und das sind die Summen.«

»Das sind Millionen«, staune ich.

Ich bin nicht naiv, ich weiß, dass die Welt kein Puppenhaus ist, dass Geld und Macht Ungerechtigkeit und Gewalt produzieren. Aber es ist ein Unterschied, ob man etwas abstrakt weiß oder ob man den Beweis vor sich sieht.

Mackenzie blättert weiter.

»Schau mal hier, alles Leute, die im wissenschaftlichen Beirat der Regierung sitzen. Und hier, mehr als dreißig Berater allein in 2023, als die Konferenz in Moskau stattgefunden hat.«

Ich habe mir bisher keine Vorstellung davon gemacht, was Jakob an Land gezogen hat. Aber mit jeder Datei, die Mackenzie öffnet, wird klar, welche Sensation wir in Händen halten. Dutzende Namen allein in Deutschland. Und noch Hunderte andere in Italien, Frankreich, Spanien. Jakob hat schon immer gesagt, die Black Seven wüssten seit den Siebzigern, dass die globale Temperatur durch den CO_2-Ausstoß ansteigt. Ich hab das nicht geglaubt. Und jetzt kann ich es lesen. Mein Zorn auf ihn, weil er mir den Einbruch verschwiegen hat, verraucht langsam.

»Obwohl die sehen können, wie es überall zu den Katastrophen kommt, machen die trotzdem weiter«, staune ich fassungslos.

»Solange sie Kohle machen können, ist denen alles andere egal.«

Ich stehe vom Stuhl auf, gehe umher, um meine Aufregung unter Kontrolle zu kriegen. Es fühlt sich an, als sei ich in eine andere Welt eingetreten, als befände ich mich in einem Film, der von unfassbar bösen Geistern erzählt. Langsam begreife ich, dass wir mit diesem Material die Welt auf den Kopf stellen können. Wir können die Regierung zum Handeln zwingen. Und wenn sie nicht reagieren, werden wir die Listen und Dokumente an die Presse geben.

»Leela!«

Mackenzies Ruf reißt mich aus den Gedanken.

»Hier gibt es noch viel mehr. Paul Ruthe war für die GOL in Brasilien, ist an der Copacabana ertrunken.«

»Was ist GOL?«

Ich erinnere mich, dass ich den Schriftzug am Bahnhof gesehen habe.

»Du kennst die Guardians of Life nicht? Seriously? Susan Anderson, Reporterin beim *Guardian*, stürzt in den Alpen in eine Schlucht. Dennis Rossellini verunglückt beim Fahrradfahren. Claudia Holter, Selbstmord, eine Woche nachdem sie geheiratet hat. Das sind alles Leute von Guardians of Life.«

»Willst du damit sagen …?«

»Warum werden die sonst hier aufgeführt? Es sind zweiundvierzig Namen. Journalisten, Aktivisten, Wissenschaftler, die verschwunden oder gestorben sind. Hier, Anders Belfort, mit ihm war ich in Sibirien. Regina Gagern hat zwei Wochen bei mir gewohnt. Die Frau war fünfundsiebzig, als sie sich angeblich mit Tabletten vergiftet hat. Jakob müsste eigentlich auch auf der Liste stehen«, meint Mackenzie.

Die Beiläufigkeit, mit der sie das sagt, versetzt mir einen Stich. Heißt das, dass Jakob nicht bei der Havarie ums Leben gekommen ist, sondern auch ermordet wurde?

»Ha! Das hier brauchen wir«, sagt Mackenzie. »Sechzehn Ministerinnen und Minister gehören unserer Regierung an. Sechs davon stehen auf der Liste. Finanzen, Kultur, Wirtschaft, Umwelt, Arbeit, Inneres.«

Die Übelkeit meldet sich wieder.

»Wo ist hier die Toilette?«, frage ich.

»Im Badezimmer. Erste Tür rechts.«

Ich hoffe, ich gehöre nicht zu denen, die die halbe Schwangerschaft hindurch spucken müssen. Ich gehe in den Flur, öffne die erste Tür rechts und bleibe abrupt stehen. Es fühlt sich an, als hätte mir jemand ins Gesicht geschlagen.

»Mac?«, sage ich, aber selbst dieses eine Wort bleibt in meinem Hals stecken, es dringt nicht mehr als ein Räuspern heraus.

»Mac?«

»Was ist?«

Ein roter See in der Badewanne. Darin ein junger Mann. Die Brille sitzt schief, die Gläser sind gesplittert. In seinem Mund steckt eine Mundharmonika.

ZWEI

Mindestens ein Dutzend Mal hat er versucht, Mackenzie zu erreichen, und jedes Mal nur die Mailbox angetroffen. Wieso meldet sie sich nicht zurück? Sie brauchen die Dokumente, um Druck auszuüben. Immerhin geht es um nicht weniger als die mögliche Verstaatlichung systemrelevanter Industrien. Jeder, der sich halbwegs in der deutschen Geschichte auskennt, weiß, dass es ein Tabubruch ist. Anleger und Investoren werden Millionen und Milliarden verlieren, Arbeiter und Angestellte arbeitslos werden.

»Ich habe die letzten sechsunddreißig Stunden nicht geschlafen«, sagt Helga Fuchs, kaum dass sie in Falks Büro auf dem Sofa in der Sitzecke Platz genommen hat.

Als Finanzministerin erwartet sie Mitleid und wappnet sich gleichzeitig dagegen, irgendwelchen Forderungen zustimmen zu müssen. Falk kommt hinter ihrem Schreibtisch hervor, setzt sich mit einer Tasse Tee in der Hand ihrer Finanzministerin gegenüber.

»Ich weiß, du hoffst, wir könnten diese Krise bewältigen, indem wir Milliarden in die Wirtschaft pumpen«, sagt Falk. »Aber du weißt auch, dass das, was wir hier gerade erleben, sowohl die Verluste an Menschenleben als auch den wirtschaftlichen Schaden, den wir im Zweiten Weltkrieg erleiden mussten, weit übersteigen wird.«

»Du hast mich nicht hierhergebeten, um mir etwas zu erzählen, was ich schon längst weiß«, sagt Fuchs. »Aber wir können nicht mit Notstand und Verstaatlichung drohen. Das funktioniert nicht. Das hat noch nie funktioniert, weil die Konzerne uns dann im Gegenzug mit Entlassungen und Abwanderung drohen.«

»Nicht, wenn wir es geschickt anstellen. Hör dir an, was Leon herausgefunden hat.«

Leon löst sich von dem Fenster und setzt sich in den Sessel gegenüber dem Sofa.

»Während des Zweiten Weltkriegs haben die Amerikaner 1942 die Industrie fast komplett auf Krieg umgestellt. Das *War Production Board* hat angeordnet, dass General Motors keine Autos, sondern Panzer baut«, beginnt er seinen kleinen Vortrag.

Fuchs zieht die Stirn in Falten. Sie ahnt vermutlich, worauf das hier hinausläuft.

»Und diese Anordnung hat nicht nur die Autoindustrie getroffen. Genauso General Electric, AT&T, Ethan Allen. IBM hat keine Rechenmaschinen, sondern Pistolen hergestellt. Die Bekleidungsindustrie hat sich nahezu komplett auf Uniformen konzentriert. Preise sind festgesetzt worden. Kohle, Benzin, Fahrräder, Schuhe. Und niemand hat gemeckert.«

»Interessant. Das wusste ich nicht. Aber könnt ihr mal zum Punkt kommen?«, sagt Fuchs.

Sie ist ungeduldig. Ihr Knie wippt in schnellem Rhythmus.

»Du siehst, es geht, wenn man es richtig anpackt. Wir müssen handeln, Helga«, sagt Falk.

Sie nennt Fuchs bei ihrem Vornamen. Appelliert damit an ihre gemeinsame Geschichte, an die Schlachten, die sie schlagen mussten, um gegen den Männerbund ganz nach oben zu kommen.

»Wir müssen Entscheidungen treffen, die noch nie von der Führerin eines freien Landes getroffen wurden. Ich sage ›Führerin‹, weil ich glaube, dass eine Frau, eine Mutter, in dieser Lage anders reagiert als ein Mann.«

Jetzt drückt sie die Mutter-Taste, denkt Leon, in der Hoffnung, Fuchs damit an einem wunden Punkt zu treffen. Guter Schachzug.

»Für Männer ist das hier ein Krieg, in den sie mit den Mitteln des Krieges ziehen. Sie denken auf ein Ziel hin, das sie bereits vor der ersten Kampfhandlung festgelegt haben. Verluste und Kollateralschäden interessieren da nur am Rande. Eine Frau, eine Mutter, sieht ihre Kinder. Ihre Söhne und Töchter, die in diesem Krieg sterben sollen. Deswegen handeln wir anders. Deswegen denken wir nicht auf den Sieg hin, sondern auf das Leben der Menschen.«

Leon sieht, wie Fuchs die Arme vor der Brust verschränkt, als seien es zwei Schlagbäume.

»Schöne Predigt, danke. Aber wenn das hier darauf hinausläuft, dass ich deinem Notstandsplan zustimmen soll, hättest du dir die Zeit sparen können. Das kriegst du nie durch. Nehmen wir nur mal Polen. Die installieren nächsten Monat in Bełchatów zwei neue Blöcke. Damit wird es mit 6100 Megawatt das weltgrößte Braunkohlekraftwerk. Da verheizen die jährlich etwa 50 Millionen Tonnen Braunkohle und setzen 45 Millionen Tonnen CO_2 frei. Du weißt, wer die Investoren sind. Und du weißt auch, zu was die zu tun bereit sind, um ihre Investitionen zu sichern.«

Sie spielt damit auf den Tod einer Gruppe von vier Aktivisten an, die Teile des Kraftwerkes besetzt hatten. Angeblich hatten die bei der Räumung auf Sicherheitskräfte geschossen und waren dann in einem Feuergefecht getötet worden.

»Das weiß ich. Aber ich weiß auch, dass die Kosten, die auf uns zukommen, wenn wir jetzt nicht handeln, unerträglich sind. Leute verlieren ihre Jobs, ihre Häuser und Wohnungen, ihre Kinder können nicht mehr zur Schule gehen. Wir haben Helgoland verloren, und wir verlieren gerade Sylt und Norderney, Rügen, Fehmarn. In Hamburg müssen zwei Millionen Menschen umgesiedelt werden. In Bremerhaven, Cuxhaven, Itzehoe, Bremen, Oldenburg brechen Unruhen aus, weil die Menschen verzweifelt sind. Die Unterstützung, die sie erhalten, kann nicht ersetzen, was sie verlieren. Das weißt du alles. Und das heißt, wir müssen handeln. Sofort. Heute und hier.«

Entgegen ihren Absichten hat Falk sich dazu hinreißen lassen, die Finanzministerin unter Druck zu setzen. Dabei ist es allgemein bekannt, dass Fuchs auf Druck gewöhnlich so reagiert, wie die meisten Menschen reagieren. Mit Ablehnung und Abwehr. Doch jetzt scheint es anders zu sein. Helga Fuchs nickt zustimmend.

»Ich denke darüber nach.«

Sie erhebt sich schwer.

»Noch was?«

Leon spürt Falks Blick. Er ahnt, was sie gerade denkt. Soll sie die Dokumente erwähnen? Er schüttelt kaum merklich den Kopf.

»Nein«, sagt Falk.

»Gut.«

Helga Fuchs verlässt mit einem kurzen wortlosen Gruß den Raum.

»Sie denkt darüber nach. Das ist doch schon mal etwas«, sagt Leon.

Wie so oft versucht er, das Beste aus einer Situation mitzunehmen.

»Sie wird sich mit Kotzer und Becker zusammentun, und sie werden überlegen, wie sie mich loswerden. Aber da müssen sie früher aufstehen«, sagt Falk. »Ruf deine Freundin noch mal an.«

Leon nimmt sein Handy. Wieder nur die Mailbox.

»Mac, wir brauchen die Dokumente. Sofort!«, sagt er und legt auf.

Heißt das, es war derselbe Mann? Dieser Kerl, der wie dieser Schauspieler aussieht? »Henry Fonda«, platzte es aus mir heraus.

»Was?«, fragte Mackenzie.

»Der Schauspieler«, sagte ich.

»Welcher Schauspieler?«

»Der Kerl, der Manuel umgebracht hat.«

Ich habe Mackenzie davon abgehalten, Manuel aus dem Wasser zu holen, um ihn zu reanimieren. »Er ist tot«, habe ich gesagt und mich gewundert, dass ich so ruhig bleiben konnte. Vielleicht ist in dem Bereich in meinem Gehirn, in dem Panik produziert wird, nach Jakobs Tod kein Platz mehr für neue Angst und Lähmung. Ich habe die Badezimmertür geschlossen und mich an den Computer gesetzt. Damit die Polizei die Ordner und Dateien nicht in die Finger kriegt, habe ich sie auf Manuels Computer gelöscht. Ich habe auch die Mails gelöscht und das PGP-Programm deinstalliert. Weil ich keine Ahnung von solchen Dingen habe, musste ich Mackenzie nach jedem Schritt, jedem Befehl fragen. *Was muss ich jetzt machen? Und was jetzt? Warum funktioniert das nicht?* Mackenzie saß auf dem blauen Sofa und weinte. Am Ende habe ich sie angeschrien. »Hör auf zu heulen und hilf mir, das verdammte Programm zu deinstallieren.«

Mackenzie sagte, dass man die Spuren nicht komplett beseitigen könne. Wenn die Polizei tiefer in das Laufwerk eindringe, würden die aufleuchten wie eine Werbetafel in Las Vegas. Aber vielleicht nicht sofort. Und das kann uns genügend Zeit verschaffen.

Dann haben wir die Polizei angerufen und sind von drei Kommissaren vernommen worden. Einzeln, zu zweit und wieder einzeln. *Wieso waren Sie bei Herrn da Silva? Wie konnten*

Sie in die Wohnung reinkommen? In welchem Verhältnis stehen Sie zu Herrn da Silva? Wissen Sie, ob er Feinde hatte? Hat er gesagt, dass er bedroht wird? Kennen Sie jemanden, der Herrn da Silva bedroht haben könnte?

Irgendwann durften wir das LKA in der Keithstraße wieder verlassen. Warum, haben sie uns nicht verraten, aber sie schienen aus irgendeinem Grund, den wir nicht kennen, nicht mehr an uns interessiert zu sein. Also sind wir in Mackenzies Wohnung gefahren, wo der Schock und das Entsetzen schließlich in Erschöpfung und Müdigkeit gekippt sind. Wir haben uns in Mackenzies Bett gelegt und geschlafen.

Als ich wieder aufwache, ist es Mittag. Mackenzie hantiert in der Küche. Tränen haben Spuren von Mascara auf ihren Wangen hinterlassen. Ich bleibe in der Tür stehen, schaue sie an. Was soll ich sagen? Ich bin nicht gut darin, jemanden zu trösten. Also warte ich, bis Mackenzie bereit ist, zu reden. Sie spült Gläser ab und reibt sie endlos lange trocken. Weil sie schweigt, fange ich doch an.

»Meinst du, die Leute, bei denen Jakob eingebrochen ist, haben den Mörder geschickt? Machen die so was?«

»Ja«, sagt Mackenzie.

»Woher wusste der überhaupt von Manuel?«

»Keine Ahnung.«

»Heißt das, er wird irgendwann auch hinter dir und mir her sein?«

Mackenzie sieht mich plötzlich misstrauisch an.

»Woher weißt du eigentlich, dass der Kerl, der Manuel umgebracht hat, wie Henry Fonda aussieht?«

Die Mundharmonika. Ich weiß, ich hätte es ihr sagen sollen. Und mir fällt keine Lüge ein, die mich aus dem Schlamassel rausführen kann.

»Leela!«

»Weil ich ihm in Wittenberg begegnet bin.«

»Du bist was? Wieso hast du mir das nicht erzählt?«

»Ich hab es vergessen.«

»Du hast es vergessen? Was war da in Wittenberg?«

»Er hat mir aufgelauert.«

»Und weiter?«

»Ich bin abgehauen und hab mich versteckt. Und dann bin ich mit dem Bus nach Berlin gefahren.«

»Das hättest du mir sagen müssen.«

»Hätte es was geändert?«

»Ja, das hätte es. Ich hätte die Finger von den scheiß Dateien gelassen. Und Manuel würde noch leben.«

Mackenzie stürzt an mir vorbei aus der Küche.

»Soll das heißen, ich bin an seinem Tod schuld?«, rufe ich und laufe ihr hinterher.

Auf dem Kleiderschrank im Schlafzimmer liegt ein Rucksack, über und über mit Stickern beklebt. Sie erzählen von Ländern, in die der Rucksack Mackenzie begleitet hat.

»Was hast du vor?«

»Wir müssen weg!«, schreit sie.

»Wohin?«

»Weiß ich noch nicht. Aber dir ist doch hoffentlich klar, dass wir als Nächste dran sind.«

Sie rafft Klamotten aus Schubläden und Schrankfächern, stopft sie in den Rucksack.

»Nein«, sage ich.

»Nein? Wieso Nein?«

»Wenn es derselbe Kerl ist, der mich am Bahnhof angegriffen hat, dann stellt sich doch die Frage, warum er es nicht wieder getan hat«, sage ich. »Er hätte mich seitdem unzählige Male erwischen können.«

Ich weiß nicht, wie ich so schnell auf diesen Gedanken

komme. Ich bin selbst überrascht. Aber vielleicht ist er gar nicht so schlecht.

»Und warum nicht?«

»Vielleicht will er uns eine Warnung zukommen lassen. Vielleicht hat er seine Meinung geändert. Vielleicht weiß er nicht, welche Dateien wir öffnen konnten und welche nicht. Keine Ahnung!«

»Aber warum Manuel?«, fragt Mackenzie.

»Weil er die Passwörter knacken konnte.«

»Und woher weiß der Kerl das?«

Mackenzie lässt sich auf das Bett zurückfallen.

»Du hast mich gefragt, ob Jakobs Tod vielleicht kein Unfall war. Hier hast du die Antwort«, sagt sie erschöpft.

Ich setze mich zu ihr auf das Bett, lege den Kopf an ihre Schulter.

»Du darfst mich jetzt nicht allein lassen. Bitte«, sage ich.

»Ich lass dich nicht allein. Die Frage ist trotzdem, was wir jetzt machen«, sagt Mackenzie.

»Die Frage stelle ich mir andauernd. Ich habe sie mir schon gestellt, als ich die beiden roten Striche im Schwangerschaftstest gesehen habe, als Jakob nichts von einem Baby wissen wollte, als ich von der Havarie erfahren habe und als ich verstanden habe, dass Jakob tot ist.«

»Wir müssen diesem Scheißkerl, wer auch immer er ist, signalisieren, dass wir die Dateien löschen, dass wir nichts damit anfangen werden. Sonst werden wir auch irgendwann in einer Badewanne liegen, wenn er seine Meinung ändert.«

»Also war es das?«

»Ja, das war's.«

»Jakob ist tot, ist vielleicht ermordet worden, Manuel ist definitiv ermordet worden, und ich soll so tun, als wäre nichts passiert?«

Mackenzie greift den Rucksack. Er ist so prall gefüllt, dass sie den Reißverschluss nicht schließen kann. Ich helfe ihr, ziehe die beiden Seiten zueinander, sie zerrt an dem kleinen Stück Metall. Als sie es geschafft hat, schultert sie den Rucksack und verlässt das Zimmer. Ich bleibe sitzen. Lausche, was sie macht. Es hört sich an, als würde sie ihre Schuhe anziehen. Dann wird die Wohnungstür geöffnet und wieder geschlossen. Na gut, denke ich. Dann mache ich eben allein weiter.

»Ja, du sollst so tun, als wäre nichts passiert«, sagt Mackenzie leise.

Sie steht in der Schlafzimmertür, bereit zum Gehen, und kann es doch nicht.

»Weil du am Leben bleiben sollst, Leela. Du bist schwanger. Du hast zwei Babys da drin.« Sie deutet auf meinen Bauch. »Manchmal kommt es mir so vor, als würdest du das vergessen.«

Das stimmt. Ich vergesse es immer wieder. Erst, wenn ich mich übergeben muss, erinnere ich mich. Und wenn meine Brüste spannen, als hätten sie einen Wachstumsschub.

»Ich will auch am Leben bleiben, Leela. Vielleicht treffe ich ja irgendwann noch mal jemand, in den oder die ich mich verlieben kann. Und es wäre doch ganz schön blöd, wenn ich dann tot wäre, oder?«

»Ja, das wäre es. Aber was ist, wenn jemand anderes die Dateien veröffentlicht?«, frage ich. »Jemand, an den der Mörder sich nicht herantraut?«

»Wer?«

»Was ist mit diesem Leon Roth? Du hast doch gesagt, dass er sich für die Dokumente interessiert.«

Es kostet mich einige Mühe, Mackenzie von meinem Plan zu überzeugen. Wir kochen zusammen Pasta Carbonara. Überlegen, wie wir es anstellen sollen. Fragen uns, ob es wirklich eine gute Idee ist, die Dokumente jemandem zu geben, der mit Leuten, deren Namen auf der Liste stehen, verbunden ist.

Als der Regen sein Trommeln an die Fensterscheibe unterbricht, ist Mackenzie wieder auf Spur, wie sie selbst es gerne nennt. Sie ruft Leon an und sagt ihm, dass sie und ich am nächsten Tag um 12:00 Uhr am Eingang des Kanzleramtes stehen werden, um ihm ein paar Dokumente in die Hand zu drücken.

»Du hättest es mir trotzdem sagen müssen«, meint sie.

Ja, das hätte ich.

21 DER WIND TRÄGT DEN GESTANK HERBEI

Und jetzt, gegen Mitternacht, sieht sie endlich die Lichter. Tripolis hatte bis vor ein paar Jahren zweieinhalb Millionen Einwohner. Nun, trotz der Wellen des Todes, die über das Monstrum hereinbrechen, sind es vier Millionen. Die Stadt ist ein Moloch, ein grausamer Spielplatz für die vier Warlords und ihre Milizen, die das Land und die Stadt unter sich aufgeteilt haben. Sie terrorisieren die Flüchtlinge, rauben sie aus, töten und verschleppen die Männer und vergewaltigen die Frauen. Und niemand hält sie auf.

»Beeilt euch«, flüstert der Dicke, der sie schon seit Stunden antreibt.

Afeni versteht nicht, warum er so leise spricht. Hat er Angst, dass jemand sie in der Wüste hören könnte?

»Wenn die Milizen uns schnappen, bringen sie uns ins Camp in Tagiura. Da ist es besser, man ist tot. Die schlachten da die Kinder und essen sie.«

Sein gemeines Grinsen zeigt seine schlechten Zähne.

Afeni weiß nicht, ob er sie erschrecken will oder die Wahrheit sagt. Sie hat die Geschichten von Schleppern gehört, die Flüchtlinge ohne Wasser und Nahrung in der Wüste zurücklassen.

Als sie um Mitternacht den südlichen Stadtrand erreichen, sind sie schockiert. N'Djamena war schon schlimm, aber das hier übertrifft alles, was sie bisher gesehen haben. Überall haben Bürgerkrieg, Krankheit und Hunger ihre Spuren hinterlassen, Häuser stehen leer, die Wände sind von Einschusslöchern übersät, Rauch und Staub haben die Luft erobert und dringen in jede Pore ein. Halb verhungerte Kinder betteln um Wasser und Brot, Mütter halten ihre Babys an die vertrockneten Brüste, Männer liegen auf den Straßen, fürchterlich zugerichtet. Wer noch nicht tot ist, wartet mit leerem Blick auf eine Erlösung, die nicht kommen wird. Niemand fragt nach ihren Namen, niemand interessiert sich für sie außer den Ratten. Afeni ist fassungslos. So etwas hat sie nicht erwartet. Und dann ist auch noch der Dicke mit einem Mal verschwunden. Nelson ist wütend, weil der ihre Pässe und das Geld für das Boot mitgenommen hat. Er will nach ihm suchen, doch Afeni hält ihn zurück. Wie will er den Mann inmitten dieser Hölle finden? Als drei junge Männer auf der Ladefläche eines Toyota Pick-ups sie fixieren und langsam auf sie zufahren, zieht Afeni ihren Sohn beiseite. Weg von der großen Straße.

Maha folgt ihnen. »Darf ich mit euch kommen?«, fragt sie schüchtern.

»Natürlich«, sagt Afeni.

In den kleinen Gassen sind sie geschützter. Obwohl es dort stockdunkel ist. Auf seinem Handy sucht Nelson den Weg durch das Labyrinth hin zum Hafen. Sie biegen immer wieder ab, wenn sie eine der breiten Straßen erreichen, auf denen die Pickups mit wahnsinniger Geschwindigkeit entlangrasen. Hin und wieder erzählt Nelson wie ein Reiseführer, wo sie sich gerade befinden.

»Google sagt, da drüben müsste der Friedhof Bir al-Osta sein. Den haben sie 2012 angelegt. Da sind ausschließlich Menschen beerdigt, die …«

Er bricht ab.

»Wer ist da beerdigt?«, fragt Afeni.

»Alle, die auf der Flucht nach Europa ertrunken und an der libyschen Küste angespült worden sind«, sagt Nelson.

Sie schauen sich an. Die Angst bahnt sich den Weg in Afenis Gedanken, egal, wie oft sie sie verscheucht. Sie steht auch in Nelsons Augen.

»Wenn Gott es so will, dann soll es so sein«, sagt Maha.

Kurz darauf verlieren sie Maha in einem Getümmel. Sie suchen stundenlang nach ihr und geben irgendwann entkräftet auf. Am Hafen dümpeln Hunderte Boote im schmutzigen Wasser. »Ihr müsst den Kerl mit dem roten Tuch um den Kopf finden. Er bringt euch nach Europa«, hat der Dicke gesagt. Sie gehen an der Pier entlang bis zum äußersten Ende. Aber da ist niemand mit einem roten Tuch. Das heißt, sie müssen einen neuen Schlepper suchen, der sie auf sein Boot lässt.

»Hey, hier ist noch Platz!«, ruft ein Mann.

Eine Narbe zieht sich quer über Nase und Mund. Wenn er spricht, bewegt sich nur die linke Hälfte seines Gesichts, die rechte ist wie tot. Er will Geld von ihnen haben. Afeni sagt ihm, dass der Fahrer des Lkw ihnen das Geld abgenommen hat. Aber der ist nicht mehr da. Hat sich einfach aus dem Staub gemacht.

»Wer kein Geld hat, kann nicht auf das Boot!«, sagt der Mann lachend.

Was sollen sie jetzt machen? Sie haben zwar noch Geld, aber das war eigentlich für den Weg nach Deutschland gedacht. Nelson zieht Afeni zur Seite.

»Wir können nicht auf das Boot gehen«, sagt er.

»Wieso nicht?«, fragt Afeni.

»Schau es dir doch nur mal an. Das ist ein Schlauchboot. Siehst du da hinten? In der einen Kammer ist keine Luft mehr.«

»Was sollen wir denn sonst machen? Die Boote sehen alle gleich aus.«

Nelson sieht sich um. Die meisten Boote sind überladen, und immer noch steigen verzweifelte Menschen zu.

»Wir haben noch zweitausend Dollar«, sagt Afeni. »Wenn wir hierbleiben, sind wir das Geld bald los. Und dann? Meinst du, wir finden hier eine Arbeit? Schau dich doch mal um. Hier sind Tausende wie wir.«

Sie sehen, wie eines der Boote langsam tuckernd losfährt.

Der Motor hat immer wieder Aussetzer. Ein paar der Passagiere winken, als wäre es ein fröhlicher Abschied.

»Wir müssen auf das Boot«, sagt Afeni. »Ich habe Jakob gesagt, dass wir kommen. Er wartet auf uns.«

»Er wartet auf uns? Und wieso geht er dann nicht ans Telefon, wenn du anrufst? Wieso antwortet er nicht auf deine Nachrichten?«

»Weil er zu tun hat. Er ist Wissenschaftler. Nicht so ein Faulpelz wie du.«

Sie sieht Nelson herausfordernd an. Ihre Entschlossenheit scheint ihn zu überzeugen.

»Okay«, sagt er.

»Dann warte hier.«

Afeni geht zu einem Haus, stellt sich an die Seite, wo Berge von Plastikflaschen in blauen Säcken liegen und sie notdürftig vor den Blicken geschützt ist. Hinter einem der Säcke hebt sie ihr Gewand hoch, greift zwischen ihre Beine und zieht eine kleine schwarze Plastiktüte hervor. Mit flinken Fingern öffnet sie die Tüte. Das Bündel Dollarscheine lässt sie schnell im Ärmel ihres Gewands verschwinden. Dann geht sie zurück zu Nelson.

»Komm«, sagt sie.

Hastig laufen sie zu dem Mann mit der Narbe hin. Das Boot ist schon ziemlich voll, der Motor wirkt viel zu klein für die vielen Menschen. Und Schwimmwesten gibt es auch keine. Als sie losfahren, liegt das Boot so tief im Wasser, dass die Wellen über den Rand schwappen. Sie werden mit den Händen das Wasser hinausschöpfen müssen.

»Kannst du schwimmen?«, fragt Nelson.

22 NENN ES INTUITION, INSTINKT, SECHSTER SINN

Moses spürt genau, wenn etwas nicht so ist, wie es sein soll. Schwingungen in der Luft. Wie bei Vögeln, die tiefer fliegen, wenn es zu einem Gewitter kommt. Als er die Chipkarte an den Türöffner hält, schaut er sich um. Sein Hotelzimmer ist leer. Falscher Alarm. Er ist erschöpft von dem Flug. Nach Amerika und zurück innerhalb von drei Tagen zehrt an den Kräften. Wegen des Jetlags ist er seit drei Uhr morgens hellwach. Seit einem halben Jahr verträgt er das Melatonin nicht mehr.

Sie haben ihm Carte blanche gegeben. Zehn Millionen, dazu Spesen, Aufbau und Finanzierung einer Taskforce. Zu überweisen auf das Konto der Quicksolutions Ltd. bei der Creditcorp in Panama. Die Quicksolutions Ltd. ist eine Briefkastenfirma, die er nach dem Skandal mit den Panama Papers neu gegründet hat. Das Gute ist, dass es nach jedem Skandal genauso weitergeht wie vorher. Auch in Panama.

Eine Melodie, gespielt auf einer Mundharmonika, und das Rauschen der Toilettenspülung treffen ihn wie ein Schlag in die Magengrube. Das Badezimmer. Wieso hat er dort nicht nachgesehen? Sein Instinkt hat ihn nicht getäuscht. Er schaut sich um. Gibt es etwas, mit dem er zuschlagen kann? Die Badezimmertür wird geöffnet.

Ein Mann, den Moses nur zu gut kennt, grinst ihn an.

»Hallo, Moses.«

Er könnte Henry Fonda fragen, wie er hier reingekommen ist. Wie er überhaupt den Aufzug benutzen konnte, wo man dafür doch die Chipkarte braucht. Aber jemand wie Henry kommt überall rein. Er war acht Jahre beim Mossad.

»Sensationeller Blick hier oben. Wieso hast du nicht noch höher gebucht?«

Dass Henry ihn besucht, ist kein gutes Zeichen. Offensichtlich ist Watson nicht sicher, dass er die Sache auch wirklich erfolgreich durchziehen kann, und hat Henry deswegen tatsächlich als Back-up engagiert.

»Es gibt darüber nur noch die Präsidentensuite, und die war schon weg«, sagt Moses. »Was willst du?«

»Hast du ein Bier?«

Der Mann ist ein Wunder. Eins neunzig, vermutlich achtzig Kilo. Muskulös, depressiv und in einer Weise kaltblütig, wie Moses es noch nie erlebt hat. Fonda sagt von sich, er habe Asperger. Er könne Gestik, Mimik und Blickkontakte bei einer anderen Person nicht erkennen und deswegen keine Rückschlüsse auf die Gefühle der Person ziehen. Außerdem habe er eine Inselbegabung, behauptet er. Sie liege in dem besonderen Talent, extreme Schmerzen zufügen zu können.

»Hundert Meter über der Stadt ändert sich das Gefühl zu den Dingen des alltäglichen Lebens, findest du nicht auch, Moses? Man steht auf einmal über den Banalitäten, die die Menschen da unten in den Klauen halten«, sagt Fonda.

»Was willst du?«, fragt Moses noch einmal.

»Ich würde gerne wissen, was für eine Kirche das ist.«

»Die Kaiser-Wilhelm-Gedächtniskirche.«

»Nein, ich meine die da hinten.«

»Keine Ahnung«, sagt er.

»Siehst du. Das ist das Problem. Dich interessieren die Dinge nicht, die rechts und links von deinem Weg liegen. Du gehörst zu der Sorte Wanderer, die so schnell wie möglich ans Ziel gelangen wollen. Ich dagegen nehme die Landschaft wahr, die Blumen, die Bäume, die Autos, Häuser, Menschen.«

»Was hat Watson zu dir gesagt? Sollst du Kindermädchen spielen?«

»Putzmann.«

Putzmann klingt nicht gut. Putzmann klingt aus Henrys Mund nach Beseitigung von Blut, das er selbst vergossen hat. Henry setzt sich auf das Sofa und sucht etwas in seinem Smartphone.

»Diese neue Tracking-App ist sensationell. Wenn ich überlege, was wir früher alles anstellen mussten, um Leute zu überwachen«, sagt er.

Moses nimmt die Speisekarte. Er hat Hunger. Nur weil er Henry Fonda nicht einfach rausschmeißen kann, muss er ihm nicht mehr Aufmerksamkeit schenken als nötig.

»Hier, schau mal.«

Moses wirft ihm einen möglichst gleichgültigen Blick zu.

»Für eine Zielperson hast du vor ein paar Jahren noch ein Team von vier Leuten gebraucht. Heute machst du das mit den Smartwatches, die die Leute am Handgelenk haben.«

Genau deswegen hat Moses es immer abgelehnt, so etwas zu tragen. Abgesehen davon, dass die Dinger grottenhässlich sind.

»Weißt du, was der Durchbruch war? Corona in China. Die chinesische Regierung wollte wissen, wann jemand Fieber bekommt, sich also möglicherweise mit dem Virus infiziert hat. Wenn die Smartwatch die Körpertemperatur übermittelt hat, mussten sie nur noch die Person tracken und dann aus dem Verkehr ziehen. Das ist sensationell, oder?«

Moses nimmt den Telefonhörer und bestellt Burger, Pommes und Salat. Bier ist genug im Kühlschrank. Er öffnet eine Flasche. Nimmt eine zweite heraus. Er hofft, dass Fonda sich nach ein oder zwei Bier entspannt und wieder abzieht. Er reicht ihm die Flasche.

»Du bist aber nicht hier, um mir eine App vorzuführen, oder?«

»Komm, setz dich zu mir.«

Henry klopft auf den Platz links neben sich. Vielleicht sollte

Moses die Vorführung einfach über sich ergehen lassen, um Henry so schnell wie möglich wieder loszuwerden.

»Siehst du, das hier ist das Haus von Manuel da Silva.«

Auf Henrys Handy taucht ein Video auf. Verwackelt, unscharf. Es zeigt, wie eine Hand an Manuels Haustür klingelt. Die andere Hand hält eine Pizzaschachtel.

»Er hat ein paar von den Dateien geöffnet, die Jakob Richter kopiert hat. Dann hat er eine Pizza bestellt, und der Bote war ich.«

Die Haustür wird von einem jungen Mann mit blonden Locken, Trainingshose und T-Shirt geöffnet.

»Das ist er. Manuel da Silva.«

Auf Manuels T-Shirt steht *Guardians of Life* in grellgrünen Buchstaben. Sein Gesichtsausdruck ist unfreundlich, ja geradezu wütend. Er scheint sich wegen der Kamera aufzuregen. Aber im selben Moment zuckt er zusammen, beugt den Oberkörper leicht nach vorne und taumelt rückwärts. Die Kamera zeigt ein Messer, das tief in Manuels Brust steckt. Im Off fällt eine Wohnungstür ins Schloss. Dann ist zu sehen, wie Manuel ins Badezimmer flieht, wie Henry ihm hinterhergeht und ihn schließlich mit unzähligen Messerstichen umbringt.

»Oh Gott!«, sagt Moses. »Bist du wahnsinnig?«

»Von meiner Warte aus gesehen nicht. Von seiner wahrscheinlich schon.«

Moses erhebt sich schwer vom Sofa.

»Weiß Watson davon?«

»Du erwartest doch nicht wirklich eine Antwort auf die Frage. Ich hab dir das Video weitergeleitet. Nur für den Fall, dass du nicht weiterkommst, kannst du es ja mal rumzeigen. Es heißt ja, dass Filme dazu beitragen, dass Menschen sich ändern und ihr altes, nutzloses Leben hinter sich lassen. Wie unser Freund in dem Video.«

Bevor Moses noch etwas sagen kann, hat Henry das Hotelzimmer verlassen. Moses wählt Watsons Washingtoner Nummer. Wenn dieser Wahnsinnige an Bord ist, wird er sofort wieder aussteigen. Es dauert eine Stunde, bis er Watson endlich an der Strippe hat. Watson spricht nicht über den Mord an dem jungen Mann. Er spricht von Kinofilmen und der Gewalt, die in letzter Zeit darin zu sehen ist. Das Gespräch dauert zehn Minuten.

Moses wird nicht aussteigen, weil er von jetzt an allein über den Auftrag entscheidet.

23 IHRE STIMME IST HELL UND DÜNN

Sie fixiert uns abweisend, weil sie vermutlich ahnt, dass wir nicht zu der amerikanischen Reisegruppe gehören. Wir haben uns der Gruppe angeschlossen für den Fall, dass Henry Fonda uns doch auflauert. Es ist zwar unwahrscheinlich, dass das genau hier vor dem Kanzleramt geschieht, aber sicher ist sicher. Unter den Regenschirmen lassen wir die Erklärungen der kleinen Architekturstudentin über uns ergehen. Mackenzie schaut sich immer wieder um, prüft die Gesichter der Touristen.

»Das Kanzleramt ist das größte Regierungshauptquartier der Welt und etwa achtmal so groß wie das Weiße Haus, wenn man die Nebengebäude in Washington außer Acht lässt«, sagt die Studentin.

Ich nicke beeindruckt, und die Studentin fährt fort.

»Die Baukosten haben mehr als eine halbe Milliarde Euro betragen. Die Berliner haben ein großes Talent, spezielle Namen für ihre Bauwerke zu kreieren. Ich habe Ihnen schon erzählt, dass das Kongresszentrum im Tiergarten ›Schwangere Auster‹ genannt wird, das Symbol für die Luftbrücke, das wir nachher noch sehen werden, heißt im Volksmund ›Hungerkralle‹, und hier das Kanzleramt wird wahlweise ›Elefantenklo‹, ›Kolosseum‹ oder ›Kanzlerwaschmaschine‹ genannt.«

Zwölf Uhr, hat Mackenzie mit Leon vereinbart. Jetzt ist es bereits Viertel nach zwölf. Ich schaue ungeduldig zum Tor. Schwer bewaffnete Polizisten des SEK bewachen den Eingang, äugen misstrauisch zu der Reisegruppe. Wenn die weiterzieht, verlieren wir unsere Tarnung.

»Ruf ihn noch mal an«, sage ich, als die Reisegruppe sich in Richtung Bundestagsgebäude bewegt.

Entnervt nimmt Mackenzie ihr Handy, dreht sich von mir weg. Doch kaum hat sie Leons Nummer gewählt, sehe ich jemanden aus dem Kanzleramt kommen, auf den Mackenzies Beschreibung passen könnte. Er hält einen riesigen Regenschirm in der Hand.

»Ist er das?«, frage ich.

»Das ist er. Leon Roth, Sherpa der Bundeskanzlerin, bei Tag und auch bei Nacht. Du wirst merken, Leon ist ein seltsamer Typ, aber ich kenne niemanden in der Regierung, der so verbissen auf unserer Seite ist. Er und seine Chefin wollen in Brüssel den gesetzlichen Klimanotstand ausrufen. Wenn sie das schaffen, geht das auf sein Konto. Und ein bisschen auch auf das der Bundeskanzlerin.«

Leon kommt winkend auf uns zu.

»Hallo, Mac«, sagt er.

Die beiden umarmen sich wie alte Freunde.

»Hast du die Dokumente?«, fragt er.

Mackenzie deutet auf mich.

Leon sieht erst mich, dann Mackenzie verwundert an.

»Wer ist das?«, fragt er.

»Leela Faber. Ich habe dir von ihr erzählt«, sagt Mackenzie. »Sie ist die Freundin von Jakob Richter.«

Jetzt macht Leon auf einmal große Augen. Als würde ich erst durch Jakobs Namen Bedeutung erhalten.

»Lila wie die Farbe?«

»Nein, auch wenn der Name in Indien, wo er herkommt, so geschrieben wird. Ich schreibe mich mit zwei ›e‹«, sage ich. »Wie die Pilotin in ›Futurama‹.«

»Mac sagt, du bist Schriftstellerin?«

»Nein«, antworte ich, »das war in einem anderen Leben.«

»Umso besser«, sagt er und lächelt.

Wie meint er das?

»Habt ihr die Dokumente?«, fragt er.

»Nicht hier draußen«, antworte ich.

»Wieso nicht?«, fragt Leon und schaut leicht verunsichert zu Mackenzie hin.

Irgendwie habe ich es mir anders vorgestellt. Ich weiß nicht genau, wie, aber ich habe gedacht, Leon würde uns sofort ins Kanzleramt bitten. Ich nehme den Rucksack ab, was gar nicht so leicht ist mit einem Regenschirm in der Hand, hole die Papiere raus und drücke sie Leon in die Hand.

»Ich habe eher mit einem Datenträger gerechnet.«

»Papier ist erst mal sicherer«, sage ich.

Leon hält mir seinen Schirm hin.

»Kannst du mal halten?«

»Klar. Eine meiner leichtesten Übungen.«

Er wirft einen skeptischen Blick auf die erste Seite, blättert weiter. Als er auf der zweiten Seite ankommt, legt sich seine Stirn in Falten. Bei der dritten Seite zeigt ein kurzer Pfiff, dass er beeindruckt ist. Als er auch die letzte Seite überflogen hat, sieht er zuerst mich und dann Mackenzie konsterniert an. Es ist sichtlich mehr, als er erwartet hat.

»Hey, das ist ja sensationell! Okay. Dann kommt mal mit.«

Zehn Minuten später sitzen wir in Leons Büro in zwei tiefen Sesseln. Die Tür zum Flur steht offen, Leon telefoniert. Hin und wieder wirft er uns einen freundlichen Blick zu, der uns bittet, weiterhin geduldig zu sein. An einer Wand des Büros stehen Umzugskartons, aus denen Ordner herausquellen. Papier stapelt sich auf und neben dem Schreibtisch. Schiefe Türme, die bei der kleinsten Berührung umstürzen können.

Auf dem Bildschirm an der Wand neben dem Fenster können wir verfolgen, wie die Kanzlerin sich in einer Pressekonferenz den Journalisten stellt. Der Ton ist ausgestellt, aber das Thema wird immer wieder am unteren Rand eingeblendet. Es geht um die mehr als vier Millionen Flüchtlinge, die sich aus Griechenland über den Balkan auf den Weg nach Westen machen. Jemand schiebt Falk eine Notiz zu. Falk liest sie und antwortet dann auf die Fragen.

Es dauert noch eine weitere halbe Stunde, bis wir endlich in das Büro der Kanzlerin gebeten werden.

Sie trägt eine dunkelblaue Chino und ein weißes T-Shirt aus Seide, das ihren Körper umweht. Sie lächelt. Freundlich. Aber es ist nicht ersichtlich, was das Lächeln bedeutet. Wir nehmen in der Sitzecke Platz. Die Kanzlerin lässt sich von Leon die Dokumente geben. Ihre Augen fliegen über die Liste mit den Namen. Sie blättert um, als ob sie ihren eigenen Namen suchen würde. Er steht nicht darin. Sie schaut Leon an. Auch sein Name steht nicht darin. Die Kanzlerin liest weiter. Sie zeigt keinerlei Reaktion. Dabei müssten die Dokumente sie doch in einen Zustand von Euphorie versetzen. Na gut, vielleicht gehört Euphorie nicht zu ihrer emotionalen Grundausstattung. Aber zumindest könnte sie Freude oder wenigstens Genugtuung zeigen. Immerhin stehen Namen von Ministern darin, die zu ihrem Kabinett gehören, mitsamt Beweisen, dass die sich haben bestechen lassen. Endlich taucht die Andeutung eines zufriedenen Lächelns auf Falks Lippen auf. Nach einer Weile gibt sie die Dokumente an Leon weiter, lehnt sich in ihrem Schreibtischstuhl nach vorne.

»Gibt es noch mehr davon?«, fragt sie.

»Ja«, antworte ich.

»Und wo?«

»An einem sicheren Ort. Sollte uns etwas passieren, werden die Dateien veröffentlicht.«

Das haben Mackenzie und ich so vereinbart. Kennt man aus jedem Thriller und scheint ein erprobtes Mittel zu sein. Die Kanzlerin grinst, als würde sie mir nicht glauben.

»Das sind sehr beeindruckende Informationen. Vielen Dank, dass Sie mir die überlassen wollen.«

»Was werden Sie damit tun?«, frage ich.

»Das muss ich erst noch genau überlegen. Aber was darin steht, wird auf alle Fälle Konsequenzen haben für unseren Kampf gegen den Klimawandel.«

»Was gibt es da zu überlegen? Es sind Menschen gestorben, damit diese Schweinereien bekannt werden.«

Falk zuckt leicht zusammen, sieht Leon verunsichert an.

»Was heißt das, es sind Menschen gestorben? Wer?«

Die Stimmung wird leicht eisig. Offensichtlich hat Leon ihr etwas verschwiegen.

»Wo haben Sie die Dokumente her?«, fragt sie hörbar ungehalten.

»Ist doch egal, wo wir die herhaben«, sagt Mackenzie.

»Sie hat sie von dem Forscher, der bei der Havarie von Neumayer III ums Leben gekommen ist, Jakob Richter«, sagt Leon. »Er ist bei Exxon eingebrochen und hat sie, ich würde mal sagen, unerlaubterweise kopiert.«

Die Bundeskanzlerin steht auf, verlässt die Burg ihres Schreibtischs. Das Lächeln ist verschwunden. Sie setzt sich mir gegenüber. Ich kann ihr Parfüm riechen, das sich mit Schweiß zu einer betörenden Wolke verbindet.

»Darf ich Ihnen einen Rat geben, Leela? Selbst wenn diese Dokumente echt sind, woran ich nicht zweifle, wird ein gewisser Francis Watson Sie mit Klagen überziehen, dass Ihnen Hören und Sehen vergeht. Man wird Ihnen untersagen, die Informationen zu veröffentlichen, und Ihnen mit Strafen in Millionenhöhe drohen. Und das ist dann wahrscheinlich noch Ihr kleinstes Problem. Leon sagt, dieser Jakob Richter ist ums Leben gekommen? Tun Sie sich einen Gefallen. Gehen Sie nach Hause, und machen Sie das weiter, was Sie bisher auch gemacht haben.«

Sie erhebt sich aus dem Sessel, reicht mir die Hand. Sie fühlt sich hart und trocken an. Anders als meine. Dann gibt sie Leon ein Zeichen, dass die Besprechung zu Ende ist.

Ich weiß nicht, was ich sagen soll. Schaue Mackenzie fassungslos an. Sie ist genauso perplex wie ich. Wir haben mit allem gerechnet, aber nicht damit, dass man uns so auflaufen lässt.

»Sie hören noch von uns«, sagt Mackenzie trotzig, als Leon uns beide aus dem Büro begleitet.

Aber auch darauf gibt Falk keine Antwort. Nur noch die Aufforderung an Leon, sofort zurück in ihr Büro zu kommen, sobald er die beiden »Damen« hinausbegleitet hat.

War es das? Sind wir am Ende? Habe ich unterschätzt, gegen welche Mauern ich anrenne? Ich könnte heulen vor Wut. Mackenzie legt den Arm um meine Schultern.

»Wir finden einen Weg«, sagt sie.

Ach ja? Und welcher soll das sein?

24 SIE SIND IN SICHERHEIT

Hauke hatte die Kontrolle über den Volvo verloren, kam von der Straße ab und blieb in dem vom Regen aufgeweichten Maisfeld stecken. Der Taxifahrer wollte wissen, warum Gita vor ihrem Mann flieht, und fragte, ob er sie nicht besser zur Polizei fahren solle. Gita verneinte, und der Taxifahrer fragte nicht weiter nach. Aber weil sie ihm nicht traute, ließ sie sich in Cottbus absetzen.

Von dort nahmen sie und Christa den Bus nach Nowogrodziec, auf Deutsch Naumburg am Queis. Es gibt nur einen Weg, vor dem Untergang der Welt gerettet zu werden, und dieser Weg führt zu Gott, hat Abel Odessa gesagt. Und vorher zum Kloster der Magdalenerinnen, in dem er seine Schäfchen um sich herum versammelt hat.

Vor dem schweren, dunklen Tor sollen sie ein paar Minuten warten, heißt es. Auf den Feldern gegenüber ist die Ernte vom wochenlangen Regen zerstört, der Mais liegt niedergedrückt auf dem Boden und verfault. Wahrscheinlich sind auch Tiere in dem Feld ertrunken, deswegen riecht es nach Verwesung. Gita sagt, dass all das, was um sie herum passiert, Gottes Strafe für die Sünden der Menschen ist. Das Hochwasser, die Tiere, die darin ertrunken sind, ja sogar Jakobs Tod.

»Müssen wir auch sterben?«, fragt Christa.

»Nein, nicht, wenn wir uns Gott anvertrauen. Gott wird all die retten, die bei ihm sind. Wer nicht bei ihm ist, wird sterben.«

»Auch Papa?«, fragt Christa.

Bevor Gita noch antworten kann, öffnet sich das Tor, und sie sehen, dass im Kloster ein reges Treiben herrscht. An überdachten Ständen werden Gemüse, Obst und Brot verteilt, lange Tische, über die riesige Sonnenschirme gespannt sind, bieten

Platz für Dutzende Menschen, die dort ihr Mittagessen einnehmen. In einer Ecke des großen Hofes zimmern Männer große Kreuze. Auf einem Holzkarren liegt eine Frau. Ist sie tot, oder ruht sie sich nur aus?

»Du bist Gita Faber?«

Eine Frau ist wie aus dem Nichts hinter ihr aufgetaucht und starrt abschätzig auf das Gepäck.

»Ja«, sagt Gita. »Und das ist meine Tochter Christa.«

»Ich weiß«, sagt die Frau.

Sie ist unfreundlich, abweisend, wirkt verbittert. Der graue Kittel, den ein Gürtel in der Mitte einschnürt, ist ihr bestimmt eine Nummer zu weit.

»Das braucht ihr nicht«, sagt sie und deutet auf den Koffer und auf Christas Rucksack.

»Wir würden des Gepäck trotzdem gerne behalten«, sagt Gita.

»Das ist nicht gestattet.«

»Als ich mit Abel telefoniert habe, hat er gesagt, wir dürften unsere Sachen mitbringen.«

»So, hat er das?«

Ohne weiter darauf einzugehen, marschiert die Frau auf das Gebäude rechter Hand zu. Ein Schild über dem Eingang nennt es »Schlafhaus«. Gita spürt den Blick ihrer Tochter. Eigentlich hat sie erwartet, dass sie freundlich begrüßt werden. Vielleicht nicht so wie in einem Hotel, aber doch mit Zuwendung und Herzlichkeit. Davon ist hier wenig zu spüren. Nach ein paar Schritten dreht die Frau sich herum.

»Was ist? Wollt ihr im Hof schlafen?«

Natürlich nicht. Hastig nehmen Gita und Christa Koffer und Rucksack und eilen der Frau in das Schlafhaus hinterher. Ein schmaler Gang führt sie zu einer Treppe und hinauf in den ersten Stock. Es riecht muffig, an den Klinkerwänden blühen weiße

Kristalle. Acht Türen reihen sich aneinander. Sie bekommen das hinterste Zimmer zugewiesen.

»Bettwäsche kriegt ihr heute Abend. Eure Sachen könnt ihr im Koffer lassen, ihr kriegt Kleidung und alles Nötige von uns.«

Bevor Gita noch nach Abel Odessa fragen kann, ist die Frau bereits wieder so leise verschwunden, wie sie aufgetaucht ist. Als wäre sie ein Geist. Zwei Betten, ein Schrank, eine Kommode, ein Tisch, zwei Stühle. Alles sehr pur und roh.

»Ich will hier nicht bleiben«, sagt Christa.

»Ich weiß, es nicht so, wie wir es erwartet haben. Aber glaub mir, wir sind hier an einem sicheren Ort.«

Gita sagt es so, dass es überzeugend klingt, auch wenn sie selbst inzwischen Zweifel hegt. Sie setzt sich auf einen Stuhl und nimmt ihre Tochter in den Arm.

»Gott will uns ein Zeichen geben. Deswegen schickt er den Regen und setzt das Land unter Wasser.«

»Aber was ist mit den toten Tieren? Warum hat er die sterben lassen?«

»Das weiß niemand. Gott macht Dinge, die wir nicht verstehen, weil wir seinen Plan nicht kennen. Aber ich weiß, dass er alle Tiere, die gestorben sind, zu sich nimmt und sie bei ihm weiterleben.«

»Woher weißt du das, wenn du seinen Plan nicht kennst?«, fragt Christa.

»Abel hat es mir gesagt«, antwortet Gita.

»Kennt er den Plan?«

»Ja.«

»Wieso?«

»Weil Gott zu mir spricht!«

Abels tiefe Stimme erfüllt das kleine Zimmer. Gita und Christa erschrecken beide. Schon wieder haben sie nicht bemerkt, dass jemand aufgetaucht ist. Wieso schleichen die hier alle?

»Er will, dass ich euch beschütze und euch seine Liebe gebe«, sagt Abel.

Lächelnd setzt er sich an den Tisch und ergreift Christas und Gitas Hände. Sein Blick ist klar und herzlich. Er wärmt und gibt Gita das Gefühl der Geborgenheit. Sie weiß in diesem Moment, dass es richtig ist, hier zu sein. Christa auf ihrem Schoß allerdings beugt sich von Abel weg und befreit ihre Hand aus seiner.

»Na, was ist denn? Was hast du? Angst vor mir?«, fragt Abel.

»Sie ist manchmal etwas schüchtern«, sagt Gita.

Sie will nicht, dass Abel denkt, ihre Tochter würde ihn ablehnen.

»Sie braucht einfach eine Weile, bis sie sich an Fremde gewöhnt hat.«

»Bin ich denn fremd für dich?«, fragt Abel.

Christa antwortet nicht. Mit Sicherheit liegt es daran, dass Abels Äußeres nicht einladend ist. Er ist kein ansehnlicher Mann. Er wirkt übergewichtig, vor allem für seine eher geringe Körpergröße. Die Hände sind wie die eines Kindes, seine Füße im Gegensatz zum Körper riesig. Die Narbe an seiner Oberlippe erzählt von einer Gaumenspalte bei der Geburt. Wenn er laut spricht, klingt seine russische Herkunft immer wieder durch. Gerüchte sagen, dass er ein Nachfahre von Rasputin sei. Gita glaubt das nicht.

»Das verstehe ich. Mir würde es an deiner Stelle nicht anders gehen. Aber vielleicht lässt du uns beiden Zeit, damit wir uns aneinander gewöhnen und herausfinden, wie viel Liebe in unseren Herzen darauf wartet, freigelassen zu werden.«

Als er jetzt über ihren Kopf streicht, mit beiden Händen ihr Gesicht fasst und sich ihr nähert, als wollte er sie auf den Mund küssen, erstarrt Christa. Gita spürt es deutlich. Das Kind auf ihrem Schoß wird zu einem Stein. Sie wendet sich ab, umklammert ihre Mutter.

»Du brauchst keine Angst zu haben«, sagt er. »Komm, ich will dir etwas zeigen.«

Er zieht sie ziemlich unsanft von Gitas Schoß herunter. Christa klammert sich fester an ihre Mutter.

»Du erlaubst doch?«, fragt er Gita.

Nein, eigentlich nicht. Aber sie kann ihm doch diesen Wunsch nicht verweigern. Wie sähe das denn aus? Sie flieht hierher, weil sie sich Rettung und den Weg zu Gott erhofft, und wenn Abel um etwas bittet, verweigert sie sich ihm? Gita löst Christas Arme, die fest um ihren Hals geschlungen sind.

»Geh nur, ich warte hier auf dich«, sagt Gita.

»Ich will aber bei dir bleiben«, fleht Christa.

»Es geschieht dir doch nichts«, sagt Gita.

»Ich will trotzdem bei dir bleiben.«

»Wie ihr wollt.«

Abel steht so abrupt auf, dass sein Stuhl kippt und umstürzt. Christa zuckt zusammen.

»Ich habe gedacht, ihr wärt in Liebe gekommen. Aber jetzt muss ich feststellen, dass ihr nur hier seid, um zu nehmen. Ihr seid angefüllt mit Hochmut, Habgier und Selbstsucht. Ist es nicht so?«

»Nein«, sagt Gita.

»Ich höre deine Erklärungen. Allein, sie sind nur ein Beweis, dass die Trägheit des Herzens auch euch befallen hat. Ich weiß nicht, ob ich euch hier aufnehmen kann, wenn ich nicht riskieren will, dass ihr die anderen infiziert.«

Sein zuerst freundlicher Blick wird nun traurig, beinahe mitleidig. Er verbirgt seine Enttäuschung nicht, wendet sich ab, geht zur Tür.

»Warte!«, ruft Gita ihm hinterher.

Langsam dreht er sich herum. Gita steht auf, nimmt Christa an der Hand und führt sie zu ihm.

»Es ist nur für ein paar Stunden«, sagt er.

Sie übergibt ihm ihre Tochter.

»Geh mit ihm«, sagt Gita.

Die Angst im Blick ihrer Tochter zerreißt ihr das Herz.

Das ist gut. Denn wenn die Sonne aufgeht, bedeutet es, dass sie nicht in der Hölle gelandet sind. Sie sind die Nacht, den folgenden Tag und noch eine weitere Nacht auf dem Meer getrieben. Die meiste Zeit nach Süden, also in die falsche Richtung, denn Süden bedeutet Libyen, bedeutet, ins Fanggebiet der libyschen Küstenwache zu schippern, die sie zurück nach Tripolis und in eines der Lager bringen wird. Nach drei Stunden ist ihnen der Sprit ausgegangen. In dem Kanister, den der Besitzer des Bootes ihnen mitgegeben hat, war schmutziges Wasser. Aber das haben sie erst gemerkt, als sie es bereits in den Tank gekippt hatten. Bis zum Mittag trieben sie ohne Kompass, ohne Wasser, ohne Nahrung auf offener See. Der gnadenlosen Sonne ausgesetzt. Die in der Mitte des Bootes haben Verbrennungen an Füßen und Beinen von der Lauge aus Sprit und Wasser, die sich auf dem Boden des Schlauchbootes gesammelt hat.

Wir werden sterben, hat Nelson gesagt. Es war das erste Mal, dass er den Mut und die Hoffnung verlor. Gegen Morgen ist das Schiff gekommen. Zuerst dachten sie, es wäre von der Küstenwache. Bis die Männer und Frauen sie auf Englisch ansprachen. Sie kamen mit kleinen Schlauchbooten und Rettungswesten. Die Kinder wurden zuerst aufgenommen. Dann die Frauen. Insgesamt einhundertsieben Flüchtlinge. Acht weniger als bei ihrer Abfahrt in Tripolis. Auf dem Schiff war unter Deck nicht genug Platz, deshalb mussten sie dicht gedrängt auf jedem freien Zentimeter kauern. Der Kapitän war ein zäher Hund. Als die italienische Küstenwache ihn aufforderte umzukehren, fuhr er einfach weiter. Im Hafen von Pozzallo ließ der Hafenkommandant sie dann an Land, nachdem eine ordentliche Summe den Besitzer gewechselt hatte. Als Afeni das sah, dachte sie, dass die am Hafen aufgegeben haben. Jemand sagte, es würde im Norden der Insel brennen, und die Polizei sei dorthin abgezogen worden. Sie mussten eine Stunde bis in das Lager nördlich von Pozzallo laufen.

Betonwände, dazwischen Zäune, gekrönt von Stacheldraht. Gebaut wurde das Lager für zweitausend Flüchtlinge, jetzt hausen hier mehr als zehntausend. Es ist die Hölle auf Erden. Die Menschen streiten sich um die wenigen Plastikstühle, um Planen, um Zelte, um Wasser und Nahrung. Um alles, was das Leben ein wenig erträglicher macht. Pozzallo ist ein Pulverfass, an das jemand eine Lunte gelegt und angezündet hat. Afeni und Nelson haben einen Platz unter einer Plane gefunden. Nelson schläft die meiste Zeit, Afeni wacht neben ihm. Gegen Mittag ist es so heiß, dass sie glaubt, sie erstickt.

»Wo gehst du hin?«, fragt Nelson.

»Zum Sanitätscontainer.«

Sie hat Zahnschmerzen und wartet darauf, dass ein Arzt ihr den Zahn zieht oder wenigstens ein Schmerzmittel gibt.

»Ich komme mit«, sagt Nelson.

Zu zweit marschieren sie die improvisierten Wege entlang, die von unzähligen Füßen ausgetreten sind und sich bei Regen in Bäche verwandeln, in denen Abfälle und Unrat in die tiefer gelegenen Bereiche des Lagers geschwemmt werden. Männer stehen beisammen und rauchen, zeigen wütende Gesichter. Frauen hocken vor improvisierten Zelten. Ein Kind sitzt auf einem Plastikstuhl. Es hat einen Schuh in der Hand und kaut darauf herum.

Der Sanitätscontainer ist schon von Weitem sichtbar. Ein großes rotes Kreuz prangt auf der Seite. Als sie dort ankommen, ist Afeni nicht die Einzige, die Hilfe braucht. Eine endlos lange Schlange von Flüchtlingen wartet wie sie. An manchen Tagen, so heißt es, muss man stundenlang anstehen, um dann doch nur weggeschickt zu werden, weil die Sprechzeit beendet ist.

»Ich habe mit ein paar Männern gesprochen«, sagt Nelson nach einer Weile, »die wollen hier raus.«

»Wohin raus?«, fragt Afeni gereizt.

Wenn sie Zahnschmerzen hat, rastet sie wegen jeder Kleinigkeit aus. Man muss sie nur ansprechen, und schon blafft sie denjenigen an. Wie jetzt die Kinder, die um sie herumtollen, in einem Rinnsal planschen, das aus dem Toilettencontainer herausfließt. Rotze läuft aus ihren Nasen, sie husten und haben Ausschläge. Die Erwachsenen stehen apathisch herum. Am Morgen war Afeni schon einmal hier, da hat sie Amoxicillin gegen die Schmerzen bekommen. Aber das war ein Antibiotikum, wie sie auf der Packung lesen konnte.

»Sie wollen nach Messina.«

»Wo ist das?«

»Im Norden.«

»Und dann?«

»Von da wollen sie mit der Fähre aufs Festland übersetzen.«

»Wie soll das denn gehen? Eine Fähre kostet Geld. Und hast du Geld?«

Er grinst. »Non siamo forse umani?«, sagt er.

»Was?«

»Das steht da.« Er deutet auf den Toilettencontainer, wo jemand den Satz mit roter Farbe auf die Seite geschrieben hat. »Was heißt das?«, fragt er.

»Sind wir keine Menschen?«, antwortet Afeni.

Sie verstummen und warten weiter. Afeni denkt über das nach, was Nelson gesagt hat. Das Lager verlassen. Wie soll das gehen, wenn die Tore streng bewacht werden? Als sie schließlich an der Reihe ist, lässt sie eine Frau vor, deren Baby unaufhörlich aus der Nase blutet. Dann ist es so weit. Der Arzt besieht sich den Zahn und entscheidet, ihn zu ziehen, weil er für eine andere Behandlung weder Zeit noch Instrumente hat. Afeni erhält ein Schmerzmittel, damit sie die Nacht übersteht. »Morgen früh machen wir weiter«, sagt eine Frau in einem Kittel.

Nelson und Afeni gehen zurück zu ihrem Platz. Niemand will dort wohnen, weil ein Mann sich direkt dahinter am Zaun erhängt hatte.

»Die brauchen kein Geld«, sagt Nelson. »Die haben Waffen.«

Afeni sieht ihn ungläubig an.

»Die belügen dich.«

»Nein. Ich hab es gesehen.«

»Woher haben die Waffen?«

»Von einem aus der Wachmannschaft.«

»Der hat sie ihnen einfach so gegeben?«

»Er tauscht sie gegen Frauen.«

An der Art, wie er verschämt den Kopf senkt, erkennt sie, dass er die Wahrheit sagt.

»Und hast du auch eine Waffe gekriegt?«

»Nein, nur wenn ich dich eintausche. Aber ich hab ihnen gesagt, dass sie das vergessen können. Der Wachmann würde dich nach fünf Minuten wieder zurückbringen.«

Er lacht und duckt sich, weil Afeni scherzhaft nach ihm schlägt.

»Du weißt genauso gut wie ich, dass die das Lager nicht öffnen werden«, sagt Nelson. »Es gibt kein Asyl mehr. Wir sind schon zu viele«, sagt er. »Und jetzt lassen die uns hier wie die Ratten hausen, damit wir zu Hause anrufen und sagen, dass die Zustände unmenschlich sind. Irgendwann werden sie uns mit riesigen Schiffen zurück nach Libyen bringen. Oder gleich im Meer ertränken.«

»Und was ist mit den Wachleuten?«

»Die Wachleute können zehn von uns stoppen oder zwanzig, aber nicht hundert oder tausend. Außerdem stehen nachts an den Toren zum Lager nur noch ein Dutzend Wachmänner.

Und keiner von denen wird sein Leben riskieren, wenn wir bewaffnet sind.«

»Was ist, wenn die Wachmänner doch schießen?«

»Dann ist es so. Du musst mitkommen, Mama. Du willst doch zu Jakob. Wenn du hier in diesem Drecksloch bleibst, wirst du ihn nie sehen.«

Sie versinken in Gedanken. Afeni kann sich nicht vorstellen, allein hierzubleiben. Wie soll sie sich dann gegen die Männer wehren? Sie geht nachts nicht zum Toilettencontainer, weil auch da die Männer herumlungern, billigen Schnaps trinken, Haschisch rauchen und auf Beute warten. Kurz vor Mitternacht fallen Schüsse. Der Sturm auf das nördliche Tor hat begonnen. Nelson schaut aus dem Zelt heraus. Ein letzter Blick zu Afeni. Dann läuft er los. Afeni nimmt das Amulett in die Hände. Küsst die hölzerne Antilope.

»Wirst du uns zu Jakob bringen?«, fragt sie.

Dann folgt sie Nelson.

26 NUR WER BEREIT IST ZU KÄMPFEN, WIRD SIEGEN

Wir haben auf dem Handy Erbauungssprüche gelesen und uns vor Lachen weggeworfen. *Wir sehen die Dinge nicht, wie sie sind, wir sehen sie, wie wir sind. Unsere größte Angst ist nicht, unzulänglich zu sein. Unsere größte Angst ist, grenzenlos mächtig zu sein. Unser Licht, nicht unsere Dunkelheit, ängstigt uns am meisten.*

Nachdem wir die Bundeskanzlerin verlassen hatten, sind wir in eine kleine Bar eingefallen und haben uns die Kante gegeben. Das heißt, Mackenzie hat sich die Kante gegeben. Ich musste alkoholfreie Cocktails trinken.

»Hast du gesehen, wie er den Schwanz eingezogen hat und ganz blass geworden ist, als Falk ihre Predigt abgelassen hat?«, sagte Mackenzie. »Dabei geht er mir seit zwei Wochen auf die Eierstöcke wegen der Dateien.«

Morgens um drei war Mackenzie so betrunken, dass kein Taxi uns mitnehmen wollte. Noch nicht mal Uber, die für Geld fast alles machen. Also mussten wir die Öffentlichen nehmen, und in einer Kurve hat Mackenzie sich auf dem Rücksitz übergeben. Der Busfahrer hat es bemerkt und uns auf halbem Weg ins Märkische Viertel rausgeworfen. Mackenzie wollte einen Scooter mieten, konnte sich aber nicht mehr an den Code erinnern. Als wir dann endlich um halb fünf vor Mackenzies Haus standen, musste ich sie in die Wohnung schleppen.

Da, da, daaa, dadaaaah! Bumbum, bumbum. Was ist das? Jemand versucht seit gefühlt einer Stunde, die Wohnungstür aufzubrechen. Ich verstehe nicht, wieso die das nicht schaffen. Vielleicht liegt es an dem albernen Rhythmus. Bumbum, bumbum, bumbum. Als ich die Augen öffne, prasseln dicke Regentropfen gegen das Fenster. Ich liege in Mackenzies Bett. Mackenzie liegt nicht neben mir. Es gibt keine Männer, kein Hämmern gegen die Wohnungstür, es gibt nur das Handy auf dem Nachttisch, mit »Also sprach Zarathustra«. Ich habe den Jingle heute Nacht als Klingelton runtergeladen und lustig gefunden. Ich robbe über Mackenzies Seite, greife nach dem Handy, es fällt herunter, ich robbe ihm hinterher, falle aus dem Bett und schlage mir den Kopf an. Ich habe nur ein Glas Sekt getrunken und trotzdem einen Kater, der sich gewaschen hat. Verdammte Hormone.

»Was ist?«, nörgele ich ins Telefon.

»Kannst du kommen?«, fragt eine weibliche Stimme.

»Wer ist da?«

»Ich«, sagt Mackenzie. »Kannst du kommen?«

»Wohin?«

»S-Bahnhof Tiergarten.«

»Warum?«

»Weil ich jemanden weiß, die uns helfen kann.«

»Wann?«

»Nächstes Jahr an Weihnachten. Was denkst du wohl? Sofort.«

»Schrei mich nicht an.«

»Ich schrei dich nicht an. Es ist hier so laut. Und bring den Stick mit.«

Dann bricht das Gespräch ab. Es ist neun Uhr morgens. Ich bin kein Morgenmensch. Ich gehöre nicht zu denen, die beim ersten Weckerklingeln aus dem Bett springen und sofort auf Betriebstemperatur sind. Ich wache auf, habe schlechte Laune und brauche mindestens eine halbe Stunde, um die schlechte Laune wieder abzubauen. Neun Uhr ist definitiv zu früh, wenn man erst um fünf ins Bett gekommen ist. Aber meine Neugier ist bereits ohne mich aufgesprungen und schiebt mich ungeduldig aus dem Bett. Na gut. Nach zwei Aspirin und einer Dusche marschiere ich los.

Mackenzie steht vor dem Eingang zum S-Bahnhof. Ich sehe schon von Weitem, wie sie sich immer wieder umdreht, Leute mit Blicken verfolgt.

»Wo gehen wir hin?«

»Abwarten.«

Mit dem Bus geht es nach Friedrichshain. Mackenzie erzählt mir von einer Frau namens Yema. Sie ist der Kopf der Guardians of Life.

»Statt uns auf Leon Roth zu verlassen, der offensichtlich zu sehr in die Regierungspolitik verstrickt ist, hätten wir besser gleich zu Yema gehen sollen. Die wird uns helfen. Einhundertprozentig«, sagt Mackenzie.

Schon wieder diese Guardians. Diesmal google ich auf dem Handy nach der Truppe und bekomme mehr als drei Millionen Seiten angeboten. Den Guardians werden Dutzende radikale Aktionen zugeschrieben, ohne dass man ihnen eindeutig die Urheberschaft nachweisen kann. Sie haben sich jedenfalls nie zu einem Attentat bekannt. Weder zum Buttersäure-Überfall auf das Wirtschaftsministerium noch zum Hackerangriff auf den Server von Vattenfall, bei dem bekannt wurde, wie viel Geld die Regierung für den Atomausstieg tatsächlich gezahlt hat, auch 2025 nicht zur Entführung des französischen Verkehrsministers, die nach wie vor als die spektakulärste Tat gilt.

Das Haus, zu dem Mackenzie mich führt, ist über und über mit Parolen besprüht. Ein Refugium, das sich gegen die Staatsmacht verbarrikadiert und die Zugbrücke hochgezogen hat. Die Haustür ist verrammelt und mehrfach gesichert. Der Eingang ist nur durch den Hof zu erreichen, und dort müssen wir ein paar Stufen hinab in den früheren Kohlenkeller gehen und dann an eine Stahltür klopfen.

Es dauert, bis ein junger Mann die Tür öffnet, sich als Dimitri vorstellt und uns über eine knarzende Treppe hinauf in den zweiten Stock führt. Es riecht nach kalter Party und warmem Shit. Als wir die Wohnung betreten und in ein Berliner Zimmer gehen, wie es in den Häusern aus der vorletzten Jahrhundertwende üblich ist, kommt es mir wie ein Klischee vor. Sechs Stühle und zwei Tische aus dem Möbeldiscounter, drei Notebooks, ein Schrank und eine Kommode vom Sperrmüll, der Palast einer Hackertruppe. Der Kühlschrank klingt, als müsste er in seiner Freizeit einen Lastwagen ziehen. Die Fenster sind mit schwarzem Stoff verhängt, von der Decke baumeln drei nackte Glühbirnen. Fünf junge Leute arbeiten hier. Drei an den Computern, zwei telefonieren auf einem Sofa und in einem Sessel. So sieht es also bei Nerds zu Hause aus, denke ich. Mackenzie begrüßt den jungen Mann mit einer zärtlichen Umarmung.

»Das ist Leela«, sagt sie.

»Leela, das sind Dimitri, Aurora, Mateusz, Colette, Mohammed«, übernimmt Dimitri.

Allgemeines Nicken. Die Frau, die Mackenzie angekündigt hat, scheint nicht da zu sein.

»Ist sie sauber?«, fragt Dimitri.

»Abgesehen davon, dass sie aus Sachsen-Anhalt kommt, ja«, sagt Mackenzie.

»Was dagegen, wenn ich …?«

Dimitri stellt sich vor mich. Sein Grinsen ist breit und sympathisch. Es schmerzt, dass er Jakob ähnlich sieht. Blond, hohe Wangenknochen, eine große Nase. Ich hebe die Arme. Seine Hände fahren an meinem Körper entlang. Arme, Beine, Flanken.

»Okay«, sagt Dimitri. »Um was geht's?«

»Wir wollen mit Yema sprechen«, antwortet Mackenzie.

»Warum?«

Warum? Ich schaue Mackenzie verwundert an.

»Hast du ihnen nicht gesagt, um was es geht?«, frage ich.

»Doch, das hat sie«, sagt Dimitri. »Aber das ist noch kein Grund, dass Yema ihre Zeit für euch opfert. Erst mal wollen wir das Material sehen«, sagt Dimitri.

»Wenn wir mit ihr gesprochen haben«, sagt Mackenzie.

Ich verstehe nicht so recht, was hier gespielt wird und warum die so geheimnisvoll tun. Denken die, dass wir Spitzel sind?

»Von mir aus. Dann müsst ihr euch von Colette einen Termin geben lassen.«

Er deutet hinter sich. Eine Frau in den Fünfzigern, mit kurz geschorenen Haaren und einem Gesicht, in das sich Verbitterung eingegraben hat, sieht kurz von ihrem Computer auf. Sie taxiert mich. Ihr Blick sagt, dass ich ihre Aufmerksamkeit nicht wert bin.

»Wann ist der nächste Termin frei, Colette?«, fragt Dimitri grinsend.

»Halbes Jahr«, lautet Colettes Antwort.

Wenn es etwas gibt, das ich noch weniger als Lügen ertrage, dann sind es Leute, die denken, sie brauchen nicht höflich zu sein, weil sie glauben, sie sind was Besseres. Es gibt zwei Gründe für Arroganz. Angst oder Dummheit. Und normalerweise drehe ich mich in so einem Moment um und gehe. Aber dann fasst Mackenzie mich am Arm.

»Zeig ihm die Dokumente«, sagt sie.

Ihre Stimme ist ruhig und klar. Danke, dass du an meiner Seite bist, denke ich. Ich nehme die Papiere aus meinem Rucksack. Das gleiche Prozedere wie bei Leon. Mal sehen, was diesmal dabei rauskommt. Dimitri und die restliche Belegschaft schauen die Dokumente an, reichen sie untereinander weiter. Dann nicken sie einander zu. Setzen sich wieder an ihre Arbeit.

Es ist nicht die Reaktion, die ich erwartet habe. Dimitri gibt mir die Dokumente zurück.

»Ist das alles?«, fragt er.

»Nein«, sage ich.

»Wo ist der Rest?«

»In zwei Ordnern, die wir nicht öffnen können.«

»Kann ich die sehen?«

Ich bin nicht sicher. Aber als Mackenzie mir mit einem Nicken signalisiert, dass es irgendwie in Ordnung ist, drücke ich Dimitri den Stick in die Hand. Er winkt Mateusz und Aurora herbei. Sie laden die Dateiordner auf ein Notebook, schauen zu dritt die Ordner an. Erregt denken sie darüber nach, um was für einen Kryptor es sich handeln könnte und ob sie einen der hunderttausend Schlüssel, die auf GitHub bereitliegen, benutzen können. Ich habe keine Ahnung, was das alles bedeutet.

»Wisst ihr, was in Pythia und Zyklop drin ist?«, fragt Mateusz.

»Nein«, antworte ich.

»Aber ihr wisst, was Kassandra, Pythia und Zyklop bedeuten?«

Auch das nicht.

»Das sind Namen für Risikotypen, die der ›Wissenschaftliche Beirat der Bundesregierung‹ aufgestellt hat.«

Er spricht die Anführungszeichen mit.

»Zyklop steht für die Verbindung von unbekannter Wahrscheinlichkeit und extrem hohem Schadensausmaß.«

»Zum Beispiel der totale Kollaps der Antarktis«, sagt Aurora.

»Pythia steht für die Verbindung von unbekannter Wahrscheinlichkeit und unbekanntem Schadensausmaß«, fährt Mateusz fort.

»Anstieg des Meeresspiegels um einen Meter«, ergänzt Aurora.

»Und Kassandra heißt, dass ziemlich viel Zeit zwischen Ursache und Schaden vergeht.«

»Zum Beispiel habe ich vor einer Stunde gesagt, dass ich Hunger habe«, sagt Aurora. »Mateusz hat gesagt, er besorgt was, aber das ist nicht passiert, woraufhin mein Blutzuckerspiegel jetzt auf null ist und ich ihn in den nächsten zehn Minuten töten und essen werde. Wer hat die Ordner verschlüsselt?«

»Wissen wir nicht«, sagt Mackenzie. »Wahrscheinlich Jakob.«

»Jakob Richter? Das sind die von Jakob Richter? Kennt ihr ihn?«

Aurora spricht seinen Namen aus, als wäre er heilig.

»Sie waren zusammen«, sagt Mackenzie und deutet auf mich.

»Oh. Echt? Tut mir leid«, sagt Aurora. »Ich meine, weil er tot ist.«

Ich reagiere nicht, weil ich damit beschäftigt bin, den Schmerz, der mich hinterrücks umarmt, wegzuatmen.

»Ich muss euch allerdings warnen«, sagt Mackenzie. »Jemand, der versucht hat, die zu knacken, lebt nicht mehr.«

Dimitri blättert erneut durch die Papiere.

»Kein Wunder. Die Scheißkerle werden ungemütlich, wenn du ihnen in die Eier trittst.«

»Könnt ihr die öffnen?«, frage ich.

»Vielleicht«, antwortet Aurora, »aber das wird dauern.«

Dimitri gibt mir die Papiere zurück.

»Vergiss es«, sagt er.

»Was soll ich vergessen?«, frage ich.

»Die sind wertlos.«

»Das habe ich schon mal gehört. Aber Mac hat mir gesagt, ihr wärt anders, ihr wärt von der coolen Truppe.«

»Okay, setzt euch«, sagt Dimitri.

Er deutet auf das Sofa, die rothaarige Aurora räumt den Platz.

»Was da drinsteht, wissen wir längst. Interessant ist, dass du es schwarz auf weiß hast. Aber niemand wird die Scheiße veröffentlichen. Noch nicht mal 8Chan. Und die veröffentlichen sogar Kinderpornos.«

»Wieso nicht?«, frage ich.

»Erstens, weil das Zeug geklaut ist, zweitens, weil jemand gestorben ist, wie Mac sagt. Drittens, weil das Netz kein Ort mehr für Guerilleros ist. Alles, was du posten willst, wird geprüft, bevor es hochgeladen wird. Sie nennen es Faktencheck, aber es ist Zensur. Der Westen hat von China gelernt, wie man das macht. Und viertens machen wir so etwas nicht.«

»Und was macht ihr stattdessen?«

»Das erfährst du nur von Yema. Und du hast ja gehört, der nächste Termin ist in einem halben Jahr.«

»Kein Problem«, sagt Mackenzie. »Warten wir eben so lange.«

Sie grinst Dimitri an, macht es sich auf dem Sofa bequem und signalisiert ihm, dass sie nicht gehen wird, bevor wir nicht mit Yema gesprochen haben. Das gefällt mir an ihr. Auch wenn sie sich manchmal nicht unter Kontrolle hat, ist sie doch mein Fels in der Brandung mit einem Selbstbewusstsein so groß wie Alaska. Dimitri grinst zurück. Wenn er vorhat, sich mit Mackenzie auf ein Sitzduell einzulassen, kann ich ihm jetzt schon sagen, dass er verlieren wird. Sie ist stur. Nach einer Minute gibt er prompt auf. Er nimmt sein Handy und tippt eine Nachricht. Liest die Antwort und erhebt sich stöhnend.

»Kommt mit«, sagt er.

Eine Tür führt in einen langen, schwach beleuchteten Flur, von dem links mehrere Zimmer abgehen. Rechts hängen Plakate, überdimensionale Fotos von Aktionen der Guardians. Hunderte rot gekleidete Menschen, die wie tot auf der Wiese vor dem Bundestag liegen, die Spanische Treppe, bedeckt von Zehntausenden verendeten Vögeln, die Seine voller Menschen, die Ertrinken spielen. Und dann Zeitungsausschnitte, die von gewalttätigen oder besonders spektakulären Aktionen berichten. Ein Mercedes-Lagerparkplatz, auf dem zahllose SUVs brennen, der Hackerangriff auf ein Stahlwerk im indischen Rourkela.

Am Ende des Flurs wartet eine weitere Tür. Durch das gekippte Oberlicht ist eine Frauenstimme zu hören.

»Wartet hier«, sagt Dimitri.

Er klopft leise an das Holz. Es dauert eine Weile, bis die Stimme auf der anderen Seite verstummt. Das Telefonat scheint beendet. Aber nichts geschieht. Mackenzie sieht Dimitri auffordernd an.

»Was ist? Heute doch keine Audienz?«

Bevor Dimitri antworten kann, wird die Tür geöffnet. Die Frau vor mir ist ungefähr Mitte dreißig, klein, trägt eine Lederhose und eine Lederjacke, darunter ein rotes T-Shirt. Der Kopf eines Drachen schaut aus dem T-Shirt heraus und ruht auf Yemas Kehlkopf. Seine Nüstern sind Narben an ihrem Hals. Ihre hellblauen Augen stechen geradezu in den Kopf, als wollte sie die Gedanken ihres Gegenübers lesen.

»Du bist Leela?«, fragt sie.

»Und du bist Yema?«, frage ich zurück.

»So ist es. Ich habe mich über dich informiert. Du schreibst Bücher?«

»Nein«, sage ich.

Und wundere mich. Was haben die nur alle mit meiner Schriftstellerei?

»Wie auch immer. Ich möchte dir einen Deal vorschlagen. Wir helfen dir, und du hilfst uns. Was hältst du davon?«

»Kommt darauf an, wie ich euch helfen soll.«

»Kommt rein. Wollt ihr was trinken?«

Sie tritt einen Schritt zurück und deutet in das Zimmer. Drei Stühle, ein Tisch, ein Computer. An der Wand Fotos von Kohlekraftwerken. Ich schaue Yema an und weiß nicht, was ich von ihr halten soll. Sie strahlt einerseits etwas Gefährliches, Unberechenbares aus, andererseits ist sie freundlich und nett. Ich habe ein wenig das Gefühl, dass wir hier am richtigen Ort mit den richtigen Leuten sind.

Bevor sie die Tür schließt, sieht sie Dimitri streng an.

»Gibt es etwas Neues von Marta?«, fragt sie.

Dimitri schüttelt den Kopf.

Und mittendrin das Schloss, das der Familie von Broch seit drei Jahrhunderten gehört. Es ist von vier Hektar Land umgeben. Ein Hektar davon ist von Pick-ups, SUVs und Pkws zugeparkt. Eine kraftvolle Demonstration des Volkswillens mit der Bereitschaft zum Widerstand.

Als Undine von Broch im Internet den bevorstehenden Umsturz verkündet hat, hat sie nicht damit gerechnet, dass sich so viele in Bewegung setzen würden. Inzwischen sind Hunderte angereist. Und es werden stündlich mehr. Sie lassen sich vom Regen nicht abhalten. Die Begeisterung der Menschen rührt sie. Wenn sie zum Fenster im ersten Stock hinaussieht, schaut sie in wachsame, erwartungsvolle Gesichter. Trotz des strömenden Regens stehen die Männer und Frauen neben ihren Fahrzeugen und warten auf ein Wort von ihr.

Vor fünf Jahren haben sie sich zusammengetan. Die meisten waren damals noch Prepper. Sie haben sich gefragt, was sie tun wollen, wenn die Zerstörung des deutschen Waldes weiter zunimmt, wenn die Felder vertrocknen und die Bauern nichts mehr ernten können, wenn immer häufiger Hochwasser ihre Lebensgrundlage vernichtet. Wenn die großen Flüchtlingsschwärme hier ankommen und sich niemand mehr auf den Staat verlassen kann. Dann müssen wir uns auf uns selbst verlassen, haben sie gesagt.

Im inneren Zirkel besteht die Gruppe Broch aus sieben Personen. Undine hat jeden Einzelnen von ihnen sorgfältig ausgewählt. Daniel Buch, muskelbepackt, durchtrainiert, intelligent, ohne Tattoos. Ehemals Jägerbataillon 291, jetzt Fitnesstrainer für Promis. Anton Koch, Sportstudent, dreisprachig. Jenny Schneider, Ärztin, Kampfsportlerin. »Wasserdicht verpackte Tampons eignen sich zum Feuermachen«, hat sie bei der Vorstellungsrunde vor einem Jahr gesagt. Die Männer haben gelacht. Daniel und Jenny wollen heiraten, wenn sie gesiegt haben, wenn es ein neues Deutschland gibt. Sie sind, wie alle anderen in der Gruppe Broch auch, Mitglieder in Schützenvereinen, weshalb sie halb automatische Pistolen und Gewehre mit nach Hause nehmen dürfen. Broch ist Jägerin. Was den Umgang mit Waffen angeht, läuft es auf das Gleiche hinaus.

Während draußen auf der Wiese die Truppe auf Befehle wartet, sitzen die sieben in der Küche an dem großen Eichentisch. Die Fenster sind verhängt, Licht kommt von zwei Petroleumlampen an der Decke. Von Anfang an hat Undine darauf geachtet, dass sie unabhängig von staatlicher Versorgung ist. Strom von einem Generator, Wasser aus einem Brunnen, Abwasser und Toilette in einer Sickergrube. Kein Internet. Wer Kontakt mit ihr aufnehmen will, muss eine Nachricht in einem toten Briefkasten hinterlassen. So ist sie auch mit Marta Görner vorgegangen.

Undine hat in dem alten Holzofen Ofengemüse zubereitet. Kartoffeln, Rüben, Rosenkohl, Petersilienwurzeln, Sellerie. Alles aus dem Garten. Kein Fleisch, weil Fleisch ein minderwertiger Energieträger ist. Sie essen von Tellern aus Metall, die sie anschließend in ihren Rucksäcken verstauen werden. Sie trinken Tee. Alkohol ist wie jedes andere Rauschmittel verboten. Undine vermeidet es, am Kopfende eines Tisches zu sitzen, sie nimmt zwischen ihren Leuten Platz, um ihnen zu signalisieren, dass sie eine von ihnen ist. Führerlose Führung nennt sie das Prinzip. Es ist aus der Erfahrung entstanden, dass Männer in ihren Kreisen Probleme haben, eine vierzigjährige, zweimal geschiedene Frau als Anführerin zu akzeptieren. Unverheiratet, weil ihr erster Mann, Heinrich, nicht akzeptieren konnte, dass sie klüger, reicher und wortgewandter ist als er, während der zweite, Achim, damit zwar keine Probleme hatte, aber im Laufe der drei Jahre Ehe zum Muttersöhnchen mutierte und für sie kein Mann war, so wie sie sich einen Mann vorstellt.

Während der Mahlzeit schweigen sie. Konzentrieren sich auf die Nahrungsaufnahme. Als auch die Letzten ihre Teller abgewaschen und verstaut haben, erhebt sich Undine.

»Ich habe euch zusammengerufen, weil wir heute den letzten Schritt machen werden, um eine Gemeinschaft zu werden. Dafür müssen wir uns eine Treue schwören, die in ihrer Unbedingtheit nur mit Blut besiegelt werden kann.«

Um sie herum wird durch Kopfnicken Zustimmung, aber auch Verwunderung gezeigt. Was meint sie mit einem Blutsiegel? Sie kann die Frage in manchen Köpfen förmlich aufleuchten sehen.

»Was wir heute miteinander unternehmen, ist ein Initiationsritus. Die letzte Stufe zur Vereinigung in der Gemeinschaft.«

»Initiationsritus«, wiederholen einige.

»Der Sinn eines solchen Ritus besteht in der Überwindung einer Hemmung. Man macht etwas, das bewusst eine Grenze überschreitet. In einem symbolischen Tod verlässt der Novize seine alte Welt und wird durch eine Wiedergeburt in den Bund aufgenommen.«

Alle nicken, aber das ist Undine nicht Garantie genug.

»Wer sich nicht einhundert Prozent sicher ist, dass er bereit ist, alles für unser Land zu geben, hat jetzt noch die Möglichkeit, zu gehen«, sagt sie mit ernster, aber demonstrativ verständnisvoller Miene. »Sollte ich allerdings erfahren«, ihr Blick wird augenblicklich streng, »dass diese Person Informationen über unsere Gruppe an Dritte weitergibt, sollte sie sich gewahr sein, dass es keinen Schutz mehr für sie gibt.«

Undine schaut in jedes einzelne Gesicht. Es ist weder Zweifel noch Zögern zu erkennen.

»Gut. Dann folgt mir.«

Sie steigen die schmalen Stufen der alten Holztreppe hinab in den Keller. Es riecht nach feuchtem Gestein. Eine Reihe von nackten Glühbirnen wirft warmes Licht in den langen Flur. Spinnweben haben sich in den Ecken ausgebreitet. Undine achtet darauf, dass sie unbehelligt bleiben. Spinnen sind nützliche Tiere, so wie jedes Tier auf Erden nützlich ist. Von Menschen lässt sich das nicht unbedingt sagen. Am Ende des Flures befindet sich eine metallbeschlagene Tür. Undine öffnet das Vorhängeschloss. Die Tür ist fünf Zentimeter dick, einen Zentner schwer und schallisoliert. Es kostet Kraft, sie zu öffnen. Dafür ist die Überraschung, die sie ihren Kameraden bietet, umso größer. Eine junge Frau sitzt zusammengesunken auf dem Stuhl inmitten des großen Raums, der früher eine Waschküche war. Damals, als auf dem Anwesen noch die Großfamilie von Broch mit Gesinde und Dienern lebte.

Die junge Frau heißt Marta Görner. Neunundzwanzig Jahre alt. Sie hat die Augen weit aufgerissen in der bangen Vorahnung dessen, was auf sie zukommen wird. Neugier und Furchtlosigkeit sind Angst und Unterwürfigkeit gewichen. Wie man sich doch täuschen kann. Undine in Marta und Marta in Undine. »Ich würde Sie gerne interviewen«, hatte Marta gesagt. Sie wolle eine Artikelserie darüber schreiben, wie die Menschen in Deutschland mit der Heimat, der Natur und dem das alles bedrohenden Klimawandel umgehen. Und sie, Undine von Broch, sollte eine der sieben Protagonisten ihrer Serie sein, weil sie als Frau eine ungeheure Strahlkraft besitze.

Im ersten Moment fühlte Undine sich geschmeichelt. Vielleicht auch, weil Marta gut aussah mit ihren blonden Haaren und den blauen Augen, gesund, kräftig, keine von diesen intellektuellen Hungerhaken, die, vom Zweifel gelähmt, unfähig zum Handeln sind. *And thus the native hue of resolution Is sicklied o'er with the pale cast of thought. Der angebornen Farbe der Entschließung wird des Gedankens Blässe angekränkelt,* wie es der Däne Hamlet sagt. Eigentlich besitzt Marta das, was die Starken von den Schwachen unterscheidet. Neugier und Furchtlosigkeit. Das ist ihr leider zum Verhängnis geworden, weil sie auf der falschen Seite steht und ihre Talente für die falsche Sache verschwendet. Als Marta auf der Toilette war, hat Undine sicherheitshalber ihre Tasche durchsucht, ein Handy gefunden und darauf eine Nachricht der Guardians of Life entdeckt, die keinen Zweifel daran ließ, dass sie keine Journalistin, sondern eine feindliche Agentin ist.

Ängstlich senkt Marta den Kopf, als Undine das Licht des Strahlers anschaltet, der frontal auf sie gerichtet ist und sie blendet. Sie kneift die Augen zusammen. Bewegt den Kopf hin und her, als könnte sie dadurch erkennen, wer in den Raum gekommen ist. Ihre Lippen sind aufgesprungen, die Wangen eingefallen. Sie atmet schwer, weil der Körper in einem Zustand der Panik durch die Ausschüttung von Adrenalin einen erhöhten Sauerstoffbedarf hat.

»Wie ihr wisst, haben die Guardians of Life sich in den vergangenen sechs Monaten durch Angriffe auf unsere Freunde hervorgetan. Hat jemand eine Idee, wie wir sie dafür zur Ordnung rufen wollen?«

»Erschießen«, sagt Daniel.

»Ich bin für Aufhängen«, sagt Marita.

»Ausbluten?«, fragt Anton.

»Wartet mal. Sie hat doch bestimmt jemandem gesagt, dass sie zu dir geht«, sagt Michi. Er ist erst achtzehn. Aber seine Fähigkeiten im Umgang mit Verschlüsselungstechnik sind für die Gruppe unverzichtbar.

»Deswegen habe ich ihre Tasche und ihre Geldbörse genommen, ein Zugticket gekauft und das ganze Zeug mit der Bahn nach Rom geschickt«, sagt Undine.

»Was ist mit ihrem Telefon?«

»Das fährt auch nach Rom.«

»Also weiß niemand, dass sie hier ist?«

»Nein. Stimmen wir ab?«

Die Wahl fällt mit sechs zu eins Stimmen auf Erhängen.

Ohne weiter zu zögern, befestigt Daniel ein Kunststoffseil an einem der Haken, die an der Decke angebracht sind. Marita legt das Seil um Martas Hals und zieht es zu. Dann wird Marta auf den Stuhl gestellt und das Seil so stramm gezogen, sodass es ihr jetzt schon in den Hals einschneidet und das Atmen erschwert. Zu siebt legen sie die Hände an die Stuhllehne.

»Seid ihr bereit?«

Ein entschlossenes »Ja!« erfüllt den kahlen Raum.

Premiere. Zumindest steht es so auf dem Programm. Leon hat mit Mühe eine Karte bekommen. Er freut sich auf das Stück. Aber dann kapern ein paar Aktivisten der Guardians of Life kurz vor dem zweiten Akt die Vorstellung. Vier Maskierte springen von den ermäßigten Plätzen auf und stürmen zur Bühne. Das Publikum weiß nicht, ob die Aktion Teil der Inszenierung ist, und verhält sich ruhig und abwartend. Auch die Ordner und Sicherheitskräfte halten sich erst mal zurück, weil die Aktivisten nicht bewaffnet sind. Somit besteht keine Gefahr für die Bundeskanzlerin in ihrer Loge. Von der Bühne des Berliner Ensembles geschleifte Aktivisten würden vernichtende Schlagzeilen abgeben. Nach der Begegnung mit Leela Faber und Mackenzie Little hat Falk ihn zusammengestaucht. Sie hat ihn so angeschrien, dass er dachte, sie würde ihn am Schluss noch verprügeln. Von einem Platz gegenüber ihrer Loge beobachtet er, wie sie auf das Spektakel reagiert. Cool und mit einem freundlichen Lächeln, wie immer.

Eine hübsche junge Frau nimmt die Maske ab und tritt an den Rand der Bühne. Sie hält ein Papier in den Händen. Die Hände zittern, ihre Stimme ist dünn, sie atmet flach.

»Jakutsk ist die kälteste Großstadt der Welt mit Temperaturen von bis zu minus 50 Grad im Januar«, sagt sie. »Sie steht auf Böden, die mehrere Meter tief gefroren sind. Man nennt diese Böden Permafrost. Viele Häuser sind auf Stelzen gebaut, die sechs Meter tief in die Erde gerammt wurden, damit die Gebäude durch den im Sommer auftauenden Permafrostboden nicht destabilisiert werden. Zumindest war es so noch vor einem Jahr.«

Jetzt halten die anderen drei Aktivisten großformatige Fotos hoch, die eingestürzte Gebäude zeigen. Straßen, die wie Wunden aufgerissen sind. Eine Eisschicht auf dem Fluss Lena, tausendfach gesplittert und von einer schwarzen klebrigen Schicht überzogen. Stromleitungen, die auf den Boden herabhängen, brennende Autos.

»Wir wissen, dass Sibirien sich dreimal schneller erwärmt als der Rest des Planeten. Das hier sind die Folgen. Auf der Erde gibt es mehr als 20 Millionen Quadratkilometer Permafrostboden, in dem enorme Mengen Biomasse eingeschlossen sind. Da die Böden jetzt großflächig auftauen, wachen Bakterien auf und zersetzen das organische Material. Dadurch gelangen Milliarden Tonnen Kohlendioxid und Methan in die Atmosphäre.«

Die drei Aktivisten legen die Fotos beiseite, holen Plastikbeutel aus ihren Jacken und werfen schwarzes Pulver in den Zuschauerraum. Spätestens jetzt ist dem Publikum klar, dass die Aktion kein Teil der Inszenierung ist. Die Frauen schreien, die Männer empören sich, einige klettern auf die Bühne und schlagen auf die Aktivisten ein.

Als Leon zu Falks Loge hinüberschaut, ist sie leer. Er verlässt seinen Platz, läuft den Gang im ersten Stock entlang und sieht, wie Falk in die Damentoilette verschwindet. Zwei Personenschützerinnen beziehen Posten, lassen ihn aber durch. Man kennt sich. Und Falk muss sie angewiesen haben, ihn nicht aufzuhalten. Vielleicht ist das ein Friedensangebot.

»Interessante Interpretation, findest du nicht auch?«, sagt er.

Die Antwort besteht aus einem entnervten Stöhnen. »Kann ich nicht mal in Ruhe zur Toilette gehen, ohne dass du mich verfolgst?«

»Ich brauche zehn Minuten.«

»Nicht jetzt, nicht heute Abend.«

»Leela Faber ist mit ihrer Liste zu den Guardians of Life gegangen.«

Das Geraschel von Kleidungsstücken ist zu hören, gefolgt

von der Wasserspülung. Dann öffnet sie die Tür zur Kabine, geht zum Waschbecken. Dabei würdigt sie Leon keines Blickes. Sie dreht den Wasserhahn auf und wäscht die Hände. Sie sieht gut aus in dem dunkelroten Etuikleid. Eine kleine Handtasche, wie die Schuhe von Louboutin in Moosgrün. Die Haare hochgesteckt. Sie macht in der Öffentlichkeit keinen Schritt, ohne ihr Aussehen genau zu kalkulieren.

Am Morgen hat Leon ihr ein Strategiepapier geschickt. Dass die Dokumente bei Exxon unerlaubt kopiert wurden, macht sie zwar juristisch angreifbar, aber das ändert nichts daran, dass der Inhalt der Wahrheit entspricht. Und wenn Leela das Material zu den Guardians getragen hat, müssen sie auch keine Rücksicht mehr darauf nehmen, dass sie sich in Gefahr befindet. Falk nimmt ein Tablettendöschen aus ihrer Handtasche, spült zwei Tabletten mit Wasser aus dem Hahn herunter.

»Du musst die Franzosen, Italiener, Spanier und Polen mit dieser Liste konfrontieren«, sagt Leon.

»Wenn ich das mache, sind wir isoliert.«

»Das sind wir doch sowieso. Ich verstehe dich nicht. Was hast du erwartet, als ich dir zum ersten Mal von den Dokumenten erzählt habe? Es war doch von Anfang an klar, worauf es hinausläuft. Wir müssen Hobbes, Rousseau, Gasset und Annunzio erpressen. Die Black Seven machen es doch nicht anders.«

Müde geht Falk zu einem Fenster, von dem aus sie den Bahnhof Friedrichstraße sehen kann, lehnt den Kopf gegen das kalte Glas. Die Schlieren, die der Regen auf die Fensterscheibe malt, spiegeln sich auf ihrem Gesicht und lassen die Konturen verschwimmen. Auf der Spree bewegen Stand-up-Paddler ihre Boards mit der Strömung. Der Fluss droht in den nächsten Tagen über die Ufer zu treten.

»Ein paar Hundert rechtsradikalisierte Prepper haben sich

auf einem Anwesen in der Nähe von Bautzen versammelt. Laut BKA sind sie bewaffnet«, sagt Falk.

Sie erwartet anscheinend keine Antwort, spricht leise weiter, als wäre Leon nicht anwesend. Ihr Atem lässt auf der Fensterscheibe immer wieder einen Kondenswasserfleck aufleben.

»Wir haben vor mehr als hundert Jahren ein kleines Feuer gemacht, das sich jetzt zu einem Weltenbrand ausgebreitet hat«, sagt sie. »Vielleicht müssen wir einfach warten, bis alles abgebrannt ist, und dann noch mal von vorne anfangen.«

Leon geht zu ihr, umarmt sie von hinten. Sie lehnt sich an ihn. Ihr Rücken bleibt hart, als könne sie nicht mehr entspannen. Seit der Begegnung mit Leela und Mackenzie sieht sie sich von Feinden umzingelt. Sie hat es ihm gesagt. Deshalb ist sie müde und frustriert.

Sie löst sich von ihm.

»Na gut«, sagt sie leise. »Ich werde mit ihnen sprechen. Sie werden toben und sich auch wieder beruhigen. Sie werden sagen, dass die Liste zu einer Schwächung ausgerechnet der Regierungen führt, die ohnehin schon das meiste gegen den Klimawandel unternehmen.«

»Das meiste unternehmen? Was ist damit gemeint? Kein einziges der Klimaziele von Paris 2015 und Moskau 2023 ist auch nur annähernd erreicht worden. Wir erleben gerade, wie ein Kipppunkt nach dem anderen erreicht wird«, sagt Leon.

»Ist ja schon gut. Ich mache es. Aber ich muss eines von dir wissen. Ist diese Liste wasserdicht?«

»Was meinst du mit ›wasserdicht‹?«

»Sie ist kein Fake?«

»Nein.«

»Sicher?«

»Sicher.«

Ohne ein weiteres Wort verlässt sie die Toilette. Leon beugt sich übers Waschbecken, spritzt sich Wasser ins Gesicht. Von wegen, die Demokratie ist die schlechteste aller Regierungsformen – abgesehen von all den anderen Formen, die von Zeit zu Zeit ausprobiert worden sind. Wenn er sich vorstellt, wie die Russen oder die Chinesen in so einem Fall handeln würden. Er hat Falk gesagt, dass die Liste kein Fake ist. Jetzt kann er nur noch hoffen, dass es stimmt. Er nimmt sein Handy, ruft Mackenzie an. Sie geht nicht dran. Wieso hat die Frau überhaupt ein Telefon?

29 DER KAFFEE IST KALT

Das Croissant bleibt liegen. Nach dem Treffen mit Yema sind wir beschwingt nach Hause gegangen. Mateusz und Aurora wollen Pythia und Zyklop knacken. Es hat so ausgesehen, als würde die Sache vorangehen. Und dann kamen die Nachrichten über Jakob.

Seit einer Stunde hetzen meine Finger über das Trackpad, öffnen immer neue Seiten. Ich weiß, dass die Kommentare von Bots kommen, losgeschickt von fingierten Identitäten, die den bekannten Troll-Armeen gehören. Elfen, Russia Today, Sputnik und South Front. Mackenzie hat mir deshalb befohlen, nicht im Internet nach Jakob zu suchen. Und trotzdem kann ich nicht anders, als jede Nachricht zu lesen. Ich weiß nicht, ob ich wütend sein oder Angst haben soll. Die sozialen Netzwerke laufen über von Gerüchten, die Jakob als Lügner, Betrüger und Mörder diffamieren. Zu Manuel heißt es, dass ein irrer Lover ihn aus Eifersucht brutal ermordet habe. Spinnen die? Ich muss die Polizei anrufen und fragen, was das soll.

Als mein Handy klingelt, schrecke ich hoch. *Leon* steht auf dem Display.

»Ja?«

»Was ist das für eine Scheiße?«, fragt er.

»Was meinst du?«

»Geh mal auf die Website der BILD«, sagt er und beendet das Telefonat.

Ich rufe die Seite auf. *Wissenschaftler Jakob Richter, ein Vergewaltiger? Nach bisher unbestätigten Informationen wird Jakob Richter, Forscher auf der Antarktisstation Neumayer III, von einer Kollegin mit Namen Aniela Wozniak beschuldigt, sie vergewaltigt zu haben.*

Die Wohnungstür wird geöffnet, Mackenzie kommt hereingestürzt.

»Hast du's gelesen?«, fragt sie aufgewühlt.

Sie setzt sich neben mich, trinkt von dem kalten Kaffee, stopft sich das Croissant in den Mund. Zu zweit starren wir auf die Meldung, die sich wie Hochwasser im Netz verbreitet.

»Diese Frau hat ihn angezeigt«, sagt Mackenzie. »Angeblich war sie in der Notaufnahme und hat sich untersuchen lassen. Ihre Freundin war dabei.«

»Was sagt das schon?«

»Es sagt, dass sie es ihrer Freundin erzählt hat und es also eine Zeugin gibt.«

»Die aber nicht dabei war.«

»Das ist egal. Die Empörungsmaschine ist im Gang, da reichen Behauptungen.«

»Wo soll das denn passiert sein?«

»Auf der Station.«

»Sie war auch auf Neumayer?«

»Sieht so aus.«

»Die lügt. Jakob ist kein Vergewaltiger.«

»Das ist doch egal. Verstehst du nicht, was hier läuft? Die wollen verhindern, dass irgendjemand die Liste und die Namen ernst nimmt. Ich schwöre dir, da steckt dieser Paulus Moses dahinter. Wenn er mit Jakob durch ist, sind wir dran. Er wird sagen, dass du Drogen nimmst, dass du schizophren bist oder eine Autistin. Er wird Krankenakten aus dem Hut zaubern. Und es ist egal, ob es wahr ist oder nicht, was da drinsteht. Und wenn das alles erst mal im Netz ist oder in der Zeitung steht, ist es in der Welt, und du kriegst es nicht mehr weg. Er will, dass nur noch über dich geredet wird und nicht mehr über die Sache. Das geht dann wochen- und monatelang. Willst du lesen, was für einen Dreck der seit Jahren über mir ausgießt?«

Nein, will ich nicht. Ich spüre, wie meine Augen sich mit Tränen füllen. Eigentlich habe ich mir vorgenommen, nicht mehr zu weinen. Ich will stark sein und meine verdammten Emotionen kontrollieren. Aber ich kann nicht anders. Es ist zu viel. Mackenzie rückt ganz nah zu mir heran und legt den Arm um meine Schultern. Ich gebe der zärtlichen Berührung nach und werfe mich förmlich auf sie. Auf der Suche nach Geborgenheit und voller Begehren.

Als wir wenige schweigsame Minuten später miteinander schlafen, rasen Stürme von verirrten und ratlosen Hormonen durch meinen Körper, können sich nicht entscheiden, wer hier das Sagen hat. Soll ich weiterheulen oder wütend sein oder mich der Lust hingeben? Mackenzies Händen, Mackenzies Lippen, Mackenzies Zunge. Irgendwann schlafe ich in ihren Armen ein.

Es ist bereits Morgen, als ich das leise Summen meines Handys höre. Der Vibrationsalarm lässt es auf dem Nachttisch zittern. Ich schaue mich um. Mackenzie schläft, die Decke zwischen den Beinen, eingerollt wie ein Embryo. Eine Nachricht auf WhatsApp.

Ich habe Dich gewarnt, Leela Faber, aber Du willst anscheinend nicht hören. Dabei hast Du nicht die geringste Ahnung, mit wem Du Dich anlegst.

Wer bist Du?, schreibe ich.

Ich bin Dein Feind. Aber ich meine es gut mit Dir. Du musst begreifen, dass Du für die Leute, für die ich arbeite, kein ebenbürtiger Gegner bist.

Welche Leute? Von wem redest Du?

Spielst Du Schach? Du bist nämlich nicht mehr als ein Bauer, der geopfert wird. Meine Auftraggeber sind Raubtiere. Die stehen ganz oben in der Nahrungskette. Das hier ist Krieg. Wenn Du das nicht begreifst, wird es Dir wie Deinem Freund ergehen. Ich rate Dir, die Dateien, die Du von ihm erhalten hast, zu löschen. Zu Deinem eigenen Schutz.

Drohst Du mir?

Bleib lieber bei der Schreiberei. Das ist ungefährlich.

Wer war das? Der Kerl mit der Mundharmonika? Der Mörder von Manuel und vielleicht auch von Jakob? Oder dieser Moses, von dem Mackenzie gesprochen hat? Kommt er von der Regierung? Mein Kopf schwirrt von den vielen Fragen. Ich weiß nicht, wo ich anfangen soll. Aber eines ist zumindest klar. Die Drohung bedeutet, dass in den Dateien etwas enthalten ist, das ihn und seine Auftraggeber ziemlich beunruhigt, sonst würde er nicht so reagieren.

Ich krabbele aus dem Bett, gehe in die Küche, mache mir einen Kaffee und warte darauf, dass genau das passiert, was immer passiert, wenn mich jemand bedroht oder einzuschüchtern versucht. Meine Angst wird mich überrumpeln. Sie wird in meinem Bauch wachsen und nach und nach meinen ganzen Körper infizieren. Aber jetzt geschieht nichts davon. Ich bin sogar überraschend gelassen. So war es auch schon in Wittenberg. Aber da habe ich es noch nicht richtig wahrgenommen. Ich hatte wohl Angst, das stimmt, aber ich war auch wütend. Ja, wütend. So wie jetzt.

Ich werde die Dateien nicht löschen. Der Kerl kann mich mal. Ich lasse mich nicht einschüchtern. Trotzdem zucke ich zusammen, als mein Handy klingelt und mich aus den Gedanken reißt. Dimitri will, dass ich in eine Moschee komme. Wieso eine Moschee?

30 MARZO DELLA MORTE – TODESMARSCH

So nennen die Italiener den Zug der Flüchtlinge, der sich weiter unaufhaltsam aus dem Süden des italienischen Stiefels in Richtung Norden bewegt. Afeni hat es im *Corriere della Sera* gelesen. Weil es nicht nur Kugeln sind, die sie dahinraffen, sondern auch Erschöpfung und Krankheit, kommen sie nur langsam vorwärts.

»Hast du gesehen, wie der Kerl am Tor geglotzt hat?«, sagt Nelson. Er reißt die Augen weit auf und äfft den Grenzschützer von Frontex nach. »*Wo kommen all die Nigger her?*«

Es hat sich genauso abgespielt, wie Nelson vorhergesagt hat. Die Frontex-Polizisten am Lagertor sind um ihr Leben gerannt, als sie die bewaffneten Männer gesehen haben. Zäune wurden niedergerissen, diejenigen, die ganz vorne waren, sind gestürzt und starben unter den Füßen der Flüchtlinge, die in Panik aus dem Lager gestürmt sind. Im Nu wälzte sich ein Strom von Tausenden durch Pozzallo. Kreischend, jubelnd, singend fielen sie über die Geschäfte und Restaurants her. Griffen sich, was sie kriegen konnten. Sie waren wie ein Schwarm Heuschrecken.

Jetzt marschieren sie seit zwei Tagen in Richtung Neapel. Ein gewaltiger, weitverzweigter Treck wie ein Fluss, der über die Ufer tritt und sich seinen Weg zum Meer hin bahnt. Anfangs bestaunt die Bevölkerung sie aus sicherer Entfernung. Die meisten sind argwöhnisch, einige, vor allem Mütter, reichen ihnen Wasser, Brot und Obst, ab und zu auch Tücher und Binden. Plastiktüten, auf denen Hunde abgebildet sind, für die Notdurft. Jedes Mal gibt es Gedränge, jeder will etwas von den Geschenken haben, aber es ist nicht genug, so wie es nie genug ist, wenn man hungrig ist und Angst hat. Nachdem sie sich in den ersten Tagen zurückgehalten haben, beginnen sie wieder, Supermärkte und Salumerien zu stürmen, über Obstgärten und Plantagen herzufallen.

Die Sympathien entlang des Weges schwinden. *Haut ab, Nigger. Was wollt ihr hier?*

»Was sollen wir machen?«, hat Afeni die Polizisten gefragt, die sie aufhalten wollten. »Wir haben Hunger, wir haben Durst, die Kleinen schreien. Einige von uns sind krank. Gebt uns was zu essen und zu trinken.«

Und dann sind die ersten Schüsse gefallen. In Ercolano und Portici haben sie von Dächern herabgeschossen. Mit Schrotflinten, Pistolen, sogar Pfeil und Bogen. Haben Steine nach ihnen geworfen. Dutzende sind verletzt worden. Frauen, Kinder, Männer. Sie sind panisch davongelaufen und haben andere totgetrampelt.

Seit es in Italien eine faschistische Regierung gibt, die sich als die Erben Mussolinis versteht, so schreibt der *Corriere*, gibt es einen genauen Plan, wie mit den Flüchtlingen zu verfahren ist. Erstens, kein Mitleid haben. Zweitens, sie als Ratten bezeichnen, die das Land überfallen, die Nahrung fressen und Seuchen verbreiten. Drittens, sie bedrohen, angreifen und mit Gewalt vertreiben. Hubschrauber kreisen unaufhörlich am Himmel. Vor ihnen fahren Polizeiwagen und Militärfahrzeuge mit Blaulicht. Die Übertragungswagen der Fernsehstationen sind unterwegs abgedrängt worden. Was kein gutes Zeichen ist, weil dann niemand berichten wird, wenn die Polizei doch noch das Feuer auf sie eröffnet.

Afeni und Nelson befinden sich zusammen mit vier weiteren Männern und Frauen an der Spitze eines Zuges aus ungefähr zwanzigtausend Flüchtlingen. Nelson hat leichtes Fieber, und Afeni muss ihn immer wieder davon abhalten, sich hinzulegen. Sie haben zweimal die Sperren der Polizei überrannt. Man lässt sie ziehen. Sie gehen mitten auf der Autobahn, weil sie hier sichtbar sind für die Newsblogger, die sich nicht mit Kameras und Mikrofonen als Reporter zu erkennen geben. Die Beine sind schwer, der Rücken schmerzt. Weil Afeni zu wenig getrunken hat, bekommt sie Kopfschmerzen. Die Flipflops an ihren Füßen sind dünn wie ein Blatt Papier. Bald kann sie sie wegschmeißen. Dann wird sie barfuß laufen müssen. Und dann wird der Asphalt irgendwann die Fußsohlen aufreißen. Was sie dann macht, weiß sie noch nicht. Vielleicht wird sie irgendwo welche stehlen. Für Schuhe gibt sie kein Geld aus. Mit dem wenigen, das sie noch haben, muss sie Essen und Trinken für sich und Nelson kaufen. Demnächst muss sie auch ihr Telefon irgendwo aufladen und schauen, ob Jakob sich gemeldet hat. Als sie gestern, oder war es vorgestern, nachgeschaut hat, war da immer noch keine Nachricht von ihm. Vielleicht hat er es doch nicht so ernst gemeint mit der Einladung. Vielleicht hat er aber auch nur eine neue Telefonnummer.

»Weißt du, wie viele von uns auf dem Weg in den Norden sind?«, fragt Nelson. »Auf dem Land um Potenza, Matera und Bari sind es zwei Millionen, schreiben sie.«

Er zeigt die Titelseite des *Corriere*, die voll ist mit Fotos von Flüchtlingstrecks.

»Aus Syrien und dem Libanon sind über die Türkei mehr als vier Millionen nach Norden unterwegs.«

Afeni staunt fassungslos, als sie die Fotos sieht.

»Wo sollen die alle unterkommen?«

»Ist doch egal. Jahrelang haben die Weißen auf unsere Kosten gelebt, jetzt müssen sie dafür bezahlen.«

Sie schaffen pro Tag auf der Straße eine Strecke von dreißig, manchmal vierzig Kilometern. Was sie dabei rechts und links von der Straße sehen, ist nicht gerade ermutigend. Das Feuer hat die Olivenbäume in schwarze Gerippe verwandelt, die sich grotesk verrenkt in den Himmel recken. Überall liegen Autowracks, die ebenfalls ein Opfer der Flammen geworden sind. Das ist seltsam, denkt Afeni. Sie hat im Internet einen Bericht über das Hochwasser gelesen. Wenn es Hochwasser gab, warum ist dann alles verbrannt?

Sie schaut sich um. Noch zwei Stunden, dann wird es dunkel. Einige in dem Treck haben seit Tagen nicht mehr richtig gegessen, seit Stunden nicht mehr getrunken. Die Ersten überlegen, ob sie zurückgehen sollen. Im Lager waren sie wenigstens sicher, da wurden sie nicht angegriffen, da ist kein Wagen in die kleine Gruppe, die sich abseits hielt, gerast.

Mitten in der Nacht erreichen sie Neapel. Östlich liegt der Vesuv, südlich hinter ihnen Pompeji, und vor ihnen steht eine schwer bewaffnete Spezialeinheit der italienischen Streitkräfte. Es sind mehr als dreihundert Soldaten in Kampfmontur mit Gesichtsmasken und Helmen, die ihre Maschinenpistolen auf sie gerichtet haben. Eilig gibt Afeni die Nachricht nach hinten weiter, dass sie anhalten müssen. Es dauert einen Moment, bis alle zum Stehen kommen. Als die Hinteren die Soldaten mit den Gewehren sehen, bricht Unruhe aus. Sie weichen zurück, drängen von der Autobahn herunter, suchen Schutz in den Seitenstraßen und hinter den Häusern.

Ein Mann kommt langsam auf sie zu. Er stellt sich als der Kommandant des Comando interforze per le Operazioni delle Forze Speciali vor. Er ist groß gewachsen, trägt einen grauen Bart, der akkurat gestutzt ist. Seine Uniform sitzt passgenau. Auf seiner Mütze prangt der Adler. Er ist eine beeindruckende Erscheinung. Und das zelebriert er auch mit seinem Auftritt.

»Wer ist hier verantwortlich?«, fragt er.

Afeni übersetzt, und fast alle brechen in Lachen aus.

»Sag ihm, dass er selbst verantwortlich ist«, meint Nelson.

Als Afeni das zu dem Mann sagt, verfinstert sich dessen Miene. Er droht damit, sie zu umzingeln und einen nach dem anderen auf ein Schiff zu verfrachten, das sie zurückbringt.

»Wohin zurück?«, fragt Afeni. »Libyen hat die Grenzen dichtgemacht. Die nehmen niemanden mehr aus dem Norden auf. Marokko und Tunesien genauso. Sie haben nur eine Möglichkeit, Sie müssen uns weiterziehen lassen.«

»Das kommt darauf an, wo dieses *weiter* liegt.«

»Deutschland«, sagt Afeni.

Der Kommandant wendet sich zwei Männern in Zivil zu. Sie besprechen sich eine Weile, telefonieren, dann kommt der Kommandant zurück.

»Die Regierung gewährt euch freies Geleit, wenn ihr zusichert, dass ihr nicht in Italien bleibt. Bedingung ist außerdem, dass es keine Plünderungen mehr gibt. Die Armee wird euch mit Nahrungsmitteln versorgen.«

Afeni lacht höhnisch.

»Wie sollen wir das garantieren? Wir sind hier zwanzigtausend oder mehr. Überall sind solche Trecks wie unserer unterwegs.«

»Sagen Sie den Leuten, dass Züge bereitgestellt werden. In jeden können anderthalbtausend von euch einsteigen.«

»Wie viele Züge gibt es?«, fragt Nelson.

»Zuerst zwei.«

»Zwei Züge? Das sind dreitausend Plätze für uns alle!«

Er deutet nach hinten zu dem riesigen Treck.

»Im Lauf der nächsten Tage werden weitere Züge vorbereitet. Ihr müsst euch keine Sorgen machen. Ihr kommt hier alle weg. Schon allein deswegen, weil wir euch hier nicht haben wollen.«

Der Kommandant lässt sich ein Megafon geben. Er klettert auf das Dach eines Polizeijeeps. Das Megafon pfeift, als er es anschaltet.

»Die italienische Regierung stellt Züge zur Verfügung, damit ihr weiter in Richtung Norden …«

Der Rest des Satzes geht in einem infernalischen Jubel unter. »Germany, Germany, Germany«, schallt es aus Tausenden Kehlen.

Ich soll erst mal allein kommen, hat Dimitri gesagt. Niemand etwas davon erzählen. Wenn Mackenzie oder Leon oder sonst jemand mich fragt, soll ich mir was ausdenken, das plausibel klingt. Ich habe ihn gefragt, warum er so nervös ist. Er hat geantwortet, dass jemand sie verraten hat. Die Warnung war um fünf Uhr morgens eingetroffen und hat Yema, Dimitri, Colette und die anderen aus den Schlafsäcken geworfen. Es blieben ihnen nur Minuten, um die Notebooks und ein paar Klamotten einzupacken und über das Dach ins Nachbarhaus zu fliehen. Die Guardians trainieren, wie man einem Verfolger entkommt, hat er mir erklärt. Die wichtigste Lektion lautet: Ändere stetig das Transportmittel. Benutzt du ein Auto, steige um in die U-Bahn und zwinge deinen Verfolger, ebenfalls sein Auto aufzugeben. Verlasse die U-Bahn an der nächsten Haltestelle, und steige auf ein Fahrrad oder einen Motorroller. Dein Verfolger wird darauf nicht vorbereitet sein. Du musst die Apps aller Anbieter laden, dann kannst du die Fahrräder schon während der U-Bahn-Fahrt reservieren und öffnen. Wenn das nicht geht, werden die Schlösser von Fahrrädern geknackt, ein Taxi gekapert, ein Boot auf einem der Kanäle geentert. Wenn das auch nicht hilft, wird geschossen. Als letzte Möglichkeit.

Aber sie mussten nicht schießen. Sie trennten sich, jeder ging einen anderen, vorher vereinbarten Weg. Bewegte sich durch die Stadt wie ein Fisch im Wasser. Unaufgeregt, harmlos. Nutzte den Regen, rannte, wenn die Menschen um sie oder ihn herum rannten, stellte sich unter und verschwand in der Masse. Fuhr Taxi, U-Bahn, Scooter, ging zu Fuß.

Es ist die zweitgrößte Moschee in Berlin und ein architektonisches Statement. Der Hintereingang liegt in der Manteuffelstraße, direkt gegenüber dem Görlitzer Bahnhof. Es ist das gelbe Haus. Ich soll durch den Hinterhof gehen, vorbei an den Mülltonnen und den Schlauchbooten. Dort wird er auf mich warten.

»Hallo, Leela«, sagt Dimitri.

Er klingt freundlicher als bei der ersten Begegnung. Ohne ein weiteres Wort führt er mich in eine Wohnung im dritten Stock. Schließt eine Tür auf. Das Zimmer ist dunkel, lediglich zwei Kerzen spenden etwas zittriges Licht. Yema sitzt an der schmalen Seite auf einem Teppich. Sonst ist niemand von den Guardians anwesend.

»Setz dich«, sagt Yema. »Hier vor mich.«

Ich gehorche, obwohl es mir widerstrebt, wenn noch nicht mal ein *Bitte* mitgebracht wird. Aber ich bin neugierig, deswegen lasse ich es ihr durchgehen.

»Warum bist du hier?«, fragt Yema.

»Weil Dimitri gesagt hat, ich soll zu euch kommen«, antworte ich.

»Dein Freund hat eine Kollegin vergewaltigt?«

»Er hat niemanden vergewaltigt.«

»Woher willst du das wissen?«

Ich weiß es, weil Jakob so etwas nicht macht. Ich habe mit ihm geschlafen. Ich habe ihn erlebt, wie er mich geküsst und gestreichelt hat. Ich habe seine Nachricht gelesen, als ich ihm geschrieben habe, dass ich schwanger bin. So antwortet niemand, der Frauen vergewaltigt.

»Ich weiß es, weil ich schwanger bin.«

Da ist es wieder, das feine Lächeln auf Yemas Lippen.

»Was wirst du jetzt machen?«

»Ich weiß es noch nicht. Ich habe gedacht, dass ich einen Skandal auslösen und bewirken könnte, damit endlich jemand was gegen diese verdammte Scheiße da draußen unternimmt. Das ist nicht geschehen. Und ihr scheint mir auch nicht helfen zu wollen. Das heißt aber nicht, dass ich aufgebe. Mir wird schon irgendwas einfallen.«

»Mateusz und Aurora haben Pythia und Zyklop noch nicht öffnen können. Und ich glaube, du solltest dir nicht allzu viel Hoffnung machen, dass sie es noch schaffen. Aber es gibt etwas anderes, wobei wir dir helfen können und du uns.«

»Nämlich?«

»Bevor ich dir das sage, musst du wissen, dass das Leben, so wie du es bis jetzt noch führst, vorbei ist, wenn ich es dir erzähle.«

Wow. Große Worte.

»Was habt ihr vor? Die Weltrevolution anzetteln? Die Präsidenten von Amerika, China und Indien erschießen?«

»Du glaubst, es ist noch Zeit, Witze zu machen?«

»Witze sind alles, was mich derzeit noch aufrecht hält.«

»Du verstehst nicht, dass wir uns im Krieg befinden.«

»Krieg klingt nicht gut.«

»Kein Krieg mit Panzern und Raketen. Ich rede davon, dass man verstehen muss, wo das System verwundbar ist. Die Kids haben auf den Demonstrationen von Gewaltlosigkeit und Liebe geredet. Damit sind sie genauso gescheitert wie die Hippies in den Sechzigern. Liebe ist keine Waffe. Liebe ist ein Gefühl. Und Gefühle spielen keine Rolle, wenn du im Krieg bist«, sagt Yema.

Ich habe keine Ahnung, worauf sie hinauswill. Und dass sie von Krieg redet, ist auch nicht gerade beruhigend. Eigentlich sollte ich an diesem Punkt wieder gehen. Wer weiß, wo sie mich reinziehen will.

»Wir müssen uns die Klimakrise als etwas vorstellen, das dem Zweiten Weltkrieg ähnelt«, fährt sie fort. »Es gibt Millionen Tote. Nur sind diesmal die meisten weit entfernt in Afrika, Bangladesch, Indonesien und auf ein paar kleinen, unbedeutenden Inseln. Und dann müssen wir uns fragen, warum glauben wir, dass wir die Klimakatastrophe aufhalten können, wenn niemand den Zweiten Weltkrieg und den Holocaust aufhalten konnte?«

»Dein Vater hat im Kraftwerk *Schwarze Pumpe* gearbeitet«, sagt Dimitri plötzlich.

Der ist ja auch noch da.

»Was hat mein Vater damit zu tun?«, frage ich.

»Kannst du über ihn an Pläne von dem Kraftwerk rankommen?«, fragt Dimitri.

»Wozu?«

»Kannst du?«

»Er arbeitet schon seit Jahren nicht mehr für die.«

»Kannst du?«

»Ich muss zuerst wissen, wofür ihr die Pläne braucht.«

»Um das zu tun, was keine Regierung bisher getan hat«, sagt Yema.

Jetzt verstehe ich, was Yema gemeint hat. Wenn ich diesen Schritt mache, wenn ich die Pläne besorge, lasse ich tatsächlich mein bisheriges Leben hinter mir.

»Du musst dich nicht gleich entscheiden. Geh nach Hause, denke nach. Überlege, was du tun willst und kannst«, sagt Yema.

»Okay. Ich denke drüber nach«, sage ich.

Ich verabschiede mich und verspreche, mich bald zu melden.

Auf der Straße strömt Wasser wie aus einer unterirdischen Quelle durch die Kanaldeckel. Das passiert, wenn die Rückhaltebecken voll sind, hat Mackenzie gesagt. Kinder hüpfen ausgelassen in dem See herum, der sich auf der Straße bildet, noch völlig unbeleckt von Gedanken darüber, was für Folgen der Starkregen hat. Vielleicht, weil sie darauf hoffen, dass ihre Eltern wissen, was zu tun ist. Irgendwann werden sie merken, dass ihre Eltern es auch nicht wissen. Meine Schuhe saugen sich voll, geben bei jedem Schritt schmatzende Geräusche von sich. Die Gedanken kreißen in meinem Kopf und gebären Mäuse. Bin ich bereit zu tun, was Yema von mir verlangt? Bestimmt gibt Hauke mir die Pläne nicht freiwillig. Das heißt, ich werde sie stehlen müssen. Ich spüre, wie mein Herz bis zum Hals schlägt. Also doch nichts mit Wut und Mut und Tapferkeit. Als ich dreizehn Jahre alt war, bin ich zum ersten Mal im Schwimmbad vom Zehner gesprungen. So fühlt es sich jetzt an. Als müsste ich springen.

Wenn Agnes ihr weiterhin ausweicht, ihr nicht sagt, wo Christa ist, wird sie das Messer benutzen. Sie weiß noch nicht, wie, aber sie ist entschlossen. Seit vier Tagen hat sie Christa nicht zu Gesicht bekommen. Auch Abel nicht. Obwohl er von nur ein paar Stunden gesprochen hat, die er mit Christa allein sein will. Wenn sie Agnes fragt, wo ihre Tochter ist, erhält sie keine Antwort. Wenn sie insistiert, weicht Agnes aus. Jetzt wartet Gita seit einer Stunde darauf, dass Agnes sie nach der Schicht abholt und in das Schlafhaus bringt. Sie hat das Messer in den linken Ärmel ihres Pullovers geschoben.

Immer mehr Menschen kommen mit Autos, Motorrädern, Fahrrädern und zu Fuß in die Kolonie. An dem Tag, als sie und Christa aufgenommen wurden, waren es ungefähr einhundert Bewohner, jetzt sind es mehr als dreihundert. Die Neuen schlafen im Hof, in den Ställen, es sind Leute aus dem Norden, deren Häuser und Wohnungen von dem Hochwasser an den Küsten überschwemmt wurden, andere aus dem Osten, deren Dörfer und Höfe abgebrannt sind. Vom Küchenfenster aus kann Gita sehen, wie sie vor dem verschlossenen Tor stehen und darauf warten, dass Abel sich ihnen zeigt, zu ihnen spricht und ihnen Rettung und Erlösung schenkt. Wo sollen die alle hin, wenn die Kolonie doch jetzt schon aus allen Nähten platzt? Noch scheinen sie im Kloster genügend Nahrungsmittel zu haben, um alle zu versorgen. Aber wenn es bald tausend oder mehr Menschen sind, werden die Vorräte bestimmt schnell zu Ende gehen.

Sie ist für die Frühschicht in der Klosterküche eingeteilt. Ihre Aufgabe besteht darin, Brote zu schneiden, die von anderen Frauen mit Butter bestrichen und mit Käse belegt werden. Um acht ist Essensausgabe. Dann erhält jeder in der Kolonie zwei Scheiben Brot mit Käse und Marmelade. Seit so viele Leute in der Kolonie sind, werden die Wirtschaftsgebäude abgeschlossen, um Diebstähle zu verhindern. Als die Tür zur Küche von außen aufgeschlossen wird und Agnes hereinkommt, geht Gita langsam auf sie zu.

»Was guckst du mich so an?«, fragt Agnes.

Ob sie bemerkt, was Gita plant? Noch behält sie das Messer im Ärmel.

»Ich will wissen, wo meine Tochter ist.«

»Das habe ich dir doch schon ein Dutzend Mal gesagt. Sie ist bei Abel. Er bereitet sie vor.«

»Was heißt das? Auf was bereitet er sie vor?«

»Das musst du nicht wissen.«

»Sie ist meine Tochter!«

»Ja, das wissen wir alle inzwischen.«

Sie dreht sich zu den übrigen Frauen in der Küche herum. Die haben ihre Arbeit unterbrochen und sehen gespannt zu. Einige lachen.

»Du kannst froh sein, dass er sie zu sich geholt hat.«

»Wieso soll ich da froh sein? Ich will wissen, was hier los ist und warum ich mein Kind nicht sehen darf.«

»Weil Abel Großes mit ihr vorhat. Im Gegensatz zu dir hat er erkannt, was für ein besonderes Mädchen die kleine Christa ist. Deshalb hält er sie von dir fern. Sie ist nämlich mehr als deine Tochter.«

»Was soll das denn heißen?«

Ein verächtliches Lächeln spielt um Agnes' Mund. Das ist der Moment, in dem Gita weiß, was sie mit dem Messer machen muss. Sie zieht es aus dem Ärmel hervor, hält es Agnes vor das Gesicht.

»Ich will Christa sehen. Und zwar sofort.«

Ihre Hand zittert. Sie hat noch nie jemanden bedroht. Jedenfalls nicht mit einem Messer. Mit Worten schon, aber die konnte sie wieder zurücknehmen. Das Messer kann sie nicht zurücknehmen, ohne dass Agnes sie dafür bestrafen wird. Mit Schlägen und Essensentzug, wie sie es immer macht.

»Bist du verrückt? Nimm das Messer runter! Sofort!«

»Erst, wenn ich Christa sehen kann.«

Agnes schaut sich Hilfe suchend um.

»Was glotzt ihr so? Tut was?«

Gita schaut die Frauen an. Keine rührt sich. Zum Glück. Sie würden Agnes bestimmt helfen, aber da sie jede von ihnen wie eine Sklavin behandelt, kann sie jetzt nicht auf Unterstützung hoffen.

»Ich meine es ernst.«

Das Messer in Gitas Hand steht direkt vor Agnes' Nase.

»Du bist dir hoffentlich darüber im Klaren, dass das Folgen hat«, sagt Agnes.

Ja, darüber ist Gita sich im Klaren. Wie diese Folgen aussehen, weiß sie nicht. Aber sie können nicht quälender sein als die Angst um ihre Tochter.

»Na gut, komm«, zischt Agnes.

Das Haus im hinteren Teil des Klosters hat drei Stockwerke. Ganz oben unter dem Dach wohnt Abel. Sie erklimmen die schmale Treppe. Als sie die Tür am Ende der Treppe erreichen, klopft Agnes zaghaft. Ihr herrisches Gehabe, ihr Hochmut fällt von ihr ab wie ein Umhang, der ihr zu groß ist. Ihre Stimme wird dünn, beinahe unterwürfig.

»Was ist?«, ruft jemand von jenseits der Tür.

Ist das Abel? Obwohl Gita ein gutes Gehör für Stimmen hat, kann sie es nicht genau sagen.

»Sie möchte dich sprechen«, sagt Agnes.

»Sie soll hereinkommen.«

»Sie hat ein Messer.«

»Lass es ihr.«

Agnes öffnet die Tür und tritt zur Seite, damit Gita eintreten kann. Nach ein paar Schritten bleibt sie stehen.

Der Raum ist dunkel, nur schemenhaft ist ein großes Bett zu erkennen.

»Du kannst gehen. Und mach die Tür zu.«

Die Stimme kommt von dort, wo das Bett steht. Gita ist unsicher. Ist sie damit gemeint? Hinter ihr wird die Tür leise geschlossen. Als sie sich herumdreht, ist Agnes verschwunden.

»*Ich hatte einen Traum, der keiner war. Die Sonne war erloschen, und die Sterne, verdunkelt, schweiften ziellos durch den Raum. Kein Mond, die Erde schwang im Äther, blind und eisig sich verfinsternd kam der Morgen und ging und kam, er brachte keinen Tag.* Weißt du, wer das geschrieben hat?«, fragt die Stimme.

Langsam gewöhnen Gitas Augen sich an die Dunkelheit. Sie kann die Umrisse eines Mannes sehen, der nur mit einer Hose bekleidet auf dem Bett liegt. Er ist es. Abel.

»Wo ist Christa?«, fragt sie schüchtern.

Er lacht. Ist es ein gütiges oder ein herablassendes Lachen? Gita vermag es nicht zu deuten.

»Das Gedicht heißt ›Finsternis‹. George Gordon Lord Byron hat es 1816 geschrieben. Ein düsterer Blick auf die Welt, findest du nicht auch? Komm, leg dich zu mir. Ich will dir mehr davon erzählen. Danach kannst du deine Tochter sehen.«

Er klopft mit der Hand auf die freie Stelle neben ihm. Was hat er mit ihr vor? Gita geht zu dem Bett hin, zieht die Schuhe aus und legt sich zu ihm. Das Messer hält sie immer noch in der Hand. Er scheint sich davon nicht bedroht zu fühlen.

»Weißt du, warum Lord Byron dieses Gedicht geschrieben hat? Ein Jahr zuvor, 1815, war in Indonesien der Vulkan Tambora ausgebrochen. Es war eine Situation wie die, die wir zurzeit erleben. In Mitteleuropa fiel im Hochsommer Schnee, und der Boden gefror. Es kam zu schweren Unwettern, die Flüsse traten wegen der darauf folgenden Schneeschmelze über die Ufer. Tausende Menschen ertranken. Und die, die nicht ertranken, verhungerten. Die Menschen wussten damals, dass Gott sie für ihre Sünden bestraft. Und eine Weile haben sie sich besonnen und gottgefällig gelebt. Aber bald hatten sie die Strafen vergessen und gaben sich wieder dem Teufel hin. Ist es jetzt nicht auch so?«

Was soll sie darauf antworten? Ja, wahrscheinlich ist es so. Aber das ist nicht ihre Sorge.

»Wo ist Christa?«, fragt sie.

»Warum willst du das wissen?«

»Du hast gesagt, es dauert ein paar Stunden.«

»Stunden, Tage, Wochen? Was spielt das für eine Rolle? Vertraust du mir nicht?«

»Doch. Es ist nur …«

Er richtet sich auf.

»Es ist nur was?«, brüllt er. »Du vertraust mir nicht. Du denkst, ich würde deiner Tochter etwas zuleide tun. Aber du weißt nicht, wer sie ist. Du weißt noch nicht mal, warum du sie Christa getauft hast. Sie ist eine Heilige. Sie ist geschickt worden, um uns zu erlösen. Siehst du das nicht?«

Seine Augen blitzen irre, ein Regen von Speichel geht auf sie nieder.

»Nein, das siehst du nicht, weil du ein dummes Weib bist. Christa wird uns aus dem Jammertal führen wie einst Moses das Volk der Israeliten. Sie wird uns helfen, Buße zu tun.«

Mit einer schnellen Bewegung greift er die Hand, in der sie das Messer hält, und führt es an seine Brust.

»Willst du mich umbringen? Den Diener Gottes?«

Sie versucht, die Hand zurückzuziehen, aber er hält sie mit hartem Griff fest.

»Bist du stark genug, das Werk des Satans zu beenden? Siehst du, dass er hier ist? Er ist hier. Schau dich um. Niemand kann ihn sehen. Aber ich kann ihn riechen.«

Abel schnüffelt in die Luft, am Messer, an ihrem Mund.

»Den stinkenden Atem. Riechst du es nicht auch?«

Die Spitze des Messers bohrt sich in seine rechte Brust. Blutstropfen quellen hervor. Wieso tut er das? Was will er von ihr?

»Bitte, ich will nur meine Tochter sehen.«

Seine hellen Augen fixieren sie, sein stechender Blick dringt in sie ein, in ihr Gehirn. Sie weiß nicht, was sie tun soll. Es ist, als würde sein Blick ihre Gedanken ordnen. Er lässt sie los, nimmt ihr das Messer ab.

»Komm mit, ich zeige dir deine Tochter.«

Er deutet zu einer zweiten Tür. Sie ist schmaler und niedriger als die erste. Christa sitzt auf dem Fußboden, in der Hand einen Band von *Svynx*. Sie scheint völlig in die Lektüre versunken zu sein. Als Gita sie an der Hand fasst, schreit sie so laut und in so hohen Tönen, dass Gita sie sofort loslässt.

33 DIE AKTION HAT DAS CODEWORT HADES

Es geht um Anschläge auf vier Kohlekraftwerke in Deutschland. Andere GOL-Gruppen planen ähnliche Aktionen in England und Polen. Es soll sogar Anschläge in Amerika, Indien und China geben. Nur wenn die Kraftwerke gleichzeitig getroffen werden, ist der politische Effekt groß genug, hat Yema gesagt. Das hat mich erschreckt. Ein Anschlag ist etwas anderes als ein Dokument, in dem steht, wie Politiker bestochen werden, und doch habe ich gesagt, dass ich dabei bin. Ich sitze ich im Zug nach Wittenberg und werde genau das tun, was ich mir nie vorstellen konnte. Aber so ist es, wenn man ein Versprechen gegeben hat, denke ich.

Der Zug rumpelt gemächlich über die Gleise. Es ist ein Wunder, dass er überhaupt noch fährt. Auf Teilstücken hat das Wasser den Unterbau der Gleise beschädigt. Ich sehe aus dem verschmutzten Fenster, wie Bahnarbeiter die Schäden notdürftig ausbessern. Es ist, als würde man in einem lecken Boot ewig das Wasser herausschöpfen, statt das Leck zu verschließen. Ich habe Hauke nicht gesagt, dass ich komme. Ich werde warten, bis er das Haus verlässt, die Baupläne für die *Schwarze Pumpe* an mich nehmen und verschwinden. Wenn er sie nach der Entlassung nicht in einem Anfall von Wut entsorgt hat. Hoffentlich hat er das Schloss an der Haustür nicht ausgetauscht.

Als wir Wittenberg erreichen, läuft der Bahnhof von den Menschenmassen über. Leute haben Koffer und Taschen in den Händen, schubsen, schieben. Mit Müh und Not kann ich mich an den Zusteigenden vorbeidrängen. Ich werde angerempelt, Ellbogen landen in meinem Gesicht, ein älterer Mann schlägt mir in voller Absicht auf die Brust.

Die Stadt hat sich verändert, seit ich vor ein paar Wochen in den Fernbus nach Berlin gestiegen bin. Überall dort, wo die

Schaufenster bisher nicht eingeschlagen wurden, wo nicht geplündert wurde, verkünden Plakate die Geschäftsaufgabe. Es fühlt sich gruselig an. Wittenberg ist eine Geisterstadt geworden.

Ich mache mich auf den Weg zu meinem Elternhaus. Je höher es geht, umso weniger sind die Spuren der Überschwemmung zu sehen. Autos parken auf den Straßen, in den Vorgärten liegen wie immer die Fahrräder der Kinder. Zwei Jungs spielen im feinen Nieselregen Fußball. Es sieht aus wie normales Leben, und doch liegt eine gespenstige Anspannung in der Luft. In manchen geöffneten Fenstern kann ich die Bewohner sehen, die sich abwenden, sobald unsere Blicke sich treffen.

Als ich endlich ankomme, verlässt Hauke gerade das Haus. Er schließt die Tür ab und steigt in seinen Opel, der direkt vor der Garage steht. Der Wagen sieht ramponiert aus. Hauke muss einen Unfall gehabt haben. Schnell ducke ich mich hinter einen Lieferwagen. Wahrscheinlich fährt er wieder in den Baumarkt, wo er sich eigentlich ein Zimmer nehmen sollte, dann hat er es nicht so weit. Sobald er um die nächste Ecke gebogen und verschwunden ist, gehe ich betont unauffällig auf das Haus zu. Hoffentlich taucht keiner der Nachbarn auf und fragt, wie es mir geht.

Meine Mutter wird sich freuen, mich zu sehen, und fragen, warum ich weggegangen bin und ob ich jetzt wieder in Wittenberg bleibe. Ich muss ihr irgendeine Geschichte erzählen. Christa ist wahrscheinlich in der Schule. Ich klingele. Und nach einer Weile noch einmal. Niemand da. Vielleicht ist Gita mit dem Fahrrad einkaufen gefahren. Oder sie ist in der Kirche.

Vorsichtig schiebe ich meinen Hausschlüssel in das Schloss. Er passt nicht. Also hat er tatsächlich das Schloss ausgewechselt. Aber das macht nichts. Hinter dem Haus steht eine Regentonne, von der aus man auf das Garagendach klettern kann.

Von dort erreicht man mühelos das Badezimmerfenster. Es steht meistens offen, damit die feuchte Luft entweichen kann. Ich kenne den Weg im Schlaf, seit ich das Haus zum ersten Mal heimlich nachts verlassen habe und erst morgens wieder zurückgekommen bin. Da war ich dreizehn und habe meinen ersten Joint geraucht.

Das Fenster steht zwar einen Spaltbreit offen, aber es lässt sich wegen der Sicherung von außen nicht öffnen. Ich drücke den Arm so weit wie möglich nach unten in den Spalt. Mit den Fingerspitzen kann ich den Hebel erreichen, kann ihn aber nicht fest genug fassen, um ihn zu bewegen. Es bleibt nur eine Möglichkeit. Ich klettere vom Garagendach herunter, nehme einen Ziegelstein aus der Rasenabgrenzung, kraxele wieder zurück aufs Dach. Damit es nicht so viel Lärm macht, halte ich meine Jacke an das Glas, bevor ich die Scheibe einschlage. Die Splitter, die auf den gefliesten Fußboden stürzen, machen dann doch ziemlichen Lärm. Aber jetzt kann ich endlich den Hebel umlegen und das Fenster öffnen. Während ich in das Badezimmer steige, sehe ich aus den Augenwinkeln, wie jemand das Nachbarhaus verlässt. Hoffentlich hat die- oder derjenige mich nicht gesehen.

Die Wohnung ist in einem erbärmlichen Zustand. Im Badezimmer liegen Handtücher und Klamotten auf dem Boden. Im Flur stehen Plastiktüten voll mit leeren Flaschen. Es stinkt nach Müll. Meine Mutter scheint schon länger weg zu sein. Und Chrissie auch. Wahrscheinlich sind sie, weil Hauke wieder mal durchgedreht ist, zu Oma gefahren. Unfassbar. Wenn es einen Beweis braucht, dass Männer, wenn sie allein leben, asozial werden, dann ist er hier zu besichtigen. Offensichtlich wartet Hauke darauf, dass Gita zurückkommt und den Pflichten nachkommt, die er für sie reserviert hat.

Ich gehe auf Zehenspitzen in sein Büro. Die unzähligen Bücher über die Geschichte Wittenbergs, die Hauke wie einen Schatz hütet, stehen ordentlich in dem wandbreiten Regal. Einige sind antiquarisch und bestimmt viel Geld wert. Wo sind die Pläne? Eigentlich müsste er sie wie alles Wichtige in dem Metallschrank links neben der Tür aufbewahren. Der Schrank ist natürlich verschlossen. Irgendwo muss der Schlüssel sein.

Ich öffne die Schreibtischschubladen eine nach der anderen. Reisepässe, das Familienbuch, alte Sparbücher. Briefe, die er an Gita geschrieben hat. Die ersten von mir gemalten Bilder. Fotos von der Abreise aus Trivandrum. Damals war ich neun Jahre alt. Seltsam, was er alles aufhebt. Hinter der Wut und der Kälte lebt noch ein anderer Hauke. Einen Moment lang gönne ich mir die Erinnerungen. Ich sehe meine Mutter, wie sie lacht und fröhlich ist, mit mir spielt und mir Geschichten vorliest. Sie hat sich verändert, seit sie in Deutschland angekommen ist. Der Glaube, an dem sie sich festhält, ist seitdem tief in sie eingedrungen und hat sie ängstlich werden lassen.

Auf dem Sideboard gegenüber dem Schreibtisch steht eine kleine Holzkiste. Früher, als Hauke noch Zigarren geraucht hat, hat sie als Humidor gedient. Ich öffne sie. Na also, wusste ich es doch. Ich nehme den Schlüssel, öffne den Metallschrank. Mindestens ein Dutzend Ordner starren mir entgegen. Welchen soll ich mitnehmen? Ich greife den in der Mitte, schlage ihn auf. »Siemens, Entnahmekondensationsturbine«. Ein zweiter: »Entschwefelung, Kalksteinnasswäsche (Absorber)«. Was soll ich damit anfangen? Ich habe gedacht, ich würde hier Baupläne vom Kraftwerk Schwarze Pumpe finden. Ich stelle den Ordner wieder zurück.

»Was machen Sie hier?«

Die Stimme in meinem Rücken erschreckt mich derart, dass ich beim Herumwirbeln fast zu Boden stürze. Eine Frau steht in der Tür. Sie trägt einen Bademantel, den sie nachlässig geschlossen hat. In der einen Hand hält sie eine Kippe, in der anderen eine Pistole. Die Haare kleben an ihrem Kopf, als wäre sie eben erst aufgestanden, die Zähne sind gelb, die Haut grau. Ich kenne sie. Sie wohnt in der Nachbarschaft. Eine missgünstige Frau, die nie gegrüßt und sich früher wegen jedem bisschen Lärm beschwert hat.

»Leela?«, fragt die Frau.

»Hallo, Angelika, wie geht's dir?«

»Was machst du hier? Wieso brichst du bei deinem Vater ein?«

»Und du? Wie bist du überhaupt hier reingekommen?«

»Ich wohne hier, seit die Irre ihn verlassen hat.«

»Die Irre?«

»Deine durchgeknallte Mutter. Also, was machst du hier?«

»Ich besuche meinen Vater.«

»Und dafür schlägst du das Fenster im Badezimmer ein?«

»Er hat das Schloss ausgewechselt.«

»Ja, das hat er. Wegen dir und deiner Mutter.«

Sie schaut auf den Schrank. Wieder dieses missgünstige Grinsen in ihrem Gesicht.

»Was willst du? Ihn beklauen? Suchst du Geld?«

»Ich will meinen Vater nicht beklauen. Ich suche Fotos.«

Nicht gerade die beste Idee, aber mir fällt nichts anderes ein.

»Was für Fotos?«

»Das geht dich einen feuchten Dreck an.«

Ich versuche, an ihr vorbei das Büro zu verlassen. Doch Angelika stellt sich mir in den Weg. Sie richtet die Pistole direkt auf mein Gesicht.

»Was soll das? Willst du mir ins Gesicht schießen?«

»Du gehst nirgendwohin. Du bleibst schön hier, bis Hauki wieder zurück ist.«

»Du nennst ihn Hauki?«

In mein Lachen hinein spannt Angelika den Hahn der Pistole.

»Wenn du mich auslachst, knall ich dich auf der Stelle ab«, brüllt sie mich an. »Hast du verstanden? Und dann sag ich, dass du eingebrochen bist und mich angreifen wolltest.«

Sie fuchtelt mit der Pistole herum.

»Los, setz dich dahin!«, befiehlt sie.

»Alles gut, beruhig dich. Ich mach ja gar nichts.«

Ich hebe abwehrend die Hände und nehme gehorsam auf dem Schreibtischstuhl Platz.

Ich soll um acht Uhr wieder in Berlin sein, um Dimitri und Colette zu treffen. Wenn Hauke nicht bald zurückkommt, werde ich es nicht mehr rechtzeitig schaffen.

Um sechs Uhr haben auch die Fernsehnachrichten den Namen des angeblichen Opfers genannt. Wo sie sich derzeit aufhält, ist nicht bekannt. Warum sie die Vergewaltigung erst jetzt anzeigt, auch nicht. Vertreten wird sie von Paulus Moses. Leon kennt ihn. Ein unangenehmer Typ. Sie hatten schon ein paarmal Kontakt mit ihm. Zum letzten Mal, als es um das EEG ging. Er hat damals gedroht, die Bundesregierung auf Milliarden zu verklagen. Um sechs Uhr fünfzehn hat Leon eine kurze Nachricht erhalten. *Mein Büro, 8:00.*

Wenn Diana Falk Höflichkeiten beiseitelässt, ist die Kacke am Dampfen. Als Leon das Eingangsfoyer des Kanzleramts betritt, erwartet ihn eine von Falks Sekretärinnen. Sie ist noch nicht lange dabei. Falls sie ihm ihren Namen genannt hat, kann er sich nicht mehr erinnern. Sie ist groß, schlank, asketisch. Wahrscheinlich läuft sie jeden Morgen einen Marathon. Ihr Begrüßungslächeln schwankt zwischen Freundlichkeit und Hinrichtung.

In den letzten Stunden ist es im Kanzleramt äußerst ungemütlich geworden, und sie weiß, dass er an dem Desaster schuld ist. Er folgt ihr vorbei an der Bronzefigur mit dem übergroßen Kopf und dem Namen *Die Philosophin.* Ob Philosophie jetzt noch hilft, ist fraglich. Sie gehen die breite Treppe hinauf, an der Gemäldegalerie der Bundeskanzler vorbei. Die acht Bundeskanzler-Porträts füllen die Wand. Leon fragt sich, wo Falks Porträt hängen wird. Nach den Ereignissen der letzten Tage vielleicht im Keller. Der Aufzug bringt sie in die siebte Etage. Die Sekretärin klopft an die Kirschholztür und öffnet sie.

»Guten Morgen«, sagt Leon, während er auf Samtpfoten eintritt.

Der Gruß wird nicht erwidert. Er scheint noch nicht mal

eines Blickes wert. Also wartet er darauf, dass sie ihm Platz anbietet. Aber auch dazu kommt es nicht. Er muss die Bestrafung im Stehen ertragen. Falk wird das Desaster auf ihn abwälzen, um ihren eigenen Kopf zu retten. Soweit es da noch etwas zu retten gibt. »Eine Kanzlerin braucht Staatssekretäre und wissenschaftliche Mitarbeiter als Lieferanten von Informationen und als Kanonenfutter«, hat Diana ihm beim Einstellungsgespräch gesagt. »Sie werden zuerst geopfert, dann der Unterstaatssekretär, dann der Staatssekretär. Wenn das nicht reicht, biete ich meinen Rücktritt an. Ich werde aber deutlich machen, dass ich von den Vorgängen nichts wusste. Sind Sie einverstanden?« Damals waren sie noch beim *Sie*. Er war einverstanden. Allerdings hat er nicht erwartet, dass es so schnell zur Exekution kommen würde.

»Stimmen die Vorwürfe, die gegen Jakob Richter erhoben werden?«, fragt Falk.

Was soll er darauf antworten? Jakob Richter war ein angesehener Glaziologe. Er gehörte zum Team der Polarforschungsstation Neumayer III. Er hat unzählige Artikel in *Nature* und *Science* veröffentlicht. Hat er diese Aniela Wozniak tatsächlich vergewaltigt? Woher soll Leon das wissen? Er hat keine eigenen Recherchen angestellt. Was ein Fehler ist. Er hat Leela und Mackenzie vertraut. Weil er dachte, dass die Liste mit den Namen und den Summen, die darin genannt werden, authentisch ist. Weil er wollte, dass sie authentisch ist.

»Ich habe mit Rousseau, Hobbes, Gasset und Annunzio telefoniert. Ich habe ihnen gesagt, dass es Fotos und Videos gibt und dass sie meinen Vorschlag unterstützen sollen, weil es sonst sein kann, dass die Liste an die Öffentlichkeit gelangt, was für ihre Regierungen das Ende bedeuten würde. Sie haben zähneknirschend die Schwänze eingezogen. Ich hatte sie so weit, dass sie in Davos einem internationalen gesetzlichen Notstand zustimmen wollten. Und jetzt muss ich hören, dass dieser Jakob Richter ein mutmaßlicher Vergewaltiger ist.«

Mit ihrer Stimme könnte man Marmor schneiden.

»Das ist doch nur eine Kampagne, um ihn und die Liste zu diskreditieren«, sagt Leon.

»Das weiß ich auch. Aber die Nachricht ist draußen. Und selbst wenn sie dementiert wird, bleibt etwas hängen. Du weißt, was das heißt.«

Ja, er weiß, dass Kotzer, Fuchs und Becker ihr den Rücktritt nahelegen werden.

Sie erhebt sich, geht zur Tür. Dort wartet sie, bis Leon und die Neue ihr folgen. Zu dritt gehen sie die Treppe hinunter in die sechste Etage. Im amerikanischen Strafvollzug wird der Todeskandidat auf dem Weg zu seiner Hinrichtung als *Dead man walking* annonciert. Während seines Jurastudiums war er bei einer Hinrichtung dabei. Es lässt sich nicht vergleichen, und trotzdem fühlt es sich so an.

Das Erste, was Leon im Kabinettssaal auffällt, sind die leeren Plätze, auf denen normalerweise die Protokollanten sitzen. Die Minister und Staatsminister haben sich um den ovalen Tisch herum verteilt. Sie haben nicht die übliche Sitzordnung eingenommen. Siegmar Kotzer hat sich direkt gegenüber dem Kanzlerinnenplatz postiert, Helga Fuchs mit zwei Plätzen Abstand rechts davon, Andreas Becker mit einem Platz Abstand links. Kotzer wird die Kanzlerin frontal angreifen, Fuchs und Becker werden von der Seite zustechen. Es ist eine so offensichtliche Angriffsformation, dass Leon grinsen muss.

Er hat viele Sorten Politiker kennengelernt. Die Dummköpfe, bei denen man sich fragt, wie sie es so weit gebracht haben. Die Faulen, die ihr Team die Arbeit machen lassen und selbst die Lorbeeren kassieren. Die Verschlagenen, die Karrieristen, die Nazis, die Hasser, die Schürzenjäger. Der Fehler ist, dass wir die

Aussagen der Politiker als Produkte vernünftiger Überlegungen annehmen, denkt er manchmal. Man müsste sich stattdessen ihre Kindheit anschauen, wie sie leben, wie sie mit ihren Partnern, ihren Kindern umgehen. Das sagt hundertmal mehr über ihren Charakter aus. Sie haben wie wir alle Ängste, Wut, Sehnsüchte, Gier. Nimm die sieben Hauptlaster, und du hast den Durchschnitt durch das Parlament.

Falk begrüßt die Runde, legt den Stapel Papiere und Dokumente auf dem Tisch ab und setzt sich. Leon und die Neue in der zweiten Reihe ebenso.

Wer wird die Schlacht eröffnen? Kotzer? Fuchs? Die Tagesordnung wird kurz besprochen, dann beginnt Kotzer mit dem Lagebericht. Er öffnet auf seinem iPad eine Seite, geht auf die Überschwemmungen an der Nordseeküste ein und die erbärmliche Lage der Menschen, die in Notunterkünften untergebracht worden sind. In einem Video sind Drohnenaufnahmen zu sehen, wie auf der Elbe ein völlig überladenes Boot kentert. Bilder, die bisher nur von den Flüchtlingsbooten im Mittelmeer zu sehen waren.

»Wir mussten die gesamte Bevölkerung aus den überschwemmten Gebieten in Hamburg evakuieren. Ähnliches kann ich aus Wilhelmshaven, Bremerhaven, Cuxhaven, Flensburg und Lübeck melden.«

Während die Gesichter in der Runde professionelle Sorge und Bestürzung zeigen, vergisst Kotzer nicht, zu betonen, wie hervorragend sein Stab arbeitet, womit er hauptsächlich sich selbst meint. Dann geht es um eine Einschätzung seitens des Verfassungsschutzes zu einem Interview, in dem Undine von Broch das Abdanken der Regierung fordert.

»Broch ist seit Kurzem ein führender Kopf in der rechten Szene, und sie stellt eine reale Gefahr dar«, sagt Kotzer. »Bisher war das Kanzleramt da sehr nachsichtig.«

Auf einigen Gesichtern taucht kurz ein Lächeln auf. Sie wissen, dass dies nur das Vorspiel zur eigentlichen Attacke ist.

»Aber das haben wir unter Kontrolle. Nicht unter Kontrolle haben wir den Tross der Flüchtlinge, weil sowohl unsere italienischen als auch die österreichischen Freunde die Menschen einfach zu uns durchwinken. Wir, das heißt Sie, Frau Bundeskanzlerin, haben hier den entscheidenden Moment verpasst, in dem Sie die Grenzen hätten schließen können. Ich muss das leider so deutlich sagen. Sie haben dadurch den vorherbestimmten Tod von Millionen unserer Mitbürger auf dem Gewissen.«

Er legt das iPad beiseite, lehnt sich in seinem Sessel zurück und scheint die Schockwellen, die der letzte Satz ausgelöst hat, wirken zu lassen.

Falks Blick ruht auf ihm. Sie lässt sich nichts anmerken. Ein leichtes Zucken im Mundwinkel verrät, dass sie eigentlich reagieren möchte, sich aber noch zurückhält.

Sie wendet den Blick zu Helga Fuchs. Ein kurzes Nicken.

Fuchs schlägt einen Ordner auf.

»Wir werden die Goldreserven in Anspruch nehmen müssen, um Geld für die Hilfsmaßnahmen in die Kasse zu bekommen«, sagt sie. »Neun Millionen Arbeitslose bei sinkenden Steuereinnahmen, mehr als vierzehn Millionen Hilfsbedürftige aufgrund der Überschwemmungen sind nicht zu finanzieren. Das heißt …«

»Ich weiß, was das heißt«, schneidet Falk ihr das Wort ab. »Sonst noch jemand?«

Wirtschaftsminister Andreas Becker räuspert sich.

»Sie wissen, Frau Bundeskanzlerin, dass Sie in mir immer einen loyalen Mitstreiter hatten.«

»Das ist mir neu, aber fahren Sie fort.«

»Ich habe von meinem französischen und britischen Amtskollegen erfahren, dass Sie sowohl mit Rousseau als auch mit

Hobbes über diese ominöse Liste, die seit Tagen kursiert, gesprochen haben. Es heißt, Sie haben Paris und London unter Druck gesetzt?«

»Worauf wollen Sie hinaus?«

Becker wird nervös. Feine Schweißperlen wachsen auf seiner Stirn. Er sieht zu Kotzer hin, will vermutlich Unterstützung von ihm haben.

»Ich, das heißt meine Kolleginnen und Kollegen«, stottert er, »sind der Meinung, dass Ihnen angesichts der Ereignisse um diese Liste und Jakob Richter keine andere Wahl bleibt, als zurückzutreten.«

Jetzt ist es ausgesprochen. Rücktritt. Den Weg frei machen für die Riege der Verräter, die sich von den Black Seven bezahlen lassen. Leon blickt die übrigen Minister an. Sven Caspar, Bildung, Johanna Klopp, Familie, Helga Baum, Umwelt. Werden sie mit wehenden Fahnen überlaufen und das Komplott perfekt machen?

Diana Falk fixiert den Kopf der Intrige.

»Ich weiß, wie sehr Sie sich den Stuhl wünschen, auf dem ich sitze, Herr Kotzer. Es war schon bei der ersten Koalitionsverhandlung deutlich zu spüren. Leider hat Ihre Partei die Wahl verloren, und Sie haben es nur zum Vizekanzler gebracht. Es braucht moralische und charakterliche Stärke, sich mit dem zweiten Platz zufriedenzugeben. Aber Sie sitzen auf glühenden Kohlen und warten ungeduldig auf den Moment, in dem Sie endlich das Schwert über meinem Haupt senken können. Das Problem ist nur, dass Sie es falsch angefangen haben. Sie haben sich mit den Leuten gemein gemacht, die unser Land ausrauben und die Luft vergiften. Ich weiß nicht, was man Ihnen dafür versprochen hat. Auf alle Fälle wird es nicht genug sein. Ich werde nicht zurücktreten. Denn im Gegensatz zu Ihnen kenne ich die Liste genau, und ich weiß, welche Namen darauf stehen. Auch Namen der hier anwesenden Personen.«

Der Schrecken, den Falk mit diesem Satz auslöst, ist wie eine Schockwelle spürbar. Stühle werden gerückt, nervöses Lachen, stille Empörung. Man sieht sich an und schüttelt die Köpfe.

»Der Überbringer dieser Liste ist ein Vergewaltiger. Und diesem Mann sollen wir vertrauen?«, fährt Kotzer die Kanzlerin an. »Die Liste ist so falsch, wie dieser Richter ein Lügner ist.«

»Sind Sie da so sicher? Meine Nachforschungen haben etwas anderes ergeben«, sagt Falk leise, ohne jemanden dabei anzusehen.

Sie blättert durch einen Stapel Papiere. Schaut konzentriert auf ein Blatt. Leon weiß, dass es eine Finte ist. Es stehen sechs Namen darauf, darunter Grothe vom Außenministerium, Wirtschaftsminister Becker und Fuchs. Kotzer steht nicht darauf. Doch das weiß Kotzer nicht, und so, wie er Falk anschaut, scheint er damit zu rechnen.

»Sie sagen, dass eine Botschaft keinen Wert hat, wenn der Überbringer diskreditiert ist«, fährt Falk fort. »Aber Sie wissen genauso gut wie ich, dass dann, wenn man mit Dreck wirft, immer etwas hängen bleibt. Deswegen möchte ich an die Kollegen die Frage richten, wer mit Herrn Becker der Meinung ist, ich sollte zurücktreten.«

Kotzer hebt die Hand. Als Einziger. Er schaut zu Helga Fuchs. Sie starrt auf den Tisch. Becker hebt die Hand so zögerlich, als wollte er sich Luft zufächeln. Alle anderen Hände verschwinden unter dem Tisch, wohl um zu verhindern, dass sie nicht doch noch aus Versehen hochschnellen.

Falk hat das Komplott abgewehrt. Die Sitzung ist beendet. Die eigentliche Schlacht beginnt erst jetzt. Leon hat einen Plan. Sie müssen die Liste veröffentlichen und hoffen, dass Hobbes, Rousseau, Gasset und Annunzio zurücktreten. Wenn das passiert, wird es Neuwahlen geben. Bis dahin werden ihre Vize die Regierungsgeschäfte übernehmen. Die werden Falks Initiative zustimmen, weil sie Angst haben, bei den Wahlen zu verlieren. Es ist also ganz einfach. Alles, was er erreichen muss, ist, dass Falk ihm wieder vertraut.

35 WO BLEIBT HAUKE?

Angelika hat mehrmals vergeblich versucht, ihn zu erreichen, bis sie gemerkt hat, dass sein Handy in der Küche liegt. Sie hat eine Flasche Weißwein aus dem Kühlschrank geholt und mich in die Gästetoilette eingesperrt. Ich habe sie angeschrien, habe ihr gedroht, sie wegen Freiheitsberaubung und Nötigung anzuzeigen. Als das nicht gewirkt hat, bin ich umgeschwenkt und habe versucht, ihr Mitgefühl zu wecken, habe ihr eine dramatische Geschichte von Schwangerschaft und einem Typen, der mich verprügelt, erzählt. Aber das ist für Angelika kein Grund, Barmherzigkeit zu entwickeln. Zuletzt habe ich ihr Geld angeboten, was Angelika nach all den anderen Geschichten nicht mehr geglaubt hat. Da ist sie auch schon reichlich betrunken gewesen. Das war vor zwei Stunden. Seitdem sitze ich auf dem Klodeckel und denke nach. Irgendwie muss ich an die Pläne rankommen. Und ich muss eine plausible Ausrede parat haben, sobald Hauke auftaucht. Ich muss eine gute Erklärung finden, warum ich das Badezimmerfenster eingeschlagen habe und ins Haus eingebrochen bin. Dass mein Schlüssel nicht mehr gepasst hat, wird ihn nicht überzeugen. Er wird mich fragen, warum ich ihn nicht angerufen habe. Außerdem hat Angelika mich vor dem offenen Metallschrank erwischt.

Ich weiß nicht, wie viel Zeit vergangen ist, weil Angelika mir mein Handy abgenommen hat, aber irgendwann höre ich, wie ein Wagen in die Einfahrt fährt. Kurz darauf die Stimme meines Vaters. Er scheint schlechte Laune zu haben, brüllt Angelika an. Ich kann nicht hören, um was es geht. Die beiden streiten, etwas fällt zu Boden. Und dann ein Schuss. Ich halte den Atem an. Hat Angelika meinen Vater erschossen? Oder er sie? Einen Moment lang totale Stille. Kurz darauf wird die Haustür zugeworfen. Als sich von außen der Schlüssel im Schloss der Toilettentür dreht und die Tür geöffnet wird, steht zum Glück mein Vater davor.

Er hat sich, seit ich nach Berlin gegangen bin, stark verändert. Als ich ihn vor dem Haus beobachtet habe, ist mir nicht aufgefallen, wie fahl sein Gesicht ist. Rechts und links vom Mund ziehen sich tiefe Falten. Die Augen blicken stumpf.

»Hallo, Papa. Du hast abgenommen«, sage ich.

»Ja«, sagt er. »Komm raus da.«

Das ist alles. Er wendet sich ab, schlurft ins Wohnzimmer. Kurze Schritte, der Rücken gebeugt. Egal, wie sehr ich mit ihm gestritten habe, ihn manchmal regelrecht verflucht habe, jetzt schmerzt es, ihn so zu sehen.

Im Wohnzimmer sind die Rollläden heruntergelassen. Licht dringt in schmalen Streifen hindurch und beleuchtet tanzende Staubpartikel. Hauke lässt sich in seinen Sessel sinken, setzt die Bierflasche an, verzieht das Gesicht und stellt die Flasche zurück zwischen die Stapel von Büchern. Das habe ich noch nie zusammengekriegt. Einerseits ist er ein jähzorniger Tyrann, der seine Frau verprügelt und sich fast jeden Abend betrinkt, andererseits liest er in einem Jahr mehr Bücher, als ich in meinem ganzen bisherigen Leben gelesen habe. Er weiß alles über die Geschichte Wittenbergs.

Ich setze mich auf das Sofa. Beobachte ihn. Er wirkt, als habe er aufgegeben. Als sei er innerlich zerbrochen. Wie sollte er auch nicht? Zuerst hat er den Job verloren, dann bin ich gegangen und zuletzt wohl auch Gita mit Christa. Das muss man erst mal verkraften. Vor allem, wenn man die Schuld immer nur bei den anderen sieht. Was hat Angelika ihm erzählt? Weiß er von dem zerbrochenen Fenster im Badezimmer? Was denkt er, warum ich hier bin?

»Was macht dein Buch?«, fragt er.

»Ich komme voran«, lüge ich.

»Gut. Man muss an einer Sache dranbleiben. Und du hast Talent.«

»Wo ist Mama?«, frage ich.

»Weg.«

»Und Christa?«

»Hat sie mitgenommen.«

»Weißt du, wo sie sind?«

Er trinkt das Bier auf einen Zug leer.

»Und du?«, fragt er kleinlaut.

»Ich wohne in Berlin bei einer Freundin.«

»Stimmt es, was über Jakob gesagt wird?«, fragt er.

»Nein«, sage ich. »Es sind Lügen.«

Hauke nickt, als wüsste er es ohnehin und würde nur noch meine Bestätigung brauchen.

»Was ist das für eine Liste?«, fragt er.

Die Liste. Ich habe keine Zeit, über die verdammte Liste zu sprechen. Er wird mich in eine Diskussion über den Klimawandel verstricken, es wird endlos gehen, wir werden uns streiten und anbrüllen. Ich muss an die Pläne rankommen. Vielleicht kann ich ihn so betrunken machen, dass er einschläft.

»Soll ich dir noch ein Bier holen?«

»Ja. Und im Eisfach ist Wodka.«

Noch besser. Dann geht es schneller. Ich marschiere in die Küche.

»Und bring zwei Gläser«, ruft er mir hinterher.

Ich soll mit ihm trinken. Das werde ich nicht lange durchhalten. Sein Stoffwechsel scheint Alkohol als Treibstoff zu verwerten. Ich bin schon nach zwei Gläsern Sekt betrunken. Und weil ich ihm nicht sagen will, dass ich schwanger bin, muss ich das Zeug in die Ritze zwischen den Sofakissen kippen. Im Kühlschrank liegen vier Sixpack Bier vom Discounter. Käse, Wurst, Fertiggerichte. Im Gemüsefach schimmeln

Tomaten. Das Eisfach ist bis auf die Flasche Wodka leer. In der Spüle stapelt sich Geschirr. Ich spüle zwei Gläser ab. Mein Blick fällt auf die Küchenuhr. Ich habe noch eine Stunde, bis mein Zug nach Berlin abfährt. Als ich mit Wodka, Bier und den beiden Gläsern zurück ins Wohnzimmer komme, hält er ein Buch in der Hand.

»Zu Luthers Zeit ist Wittenberg fünfmal von der Pest heimgesucht worden. 1516, 1527, 1535, 1538 und 1539. Hast du das gewusst?«

Ich schenke Wodka in die Gläser. Er kippt sein Glas in einem Zug, spült mit Bier nach. Ich nippe nur daran.

»Die Menschen haben in Angst gelebt. Sie haben Ablassbriefe gekauft, um von den Sünden erlöst zu werden. Luther hat dagegen wie wild gewettert.«

Er lacht. Als wäre er dabei gewesen und würde sich erinnern.

»Glaubst du, dass Gott uns rettet?«, fragt er.

Hat Gott uns schon jemals gerettet? Wo war er, als Jakob ums Leben gekommen ist? Gott ist für mich so was wie der Klapperstorch für Erwachsene. Aber auch das sage ich ihm nicht. Er schlägt das Buch zu.

»Sie ist einfach abgehauen. Mit Christa. Kein Mensch weiß, wo sie ist. Bin ich so ein schlechter Mensch?«

Was soll ich dazu sagen? Er ist ein Despot, der seiner Familie vorschreibt, wie sie zu leben hat. Ich kann mir noch nicht mal vorstellen, wie ich und Christa gezeugt wurden.

»Es hat zwischen euch einfach nicht gepasst«, antworte ich.

Er nickt. Es ist die einfachste Erklärung. Eine, bei der er nicht weiter nachdenken muss.

»Die verdammte Religion. Die hat uns auseinandergebracht«, jammert er.

Nicht jetzt diese Tour, bitte.

»Aber wenigstens bist du zurückgekommen.«

Er lässt das Glas stehen und trinkt den Wodka gleich aus der Flasche.

»Ich muss nachher wieder zurück nach Berlin.«

»Ach so.«

Er sieht mich mit diesem traurigen Blick an, dem ich kaum standhalten kann. Warum fühle ich mich immerzu schuldig, wenn er mich so ansieht? Als wäre ich für sein Wohl verantwortlich.

»Angelika hat gesagt, du warst in meinem Büro am Schrank.«

»Ich hab Geld gesucht.«

Gibt er sich mit der Erklärung zufrieden?

»Nein, hast du nicht. Du weißt, wo das Geld ist.«

Er deutet auf die Kommode, auf der eine Galerie von Fotos die Familie in den Stadien ihrer Auflösung beschreibt. Soll ich ihm sagen, dass ich die Pläne gesucht habe? Was würde er dann tun? Das Kraftwerk warnen oder die Polizei rufen?

»In der Kommode war nichts, deswegen hab ich in deinem Büro gesucht.«

»Lüg mich nicht an«, schreit er unvermittelt.

Ich zucke zusammen. Ich kann mit dieser Lautstärke und der Wut darin nicht umgehen. Ich werde sofort wieder zu einem kleinen Mädchen, das vor Angst und Ohnmacht erstarrt. Es ist besser, ich bringe mich in Sicherheit, wenn er so schreit. Wer weiß, was als Nächstes kommt.

»Okay, ich gehe dann mal«, sage ich.

Meine Stimme ist nur noch ein Hauch.

»Warte hier«, sagt er.

Er wuchtet sich ächzend aus dem Sessel hoch. Wegen der halben Flasche Wodka schwankt er leicht, muss sich am Türrahmen abstützen. Er verlässt das Wohnzimmer. Ich muss hier verschwinden. Doch bevor ich noch den ersten Schritt machen kann, kommt er mit zwei Ordnern in den Händen zurück. Setzt sich wieder in den Sessel. Räumt die Bücher beiseite und klappt den ersten Ordner auf. Es sind die Pläne für die *Schwarze Pumpe.* Woher weiß er, dass ich deswegen hier bin?

»Ist es wegen Jakob?«, fragt er.

»Anfangs ja.«

»Du musst damit aufhören.«

»Warum?«

»Weil ich dich nicht auch noch verlieren will.«

Wenn er so etwas sagt, weiß ich nicht, wie ich reagieren soll. Ich könnte auf der Stelle in Tränen ausbrechen und ihn umarmen. Aber ich weiß, dass er es als Sentimentalität abtun würde. Das ist schon immer etwas gewesen, das uns in der Familie wahnsinnig gemacht hat, die Momente, in denen er seine Angst und Verletzlichkeit gezeigt hat, endeten regelmäßig in Gewaltausbrüchen.

»Ich hab keine andere Wahl.«

»Man hat immer die Wahl.«

»Und du?«

Er schlägt den ersten Ordner auf.

»Komm her.« Er winkt mich zu sich. »Das hier sind die Baupläne für die Turbinen.«

Er blättert. Legt den Ordner weg, nimmt den zweiten. Schlägt auch ihn auf. Dann findet er, was er sucht. Öffnet den Verschluss und nimmt ein mehrfach gefaltetes Blatt heraus.

»Das hier brauchst du. Schau her.«

Ich schaue ihn verwirrt an und verstehe es nicht. Wie kann er so tun, als wäre es das Normalste der Welt, dass ein Vater seiner Tochter erklärt, wie die Turbinen eines Kraftwerkes funktionieren?

»Was ist?«, fragt er.

»Woher hast du gewusst, dass ich die Pläne haben will?«

»Gibt es noch einen anderen Grund, warum du mich besuchen kommst?« Er lächelt.

Er breitet das Blatt auf dem Tisch aus.

»Habt ihr jemanden, der sich damit auskennt?«

»Weiß ich nicht. Wahrscheinlich nicht.«

»Dann erkläre ich es dir. Pass auf.«

Bis ins letzte Detail beschreibt er mir die Funktionsweise der Turbine und was ich tun muss, um sie zu zerstören. Ich mache Notizen, er schreibt mit einem roten Stift in die Pläne hinein. Für einen Moment erinnere ich mich an Zeiten, als er seinen Job noch hatte. Ich war noch klein. Wir haben am Küchentisch gesessen, und er hat mir Mathematik erklärt, mir Tricks verraten, war geduldig, und dann habe ich es im Zeugnis trotzdem nicht zu einer Eins gebracht. Dafür aber habe ich schon immer Aufsätze schreiben können, über die er gestaunt hat. »Woher kennst du all diese Wörter? Du bist erst neun und kennst mehr Wörter als ich«, hat er gesagt. Und ich bin vor Stolz fast geplatzt.

»Wisst ihr, wie ihr da reinkommt?«

»Bis jetzt noch nicht.«

Er schüttelt fassungslos den Kopf.

»Was wisst ihr überhaupt? Na gut. Ich ruf jemanden an. Nicht alle im Kraftwerk sind einverstanden mit dem, was da passiert. Sobald ich mehr weiß, schicke ich dir einen Namen.«

Nie im Leben hätte ich damit gerechnet, dass er das macht. Das Kraftwerk war sein Heiligtum. Er hat mehr Zeit dort verbracht als mit uns.

»Warum hilfst du mir?«, frage ich.

Bevor er noch antworten kann, dringen Fetzen blauen Lichts durch die Rollläden.

»Die blöde Kuh hat die Polizei gerufen«, sagt er. »Geh hinten raus.«

Ich umarme ihn, stecke den Plan ein und renne zu der Tür, die in den Garten führt. Ich schaue auf die Uhr. Noch fünfzehn Minuten, bis mein Zug fährt.

Undine hat ihre Haare zu einem Zopf geflochten, den sie um den Kopf herumgelegt und mit feinen Klammern befestigt hat. Sie sieht aus wie die Heroinnen auf den Gemälden von Heymann aus den Vierzigerjahren. Sie haben Marta Görner an die Wölfe und Wildschweine verfüttert, die seit Tagen hungrig hinter dem Haus herumschleichen. Es ist sehr lehrreich, Wölfe in einem Rudel zu beobachten. Sie überleben, weil sie eine klare Familienstruktur haben. In freier Wildbahn gibt es keine fortgesetzten Streitigkeiten um die Rangordnung oder das Recht auf Fortpflanzung. So etwas entsteht nur dort, wo eine Abwanderung nicht möglich ist. Im Gefängnis eines Zoos oder in einer Gesellschaft, die jedes Mitglied zu unnatürlichen Arbeitsweisen zwingt. Etwa in einem Büro oder einer Fabrik. Oder wenn zu viele Menschen auf einem Haufen leben.

Das Frühstück besteht aus selbst gebackenem Sauerteigbrot, Käse, Gemüse und Obst. Wie immer schweigen sie während der Nahrungsaufnahme. Undine hat einen Namen für ihr Schweigen gefunden. Sie nennt es Kriegsmeditation.

»Wir kennen das Ziel«, sagt sie, als das Frühstück beendet ist. »Was wir nicht kennen, ist der genaue Weg dorthin. Weil jede Planung in dem Augenblick, wenn der erste Schuss fällt, hinfällig ist. Also konzentrieren wir uns auf die Etappen, die wir erreichen wollen. Sie heißen erstens Bewaffnung, zweitens Mobilisierung der Bevölkerung, drittens Zusammenschluss der Kräfte, viertens Liquidierung der Regierung, fünftens Installation einer Regierung des Volkes und für das Volk.«

Auf ein knappes Zeichen von Undine hin geht Daniel zu einem Lageplan, der mit Reißzwecken an eine Wand gepinnt ist. Sie hat ihn als ihren Adjutanten ausgesucht. Sie weiß, er würde alles für sie tun. Vielleicht, weil er eine Ähnlichkeit zu seiner Mutter in ihr findet. Er hat so etwas angedeutet. Auf alle Fälle ist er der Ritter, der sich vor sie stellen wird, sollte jemand sie angreifen. Und davon gibt es einige, wie sie weiß.

»Das ist die BePo Oranienburg, *Direktion Besondere Dienste 2*. Habe ich von einem Kameraden erhalten, der sich uns anschließen wird, wenn es so weit ist«, sagt Daniel. »Derzeit ist die Anlage nur unzureichend gesichert, weil die Kameraden zum Einsatz an die südliche Landesgrenze beordert worden sind. Zugang möglich über die B 273 und rückwärts über die Hans von Dohnanyi. Südöstlich liegt ein Übungsfeld, das ebenfalls für das Eindringen in die Anlage geeignet ist. Die Waffenkammer befindet sich unter dem Hauptgebäude.«

»Wie ist die gesichert?«, fragt Jenny.

»Stahltür. Dahinter die Ausgabestelle«, sagt Daniel.

»Das könnte kompliziert werden.«

»Ja, aber wie es der Zufall will, hat unser Freund einmal pro Woche Posten in der Waffenkammer.«

Allgemeines Gelächter, Hände klopfen anerkennend auf den Eichentisch. Daniel genießt die Zustimmung sichtlich. Er hat sich gut vorbereitet. Undine kennt ihn nicht anders, schenkt ihm vollstes Vertrauen, und Daniel weiß das Geschenk zu nutzen.

»Was holen wir da ab?«

»Zweihundert Heckler Koch SFP9, einhundert HK MP5 und MP7. Vierzig SIG MCX und zehn belgische FN Scar. Wird auch von den Amerikanern genutzt. Durfte mehrmals daran trainieren. Sehr gute Waffe.«

»Munition?«

»Fünfzigtausend Schuss 5,56 × 45 Millimeter NATO für die Gewehre. Einhunderttausend 4,6 × 30 Millimeter Action und Penetrator für die MPs. Die können einen Körperpanzer auf einhundert Meter durchschlagen. Neunhundertfünfzig Schuss pro Minute sind möglich. Pistole 9 × 19 Parabellum.«

Er antwortet knapp und präzise. Undine schätzt das an den Leuten, die sie für die Mission ausgesucht hat.

»Wie viele Parabellum?«, fragt sie.

»Hat unser Freund mir nicht mitgeteilt. Ich schätze mal, es sind genug, um der Regierung einen Besuch abzustatten.«

Wieder erhält Daniel Beifall.

»Danke«, sagt Undine. »Gute Arbeit. Wir fahren morgen früh fünf dreißig ab.«

Dieses Mal werden sie nicht wie 2021 scheitern. Die Zeit ist reif für den Umsturz. Während die anderen das Haus für den Abmarsch vorbereiten, geht Undine auf den Balkon, um zu den Tausenden zu sprechen, die so gierig auf ein Wort von ihr warten. Anton reicht ihr ein Megafon.

»Freunde«, brüllt sie. »Seid ihr bereit?«

Ein tausendfaches *Ja* schallt ihr entgegen.

»Das habe ich mir gedacht«, sagt sie grinsend und erntet Gelächter.

»Aber ich muss auch sagen, dass ich enttäuscht bin. Viele von euch sind in den letzten Jahren selbstzufrieden, träge und fett geworden. Ihr habt verlernt, was ihr tun müsst, um in der Gefahr zu überleben. Ihr habt euch nach eurem eigenen Wohl gerichtet und vergessen, dass wir ein einig Volk sein müssen, um zu überleben.«

Sie spürt, wie die Masse an ihren Lippen hängt. Sie hat sie in der Hand und kann sie zu einem heroischen Brand entzünden.

»Es ist also höchste Zeit, zu erwachen und zu erkennen, was auf uns zukommt. Wo wir auch hinschauen, sehen wir die Zerstörung unserer Heimat. Und warum ist das so? Weil die Regierung sich an die großen Konzerne verkauft hat.«

Jubel schallt ihr entgegen. Sie hebt die Hände, um sich wieder Ruhe zu verschaffen.

»Ihr habt sicher in der Zeitung gelesen, dass die Herren und Damen in Berlin bestochen worden sind. Dass sie unser Deutschland verkauft und verraten haben. Deswegen steht die Nordseeküste unter Wasser, sind Elbe, Donau und Rhein zu Bestien geworden, die das Land verwüsten. Deswegen können die Bauern nicht mehr ernten, sterben die Wälder und ertrinken Kühe und Schweine. Diesen Mord an der Natur müssen wir beenden!«

Wieder Zustimmung. Lauter und ekstatischer noch als zuvor.

»Und wir werden ihn beenden. Ich habe euch in den vergangenen Wochen Ratschläge gegeben, wie ihr euch auf diesen Tag vorbereiten könnt. Ich wiederhole es noch einmal. Es ist damit zu rechnen, dass eure Bankkarten nicht mehr funktionieren, sobald wir losschlagen. Also muss so viel Bargeld wie möglich von Konten abgehoben und an sicheren Orten versteckt werden. Die Tanks eurer Fahrzeuge müssen mitsamt Reservekanister gefüllt sein. Es müssen Treffpunkte vereinbart werden, wenn die Kommunikation gestört wird. Habt ihr das verstanden?«

Der Jubel steigert sich noch einmal. Undine nimmt es mit tiefer Genugtuung wahr. Wenn ihr Vater sie jetzt sehen könnte, wäre er stolz. Er würde sogar staunen, weil sie größer und radikaler ist, als er es je gewagt hat. Sie hat eine Meute von fanatischen, blutdürstigen Wahnsinnigen um sich geschart, die auf ihr Kommando hin bereit sind, jeden Feind zu zerfleischen. Und sie wird dazu das Kommando geben. Schon bald.

»Wir haben hier unsere heiligsten Güter, unsere Familien, unsere Männer, Frauen und Kinder, die Schönheit und Unberührtheit unserer Landschaft, unsere Städte und Dörfer, das zweitausendjährige Erbe unserer Kultur und alles, was uns das Leben lebenswert macht, zu verteidigen. Seid ihr dazu bereit?«

Sie sind bereit. Wie eine riesige Sprengladung, an die sie die

Zündschnur gelegt hat und die nur auf die Flamme wartet, um ihre Bestimmung zu erfüllen. Undine geht zurück in den Salon und winkt Anton zu sich.

»Wir müssen die 1400 Schützenvereine und ihre 1,3 Millionen Mitglieder ansprechen und rekrutieren. Bisher zieren diese Feiglinge sich immer noch.«

Caroline hat recherchiert, dass es in Deutschland mehr als fünf Millionen Waffen in privaten Haushalten gibt.

Ein kurzes Klopfen reißt Undine aus ihren Gedanken.

»Wir sind so weit«, sagt Daniel. »Brandbeschleuniger in den Zimmern ausgelegt, Zündschnüre, um Feuer zu verteilen.«

»Rucksäcke und Ausrüstung?«

»In die G-Klassen verladen.«

Ein letzter Blick auf das Haus, in dem sie aufgewachsen ist, in dem sie ihre Mutter hat sterben sehen, in dem sie gelernt hat, was es heißt, eine Deutsche zu sein und eine Geschichte zu haben. Und dass sie eine Aufgabe hat, die größer ist als sie selbst. Sie gibt Daniel das Zeichen zum Aufbruch und wendet sich ab. Sie will nicht zusehen, wie ihr Haus mitsamt den zweieinhalbtausend Büchern von den Flammen gefressen wird. Als sie den ersten Mercedes erreicht, sieht sie, dass nur Jost, Anton und Daniel darin sitzen.

»Wo ist Jenny?«, fragt sie.

Im selben Moment hört sie, wie das Haus in Flammen aufgeht.

»Jenny ist noch da drin«, schreit Caroline.

Daniel sieht sie entsetzt an. Als er aus dem Auto herausspringt und zurück zum Haus laufen will, hält Undine ihn fest.

»Bleib hier. Du kannst sie nicht mehr retten.«

»Woher willst du das wissen? Lass mich los!«

Daniel versucht, sich von ihr zu befreien, aber Undines Griff ist wie eine eiserne Klammer um das Handgelenk.

Jenny taumelt hinter dem Haus hervor. Eine menschliche Fackel. Schreiend vor Schmerzen.

In die Gesichter steht das nackte Entsetzen geschrieben.

»Niemand kann sie mehr retten. Das ist der erste Schritt«, sagt Undine und klopft hart auf Daniels Brust. »Du musst die Brücken hinter dir abbrechen. Hart werden. Gegen dich selbst und dann gegen andere. Deine Sinne schärfen zu kaltblütiger Entschlossenheit.«

Sie sieht Daniel an. Sieht, wie er mit sich ringt, bis er endlich den Impuls, Jenny zu retten, bezwingt.

37 DIESMAL WERDEN WIR NICHT SCHEITERN

Auf der Fahrt mit dem Zug zurück nach Berlin gehe ich die Notizen durch, die ich mir zum Kraftwerk gemacht habe. Ich stelle mir vor, wie ich in die Schwarze Pumpe fahre, die Sprengladung an der Turbine in Halle 4 anbringe. Ich sehe die Explosion und den anschließenden Feuerball bereits vor mir. »Ihr müsst aufpassen, dass das Feuer nicht auf die Kohle übergreift, dann brennt die Anlage über Monate, und das wollt ihr ja nicht«, hat Hauke gesagt.

Als ein Rucken das Zugabteil erschüttert, erwache ich wie aus dem Traum. Ich schaue zum Fenster, um zu sehen, ob etwas passiert ist. Aber alles, was ich entdecke, sind nur die immer gleichen Verwüstungen, die das Hochwasser anrichtet. Hunderte Heuballen liegen auf durchnässten Feldern. Vor ein paar Tagen hieß es, dass der Regen bald nachlassen würde. Aber je weiter es in Richtung Norden geht, umso mehr scheint es, als sei die Nacht keine Tageszeit, sondern der Name eines Ortes. Tiefschwarze Wolken schlucken das Licht. Hin und wieder zucken Blitze vom Himmel herab und beleuchten die Wolkenberge, die sich drohend und schwer auftürmen. Als wir die südlichen Ausläufer Berlins erreichen, peitschen schwere Regentropfen gegen die Scheiben, als würde jemand einen riesigen Wasserschlauch auf den Zug richten.

Ich rufe Dimitri an, um ihm zu sagen, dass ich erfolgreich war, aber nicht sicher bin, ob ich es bis Berlin schaffe, weil der Zug wegen der Überschwemmungen immer wieder anhalten muss.

Dimitri drängt mich.

»Du musst kommen. Egal, wie. Hast du gehört, was in Madrid los ist?«

Ich habe es gelesen. Die haben seit einer Woche Temperaturen von mehr als 48 Grad. Weiter südlich in Córdoba, Sevilla, Málaga sind es sogar 52 Grad. 250000 Tote. Mütter, Väter, Kinder. Und jetzt hat die spanische Regierung eine Nachrichtensperre eingeführt, damit die Leute nicht durchdrehen und Revolution machen. Aber bei solchen Temperaturen wird sowieso niemand Revolution machen.

»Wir müssen handeln«, sagt er. »Sofort und mit allem, was wir haben!«

Er klingt so wütend. Und ich denke, dass er recht hat. Wer nicht weint oder wütend ist, wer nicht glaubt, dass er etwas tun muss, ist blind, taub oder schon längst gestorben.

Dimitri will, dass ich zu einer Adresse außerhalb der Stadt fahre.

Das Tiefgeschoss im Berliner Hauptbahnhof steht unter Wasser, heißt es in der Lautsprecheransage. Deswegen sollen die Fahrgäste bereits am Südkreuz aussteigen. Ich schwimme in dem Strom der Reisenden zum S-Bahn-Steig, wo ich in die Ringbahn Richtung Westen steige. Nachdem ich am Bundesplatz in die U9 gestiegen bin, die zum Glück noch nicht den Wassermassen zum Opfer gefallen ist, rufe ich Mackenzie an und sage ihr, dass sie zum Bahnhof Zoo kommen soll. Dort warte ich vor dem nördlichen Eingang, esse ein Baguette und trinke Kaffee. Ich muss auf mich und die Babys aufpassen. Ich darf nicht vergessen, zu schlafen, zu essen und zu trinken.

Eine halbe Stunde später höre ich ungeduldiges Hupen. In Mackenzies altem Tesla fahren wir zu der Adresse östlich von Berlin, die Dimitri mir diktiert hat. Wir können nicht schneller als vierzig Stundenkilometer fahren, weil die Scheibenwischer kaum gegen die Regenmassen ankommen. Als wir endlich einen verlassenen Bauernhof erreichen, weist nichts darauf hin, dass dort jemand wohnt.

»Bist du sicher, dass wir hier richtig sind?«, fragt Mackenzie.

Ich steige aus und eile auf das Haus zu. Es sind nur dreißig Meter, aber es reicht, um mich bis auf die Haut zu durchnässen. Nach kurzem Klopfen öffnet Dimitri die Tür. Er sieht aus, als hätte er die letzten drei Nächte durchgemacht. Tiefe, dunkle Ringe unter den Augen. Ich winke Mackenzie herbei. Eine Treppe führt in den ersten Stock und von dort einen Flur entlang zu einer schweren Holztür. Früher war es der Heuschuppen, danach muss der Raum als Musikstudio gedient haben. Die Wände sind holzgetäfelt und schallisoliert, hie und da hängen Plakate von Musikern, der Fußboden ist mit Teppichboden ausgelegt. Die kaputten Reste einer Bass Drum stehen in einer Ecke, Kabel hängen an Haken an den Wänden.

»Hast du die Pläne?«

Ich kann nicht erkennen, woher die Stimme kommt. Erst als Dimitri das Licht anmacht, sehe ich Yema zusammen mit Colette in einer Ecke des Raumes. Ich halte zur Antwort triumphierend meine Tasche mit den Plänen darin hoch.

»Zeig her!«, sagt Yema ungerührt.

»Wo sind die anderen?«, wundere ich mich.

»Aurora, Mateusz und Mohammed sind unterwegs«, sagt Dimitri.

Ich nehme die Pläne aus der Tasche, breite sie auf dem Fußboden aus und erkläre, wie wir in das Kraftwerk hineinkommen können, wo wir den Sprengstoff deponieren müssen und welchen Schaden er anrichtet. Dimitri will genau wissen, welche Sicherheitssysteme es gibt und wie wir die überwinden können.

»Mein Vater kennt jemanden im Kraftwerk. Die Person wird uns reinschleusen.«

»Wer ist diese Person?«, fragt Colette.

»Das weiß ich jetzt noch nicht. Mein Vater ruft mich kurz vorher an und nennt mir den Namen.«

»Du willst das Kraftwerk in die Luft jagen, und jemand, der oder die dort arbeitet, soll dich dabei unterstützen?«, faucht sie.

»Wieso nicht?«

»Die Person wird ihren Job verlieren. Entweder, weil sie dir geholfen hat, oder weil das Kraftwerk anschließend nur noch ein Haufen Trümmer ist.«

»Beruhige dich, Colette«, sagt Yema. »Das Problem ist, Leela, dass wir deinen Vater nicht kennen. Woher wissen wir, dass es nicht eine Falle ist oder die Pläne gefälscht sind?«

»Mein Vater hat zwanzig Jahre in der Schwarzen Pumpe gearbeitet. Die Pläne sind echt. Und er wird mir keine Falle stellen.«

»Mein Vater würde das sofort tun«, sagt Colette spöttisch.

»Wie sicher bist du?«, fragt Yema.

»Einhundert Prozent. Wir haben ein gutes Verhältnis.«

Das ist zwar gelogen, aber ich kann mir nicht vorstellen, dass mein Vater mich verraten sollte. Er versteht aus einem Grund, den ich nicht kenne, warum ich seine Unterstützung brauche.

»Kommt, Leute«, sagt Dimitri. »Es ist doch verrückt. Wir sind inzwischen so paranoid, dass wir in jeder Person, die wir nicht genau kennen, einen Verräter sehen. Wenn wir bei Leelas Vater so vorsichtig sind, wer sagt uns denn, dass nicht auch einer von uns für die andere Seite arbeitet? Du, Colette? Leela? Oder ich? Es ist doch genau die Gefahr, in der wir uns dauernd bewegen.«

Alle schweigen. Dimitri hat den Nagel auf den Kopf getroffen. Yema schaut mich lange an. Ein Blick wie eine Inquisition. Ich beschließe, dem Blick nicht auszuweichen. Ich muss stark sein, sonst akzeptieren sie mich nicht. Nach einem endlosen Augenblick erhebt sich Yema vom Fußboden.

»Wartet draußen«, sagt sie.

»Wieso?«, frage ich.

Will sie mich absevieren?

»Ich bin bei meinem Vater ins Haus eingestiegen, seine neue Freundin hat mich eingesperrt, ich habe die Pläne besorgt, und jetzt schickst du mich wieder weg? Einfach so?«

»Ich schicke dich nicht weg. Colette und ich müssen etwas besprechen. Und du musst nicht alles wissen. Zu deinem eigenen Schutz.«

Yema gibt Dimitri ein knappes Zeichen.

»Kommt, ich hab was für euch«, sagt er und winkt Mackenzie und mich aus dem Studio. Wir gehen in die Küche, in der noch ein alter Kohleherd steht. Ein grün gekachelter Kamin in der Ecke liefert eine beruhigende Wärme. Die Fenster sind niedrig und ducken sich unter das Vordach, das tief herabreicht.

»So ein Haus wollte ich schon immer haben«, sagt Mackenzie.

Dimitri setzt sich an den Tisch, fordert uns auf, uns zu ihm zu setzen. Dann zieht er sein Notebook, das zusammengeklappt dort liegt, zu sich heran, öffnet es und fährt das System hoch.

»Wisst ihr, wer Pythia war?«, fragt er.

»Die Priesterin im Orakel von Delphi, die den Menschen die Zukunft vorhergesagt hat«, antwortet Mackenzie. »Aber eigentlich war sie ein Drughead und die ganze Zeit zugedröhnt von den Gasen, die aus der Erde aufgestiegen sind.«

»Was auch immer sie war, ich habe sie geknackt«, sagt Dimitri.

Auf dem Notebook sind eine Reihe von Dateien zu sehen. Einige enthalten Fotos von Häusern, Villen, wunderschönen Landschaften. Dann gibt es auch wieder die Listen mit Namen und Summen, die auf Konten überwiesen wurden.

»Noch mehr Leute, die bestochen wurden?«, fragt Mackenzie.

»Hab ich zuerst auch gedacht. Aber die Leute haben kein Geld gekriegt.«

»Sondern?«, frage ich.

»Die haben gezahlt. Kamal Patel dreißig Millionen Dollar, John DeKlerk achtundzwanzig Millionen, Antonio Guzman vierunddreißig Millionen, Michael Peers vierzig Millionen.«

»Was sind das für Leute?«, frage ich.

»Kamal Patel ist der CEO von BP, John DeKlerk gehört zu Shell, Antonio Guzman zu Chevron, und Michael Peers kennt ihr.«

»Aber wofür bezahlt ein Chef von Facebook vierzig Millionen?«, will Mackenzie wissen.

»Es geht um ein Projekt mit dem Namen Decamerone. Und um die Häuser auf den Fotos.«

Auf weiteren Bildern sind Gemüsegärten, Gewächshäuser, riesige Dieselaggregate und Solarfelder zu sehen.

»Keine Ahnung, was das soll und warum Jakob ausgerechnet die Dateien kopiert hat«, sagt Dimitri.

Als ich den Namen Jakob höre, durchzuckt mich wieder ein stiller Schmerz. Direkt im Bauch, als würden die Zwillinge sich beschweren, dass sie keinen Vater haben werden. Da ist sie auch wieder, die leichte Übelkeit. Ich stürze zur Toilette und gebe das Baguette von mir. Mein Spiegelbild sagt mir, dass ich mir die Haare schneiden muss, wenn ich zur Schwarzen Pumpe fahre. Ich sehe aus wie eine Kriegsgefangene. Mackenzie muss das machen. Ich gehe zurück. Dimitri und Mackenzie rauchen einen Joint. Ich lehne ab. Keine Drogen. Mackenzie würde mir sowieso den Hintern versohlen, wenn ich zugreifen würde. Sie ist in den vergangenen Wochen meine Beschützerin, Küchentherapeutin, Schwester und Geliebte geworden. Ich habe noch nicht darüber nachgedacht, was ich mache, wenn das alles hier vorbei ist. Aber ich weiß, dass ich mit ihr zusammen sein werde.

»Decamerone ist ein Buch mit hundert Novellen. Boccaccio hat es im 14. Jahrhundert geschrieben«, erkläre ich Dimitri. »Es handelt von ein paar Frauen und Männern, die vor der Pest in Florenz aufs Land und in ein Landhaus fliehen. In diesem Landhaus erzählen sie sich abwechselnd jeden Tag eine Geschichte.«

»Die Leute auf der Liste bezahlen dafür, dass sie nicht vor der Pest, aber vor der Klimakatastrophe irgendwohin fliehen können, wo sie in Sicherheit sind?«, fragt Mackenzie.

»Neuseeland, Aspen in Colorado, die Alpen.«

Dimitri öffnet eine weitere Datei, die Landkarten enthält.

»Das ist nicht wahr, oder?«, fragt Mackenzie.

Bevor noch jemand antworten kann, wird die Tür geöffnet. Yema kommt in die Küche.

»Ihr drei macht euch an die Planung für Hades 4«, sagt sie.

Sie meint mich, Dimitri und Colette. Hades 4 ist das Codewort für den Anschlag auf die Schwarze Pumpe.

»Möglichst sofort.«

»Was ist mit Mackenzie?«, frage ich.

»Mac wird etwas anderes für uns tun«, sagt Yema.

38 NOCH DREI WOCHEN BIS DAVOS

Wie Leon erwartet hat, sind die Regierungschefs von Großbritannien, Frankreich, Italien und Spanien zurückgetreten. Falks diplomatischer Frontalangriff hat acht weitere Regierungschefs auf ihre Seite gebracht. Sie musste bei einigen noch nicht mal mit der Liste drohen. Die Dänen waren die Ersten, die ihre Unterstützung zugesagt haben. Sie haben die Katastrophe ja vor der Haustür. Das Eis in Grönland reflektiert das Sonnenlicht. Wenn das Eis schmilzt, kommt der dunkle Boden zum Vorschein. Der absorbiert das Sonnenlicht, es wird wärmer, und das Eis taut noch schneller. Die Portugiesen und Griechen haben nach den gewalttätigen Ausschreitungen in Lissabon und Athen ihre Meinung geändert und ihre Unterstützung zugesagt.

Falk ist seit mehr als vierzig Stunden wach. Leon hat versucht, sie zu überreden. »Leg dich hin. Schlaf wenigstens ein paar Stunden.« Aber sie ist zu aufgekratzt, um auf seine vernünftigen Ratschläge zu hören. Sie liegt auf dem Sofa, die Schuhe hat sie von den Füßen geschleudert. Ihr Gesicht glänzt fahl, feine Schweißperlen stehen auf der Stirn. Es ist erschreckend, sie so zu sehen.

Ein schier endloses Gewitter von Horrornachrichten läuft über den Bildschirm. Leon hat den Ton ausgeschaltet, aber auch stumm sind die Bilder schwer zu ertragen. Die Trinkwasserversorgung in Schwerin ist zusammengebrochen. Die Bewohner haben begonnen zu plündern, es gibt Tote und Verletzte. In einem Altenheim in Oldenburg sind vierzig Menschen ertrunken, weil sie sich allein nicht fortbewegen konnten.

Während sie in Richtung Davos erfolgreich waren, brodelt es zu Hause. Sie haben Kotzer unterschätzt. Sie haben gedacht, er wäre einfach nur ein machtgeiler Beamter. Aber ein Briefing des BND erwähnt drei Reisen nach Washington. Zweimal hat er Paulus Moses getroffen, den Cheflügner der Black Seven. Gibt es einen schlimmeren Finger als diesen König der Desinformation? Der Mann hat die moralische Integrität einer Hyäne, falls man damit nicht alle Hyänen der Welt beleidigt. Auf Nachfrage hat Kotzer erklärt, dass er sich über die amerikanische Energiepolitik informieren wollte. Warum er Moses dafür dreimal treffen musste, konnte er nicht sagen.

»Er wird nicht aufgeben«, sagt Diana. »Er wird alles daransetzen, mich aus dem Amt zu drängen.«

Sie richtet sich auf, stützt sich ab, als sie in die Küche geht. Sie wankt ein wenig, weil die Muskeln nicht so schnell sind, wie das Zentralnervensystem es verlangt.

»Hast du gelesen, was der Verfassungsschutz zu dieser Undine von Broch schreibt?«, fragt sie. »Eine beeindruckende Frau. Ich habe mir ein paar von ihren Videos angeschaut. In einem sagt sie, dass sie mich bewundert. Ich weiß nicht, ob ich mich darüber freuen oder erschrecken soll.«

Sie kommt mit zwei Flaschen Bier zurück, öffnet sie mit einem Feuerzeug, reicht eine davon Leon.

»Erschrecken, würde ich sagen«, antwortet Leon.

Falk trinkt einen Schluck und sieht ihn erwartungsvoll an. Der Verfassungsschutz hat sie darüber informiert, dass verschiedene rechtsnationale Gruppen sich für einen Marsch auf Berlin vereinen.

»Kotzer meint, dass das Spinner sind, die sich unterwegs gegenseitig fertigmachen«, sagt Leon.

»Ja, das meint er offiziell.«

Leon ahnt, worauf sie hinauswill. Inoffiziell baut Kotzer auf Undine von Broch. Dabei versteht er aber ihre Ambitionen nicht. Und dass die sich weder von ihm noch von einem Amerikaner sagen lässt, was sie zu tun hat. Es ist kompliziert, es ist wie dreidimensionales Schach, und Leon droht den Überblick zu verlieren.

»Glaubst du, dass dieser Moses seine Finger da drin hat?«, fragt Leon.

»Was denn sonst?«

Falk trinkt ihr Bier aus.

»Aber sie haben nichts gegen dich in der Hand, oder?«

»Nicht dass ich wüsste.«

»Also kann dir auch nichts passieren.«

»Weiß man das? Es gibt da diese Geschichte von dem kleinen Jungen und seinem Opa«, sagt sie. »Der Junge bekommt an seinem sechzehnten Geburtstag ein Pferd geschenkt. Er freut sich, und alle in der Familie sagen, dass er bestimmt ein guter Reiter werden wird. Sein Opa sagt: ›Warten wir es ab.‹ Zwei Jahre später fällt der Junge vom Pferd und bricht sich ein Bein. Und alle jammern darüber, wie schrecklich dies doch sei. Der Opa aber sagt: ›Warten wir es ab.‹ Dann werden die meisten jungen Männer in einen Krieg geschickt, nur der junge Mann nicht, weil er sich ja das Bein gebrochen hat. Und die Familie sagt: ›Was für ein Glück!‹ Und der Opa sagt wieder: ›Warten wir es ab.‹ Dann kommen die jungen Männer aus dem Krieg zurück und werden als Helden gefeiert und kriegen eine Medaille umgehängt. Und die Familie und der junge Mann sind enttäuscht, weil er keine Medaille kriegt und kein Held ist. Und der Opa sagt: ›Warten wir es ab.‹«

Als sie geendet hat, sieht sie ihn prüfend an. Lange und ohne zu blinzeln. Das macht ihn nervös.

»Was hast du jetzt vor?«, fragt Leon.

»Ich mache einen Deal mit Watson.«

»Wie bitte? Was für einen Deal?«

»Das erfährst du noch früh genug.«

Sie führt etwas im Schilde, und er weiß nicht, was es ist.

39 PRESSEMELDUNG DER GUARDIANS OF LIFE

Um null Uhr wurde durch Aktivisten der Guardians of Life die Aktion Hades gestartet. Die Kraftwerke Bełchatów in Polen, Schwarze Pumpe und Datteln 4 in Deutschland, Drax in England, Agios Dimitrios in Griechenland, Brindisi Sud in Italien, Sines in Portugal, Maasvlakte in den Niederlanden sind so stark beschädigt worden, dass eine Fortsetzung des Betriebes unmöglich ist und die Kraftwerke auf unbestimmte Zeit vom Netz gehen müssen.

Nachdem die Regierung jahrelang die dringend notwendige Schließung der Kohlekraftwerke verzögert hat, schaffen wir durch diese koordinierten Aktionen Fakten, um die rasante Beschleunigung des Klimawandels aufzuhalten. Da von den europäischen Kohlekraftwerken jedes Jahr 350 Millionen Tonnen CO_2 *ausgestoßen werden und die Auswirkungen des* CO_2*-Ausstoßes in den letzten Jahren zu anhaltenden Dürren, extremen Waldbränden und gerade in Deutschland zu dramatischen Überschwemmungen geführt haben, sehen wir uns gezwungen zu handeln. Das heißt, wir müssen einen überschaubaren Schaden in Kauf nehmen, um die tausendmal größere Katastrophe aufzuhalten, die durch den fortdauernden Betrieb der Kohlekraftwerke droht.*

Die Meldung wird am Morgen in Englisch, Spanisch, Französisch, Russisch, Italienisch, Türkisch, Polnisch und Niederländisch an alle europäischen Nachrichtenagenturen versendet.

Der Name Schwarze Pumpe verweist auf einen Ortsteil der brandenburgischen Stadt Spremberg im Landkreis Spree-Neiße. Von Berlin sind es mit dem Auto knapp zwei Stunden Fahrtzeit. Um sechs Uhr abends sind wir aufgebrochen. Ich in einem Mietwagen, Dimitri mit der Bahn, was ungefähr eine halbe Stunde länger dauert, Colette mit dem Fernbus. Am Bahnhof Hoyerswerda habe ich die beiden aufgesammelt.

Jetzt sitzen wir seit zwei Stunden in dem Sprinter auf einem Parkplatz an der Dresdener Chaussee. Der Wagen ist mit einem Projektor und einer Leinwand beladen, auf der ein Imagefilm für die große Jubiläumsfeier gezeigt werden soll. Wir haben für die Technikfirma den Transport übernommen. Außerdem befinden sich hinter einer Zwischenwand sechshundert Kilogramm TNT.

Der Plan sieht so aus: Sobald die neue Schicht im Kraftwerk beginnt, erhalte ich von einem Mitarbeiter des Sicherheitsdienstes eine SMS mit dem Codewort *Hollywood*. Der Mann heißt Horst Wagner und ist ein Freund meines Vaters. Vor zwei Jahren ist bei einem Unfall im Kraftwerk ein Kran umgestürzt und hat seinen Sohn so schwer verletzt, dass er seitdem im Rollstuhl sitzt. Bis heute wartet Horst Wagner auf eine finanzielle Entschädigung. »Er ist auf eurer Seite«, hat mein Vater gesagt. Eine halbe Stunde nach Erhalt der Nachricht werden wir zum Kraftwerk fahren. Horst Wagner nimmt uns am Eingang in Empfang, prüft unsere Papiere sowie die Ladung des Sprinters und schickt uns zur Waage. Der Sprinter wird 600 Kilogramm schwerer sein als in den Papieren angegeben. Horst Wagner wird die 600 Kilo nicht in die Papiere eintragen. Anschließend fahren wir in den Turbinensaal und beginnen mit dem Aufbau der Leinwand und des Projektors. Nach einer weiteren halben Stunde werden wir eine Pause machen und den Turbinensaal verlassen. Mit dem Hinweis, die Toilette aufsuchen zu wollen, werden wir uns der Kontrolle der Sicherheitskräfte entziehen und das Kraftwerksgelände verlassen. Sobald das geschehen ist, werden wir mit einem elektronischen Signal den Projektor starten. Er wird ein Video auf die Leinwand projizieren, das den Text der Pressemeldung als Laufschrift enthält. Dazu werden Bilder zu den weltweiten Folgen des Klimawandels gezeigt. Am

Ende des Films bleiben den anwesenden Personen sechzig Sekunden Zeit, den Turbinensaal zu verlassen.

Dimitri hat mir erzählt, dass Regionalgruppen der Guardians seit Monaten die Angriffe planen. Zuerst wollten sie die Kraftwerke über ein Schadprogramm lahmlegen. Ähnlich wie Stuxnet, das 2010 die iranischen Zentrifugen zerstört hat. Aber der Plan wurde entdeckt. Also hat Yema sich für dezentrale Attacken entschieden. Simpel, analog und ohne großen technischen Aufwand. Keine zwei Angriffe dürfen gleich sein, damit im Falle der Entdeckung eines Plans nicht alle anderen Pläne gefährdet werden.

Als Colette den Wagen verlässt, um zu pinkeln, beschwert Dimitri sich über sie.

»Ich habe ihr gesagt, dass sechzig Sekunden zu wenig sind, um die Turbinenhalle zu verlassen. Es kann passieren, dass Leute von der Druckwelle umgerissen und von umherfliegenden Splittern verletzt werden. Vielleicht sogar getötet. Aber ihr war das egal. ›Wer in dem Kraftwerk arbeitet, hat sich bereits schuldig gemacht‹, sagt sie jedes Mal.«

Als Colette zurückkommt, nörgelt sie über den unhygienischen Zustand der Toilette. Sie lässt die Beifahrertür des Wagens offen stehen.

»Wie viel Uhr ist es?«, fragt sie.

Ich schaue auf mein Handy.

»Halb neun.«

Die Nachricht hätte längst eintreffen müssen. Wir haben verabredet, dass wir die Aktion abbrechen, wenn das Codewort um halb neun immer noch nicht gesendet wurde. Ich schaue zu den beiden Kühltürmen, aus denen weißer Dampf entweicht. Vielleicht wurde Wagner aufgehalten, vielleicht ist der Akku seines Handys leer, vielleicht ist die Verbindung schlecht, weil es irgendwo eine Netzstörung gibt.

Aus den Augenwinkeln sehe ich, wie Colette versucht, ihr

Handy zu entsperren. Sie flucht, weil sie sich nicht mehr an die PIN erinnern kann. Nach zwei Versuchen fällt ihr der Code wieder ein. Es ist nicht Ostern, es ist Weihnachten. 2412. Das Passwort lautet *Gelb*. Ungeduldig tippt sie eine Nachricht. Es ist unmöglich, in ihrem Gesicht zu lesen, was sie denkt. Wahrscheinlich ist sie wütend, weil es nicht wie geplant läuft. Die Aktion abzubrechen wäre ja auch ein Desaster. Nicht nur, weil die Vorbereitungen umsonst gewesen wären, sondern auch, weil wir uns dann als unfähig erwiesen hätten, ein Kraftwerk stillzulegen.

Wir warten noch einen Augenblick. Um uns abzulenken, suche ich im Radio nach einem Sender, der gute Musik spielt. Ich spüre die Anspannung in jeder Körperzelle. Als würde permanent Strom durch mich hindurchfließen. Als ein Stück von Mozart geendet hat, schaltet Colette das Radio abrupt aus.

»Wir brechen ab«, sagt sie. »Hades 4 ist tot. Ich schicke Yema die Nachricht, dann fahren wir zurück.«

»Was? Auf keinen Fall. Gib ihm noch ein paar Minuten«, bettele ich.

»Nein.«

»Wieso nicht?«

»Weil wir nicht wissen, ob er es sich nicht anders überlegt hat.«

»Warum soll er es sich anders überlegen?«

Ich sehe, wie Colette die Nachricht an Yema abschickt.

»Fahr los!«, sagt sie.

»Eine Minute noch.«

»Du sollst losfahren!«, brüllt sie mich an.

Ich starre auf mein Handy, versuche, es zu hypnotisieren. Ich werde die Aktion nicht abbrechen. Ich bin mit der Liste gescheitert, ich bin angegriffen worden, Manuel ist ermordet worden. Und ich habe Jakob ein Versprechen gegeben.

»Komm schon, Colette, eine Minute«, sagt Dimitri.

»Ich sag es nicht noch mal.«

»Ich fahr nicht los«, sage ich.

Colette greift in ihre Jacke und zieht eine Pistole hervor. Hält sie an meine Schläfe. Ist sie jetzt vollkommen verrückt geworden?

»Bist du irre?«, schreit Dimitri.

»Ich leite diese Aktion, und wenn ich sage, wir brechen ab, dann brechen wir ab. Ich will nicht riskieren, dass die Bullen hier auftauchen und uns hochnehmen. Habe ich mich klar genug ausgedrückt?«

Ich überlege fieberhaft, wie ich sie aufhalten kann. Und vor allem, ob sie tatsächlich abdrücken wird. Ich ziehe den Zündschlüssel aus dem Schloss.

»Steck die Pistole weg, Colette, oder ich werfe ihn raus.«

»Wenn ich abdrücke, hast du keine Zeit mehr, ihn rauszuwerfen. Also. Ich sag es zum letzten Mal. Fahr los!«

Das Handy zeigt 20:45. Wir starren uns an. Ich spüre wieder das Ziehen im Bauch. Die Zwillinge sind mit dem, was hier passiert, nicht einverstanden.

»Du erschießt mich nicht«, sage ich lächelnd.

»Willst du es drauf ankommen lassen?«, fragt Colette.

»Scheiße«, brüllt Dimitri. »Ich rufe Yema an.«

»Wenn du das machst, ist sie tot«, sagt Colette und spannt den Hahn der Pistole. »Ich gebe dir drei Sekunden. Eins, zwei …«

Okay. Es ist vorbei. Ich riskiere nicht, dass diese Wahnsinnige ihre Drohung wahr macht. Ich starte den Motor, lege den ersten Gang ein. Langsam passieren wir die Straße des Aufbaus, in die wir eingebogen wären, hätte Horst Wagner rechtzeitig das Codewort geschickt. Ich biege rechts ab in die Franz-Mehring-Straße, dann noch einmal rechts auf die B 97. Als wir den Ortsteil Schwarze Pumpe verlassen, leuchtet auf meinem Handy das Display auf. *Hollywood*.

»Er hat das Codewort geschickt«, rufe ich.

Ich halte Colette das Display entgegen, trete auf die Bremse.

»Fahr weiter!«, sagt Colette.

»Wieso? Wir können es doch noch schaffen.«

»Nein, das können wir nicht!«, brüllt sie. »Das Risiko ist zu groß, dass was schiefgegangen ist.«

Sie richtet die Pistole wieder auf meine Schläfe.

»Okay, ist ja gut.«

Ich muss sie beruhigen, die Situation deeskalieren. Die Frau ist unter Druck offensichtlich nicht zurechnungsfähig.

»Beruhige dich. Wir brechen ab.«

Ich gebe wieder Gas. Colette nimmt die Pistole runter, hält sie aber weiter in der rechten Hand.

»Was hättest du gemacht, wenn ich jetzt doch zum Kraftwerk gefahren wäre?«

»Du meinst, ob ich dich erschossen hätte? Wenn du dich nicht an die Befehle hältst, gefährdest du nicht nur uns drei, sondern die ganze Aktion. Das kann ich nicht zulassen. Fahr nicht so schnell!«

Ich sehe, dass sie nicht angeschnallt ist. Das ist meine Chance. Hundert Meter vor der Kreuzung trete ich so hart auf die Bremse, dass Colette gegen die Windschutzscheibe geschleudert wird.

Im selben Moment löst sich ein Schuss. Der Knall dröhnt so laut in der Kabine, dass mir schwarz vor Augen wird. Von da an höre ich nur noch Rauschen. Ich reiße die Augen auf, darf nicht ohnmächtig werden. Muss den Wagen am Straßenrand abstellen. Dimitri auf dem Rücksitz schreit irgendetwas, das ich nicht verstehe. Colette hockt zusammengesunken auf dem Sitz. An der Seitenscheibe rinnt Blut herab.

Von hier sollen zwei Züge mehr als 20 000 Geflüchtete nach Norden bringen. Wie soll das denn gehen?, denkt Afeni. Und wieso ist niemand hier, der die Welle aus Verzweifelten und Wütenden lenkt? Sie drängt Nelson zu dem Bahnsteig, an dem der zweite Zug bereitsteht. Alte und Kinder werden beiseitegestoßen. Eine Frau mit zwei Koffern und einem Kind auf dem Rücken fällt in das Gleisbett, Afeni hilft ihr und den Kindern wieder heraus. Als sie den vordersten Waggon erreichen, schiebt sie zuerst die kleine Familie und dann Nelson hinein, bevor sie selbst zusteigt. Sie muss aufpassen, dass sie ihn nicht verliert.

»Nelson!«, ruft sie. »Warte!«

Aber er geht einfach weiter, öffnet die Tür zu einem Abteil, in dem bereits sechs Personen sitzen. Die Blicke sind skeptisch, abweisend. Die Leute sehen, dass er krank ist. Sie wollen ihn nicht in dem Abteil haben. Nelson schwitzt, Speichel läuft aus seinem Mund. Einer am Fenster steht auf. Ein Meter neunzig groß, breit. Narben im Gesicht. Er beugt sich nach vorne, gibt Nelson einen harten Stoß. Nelson schreit den Riesen an, schlägt nach ihm. Als der Riese ihn anbrüllt, erneut zurückstößt, stellt Afeni sich vor ihren Sohn. Der Riese brüllt jetzt auch sie in einer Sprache an, die sie nicht versteht. Er holt zum Schlag aus, doch dann sieht er das Amulett, das in dem Gerangel aus Afenis Kleid gerutscht ist. Er greift danach, zieht aber die Hand sofort wieder zurück, als Afenis Blick ihn trifft. Er ist von einer Sekunde auf die andere völlig paralysiert, als habe er einen Geist gesehen. Demütig senkt er den Kopf, murmelt eine Entschuldigung und schließt leise die Tür.

Nelson hockt sich auf den Boden. Die Menschen drängeln an ihm und Afeni vorbei. Sie halten Koffer und Taschen. Heben sie hoch über die Köpfe. Rufen nach Kindern, Männern und Frauen. Schreien sich an, sind wütend, ängstlich, verzweifelt. Und währenddessen schieben sich immer mehr Geflüchtete in den Waggon. Junge Männer klettern durch die Fenster, werden von anderen zurückgestoßen, fallen zurück auf den Bahnsteig und versuchen es erneut.

Schließlich setzt sich der Zug mit einem Ruck in Bewegung. Metall schlägt auf Metall. Bremsen kreischen, wenn sie gelöst werden. Die Türen stehen noch offen. Vor allem die Jungen halten sich auf den Plattformen fest. Doch je schneller der Zug wird, umso mehr von ihnen werden abgeworfen.

Nelson ruft leise nach Afeni. »Wo bist du?«

»Ich bin bei dir«, sagt sie. Steht neben ihm und beschützt ihn vor der Herde mit den Dutzenden Armen und Beinen, die sich in dem engen Gang hin und her wälzt. Mit Händen und Füßen um sich schlägt. Afeni zieht Nelson hoch. Wenn sie es zum Kopf des Waggons schaffen, dorthin, wo die Lokomotive ist, sind sie geschützter als hier auf dem Gang. Sie brauchen elend lange, bis sie den ersten Waggon erreichen. Afeni lässt Nelson wieder auf den Boden sinken, setzt sich neben ihn.

Jetzt erst sieht sie den alten Mann, der auf der anderen Seite des Ganges sitzt. Er ist dünn, die Haut spannt sich über die Knochen, in sein Gesicht sind tiefe Furchen eingegraben. Seine Haare sind weiß. Es sind so wenige, dass man sie zählen könnte.

»Wo kommt ihr her?«, fragt er.

»N'Djamena«, antwortet Afeni.

»Ich auch. Eigentlich komme ich aus Bol. Ich habe Vögel verkauft. Aber Boko Haram hat gesagt, dass ich die Hälfte meines Verdienstes an sie abgeben soll. Für meine Sicherheit!«

Er lacht meckernd, als habe er den Witz des Jahrhunderts gerissen.

»Dabei sind die Einzigen, die meine Sicherheit bedroht

haben, die Islamisten. Ich habe ihnen gesagt, dass ich ihnen nicht so viel geben kann. Sie haben gelacht und meine Frau mitgenommen. Als Pfand. Nach zwei Tagen haben sie sie wieder zurückgebracht. Das hätte ich ihnen gleich sagen können.«

Er lacht wieder und zeigt einen zahnlosen Mund.

»Was ist mit ihm?« Der Alte deutet auf Nelson.

»Er hat Fieber«, sagt Afeni.

»Gib ihm zu trinken.«

»Ich habe nichts.«

»Man kann das Wasser aus dem Hahn in der Toilette trinken.«

»Aber da steht, dass es kein Trinkwasser ist.«

»Nicht für die Italiener, die haben Bäuche wie kleine Mädchen. Wir können das trinken. Geh was holen, ich passe auf ihn auf.«

Er gibt ihr eine Plastikflasche, die schon reichlich zerbeult ist. Afeni zögert. Soll sie dem Alten vertrauen? Andererseits stimmt es, dass Nelson unbedingt trinken muss. Also nimmt sie die Flasche und geht los. Zwängt sich zwischen den Leibern hindurch. Riecht den Schweiß, den Urin, den Schnaps. Vor der Toilette steht mindestens ein Dutzend Männer. Sie wird eine halbe Stunde warten müssen, wenn nicht länger. So lange kann sie Nelson nicht allein lassen. Wenn sie wenigstens sein Handy mitgenommen hätte. Nicht, dass der Alte es ihm stehlen wird. Aber wer weiß, vielleicht jemand anderes. Afeni geht zu dem Ersten in der Schlange. Ein hübscher Junge, vielleicht siebzehn oder achtzehn Jahre alt. Sie lächelt ihn an.

»Kann ich bitte vorgehen? Mein Sohn ist krank.«

»Meine Freundin auch.«

Sie fragt den Zweiten, den Dritten, den Vierten. Immer sind die Freundinnen, die Töchter, die Mütter krank. Der Fünfte lässt sie vor. Vielleicht hat er keine Familie. Es dauert zwanzig

Minuten, bis sie endlich in die Kabine gehen kann. Das Klo ist verschmiert, Exkremente sind auf dem Fußboden verteilt. Sie hält sich die Nase zu, und trotzdem dringt der Gestank in sie ein, zwingt sie zum Würgen. Wieso geht man mit uns um, als wären wir Vieh, das in einem Lastwagen zusammengepfercht zum Schlachtplatz geführt wird?, denkt sie. Sind wir keine Menschen? Haben wir kein Recht darauf, respektvoll behandelt zu werden? Bezahlen wir nicht mit unserer Heimat und unseren Leben für etwas, das wir nicht angerichtet haben? Müsste man uns also nicht mit Demut begrüßen und um Entschuldigung bitten?

»Beeil dich!«, ruft jemand.

Afeni dreht den Hahn zu. Das Wasser in der Flasche ist klar und sauber. Sie geht zurück zu Nelson. Er liegt immer noch so, wie sie ihn zurückgelassen hat. Der Alte ihm gegenüber schläft. Afeni gibt Nelson ein paar Schlucke zu trinken. Dann setzt sie sich zu ihm. Bettet seinen Kopf auf ihren Schoß. Das gleichmäßige Rumpeln des Zuges macht sie müde. Sie schließt die Augen und schläft sofort ein. Als sie die Augen wieder öffnet, befindet sie sich am Ufer des Tschadsees. Sie ist acht Jahre alt und fährt zusammen mit ihrem Vater hinaus auf den See, um Welse zu fangen. Wenn die Fische auf dem Boden des Bootes liegen, schlagen sie mit den Schwanzflossen so heftig um sich, dass es sich anhört wie Schüsse.

41 COLETTE LEBT

Die Kugel ist unterhalb des Kinns eingedrungen und auf der Höhe des rechten Ohrs wieder ausgetreten. Nach einem kurzen Moment des Schreckens habe ich mit einem Verband den äußeren Blutfluss gestillt. Um die inneren Blutungen zu stoppen, habe ich Colette eine Mullbinde in den Mund gestopft. Und die ganze Zeit konnte ich wegen des Knalltraumas nicht hören, was Dimitri sagt. Ich konnte nur seine Panik sehen. Colette wollte auf keinen Fall in ein Krankenhaus in der Gegend gebracht werden. Also wäre eigentlich nur die Fahrt zurück nach Berlin geblieben. Aber das wollte ich nicht. Ich bin ausgestiegen und umhergelaufen wie ein Raubtier in einem Käfig. Nur dass es keinen Käfig gab. Der war in mir. In meinem Kopf. Was konnte ich jetzt noch tun? Jakob ist tot. Manuel ist tot. Colette ist schwer verletzt, aber dafür kann ich nichts, habe ich versucht, mir einzureden. Wieso hat die blöde Kuh überhaupt eine Pistole dabeigehabt? Und wieso hat sie die nicht gesichert? Wollte sie mich tatsächlich erschießen?

Ich kann nicht zurückfahren. Was soll ich Yema erzählen? Dass wir die Kontrolle verloren haben, dass wir idiotisch gehandelt haben? Es ist wie bei den Kipppunkten, von denen Jakob immerzu gesprochen hat. Irgendwann ist es zu spät. Und hier ist es definitiv zu spät. Ich habe Jakob ein Versprechen gegeben. Eines, das er nicht mehr gehört hat, weil er bereits tot war, das aber trotzdem gilt. Ich werde zu Ende bringen, was du begonnen hast, habe ich ihm versprochen. Und Versprechen muss man halten.

Wir haben Colette in einer verfallenen Halle abgesetzt. Haben ihr gesagt, dass wir sie in einer Stunde abholen und nach Berlin bringen. Ich habe ihr die Pistole und das Handy abgenommen. Dimitri hat die Seitenscheibe gereinigt, und dann sind wir zum Kraftwerk gefahren.

Zweihundert Meter vor uns liegt der Eingang zum Kraftwerk. Die Schwarze Pumpe sieht aus wie ein Ufo. Aus den beiden Kühltürmen steigt weißer Wasserdampf in den Himmel, wird vom Wind verweht, als würde eine riesige Hand die Wolken zerreißen. Die rot-weiße Schranke ist herabgelassen.

»Hör zu, Dimitri«, sage ich, »du kannst noch aussteigen.«

Dimitri nickt. Ich sehe, wie er versucht, mutig zu sein. Aber ich weiß, dass die Situation ihn überfordert. Wie auch nicht.

»Also?«, frage ich.

»Fahr«, sagt er.

»Bist du sicher?«

»Nein, aber fahr trotzdem.«

Damit ist es entschieden. Ich fahre bis zur Schranke vor. Dimitri kurbelt die Seitenscheibe herunter. In dem verglasten Pförtnerhaus sitzen zwei Personen. Ein Mann und eine Frau. Sie schauen zu uns hin, reagieren aber nicht. Wieso zwei Personen? Mein Vater hat nur von einem Mann gesprochen. Horst Wagner.

»Ist das der Typ?«, fragt Dimitri.

»Ich hoffe es«, antworte ich.

»Und wer ist die Frau?«

»Keine Ahnung. Mein Vater hat nichts von einer Frau gesagt.«

Die Anspannung schnürt mir die Kehle zu. Hektisch pulsieren die Pulsschläge in meinen Ohren. Ich bin sicher, dass man mir die Aufregung ansieht, also setze ich mal lieber ein Lächeln auf. Der Mann und die Frau verlassen das Pförtnerhaus, kommen gemächlich auf den Transporter zu und bleiben vor der Beifahrertür stehen. Sie sind beide ungefähr Mitte fünfzig, übergewichtig, Raucher. Sie tragen dunkelblaue Uniformen, in die sie nicht so recht hineinpassen. Bei der Frau schlabbert die Jacke, die Ärmel sind zu lang, die Hosenbeine stoßen auf die

Schuhe. Auch für die Konfektionsgröße des Mannes scheint es keine passende Uniform zu geben. Sie sehen albern aus. Und wenn die Situation nicht so dramatisch wäre, könnte ich darüber lachen. Die Frau hält ein Klemmbrett in den Händen.

»Hallo. Ihr seid die mit dem Filmzeug?«, fragt Horst Wagner.

»So ist es«, sagt Dimitri.

»Ihr seid ziemlich spät.«

»Die Tankuhr ist kaputt. Wir hatten keinen Sprit mehr. Also mussten wir erst eine Tankstelle finden.«

Ich staune, wie locker Dimitri bleibt.

»Aber ihr habt's ja noch geschafft«, sagt Horst Wagner.

»Sie sind die Auftragnehmerin? Colette Michel?«, fragt die Frau in meine Richtung.

Sie wirkt freundlich, lächelt. Das ist schon mal gut. Keine von denen, die sich übermächtig fühlen, nur weil sie eine Uniform tragen.

»Man spricht es Mischell aus«, sage ich. »Mit *sch*, Betonung auf dem *e*.«

»Französin?«

»Meine Mutter. Aber ich kann trotzdem kaum Französisch.«

»Wir hatten in der Schule nur Russisch«, sagt die Frau. »Hier unterschreiben. Datum und Name in Druckbuchstaben.«

Sie reicht das Klemmbrett durch das Fenster. Dimitri nimmt es und will das Formular ausfüllen. Die Frau hält ihn auf.

»Das muss sie machen«, sagt sie.

»Ist doch egal«, sagt Wagner.

»Ist es nicht. Colette Michel ist als Auftragnehmerin angemeldet, also muss sie auch unterschreiben.«

Shit. Daran haben wir nicht gedacht. Wenn ich jetzt unterschreibe, wird die Frau merken, dass die Unterschriften nicht übereinstimmen. Aber vielleicht kann ich mich aus der Situation rausmogeln. Ich nehme das Klemmbrett, schreibe Colette

Michel in Druckbuchstaben, daneben das Datum, und dann kritzle ich was Unleserliches auf das Papier. Als ich das Klemmbrett zurückgebe, schaut die Frau auf die Unterschrift und sieht mich misstrauisch an.

»Was ist?«, fragt Horst Wagner.

Er ist sichtlich nervös, fängt an zu schwitzen. Die Frau zeigt ihm meine Unterschrift.

Dann wendet sie sich wieder an mich. »Sie sind Colette Michel?«

»Ja.«

»Kann ich Ihren Ausweis sehen?«

Ihr Blick ist nicht mehr freundlich. Sie hat einen Fehler entdeckt, vielleicht sogar ein Verbrechen. Jetzt ist sie in ihrem Element. Egal, wie viele Nummern die Uniform zu groß ist.

»Wieso?«, frage ich betont beiläufig.

»Die Unterschriften stimmen nicht überein.«

»Sie hat sich an der Hand verletzt«, sagt Dimitri.

Eine gute Ausrede. Aber da ist es schon zu spät.

»Sie hat sich an der Hand verletzt. Ach so.«

Der gehässige Sarkasmus ist nicht zu überhören.

»Sie sind nicht Colette Michel«, sagt die Frau.

Wir hätten umdrehen sollen, denke ich. Colette hat verdammt noch mal recht gehabt. Aber dafür ist es jetzt zu spät.

»Nein, das bin ich nicht«, sage ich. »Aber ich habe eine Pistole in der Jacke. Wenn Sie eine falsche Bewegung machen, erschieße ich Sie.«

»Und dann?«, fragt die Frau. »Da drinnen ist eine Kamera. Die zeichnet alles auf. Was glaubst du, wie lange es dauert, bis die Polizei hier ist?«

Sie bleibt unerwartet ruhig. Im Gegensatz zu Horst Wagner neben ihr, der so nervös von einem Fuß auf den anderen tritt, als würde er für einen Stepptanz üben.

»Es gibt noch eine andere Möglichkeit«, sage ich. »Ich steige jetzt aus, und wir gehen ganz ruhig und entspannt in das Pförtnerhaus.«

»Und dann?«

»Werden wir sehen.«

Als ich die Wagentür öffne und den ersten Schritt auf dem Asphalt mache, muss ich mich abstützen. Der Boden scheint unter meinen Füßen nachzugeben. Ich muss mich einen Moment lang konzentrieren, um den Schwindel unter Kontrolle zu bringen.

»Gehen wir«, sage ich dann.

Zu dritt marschieren wir in das Pförtnerhaus, während Dimitri im Wagen sitzen bleibt. Die Frau vorneweg, dann Horst Wagner, dann ich. Ich deute auf eine Tür.

»Was ist da drinnen?«

»Das ist der Aufenthaltsraum«, sagt Wagner.

»Okay. Sie gehen jetzt da rein«, sage ich zu der Frau. »Und Sie gehen mit ihr und fesseln Sie. Dann gehen Sie zurück an Ihren Platz hier vorne und tun so, als wäre alles in Ordnung. Haben Sie verstanden?«

Wagner sieht mich unsicher an. Sein Blick ist fahrig. Mit dem Jackenärmel wischt er sich über die Stirn.

»Haben Sie verstanden, was ich gesagt habe?«

»Ja.«

»Dann los.«

Die Frau sieht Horst Wagner an. Jetzt scheint sie zu verstehen, dass er mit uns unter einer Decke steckt.

»Das kommt raus, Horst. Das weißt du«, sagt sie. »Und dann bist du erledigt.«

»Das bin ich doch schon lange, Gundula!«, schreit er.

Die Wut, die auf einmal aus ihm herausbricht, erschreckt die Frau.

»Sie müssen ruhig bleiben. Haben Sie verstanden?«, sage ich.

Wagner nickt.

»Rein da.«

Wir gehen zu dritt in den Raum. Wagner fesselt die Frau, während sie unaufhörlich auf ihn einredet. Ich merke, wie er unsicher wird. Also richte ich die Pistole auf die Frau und sage, dass ich sie erschießen werde, wenn sie nicht augenblicklich den Mund hält. Als Wagner fertig ist, verlassen wir beide das Zimmer. Er ist so blass, dass ich Angst habe, er könnte kollabieren.

»Die Schranke«, sage ich zu ihm.

Er drückt auf einen Knopf. Die Schranke geht hoch.

Dimitri ist auf den Fahrersitz geklettert. Ich steige auf der Beifahrerseite ein.

»Das ist so eine verdammte Scheiße«, jammert er. »Wir hätten zurück nach Berlin fahren sollen.«

»Ich weiß, das machen wir auch gleich. Aber jetzt fährst du erst mal links«, sage ich.

Ich dirigiere Dimitri bis zur Turbinenhalle.

»Da vorne muss es sein.«

Das große Tor, auf das wir direkt zufahren, ist allerdings geschlossen. Dimitri hält an.

»Wieso ist das Tor zu?«, fragt er. Er kann seine Nervosität kaum noch unter Kontrolle halten.

»Warte hier.«

Ich steige aus, gehe zum Tor. Es ist verriegelt. Auf dem Plan, den ich auf mein Handy geladen habe, steht, dass es geöffnet sein soll. Ich winke Dimitri, mir zu folgen. Meine Schuhe hinterlassen Spuren in dem feinen Kohlenstaub. Es riecht nach Holz und Eisen. An der Längsseite der Halle gibt es ein zweites Tor. Es steht offen. Na also. In Panik verfallen wir erst, wenn alle anderen Möglichkeiten erschöpft sind. Die Halle ist so groß, dass ein Flugzeug darin Platz hätte.

»Seid ihr die mit der Leinwand?«, fragt eine Stimme.

Im ersten Moment kann ich nicht orten, woher die Stimme kommt. Erst als jemand sich aus der Dunkelheit schält, sehe ich einen Mann. Er trägt einen roten Overall und ist genauso übergewichtig wie Wagner und die Frau.

»Ja«, sage ich. »Wo soll das Ding hin?«

»Nicht hier.«

»Ist das nicht die Turbinenhalle?«

Dimitri bringt den Transporter in der Mitte der Halle zum Stehen.

»Doch. Aber der Film soll draußen gezeigt werden. Ihr müsst bis zum Ende der Halle fahren. Da ist ein Parkplatz.«

Nein, das werden wir auf keinen Fall tun. Der Sprengstoff muss hier drin hochgehen, denke ich.

»Okay«, sage ich. »Ich bespreche das mit meinem Kollegen.«

»Ja, machen Sie das.«

Als ich zum Transporter gehe, kommt Dimitri mir bereits entgegen.

»Was ist?«

»Die Leinwand soll draußen aufgebaut werden«, sage ich.

»Was? Das geht nicht. Die muss hier rein.«

»Das weiß ich auch.«

Ich schaue zu dem Mann im Overall. Er ist zum Tor gegangen und wartet offensichtlich darauf, dass wir wieder aus der Halle herausfahren.

»Was machen wir jetzt?«, fragt Dimitri.

»Wir starten den Zünder.«

»Ohne den Film?«

»Scheiß auf den Film«, sage ich.

Dimitri schüttelt den Kopf.

»Es geht alles schief«, heult er. »Wir müssen hier verschwinden.«

»Wir verschwinden, wenn wir unseren Auftrag erledigt haben. Gib mir das Handy.«

»Nein.«

»Komm schon!«

Eigentlich hat er die Aufgabe, den Zünder zu starten, aber wenn er Angst hat, übernehme ich das eben.

»Wir können jetzt nicht mehr abhauen, Dimitri. Was sollen wir denen denn sagen? Dass wir uns geirrt haben, oder was?«

Ich strecke die Hand aus. Lächle ihn an, versuche, ihm zu zeigen, dass ich den Schlamassel überblicke. Er reicht mir das Telefon.

»Das hat sich jetzt sowieso erledigt«, sagt er.

Sein Blick fokussiert etwas in meinem Rücken. Ich drehe mich langsam herum. Zwei Polizisten mit Pistolen in den Händen kommen langsam auf uns zu. Die Frau vom Eingangstor geht hinter ihnen. Wieso ist sie hier? Wieso sitzt sie nicht gefesselt in dem Aufenthaltsraum?

»Keine Bewegung!«, ruft einer der Polizisten.

»Scheiße! Die haben uns am Arsch«, jammert Dimitri.

»Beruhig dich«, zische ich ihn an. »Wir kommen hier raus, wenn du nicht durchdrehst.«

Ich nehme die Waffe aus dem Hosenbund. Meine Hand zittert derart, dass ich sie mit beiden Händen festhalten muss.

»Stopp, bleibt stehen!«, rufe ich den Polizisten entgegen.

»Nein, Mädchen. Du legst die Waffe weg, und dann geht ihr beide ein paar Schritte zurück«, ruft der Ältere der beiden Polizisten.

»Ganz bestimmt nicht. In dem Wagen sind sechshundert Kilo Sprengstoff. Ich habe hier ein Handy, mit dem ich die zur Explosion bringen kann«, brülle ich. »Sobald ich den Code starte, bleiben noch sechzig Sekunden.«

»In dem Wagen ist kein Sprengstoff. Die Waage hat das Eigengewicht plus einhundertzwanzig Kilo angezeigt«, sagt die Frau.

»Hast du selbst auf den Wiegezettel geschaut?«, frage ich.

Sie zögert. Offensichtlich hat sie das nicht. Aus den Augenwinkeln sehe ich, wie Dimitri ein paar Schritte rückwärtsgeht. Lass mich hier nicht alleine stehen, denke ich.

»Mach keinen Blödsinn«, sagt der Polizist. »Du kommst hier nicht raus. Und wenn da wirklich Sprengstoff drin ist, willst du doch nicht, dass wir sterben, oder? Klaus ist gerade Vater geworden.«

Er deutet auf seinen Kollegen.

Nein, ich will nicht, dass jemand stirbt. Aber was soll ich machen? Am liebsten würde ich jetzt aufwachen, weil das hier der totale Albtraum ist. Aber ich wache nicht auf. Und ich bin auch nicht auf so eine Situation vorbereitet. Niemand hat mir gesagt, was ich jetzt tun soll. Colette würde es bestimmt wissen. Aber die ist nicht hier. Und Dimitri? Wo ist Dimitri?

Hinter mir startet der Motor des Transporters.

»Steig ein!«, brüllt Dimitri. »Mach schon!«

Ich laufe los, neben dem Transporter her.

»Stehen bleiben!«, brüllt der Polizist.

»Steig ein, Leela! Worauf wartest du?«

Als ich die Beifahrertür öffne und einsteigen will, verliere ich das Handy. Ich lasse es liegen und klettere auf den Beifahrersitz. Noch wenige Meter bis zum Tor. Dimitri tritt das Gaspedal durch. Und dann fällt ein Schuss. Dimitri schreit auf. Er ist am Hals getroffen. Blut schießt aus der Wunde hervor. Ein zweiter Schuss, und er bricht über dem Lenkrad zusammen, rutscht nach links und stürzt aus dem fahrenden Lieferwagen.

»Dimitri!«

Weitere Schüsse fallen, Glas splittert, dumpfes Klopfen, wenn die Kugeln in die Karosserie einschlagen. Ich klettere auf den Fahrersitz, gebe Gas und rase auf das Tor zu. Im Rückspiegel sehe ich, wie die Frau das Handy vom Boden aufhebt. Sie muss nur dreimal auf das grüne Symbol für Rufannahme drücken, dann fliegt der Transporter in die Luft und ich mit ihm. Vor mir schließt sich langsam die Schranke. Ich ziehe den Kopf ein und ramme sie mit der Motorhaube beiseite.

Im Rückspiegel sehe ich, wie Horst Wagner mir entsetzt hinterherschaut.

DREI

Er hat die Augen geschlossen, den Blick leicht zum Himmel gerichtet. Die Arme sind ausgebreitet, die Handinnenflächen nach oben hin geöffnet.

»Die Erde welkt, sie verwelkt, die Welt zerfällt, sie verwelkt, Himmel und Erde zerfallen! Es birst und zerbricht die Erde, es reißt und zerreißt die Erde. An jenem Tag wird Jahwe heimsuchen das Heer des Himmels in der Höhe und die Könige der Welt auf der Erde.«

Es klingt, als käme seine Stimme nicht von ihm, sondern Gott würde durch ihn sprechen. Als müsste Abel nur den Mund öffnen, um das Medium zu sein, durch das Gott sich an die Kolonie wendet.

Sie sind dreihundert Gläubige, die sich auf dem großen Platz inmitten der Kolonie versammelt haben. Sie alle knien auf dem nackten Boden. Recken die Arme in die Höhe, um die Worte wie Brot zu empfangen. Gita kniet in der ersten Reihe. Neben ihr Christa. Um ihre Knie herum haben sich Blutspuren gebildet, weil sie immerzu hin und her rutscht. Sie muss sich gegen Abel wehren, gegen den Einfluss, den er auf sie hat, sobald er sie anschaut. Es ist eine Aura um ihn herum, der sie kaum widerstehen kann. Aber sie muss es schaffen, wenn sie Christa vor ihm retten will.

Ein kaum merkliches Zittern rollt durch seinen Körper. Er vibriert geradezu. Die Augen sind leicht geöffnet und rollen hin und her, als würde er im Himmel nach einem Zeichen suchen.

»Es vertrocknet, es welkt das Land, es schmachtet, es welkt der Erdkreis. Und die Erde ist entweiht worden unter ihren Bewohnern. Denn sie haben die Gesetze übertreten, die Ordnungen überschritten, den ewigen Bund ungültig gemacht! Darum hat der Fluch die Erde verzehrt, und es büßen die, die auf ihr wohnen.«

Lächelt er? Wenn, dann ist es ein entrücktes Lächeln. Wie das auf den Lippen ihrer Tochter. Abels Gebet geht über in eine feine, zerbrechliche Melodie aus drei Tönen.

»›Jene werden ihre Stimme erheben, werden jubeln. Über die Hoheit des Herrn jauchzen sie vom Meer her: Darum gebt dem Herrn Ehre im Osten, auf den Inseln des Meeres dem Namen des Herrn! Vom Ende der Erde her hören wir Gesänge. Herrlichkeit dem Gerechten!‹«

Er hält inne. Auf seiner Stirn bilden sich tiefe Sorgenfalten. Sein Gesichtsausdruck erzählt von Angst und Schrecken. Er schließt die Augen wieder und fällt so schwer auf die Knie, dass Gita glaubt, die Erde würde beben. Aber das kann ja nicht sein. Er ist ja nur ein Mensch, nicht groß und nicht schwer. Wie soll da die Erde beben? Doch wer weiß? Vielleicht ist es nicht Abel, der zu Boden gestürzt ist, sondern Gott.

Gott? Unsinn. Was denkt sie da? Abel ist ein Mensch, ein schlimmer Mensch, ein Verführer und Verderber. Das ist er und sonst nichts. Immer und immer wieder muss darum kämpfen, sich seinem Einfluss zu entziehen.

»Und an jenem Tag wird es geschehen, da wird der Herr das Heer der Höhe heimsuchen in der Höhe und die Könige der Erde auf der Erde. Da wird der Mond schamrot werden und die Sonne sich schämen. Denn der Herr der Heerscharen herrscht als König, und vor seinen Ältesten ist Herrlichkeit.«

Als er den letzten Satz, das letzte Wort ausgesprochen und mit letzter Kraft aus seinem Körper gepresst hat, fällt er zur Seite. Gita sieht es wie in Zeitlupe. Staub wirbelt auf, von irgendwoher erklingt leise ein feines Lied. Die Gemeinde beginnt zu singen. Dreihundert Körper schwingen. Von der Seite nähern sich vier Männer. Sie greifen Abel an den Armen und Beinen.

Doch sie schaffen es nicht, ihn hochzuheben. Als wäre er schwer wie ein Elefant.

Die Männer schauen sich verwundert an. Weitere kommen dazu. Aber auch zu sechst, siebt, acht schaffen sie es nicht, ihn hochzuheben. Die Männer lachen nervös. Sie verstehen nicht, wieso ihre Kraft nicht ausreicht. Jetzt schlägt Abel die Augen auf. Sein Blick sucht Christa. Er streckt die Hand nach ihr aus.

»Hilf mir«, sagt Abel.

Ein Raunen geht durch die Reihen, als Christa sich erhebt, zu ihm geht, seine Hand greift und ihn hochzieht, als würde er nichts wiegen. Es ist unglaublich. Christa kann diesen Mann aufrichten, wie es acht große, starke Männer nicht vermochten. Ein Flüstern geht durch die Gemeinde, das bald zu einem grandiosen Jubel anschwillt. Schreie, Stöhnen, Klatschen. Abel lächelt Christa an, nimmt ihr Gesicht in beide Hände, drückt ihr einen sanften Kuss auf die Stirn und umarmt sie.

Gita spürt eine unbändige Wut. Er nimmt ihr das Kind weg. Wieso tut er das? Sie ist doch hierhergekommen, weil sie Trost und Rettung sucht. Sie hat gedacht, dass Abel Odessa sie aus der Not führen wird, stattdessen stürzt er sie in Angst und Verzweiflung.

Er löst die Arme um Christas kleinen Körper, umfasst ihre Hand mit seiner, die nicht viel größer ist.

»Ich bin die Auferstehung und das Leben«, flüstert er. »Wer an mich glaubt, sieht die Herrlichkeit des Lebens. So spricht der Herr. Das wisst ihr alle. Aber wenn er uns am Tag des Jüngsten Gerichts retten wird, müssen wir frei von Sünde sein. Und jetzt frage ich euch, wie wir frei von Sünde sein können, wenn wir sie immer noch in uns tragen? In Gedanken, Worten und Taten?«

Er schaut die Gemeinde an. Er will eine Antwort von ihnen haben.

»Wisst ihr das nicht?«, fragt er ungeduldig.

»Doch, wir wissen es«, rufen sie.

Abels Blick schweift über die Gläubigen, huscht hin und her, bis er Gita entdeckt.

»Du weißt es?«

Nein, sie weiß es nicht.

»Komm zu mir.«

Abel reicht ihr die Hand, zieht sie zu sich. Sie steht neben ihm, schaut kurz zu ihrer Tochter hin. Christa ist völlig entrückt. Vielleicht hat er ihr etwas gegeben, Tabletten oder sonst irgendwas, damit sie nicht merkt, was hier geschieht.

»Das ist Gita«, ruft er den dreihundert zu. »Sie ist die Mutter dieses heiligen Mädchens. Sie ist wie ihr alle hierhergekommen, um gerettet zu werden. Und jetzt wird sie uns sagen, wie wir gerettet werden können. Wie wir frei von Sünde werden können.«

Er wendet sich an Gita. »Ist es nicht so?«

Sie schweigt. Was soll sie jetzt tun?

»Oder weißt du es nicht.«

»Nein.« Ihre Stimme ist brüchig. Sie ist es nicht gewohnt, vor so vielen Menschen zu sprechen.

Er wendet sich an Christa. »Aber du weißt es.«

»Die Bibel sagt, dass wir uns von der Sünde befreien können, indem wir Buße tun«, sagt Christa wie eine sprechende Puppe.

»Und wie tun wir Buße?«

»Indem wir ein Opfer bringen«, antwortet Christa.

»Was für ein Opfer kann das sein? Geld?«

»Nein.«

»Sondern?«

»Ein Opfer, das zeigt, wie sehr wir Gott lieben.«

Abel wendet sich an die Gemeinde.

»Ein Opfer, das zeigt, wie sehr wir Gott lieben«, wiederholt er. »Aber wie können wir das zeigen? Durch Schmerzen?«

»Ja«, sagt Christa.

»Welche Schmerzen? Körperliche?«

»Ja!«

»Solche unseres Herzens?«

»Ja!«, ruft sie.

»Muss es etwas sein, das uns lieb ist?«

»Ja!«

»Ihr habt es gehört«, ruft Abel in die Menge. »Gott wird uns nur verzeihen, wenn wir ein Opfer bringen, das zeigt, dass wir ihn mehr lieben als uns selbst. So wie er von Abraham verlangt hat, dass er seinen Sohn Isaak opfert. Ein Opfer, das rein und unschuldig ist, an dem keine Sünde haftet.«

Er nimmt Christa an den Schultern und stellt sie vor sich. Gita erstarrt. Jetzt versteht sie erst, dass alles, was er gesagt und getan hat, auf diesen Moment hinausläuft. Abel beugt sich zu ihr hin.

»Siehst du es, sie ist unsere Erlöserin«, sagt er.

43 HOFFENTLICH FINDE ICH DEN WEG

Ich muss zurück zu der Halle, in der wir Colette zurückgelassen haben, und während ich durch die Gegend rase, bin ich kurz davor durchzudrehen. Irgendwo hier muss es gewesen sein. Ich bin die Franz-Mehring-Straße entlanggefahren, dann nach rechts abgebogen. Oder war es links? Ein Schild weist zur B 97. Da war es. Vor der Kreuzung ist der Schuss gefallen. Von dort bin ich in Richtung Kraftwerk gefahren. Ich wende, fahre zurück und finde tatsächlich die Halle. Jetzt rechts in die Spreetaler Straße, wieder rechts in die neue Dorfstraße und dann auf einen kleinen Weg, der zur Rückseite der Halle führt.

Zahllose Autowracks sind aufeinandergetürmt. Zwei Lkws, ein ausgeschlachteter Bus. Hier wird niemand den Transporter so schnell entdecken. Ich stelle den Wagen zwischen den Wracks ab. Steige aus und gehe auf die Halle zu. Irgendetwas sagt mir, dass ich leise sein muss. Vielleicht hat die Polizei Colette inzwischen gefunden, und ich tappe gerade in die nächste Falle. Das eiserne Tor steht einen Spaltbreit offen, genug, um hindurchzuschlüpfen. Auf der anderen Seite der Halle rasen Polizeiwagen vorbei. Es bleibt mir nicht viel Zeit, um mit Colette zu verschwinden.

Sie sitzt noch, wie wir sie verlassen haben. Der Verband um ihren Kopf glänzt schwarz. Eine Blutspur zieht sich ihre Brust hinunter und mündet zwischen ihren Beinen. Ihre Brust hebt und senkt sich. Als ich auf sie zugehe, höre ich Töne, wie ich sie schon einmal gehört habe. Sie kommen von einer silbern glänzenden Mundharmonika zwischen Colettes Lippen. Bei jedem Einatmen und Ausatmen erklingt ein dissonanter Akkord. Colettes Blick ist auf einen Punkt neben einer Säule gerichtet, die Augen flehen. Ich weiß, wen sie dort sieht. Und ich bete trotzdem, dass es nicht wahr ist. Wieso ist er hier? Wieso weiß er von uns? So leise wie nur möglich mache ich einen Schritt zurück, gehe nach rechts, um hinter die Säule sehen zu können. Er ist es. Henry Fonda. Er steht breitbeinig da. Hat die Jacke ausgezogen, die Hose hängt auf seinen Knöcheln. Die rechte Hand im Schritt. Bewegt sich schnell vor und zurück. In der Linken hält er eine Waffe, zielt auf Colette.

»La petite mort et la grande mort«, flüstert er.

Der Typ muss total krank sein.

Den ersten Impuls, einfach zu fliehen, verwerfe ich wieder. Ich werde Colette nicht diesem Monster überlassen. Aber wie soll ich ihn stoppen? Wenn ich eine Eisenstange hätte, eine Holzlatte, irgendwas, mit dem ich ihm seinen verdammten Schädel einschlagen könnte. In einer Ecke liegen Reifen. In einer anderen Motoren und Getriebe wahllos übereinandergestapelt. Die Fenster sind zerbrochen. Ich könnte eine Scherbe nehmen. Aber bevor ich Fonda damit erreiche, wird er mich erschießen. Auch wenn er gerade mit etwas anderem beschäftigt ist. Der Transporter! Das ist es.

Langsam gehe ich zurück. Jetzt nur kein Geräusch machen. Fonda nicht aus den Augen lassen. Aus der Halle heraus renne ich zu dem Wagen. Starte den Motor und rase auf die Tür zu, beschleunige auf dreißig, vierzig Stundenkilometer. Als der Transporter durch die Tür bricht, stieben Funken um mich herum. Im Licht der Scheinwerfer sehe ich Fondas erstaunten Blick. Er richtet die Pistole von Colette weg, zielt auf mich. Kugeln durchschlagen die Windschutzscheibe. Ich lasse mich zur Seite fallen, halte aber den Fuß weiter auf dem Gaspedal. Bis es zu einem einen dumpfen Aufprall kommt. Ich nehme den Fuß vom Gas, der Wagen rollt aus, kommt an der gegenüberliegenden Wand mit einem leisen Krachen zum Stehen. Hoffentlich habe ich das Schwein überfahren, denke ich. Langsam richte ich mich auf. Lausche auf das geringste Geräusch.

Alles, was ich höre, ist die Mundharmonika. Ich schaue mich um. Fonda ist nirgends zu sehen. Ich muss ihn erwischt haben. Vorsichtig steige ich aus, schaue mich um, schaue unter den Wagen. Da ist er nicht. Wo kann er sein? Egal, ich muss mich um Colette kümmern.

»Colette?«

Ich knie neben ihr nieder, nehme die Harmonika aus ihrem Mund. Sie sieht mich mit leeren Augen an, so als ob sie mich nicht mehr erkennen würde.

»Ich bring dich jetzt ins Krankenhaus«, sage ich.

Mit Bedacht fasse ich sie unter den Armen und hebe sie hoch. Sie stöhnt auf, woraufhin ich sofort stoppe.

»Nur bis zum Transporter«, sage ich.

Mit Colettes Arm um meinen Hals schleppe ich sie Schritt für Schritt auf den Lieferwagen zu. Ihre Füße schleifen über den Boden. Sie hat viel Blut verloren und kann sich kaum aufrecht halten. Am Wagen angekommen, halte ich Colette mit der rechten Hand fest und öffne mit der linken die knarrende Beifahrertür.

»Gleich hast du es geschafft«, sage ich.

Plötzlich sackt Colette zusammen, stürzt zu Boden. Ich beuge mich zu ihr herunter, um sie wieder hochzuheben, und sehe das Loch in Colettes Rücken.

»Gib dir keine Mühe«, sagt eine Stimme hinter mir.

Henry Fonda steht ein paar Meter entfernt, die Pistole auf mich gerichtet. Seine kalten blauen Augen fixieren mich wie die eines Raubtieres.

Ich versuche, vor ihm zurückzuweichen. Aber die Wagentür ist im Weg.

»Bitte nicht«, flehe ich.

Fonda schüttelt den Kopf, als würde er irgendetwas nicht verstehen.

»Du hast Glück, Mädchen. Du weißt gar nicht, wie viel Glück du hast.«

Was meint er damit? Wieso habe ich Glück?

»Geh jetzt. Bevor die Bullen dich schnappen. Los, verschwinde!«

Was? Er wird mich nicht erschießen. Wieso?

»Los, los, hau schon ab, kleiner Schreiberling, bevor ich es mir anders überlege!«

Ich steige über Colette hinweg, mache einen großen Bogen um Fonda herum. Und dann renne ich, wie ich noch nie im Leben gerannt bin. Von der Halle weg. Über die Straße, hin zu den Feldern, die sich endlos weit erstrecken.

Sie haben von drei Seiten attackiert. Das Tor zur Kaserne stand offen, weshalb sie mit den gepanzerten G-Klassen, die der Konzern großzügig gespendet hat, die Wachposten überrennen konnten. Während der Kommandant da noch dachte, das wäre der eigentliche Angriff, kam der zweite Trupp von Norden her über die Mauer. In den Uniformen der Bereitschaftspolizei sind sie als Angreifer nicht aufgefallen. Sie haben sich schnurstracks zur Waffenkammer begeben, dem Herz der Kaserne. Daniel und ein zweiter Mann haben Sprengstoff geholt und als Erstes die Krankenstation in die Luft gejagt. Es werden keine Gefangenen gemacht, lautete der Befehl. Von dreihundert Bereitschaftspolizisten sind knapp zweihundert sofort übergelaufen. Den Rest haben sie aus der Kaserne gejagt. Als der Überfall erfolgreich zu Ende gebracht war, wunderte Undine sich, wie einfach es war, den Widerstand zu brechen.

Eigentlich hatte sie geplant, die Kaserne mit den erbeuteten Waffen sofort wieder zu räumen, dann aber hat Daniel vorgeschlagen, die Anlage als Stützpunkt zu behalten, weil sie leicht verteidigt werden kann. Also haben sie sich vorübergehend eingerichtet. Andere Gruppen sind am nächsten Morgen zu ihnen gestoßen. Werwolf, Hirsch und die Deutsche Frau. Zusammen mit ihrer eigenen Gruppe sind es zwölfhundert Kämpfer. Weitere fünftausend Jäger und Sportschützen aus verschiedenen Schützenvereinen stehen rund um Berlin bereit. Sie haben Grußadressen geschickt und warten nur auf ein Kommando, um losschlagen zu dürfen.

Vor dem Tor hat sich die Presse in respektvollem Abstand eingefunden und giert nach Informationen über die Hintergründe der Aktion. Zu gegebener Zeit wird Undine ausgewählte Journalisten mit ihren Analysen und Plänen versorgen.

>> 256

Bis hierher war die Aktion nur Prolog. Ein »Vorspiel auf dem Theater«, wie es bei Goethe heißt. Sie, Undine von Broch, hat dabei die drei Rollen »Direktor«, »Dichter« und »Schauspieler« in sich vereint. Als Direktor muss sie die Aufführung zum Erfolg führen und den Geschmack des Publikums treffen. Als Dichter will sie den Menschen helfen, ihr Leben besser zu meistern, als Schauspieler will sie unterhalten und Ruhm ernten.

Sie haben im Büro des Kommandanten die Fotografie von Falk abgehängt und die schwarz-weiß-rote Fahne an der Wand befestigt. Danach hat Undine zur Versammlung gerufen. Außer ihr und Daniel nehmen Sigmund Stürmer vom Werwolf mit seinem Adjutanten Ole Stein, Hirsch-Anführer Wolf Kraft und Adlatus Richard Berger, Gundula Ring und Renate Holz von der Deutschen Frau am großen Besprechungstisch Platz. Undine kann sich ein Lächeln wegen der Namen nicht verkneifen. Stürmer, Stein, Kraft, Holz. Keiner von denen heißt von Geburt an so. Aber Namen wie Engländer, Schimmel, Weich und Pawlow taugen nicht viel, wenn man sich als nationaler Heros inszenieren will.

Die nächsten Schritte müssen geplant werden. Undine muss strategisch äußerst klug vorgehen, wenn sie den Anspruch durchsetzen will, die Bewegung anzuführen. Sie hat deswegen mit Gundula Ring und Wolf Kraft vorab über die Idee einer Volksregierung gesprochen, in der die beiden einflussreiche Posten besetzen sollen.

»Wir haben bei vierzehn Toten aufseiten der Bereitschaftspolizei keine Verluste auf unserer Seite. Die Kaserne wird für die nächsten Tage unser Stützpunkt. Es gibt genug Vorrat an Nahrung und Wasser. Wir sind durch drei Generatoren und zwei Tanks mit jeweils fünftausend Litern Diesel unabhängig vom Stromnetz. Die Internetverbindung wird durch zwei Server in Belarus garantiert. Aufgrund unserer erfolgreichen Eroberung der Kaserne beanspruchen wir, das heißt die Gruppe Broch, den Vorsitz der Allianz fürs Vaterland. Gibt es dagegen Einwände?«

Sie weiß, dass sie die anderen mit dieser Ansage überrumpelt. Vor allem Stürmer sieht sich selbst als Führer der Bewegung, einfach, weil der Werwolf die beste militärische Ausbildung hat. Doch Waffen und Brutalität sind nicht entscheidend. Stürmer war früher Türsteher, hat seinen Körper im Sportstudio zu einem beeindruckenden Muskelberg geformt. Allerdings fehlen ihm die entscheidenden Sprossen auf der IQ-Leiter, um ein Führer zu sein.

Undine sieht, wie es in ihm rumort. Der Mann schaut sich um, sucht den Blickkontakt mit den anderen, um zu sehen, wie sie zu dem Vorschlag stehen. Als niemand seinen Blick erwidert, gibt er sich geschlagen. So schnell kann es gehen, denkt Undine. Ein Überraschungsangriff hat noch meistens funktioniert.

»Ich nehme euer Schweigen als Zustimmung. Dazu will ich noch sagen, dass wir nur erfolgreich sein können, wenn wir zusammenhalten und uns nicht in Grabenkämpfen um die Frage der Führung zerfleischen. Wir befinden uns in einer Übergangsphase, in der wir eine schlanke Struktur brauchen. Alle Fragen, wie wir nach dem Sieg das Land regieren, werden wir zu gegebener Zeit beantworten.«

Da es auch hier keine Einwände gibt, schickt sie Daniel an das Videoboard, auf dem noch Reste einer Lagekritik aufgemalt sind. Daniel zögert einen Moment. Er ist nicht richtig bei der Sache. Undine ahnt, dass Jennys Tod ihn schwer getroffen hat. »Die Bilder gehen mir nicht aus dem Kopf«, hat er vergangene Nacht gesagt. Sobald er die Augen schließt, sieht er, wie sie brennend hinter dem Haus hervortaumelt. »Ich habe gewusst, dass das Äußerste von mir verlangt wird. Aber ich habe nicht damit gerechnet, dass das Äußerste so schmerzhaft und nah sein würde.«

Undine weckt ihn aus den dunklen Gedanken.

»Daniel?«

»Ja?«

»Willst du beginnen?«

»Natürlich.«

Daniel nimmt einen Laserpointer.

»Wir schlagen drei Schritte vor, wie wir in den nächsten Wochen die Tyrannei der Regierung Falk beenden können«, sagt er. »Erstens.« Wort für Wort erscheint der Plan auf dem Whiteboard. »Die Flüchtlinge an der Grenze aufhalten und diejenigen, die sich bereits im Land befinden, zurückdrängen. Sollte es zur Gegenwehr kommen, ist der Einsatz von Gewalt unausweichlich. Zweitens: Die Teile der Bevölkerung, die noch nicht die Notwendigkeit des Schutzes unserer Heimat erkannt haben, müssen auf unsere Seite geholt werden. Dazu müssen gezielt Informationen über die Kungeleien der Regierung mit der Industrie gestreut werden. Drittens: Die Regierung muss mit Gewalt abgesetzt werden. Minister und Staatssekretäre werden in einem öffentlichen Schauprozess für ihre Verbrechen an Vaterland und Volk verurteilt. Sollte es zu Lynchjustiz kommen, sollte diese auf keinen Fall unterbunden werden.«

Undine schaut gespannt in die Runde. Sie hat die Schritte so formuliert, dass jede Gruppe ihre Zuständigkeit fast zwangsläufig erkennen kann.

»Ich erwarte von euch, Sigmund, dass ihr aufgrund eurer Schlagkraft diesen wichtigen ersten Schritt erfolgreich exekutiert. Es wird zu Kollateralschäden kommen, die wir aber in Kauf nehmen müssen. Wie siehst du das?«

Wie erwartet ist Stürmer nicht sicher, ob er hier verheizt wird oder sich bei Erfolg an die Spitze der Bewegung setzen kann. Er flüstert mit seinem Adjutanten Stein. Dabei legt er den Arm um dessen Schulter und verrät für den Bruchteil eines Augenblicks die Affäre, die die beiden haben. Er lässt sich Zeit.

»Einverstanden«, sagt Stürmer nach einer lächerlichen Ewigkeit. »Unter einer Bedingung.«

»Und die wäre?«

»Wir beanspruchen die alleinige Hoheit über die militärischen Aktionen bis hin zur Absetzung der Regierung.«

»Hat jemand Einwände?«, fragt Undine in die Runde.

Allgemeines Kopfschütteln. Niemand will sich mit Stürmer und seiner Gestapo-Truppe anlegen. Sie alle wissen, dass er die Unterstützung der Türsteher sowie der Bodybuilder hat. Wenn man ihn wieder loswerden will, wird es andere Wege geben.

»Wir werden uns, Punkt zwei, um die Bevölkerung kümmern«, sagt Wolf Kraft.

Undine nimmt die Ansage mit einem freudigen Lächeln entgegen. Kraft war Regierungssprecher, dann Chefredakteur der größten Boulevardzeitung und verfügt über ausgezeichnete Kontakte in die PR-Branche und zur Presse. Sein Adlatus Richard Berger, aus einer der reichsten Familien Deutschlands stammend, wird das nötige Kapital zur Verfügung stellen.

»Wie sieht das Konzept aus?«, fragt Undine.

»Du willst das Konzept hören? Wir werden den Krieg gegen die Regierung nicht mit dem Hass auf die Artfremden gewinnen. Die kommen sowieso. Und wir haben nicht genug Müllverbrennungsanlagen, um die alle loszuwerden. Wir müssen stattdessen als die wahren Beschützer der Umwelt auftreten. Wälder, Flüsse, Luft, Familien. Wir müssen vorwärts zu den Ursprüngen der Natur. Grüner als die Grünen. Reicht das?«

Er sieht Undine mit einem süffisanten Lächeln an. Kraft ist ein durchtriebenes Genie und versteht sich wie kein Zweiter auf Manipulation und Demagogie.

»Wenn ich das recht verstehe, sind wir dann wohl für Punkt drei zuständig«, flüstert Gundula Ring. »Ich kann allerdings nicht garantieren, dass wir immer erfolgreich sein werden.«

Gundula Ring und Renate Holz, im einträglichen Geschäft des Menschenhandels zu Geld gekommen, verfügen über eine umfangreiche Kartei voller Namen und Fotos, die mit gewissen sexuellen Verfehlungen verbunden sind. Was die Erscheinung der beiden Frauen angeht, ist Undine nicht sicher, ob sie ein Spiel mit der Camouflage betreiben, wenn sie zu langen Zöpfen geflochtene Haare tragen, dunkelrot gefärbte Lippen präsentieren, die Brüste in den tiefen Ausschnitten strahlen lassen und, wo auch immer sie auftauchen, eine erotische Unruhe provozieren. Undine weiß Rings Bescheidenheit und Vorsicht zu schätzen. Anders als Stürmer ist sie klug genug, um zu wissen, dass man Siege nicht auf dem Schlachtfeld einfährt, sondern in den Hinterzimmern der Macht. Sie hat auf eine verschlagene Weise Zugang zu diesen Zimmern und versteht es, so manche Entscheidung mit zärtlichen Mitteln, zu denen durchaus auch Schläge gehören, in ihrem Sinne zu beeinflussen.

»Sehr schön«, sagt Undine. »Ich sehe, dass wir gemeinsam Deutschland wieder zu einer großen Nation machen werden. Auf dem Weg dorthin müssen wir durch ein Tal aus Schweiß und Blut wandern. Aber wir werden das Leid der Menschen beenden und triumphal aus der dunklen Nacht erwachen.«

Als die Besprechung zu Ende ist, macht Sigmund Stürmer sich mit seinen Leuten auf den Weg nach München, um die Artfremden gebührend in Empfang zu nehmen.

»Es gibt immer noch keinen Schießbefehl für die Einheiten der Bundeswehr. Dadurch ist es den Asylhorden gelungen, weite Teile Bayerns zu okkupieren. Wir werden die Neger schlachten«, ruft er zum Abschied, »und wir werden an die stolze Vergangenheit Münchens anknüpfen.«

Mit der Vergangenheit von vor mehr als hundert Jahren meint er den Tag, als ein österreichischer Maler einen Putsch wagte. Aber Stürmer vergisst, dass der Putsch damals scheiterte. Egal, er ist der nützliche Idiot, den Undine braucht, um ein Massaker anzurichten – als Startschuss für den Marsch auf Berlin.

Schwarz, stumm und gnädig. Stattdessen leuchtet ein roter Streifen am Horizont und kündigt herzlos den neuen Tag an. Seit der Begegnung mit Henry Fonda irre ich umher. Angetrieben von Gedanken, die ziellos in meinem Kopf umherirren. Wo kann ich jetzt noch hin? Zurück nach Berlin? Die Bahnhöfe werden bestimmt überwacht. Genauso die Busbahnhöfe. Ein Auto anhalten? Wahrscheinlich sind die Nachrichten längst voll von dem gescheiterten Anschlag. Mein Foto ist mit Sicherheit auch überall verbreitet worden. Ich könnte Mackenzie anrufen, aber mein Handy habe ich auf der Flucht vor den Polizisten verloren, und das von Colette hat keinen Saft mehr.

Ich meide die großen Straßen, damit nicht plötzlich jemand anhält und mich womöglich erkennt und die Polizei anruft oder mich gleich selbst überfährt. Also nehme ich die schlammigen Waldwege und komme kaum voran. Was auch nicht schlimm ist, weil ich ja sowieso nicht weiß, wohin. Als ich einen Hochsitz erspähe, klettere ich hinauf. Ich muss mich ausruhen. Das Chaos in meinem Kopf sortieren. Der Hochsitz ist nicht wirklich hoch. Etwa zwei Meter über dem Boden. Und er ist wie alle Hochsitze vollgekritzelt mit den Botschaften der jungen Liebe. *Sven liebt Jule. Sina und Tom. Ich will ficken.* Ja, ich weiß. Wer will das nicht?

Mein Vater hat mich manchmal sonntagmorgens in die Wälder rund um Wittenberg mitgenommen. Da war ich sechs oder sieben. Wir sind vor Sonnenaufgang losgezogen, Proviant und zwei Ferngläser im Rucksack. Er kannte die besten Hochsitze, um Tiere zu beobachten, die sich aus dem Dickicht des Waldes auf die Wiesen oder Lichtungen hinaustrauten. Rehe, Hirsche, Feldhasen. Manchmal ein Fuchs. Wir haben still gesessen, zugeschaut, wie die Rehe ästen und die Wildschweine auf der

Suche nach Futter eine Wiese zu einem rauen Acker umgruben. Wenn wir nach einer Weile selbst Hunger bekamen, haben wir mitgebrachte Brote gegessen und heißen Tee aus der Thermoskanne getrunken. Ich hatte immer ein Heft dabei, in das ich Sammelbilder eingeklebt habe, sobald eines der Tiere in freier Wildbahn aufgetaucht ist. Ich habe dann aufgeschrieben, wie die Tiere aussehen, wie sie sich verhalten, was sie fressen und welche Geräusche sie von sich geben. Besonders das Grunzen und Schmatzen der Wildschweine hat mich schwer beeindruckt. Man konnte sie schon hören, lange bevor auch nur ein Tier zu sehen war. Und riechen sogar noch früher. Ich hätte in diesen Momenten meinem Vater gerne gesagt, was ich sah, hörte, dachte. Einfach, um ihm zu zeigen, wie genau ich beobachten konnte, aber er bestand darauf, dass wir schwiegen.

Ich lege mich auf die Bank und ziehe die Beine an. Ich muss schlafen. Aber sobald ich die Augen schließe, tauchen die Bilder der letzten Stunden auf. Dimitri, Colette, all das Blut. Ich weiß nicht, wie ich damit fertigwerden soll, dass sie tot sind und ich lebe. Dieser wahnsinnige Fonda. Ist das alles wirklich passiert? Es ist so unfassbar, so viel größer als ich. Es fühlt sich an, als wäre ich eine kleine Puppe an den Fäden eines Gottes, der seinen perversen Spaß daran hat, mir so lange Hoffnung einzureden, bis ich es glaube, und mich dann nur umso tiefer in die Hölle stößt.

Irgendwann schlafe ich ein. Ich höre im Traum Stimmen, die langsam näher kommen. Ich schrecke hoch, weil sie direkt über mir sind. Aber es ist kein Traum, die Stimmen sind real. Sofort schießt mein Puls hoch. Geräuschlos rolle ich von der Bank herunter, spähe über den Rand des Hochsitzes und sehe eine Gruppe von ungefähr zwei Dutzend Menschen. Frauen, Männer, Kinder. Sie halten Koffer und blau-weiße Taschen aus Plastik in den Händen. Die Frauen tragen Kinder auf dem Rücken, ziehen einen Leiterwagen, in dem zwei alte Männer sitzen. Sie schleppen sich erschöpft den Weg entlang, der etwa fünfzig Meter vom Hochsitz entfernt zum Waldrand führt. Ich passe auf, dass sie mich nicht sehen und womöglich zu mir kommen. Aber wieso? Die sind in einer ähnlichen Situation wie ich. Und dazu noch schwächer, noch hilfloser. Vielleicht kann ich in ihrem Schutz in die nächste Ortschaft gehen. Und dann? Keine gute Idee. Aber sie haben Handys. Wenn sie mir ein Telefon leihen, kann ich Mackenzie anrufen. Sie wird wissen, was ich tun muss. Wenn sie noch mit mir spricht.

Hastig klettere ich die Leiter des Hochsitzes hinunter, laufe gebückt auf den Treck der Geflüchteten zu. Als sie mich bemerken, entsteht Unruhe. Einige Frauen schreien, laufen schneller. Männer stellen sich vor die Gruppe, bereit, mich abzuwehren. Sie halten mich offensichtlich für eine Angreiferin. Ich halte die Hände hoch und zeige, dass ich unbewaffnet bin, dass ich nichts Böses will. Die Männer bleiben in Abwehrhaltung. Halten Stöcke in den Händen, bereit, zuzuschlagen. Ich gehe trotzdem weiter auf sie zu.

Ungefähr fünf Meter vor der Gruppe bleibe ich stehen. Ich schaue sie an. In ihren Gesichtern sind Erschöpfung und Angst eingeschrieben. Ich spreche sie auf Englisch an. Ein Mann, vermutlich der Anführer, antwortet auf Französisch. Das habe ich in der Neunten abgewählt. Also versuche ich, mich mit Handzeichen verständlich zu machen. Ein zweiter, er ist groß und ausgemergelt, lässt den Stock sinken und winkt mich heran. Er hält mir sein Smartphone entgegen.

»Oh, merci«, sage ich.

Eines der zehn Worte, die ich auf Französisch weiß. Die anderen neun würden hier nicht passen. Als Erstes suche ich nach den Nachrichten. Die Angriffe gegen die Kraftwerke sind das Topthema. Anschläge in Portugal, Frankreich, Tschechien. Dann heißt es, dass sechs weitere Anschläge verhindert wurden. Eigentlich waren zwölf geplant. Also sind wir bei drei Kraftwerken erst gar nicht bis zu den Anlagen vorgedrungen? Zur Schwarzen Pumpe heißt es, dass ein Mann ums Leben gekommen sei. Er sei bisher noch nicht identifiziert worden. Dazu ein Foto von Dimitri und die Aufforderung an die Bevölkerung, sich zu melden, wenn jemand den Mann kennt. Von mir gibt es noch kein Foto.

Ich wähle Mackenzies Nummer. Es dauert ewig, bis sie sich meldet. Sie ist aufgewühlt, besorgt, will natürlich wissen, was passiert ist. Ich erzähle es ihr im Schnelldurchlauf. Dann sagt sie, dass sie mich abholen kommt. Ich beschreibe ihr den Ort. In zwei Stunden will sie da sein.

Als ich das Gespräch beendet habe, gebe ich das Handy zurück und bedanke mich erneut. Die Gruppe setzt sich wieder in Bewegung. Ich schaue ihnen hinterher, wie sie müde auf ihr ungewisses Ziel zusteuern.

Während ich zurück zum Hochsitz gehe, fällt mir ein, dass es vielleicht ein Fehler war, Mackenzie anzurufen. Bestimmt wird ihr Telefon überwacht. Und wenn es so ist, wird die Polizei meine Stimme erkannt haben. Die brauchen kein Foto mehr, die Überwachungsprogramme erkennen dich an der Art, wie du dich bewegst, wie du klingst, was du sagst, denkst, fühlst.

Sie zieht es immer an, wenn die ganz schwierigen Gespräche anstehen. Seit vier Stunden hängt die Bundeskanzlerin wegen der terroristischen Angriffe auf die Kohlekraftwerke am Telefon. Lässt sich den Stand der Ermittlungen erläutern, den wirtschaftlichen Schaden, der entstanden ist, die Energieversorgungslage. Einige von den Terroristen sind tot. In ganz Europa werden Mitglieder der Guardians of Life festgenommen. Der Verfassungsschutz spricht von einem Maulwurf, der die Angriffe verraten hat. Es ist noch nicht bekannt, wer das ist. Ob die Person unter den Festnahmen ist oder vielleicht tot.

Leon kennt niemanden, die so viele Gespräche mit so vielen Menschen führen und bei jedem Chat, jedem Telefonat auf der Höhe der Informationen sein kann. Sie ist wie ein Äquilibrist, der ein Dutzend Bälle gleichzeitig in der Luft hält. Egal, ob Paris, Rom, Madrid in der Leitung sind, der Verfassungsschutz oder ein Ministerpräsident, der ihr sagt, dass er irgendeinen Aufstand von der Polizei niederknüppeln lassen will, Falk weiß immer, um was es geht. Und wenn sie neue Informationen erhält, vergisst sie die nicht mehr. Ein gutes Gedächtnis ist die bessere Hälfte der Intelligenz, hat er mal irgendwo gelesen. Manchmal hat er Angst vor ihr. Angst vor der Klugheit dieser Frau. Darin liegt etwas Gefährliches. Nach den Enthüllungen über Jakob Richter hat sie gesagt, dass sie ihm nach wie vor vertraut, und dennoch hat er den Eindruck, dass es Dinge gibt, die sie vor ihm geheim hält. Wie er ja auch vor ihr, um ehrlich zu sein. Passenderweise taucht gerade in diesem Moment eine Nachricht von Mackenzie auf seinem Handy auf. *Ruf mich zurück. Sofort.* Er tippt eine kurze Antwort. *Kann Dich nicht anrufen. Melde mich später.*

Diana legt auf und flucht.

»Alles okay?«, fragt er.

»Der Verfassungsschutz hat ein Telefonat zwischen Paulus Moses und Siegmar Kotzer abgefangen.«

Sie startet die Aufzeichnung. Ein starkes Rauschen ist zu hören. Offensichtlich telefoniert einer der beiden aus dem Auto.

Kotzer: Die Frau ist so machtgeil, dass sie alles tut, um Kanzlerin zu bleiben. Angeblich, weil sie das Land aus der schlimmsten Krise seit dem Zweiten Weltkrieg führen will. Wir könnten doch sagen, dass ihr Fotzenlecker Leon Roth eine Affäre mit dieser Leela Faber hat. Kann man da keine Fotos machen? Irgendwas zusammenschneiden, wie er sich von ihr einen blasen lässt?

Moses: Nein.

Kotzer: Was heißt da Nein?

Moses: Es heißt, dass Sie Ihre Chance hatten. Da Sie es nicht geschafft haben, Falk zu stürzen, sind Sie raus.

Kotzer: Nein, nein. Sie müssen mir noch mehr Zeit geben.

Moses: Sie hatten genug Zeit.

Sie stoppt die Aufzeichnung. Steht auf, geht umher. Leon versteht, wieso diese Nachricht sie so beunruhigt. Dass Kotzer und Moses in Kontakt sind, ist nicht überraschend. Immerhin haben die sich schon zweimal getroffen. Wenn Moses Kotzer allerdings so abserviert, hat er vermutlich längst eine neue Strategie. Leon hat den Verfassungsschutz nach neuen Informationen über Moses gefragt. Es hieß, es gäbe da nichts. Das Telefonat haben sie nicht erwähnt. Wieso nicht?

»Was denkst du, was er plant?«, fragt Falk.

»Ich weiß es nicht«, antwortet Leon. »Es macht keinen Sinn. Er hat mit Kotzer und Undine von Broch zwei Mittel, um uns unter Druck zu setzen. Und trotzdem wirft er Kotzer weg?«

Der nächste Termin startet in zehn Minuten. Ein Telefonat mit Francis Watson, CEO von ExxonMobil.

»Kann ich dich was fragen?«, beginnt er vorsichtig, wartet aber keine Antwort ab. »Du kennst doch Decamerone?«

»Das sind Novellen von Boccaccio, wieso?«

»Nur so, nicht weiter wichtig.«

»Warum fragst du dann?«

Wieder diese leicht genervte Reaktion. Wie schon das letzte Mal, als er sie gefragt hat.

»Ich muss mich auf das Gespräch vorbereiten«, sagt sie.

Moses hat einen Videocall zwischen Falk und Francis Watson arrangiert. Das Gespräch soll auf Englisch geführt werden, was für Falk kein Problem ist. Sie spricht vier Sprachen fließend. Englisch, Französisch, Spanisch, Russisch. Drei weitere versteht sie gut genug, um keinen Dolmetscher zu brauchen. Worüber wird Watson mit ihr reden wollen? Über Davos? Inzwischen hat Falk genug Regierungen auf ihre Seite geholt, um europaweit den gesetzlichen Notstand auszurufen. Watson wird Druck auf Falk ausüben. Die Verluste ins Spiel bringen, die auf die Industrie zukommen, Absatzmärkte und Arbeitsplätze, die verloren gehen.

Als eine Viertelstunde später Watsons lächelndes Gesicht pünktlich auf dem Bildschirm erscheint, bleibt Leon außerhalb des Sichtfeldes der Kamera. Er wird Falk während des Gesprächs mit Notizen unterstützen. Falls das überhaupt nötig ist.

Der übliche Small Talk wird auf ein Minimum reduziert. Es wäre auch lächerlich angesichts der Intrigen, die Watsons Laufbursche Moses gepflanzt hat, Freundlichkeiten auszutauschen. Watson macht Falk immerhin ein paar Komplimente zu ihrem Aussehen. Falk beglückwünscht ihn im Gegenzug lächelnd zur Beendigung der Allianz mit Kotzer. Sie macht keine Gefangenen. Und dann geht es auch gleich in die Schlacht. Watson verweist darauf, dass jeder Eingriff in die Energieversorgung dramatische Folgen für die Bevölkerung haben wird. Falk lässt ihn sein Lamento abspulen, bleibt freundlich. Ab und zu schaut sie zu Leon und verdreht die Augen, um zu zeigen, dass sie das alles schon kennt.

»Mr Watson, haben Sie heute Morgen die Nachrichten gesehen? Mehr als dreißig Millionen Menschen sind auf der Flucht vor Naturkatastrophen. Und wir können davon ausgehen, dass diese Menschen nicht mehr zurück in ihre Heimat gehen werden, weil es die nicht mehr gibt. Entweder weil sie überschwemmt ist oder so vertrocknet, dass dort nichts mehr angebaut werden kann und die Leute verhungern. Meine Initiative in Davos hat nicht den Zweck, ExxonMobil und anderen Unternehmen zu schaden, im Gegenteil, ich will Schaden von Ihnen abwenden. Denn diese dreißig Millionen sind nicht das Ende. Es werden Monat für Monat mehr. Sie wissen, dass das zu einer Situation führt, die wir nicht mehr unter Kontrolle haben werden.«

»Ich weiß. Die Frage ist allerdings, ob es überhaupt sinnvoll ist, diese Situation unter Kontrolle zu bringen. Und ob Notstandsgesetze, wie Sie sie vorschlagen, nicht mehr Schaden anrichten, als sie Nutzen bringen.«

»Sie meinen den wirtschaftlichen Schaden? Der wird mit jedem Tag größer, an dem wir nicht handeln.«

»Nein, ich meine den Bürgerkrieg, den Sie zu erwarten haben. Und der noch schlimmer wird, wenn Sie Ihre Maßnahmen umsetzen.«

»Ich glaube, wenn wir der Bevölkerung sagen, dass es keine Alternative gibt, dass wir alle miteinander Verzicht üben müssen, werden die Menschen das verstehen.«

»Da wäre ich mir an Ihrer Stelle nicht so sicher.«

Droht er ihr gerade? Meint er damit Paulus Moses und die Desinformationskampagnen in den sozialen Medien? Die hetzerischen Videos und rassistischen Posts, die täglich und mit viel Geld gepusht werden? Oder gibt es da noch etwas anderes?

»Zudem wissen Sie doch, Frau Bundeskanzlerin, dass es immer eine Alternative gibt.«

Und was soll das jetzt?

»Sagen Sie mir eines, Mr Watson. Warum?«

»Warum? Wenn Sie mich das fragen, frage ich mich doch, ob Sie wirklich verstanden haben, worüber wir miteinander sprechen. Schauen Sie, Frau Bundeskanzlerin, dass Millionen sterben, kann man auf zwei Arten betrachten. Als Tragödie oder als Chance.«

Leon sieht Falk konsterniert an. Wovon redet der? Der Tod von Millionen soll eine Chance sein?

»Die Welt ist leichter zu lenken, wenn nicht so viele den Planeten bevölkern, meinen Sie nicht auch? Zehn Milliarden Menschen, die essen wollen, Handys, Computer, Autos haben wollen, reisen wollen. Wo wird das enden? Es endet in Chaos und Anarchie, wie wir gerade sehen.«

»Sie meinen, wir sollten die Menschen einfach sterben lassen?«

»Es wird uns wohl nichts anderes übrig bleiben.«

»Das werden wir noch sehen.«

»Sie wollen die Entwicklungen aufhalten, Frau Bundeskanzlerin!«

Er lacht. Aber es ist kein freundliches Lachen. Es ist herablassend. Er lacht sie aus wie ein Professor eine Erstsemesterstudentin, die mit angelesenem Wissen daherkommt.

»Die Geschichte lehrt uns, dass nichts, was kraftvoll begann, je aufgehalten wurde«, sagt er. »Weder Cäsar noch die Aufklärung, noch die Industrialisierung, noch die Weltkriege. Genauso ist es mit dem Klimawandel. Es sind Reinigungsprozesse, in denen sich die Welt neu erfindet.«

»Mit Tausenden, die ins Elend gestürzt werden.«

»Nun ja, das ist der Preis, der zu allen Zeiten gezahlt wird.«

»Von den Schwachen.«

»Man kann das bedauern, aber es ist deren Rolle in dem Spiel. Die Schwachen sterben zu allen Zeiten. In Kriegen, durch Naturkatastrophen, durch Krankheiten. Dafür sind sie da.«

Leon spürt, wie sein Puls hochschnellt. Der Mann ist ein widerlicher Zyniker. Er schreibt eine Notiz und hält sie Falk hin. *Komm aus der Defensive. Frag ihn, was er konkret will.*

»Schauen Sie, Frau Bundeskanzlerin, wir sind alle in Gefahr, von dem kleinmütigen Mitleid überwältigt zu werden, das uns glauben lässt, wir könnten die Welt zu einem besseren Ort machen. Aber denken Sie nur eine Sekunde darüber nach, welche Welt der Klimawandel erschaffen wird. Welche Revolution er bedeutet. Wie unausweichlich er ist. Dann werden Sie sehen, dass sich alles gemäß den Gesetzen der Natur fügt.«

Mit Gesetze der Natur meint dieses Arschloch all die Machenschaften, die ihm und seiner Bande den unendlichen Reichtum und ihre Macht beschert haben.

»Mr Watson, ich finde Ihre philosophischen Einlassungen durchaus interessant, wenn auch eher aus psychoanalytischen Gründen. Aber da meine Zeit sehr begrenzt ist, wäre ich Ihnen dankbar, wenn Sie mir nun den Grund Ihres Anrufes enthüllen könnten.«

»Den Grund kennen Sie. Und meine philosophischen Einlassungen, wie Sie es so freundlich nennen, haben nur den Zweck, Sie von Handlungen abzuhalten, die ebenso sinnlos wie fatal sind. Wer versucht, sich dem Lauf der Geschichte in den Weg zu stellen, wird in den meisten Fällen überrannt.«

»Ihre Sorge um mein Wohl rührt mich. Aber die Welt hat sich durch die vielen, die sich der Geschichte in den Weg gestellt haben, die sich für die Schwachen, die Hilfsbedürftigen und die Machtlosen eingesetzt haben, zum Guten hin bewegt. Würde es diese Menschen nicht geben, wären wir alle immer noch rechtlose Sklaven eines selbstsüchtigen und habgierigen Herrschers.«

»Wer sagt Ihnen denn, dass Sie das nicht immer noch sind?«

Wieder lacht er dieses unverschämte Lachen. Es geht noch eine Weile hin und her, bis Falk ihm zu verstehen gibt, dass ein wichtiger Termin auf sie wartet. Wodurch sie auch deutlich macht, dass sie diesen Termin hier nicht so wichtig findet. Watson verabschiedet sich höflich und kündigt an, dass sie bald wieder von ihm hören wird. Dabei grinst er, als würde er sich schon darauf freuen.

Als der Bildschirm wieder schwarz ist, schüttelt Falk fassungslos den Kopf.

»Er ist nicht damit rausgerückt, was er vorhat«, sagt Leon. »Was kann das sein? Will er den Spaniern und Italienern noch mehr Geld hinten reinschieben? Oder tut er sich mit Undine von Broch zusammen?«

»Ich weiß es nicht«, sagt Falk.

Sie klingt hilflos, erschöpft. Zum ersten Mal, seit er für sie arbeitet, hat sie keine Antwort auf ein Problem. Dabei müssen sie doch lediglich überlegen, wo ihre Schwachstelle liegt, herausfinden, wo sie etwas übersehen haben, wo sie verwundbar sind. Er erinnert sich an das Konzept des Schwarzen Schwans. Es gibt das bekannte Bekannte. Das sind die Dinge, von denen wir wissen, dass wir sie wissen. Dann gibt es das bekannte Unbekannte. Gemeint sind die Dinge, von denen uns bewusst ist, dass wir sie nicht wissen. Aber wirklich gefährlich ist das unbekannte Unbekannte. All das, von dem wir nicht wissen, dass wir es nicht wissen. Genau so geht es ihm gerade. Er weiß nicht, was er nicht weiß. Bei Diana Falk ist er da nicht so sicher.

Mackenzies Nachricht kommt ihm wieder in den Sinn. Er nimmt das Handy, wählt ihre Nummer.

47 MACKENZIE KOMMT IN BEGLEITUNG

Ich habe sie nicht ausdrücklich gebeten, allein zu kommen, weil ich dachte, das verstünde sich von selbst. Aber wenn sie Unterstützung braucht, warum ausgerechnet Leon? Seit ungefähr einer Viertelstunde beobachte ich die beiden. Ich will sehen, ob sie allein gekommen sind oder ob die Polizei ihnen gefolgt ist. Sie sind mehrmals ausgestiegen und umhergegangen, haben nach mir Ausschau gehalten und sind wieder eingestiegen. Jetzt steigen sie erneut aus. Sie schauen auf ihre Telefone. Leon sagt irgendwas zu Mackenzie, das ich nicht verstehen kann. Er scheint wütend zu sein. Als die beiden einsteigen und losfahren, werfe ich einen Stein nach dem Wagen. Leon stoppt, schaut sich um. Ich verlasse mein Versteck, renne gebückt auf das Auto zu, öffne die hintere linke Tür und krieche in den Wagen.

Mackenzie dreht sich zu mir herum, streckt die Hand aus. Ich ergreife sie.

»Bist du okay?«, fragt sie.

»Ja«, antworte ich.

»Gut«, sagt sie. Mehr nicht.

Ich warte darauf, dass einer von beiden anfängt und die Anklage verliest. Aber sie schweigen, als würde es sich um eine Mitfahrgelegenheit handeln und als wäre ihnen der Gesprächsstoff ausgegangen. Es dauert eine quälend lange Viertelstunde. Dann fängt Leon an.

»Was habt ihr euch dabei gedacht? Kraftwerke in die Luft sprengen! Habt ihr gedacht, ihr könnt was gegen den Anstieg der Weltbevölkerung tun, indem ihr ein paar Arbeiter und Security-Leute umbringt? Glaubt ihr tatsächlich, dass die Leute sagen: ›Hey, die haben Kraftwerke in die Luft gesprengt, und jetzt haben wir keinen Strom mehr, aber dafür saubere Luft, wie schön‹? Seid ihr völlig bescheuert?«

Er schüttet eine Tonne ätzender Vorwürfe über mir aus. Erklärt mir, dass wir nicht nur nichts erreicht haben, sondern auch jede andere Aktion, den Klimawandel zu stoppen, in Misskredit gebracht haben. Dass die Stimmung jetzt gegen die Aktivisten und sogar gegen die Regierung kippt. Dass sich jeder, der sich mit mir abgibt, der Mitwisserschaft oder sogar der Unterstützung einer terroristischen Vereinigung schuldig macht. Auch er.

»Du und diese bescheuerten Guardians gehören ins Gefängnis«, sagt er.

»Wieso bist du gekommen, wenn es so gefährlich ist, sich mit mir abzugeben?«, frage ich ihn.

Er schweigt.

»Weil er der Sherpa der Kanzlerin ist und wir in dieser Kiste nicht verfolgt werden«, sagt Mackenzie. »Offiziell ist er in Spremberg bei der Schwarzen Pumpe, um sich im Auftrag der Bundeskanzlerin vor Ort über die Situation im Kraftwerk zu informieren.«

»Das meine ich nicht. Willst du mich bei der Polizei abliefern, sobald wir in Berlin sind?«, frage ich.

»Nein, das wird er nicht«, sagt Mackenzie. »Zumindest hat er es mir versprochen.«

Leon fährt auf die Autobahn, beschleunigt auf hundertachtzig. Mackenzie lässt meine Hand los und hält sich an dem Griff über der Tür fest.

»Wisst ihr was über Yema?«, frage ich.

»Sie ist tot«, sagt Mackenzie. »Angeblich hat sie bei der versuchten Festnahme um sich geschossen. Mehr als dreißig Guardians sind verhaftet worden.«

Ich weiß nicht, was ich sagen soll, was ich fühlen soll. Wir fahren stumm. Jeder hängt seinen Gedanken nach.

»Hast du irgendeine Idee, wie es jetzt weitergehen soll?«, fragt Leon.

Nein, habe ich nicht.

Als wir auf einem Parkplatz anhalten, weil Mackenzie und ich zur Toilette müssen, erzähle ich, was sich in der vergangenen Nacht zugetragen hat. Ich kann nicht mehr aufhören zu weinen, wenn ich von Dimitri erzähle. Mackenzie nimmt mich in die Arme. Ich weiß nicht, ob Leon mir glaubt. Aber das ist auch nicht wichtig.

Kurz bevor wir Berlin erreichen, muss ich in den Kofferraum klettern. Es riecht nach Benzin, ist eng und kalt. Jede Bodenwelle schlägt gegen meinen Kopf. Ich kann Dutzende Polizeiwagen mit heulenden Sirenen hören, und jedes Mal zucke ich zusammen, warte darauf, dass Leon anhält, der Kofferraum geöffnet wird und Polizisten ihre Maschinenpistolen auf mich richten.

Nach einer Weile halten wir an. Ich weiß nicht, wo wir sind und was mich erwartet. Endlose Minuten vergehen, und ich habe Angst, dass sie mich hier drinnen vergessen. Dann plötzlich Tageslicht, und ich kann aus dem Kofferraum klettern. Wir befinden uns auf dem Parkplatz einer Schrebergartensiedlung. Schweigend gehen wir einen Weg entlang, bis wir ein Haus am Ende eines schmalen Weges erreichen. Es gehört den Eltern eines Freundes, sagt Leon.

Das Haus ist leer. Es riecht ein wenig muffig, so als sei schon lange niemand mehr hier gewesen. Der Besitzer scheint großen Spaß daran zu haben, Tiere abzuknallen. Überall hängen ausgestopfte Jagdtrophäen an den Wänden. Köpfe von Rehen, Hirschen, Wildschweinen. Ausgestopfte Füchse, Biber, Bussarde. In dem kleinen Badezimmer fällt mein Blick in den Spiegel. Ich sehe zum Fürchten aus.

»Du musst das Land verlassen. Das ist dir klar, oder?«, sagt Leon.

Nein, ist es nicht, aber ich lasse ihn erst mal weiterreden.

»Ich fahr dich ins Elbsandsteingebirge, da gehst du über die grüne Grenze nach Tschechien. Du musst dein Aussehen ändern. Ich kenne jemanden, der dir Papiere besorgen kann.«

Er kennt jemanden, der Papiere fälschen kann? Ernsthaft? Klingt ziemlich kriminell für einen Berater, der im Kanzleramt arbeitet.

»Du musst dich bis Prag durchschlagen und versuchen, einen Flug nach Asien zu kriegen. Vietnam oder Kambodscha. Da sind die Grenzkontrollen momentan ziemlich lax, weil die genug mit den Unwettern zu tun haben.«

Leon klingt unnachgiebig und streng. Gleichzeitig habe ich das Gefühl, er will mich beschützen. Mackenzie hält mir einen Umschlag hin.

»Was ist das«, frage ich.

Als sie nicht antwortet, öffne ich den Umschlag.

»Es sind fünftausend Dollar. Mehr konnte ich so schnell nicht auftreiben«, sagt sie.

»Danke«, sage ich. »Das ist wirklich nett. Aber ich werde das Land nicht verlassen.«

»Was heißt das, du wirst das Land nicht verlassen?«, fragt Leon. »Du wirst überall gesucht. Falls du vorhast, die nächsten zehn Jahre hier drin zu wohnen, muss ich dich enttäuschen. Die Besitzer kommen nächsten Monat aus dem Urlaub zurück.«

»Setzt euch«, sage ich.

Wir nehmen zu dritt am Küchentisch Platz.

»Ich weiß, dass die Aktion ein Fehler war. Aber ich habe gedacht, ich muss irgendwas machen, nachdem die Liste mit den Namen so den Bach runtergegangen ist. Ich war frustriert und wütend. Und wenn wir es geschafft hätten, weltweit ein paar Dutzend Kohlekraftwerke zu zerstören, wäre zumindest der CO_2-Ausstoß verlangsamt worden. Wenn ich jetzt abhaue, was mache ich dann? Mich irgendwo in Kambodscha verstecken?«

»Leela! Es dauert hier vielleicht noch ein oder zwei Tage, dann findet dich die Polizei«, sagt Mackenzie.

»Dann gehe ich eben ins Gefängnis. Aber das hier ist noch nicht zu Ende. Dimitri hat mir gesagt, dass Colette den zweiten Dateiordner, den Jakob mir geschickt hat, geknackt hat.«

»Welche Datei?«, fragt Mackenzie.

»Pythia. Es geht darin um sichere Refugien, in die sich ein paar stinkreiche Leute zurückziehen können, wenn es mit dem Klimawandel richtig schlimm wird. Alles, was Rang und Namen hat und natürlich genug Geld, macht da mit.«

»Colette?«, fragt Leon sarkastisch.

»Ja, wieso?«

Leon nimmt einen Umschlag aus seiner Cordjacke. Cord steht ihm nicht. Jemand müsste ihm das mal sagen, denke ich. In dem Umschlag befindet sich ein schriftliches Protokoll. Er reicht es mir.

»Was ist das?«

5. März, 16:34 Uhr, Telefonat mit Anschluss in Polen, Dauer 6:30 Minuten. Zusammenfassung d. Telefonats durch PL. Anruferin C. fragt nach Fortschritt der Operation Hades. Nennt zwölf Kraftwerke, Namen der Personen, die Aktionen durchführen. Streit mit angerufener Person, da Namen nicht genannt werden sollen.

Ich lese die Notiz zweimal, bis ich verstehe, was der Inhalt bedeutet. Ich kann es nicht glauben.

»›C‹ ist Colette.«

›C‹ soll Colette sein?

»Ihr habt sie abgehört?«

»Was denkst du denn, wofür Verfassungsschutz und BND da sind?«

»Seit wann wisst ihr von den Anschlägen?«

»Seit einer Woche.«

»Und ihr habt es geschehen lassen?«

»Zuerst einmal, es gibt kein *ihr*. Ich bin nicht der Innenminister, ich gehöre nicht zum Verfassungsschutz, ich bin nicht die Polizei. Ich bin der Berater der Bundeskanzlerin. Alles, was ich zur Verfügung habe, ist der Zugang zu den Protokollen. Und ich kann nichts dafür, dass deine Freundin Colette nicht die ist, für die ihr sie gehalten habt.«

In dem Umschlag befinden sich auch noch Fotos. Auf einigen ist Colette zu sehen, wie sie mit Yema spricht. Colette und Dimitri in der U-Bahn. Colette mit einem Mann, der nur von hinten zu sehen ist.

»Wer ist das?«, fragt Mackenzie.

Leon nimmt ein weiteres Foto aus dem Umschlag. Es zeigt den Mann von vorne.

»Paulus Moses«, sagt er.

»Wieso trifft sie …«

Leon nimmt die Fotos wieder an sich.

»Colette Richard«, doziert er, »Französin, geboren im Elsass, ehemalige Prostituierte und kurzzeitiges Mitglied der Les Verts, seit zwei Jahren bei Guardians of Life, hat von Paulus Moses den Auftrag erhalten, die Operation Hades in die Guardians zu tragen. Hades ist in der griechischen Mythologie der Gott der Unterwelt. Es war von Anfang an klar, dass die Aktionen scheitern werden, um die Guardians zu diskreditieren. Nicht geplant war wahrscheinlich, dass Colette dabei ums Leben kommt.«

Ist das wahr? Ist Colette eine Verräterin? Oder erzählt Leon mir eine Story, um … ja, um was? Ich bin kurz davor, irre zu werden.

Leon geht zu einem Fenster, öffnet die Gardine und sieht hinaus.

»Wir müssen überlegen, wo wir dich verstecken können«, sagt Mackenzie. »Vielleicht können wir ja einen Deal machen. Was steht denn in Pythia?«

»Ich hab die Datei noch nicht gesehen. Ich weiß nur, dass das Projekt Decamerone heißt.«

Leon wirbelt herum, wirkt plötzlich aufgeregt.

»Hast du eben Decamerone gesagt?«

»Ja, wieso?«, frage ich. »Sag mir nicht, dass du davon weißt.«

Er greift seine Jacke.

»Ich muss ins Kanzleramt. Du bleibst hier. In drei Stunden bin ich wieder da.«

»Ich komme mit«, sagt Mackenzie. »Ich hol dir frische Wäsche.«

Leon stürmt einfach aus dem Haus, ohne sich auch nur umzudrehen. Mackenzie und ich sehen uns ratlos an.

»Keine Ahnung, was er hat«, sagt Mackenzie.

Dann läuft sie ihm hinterher. Die Haustür fällt hart ins Schloss.

Ich verstehe nicht, warum er es auf einmal so eilig hat. Es muss mit Decamerone zu tun haben. Nur was? Das Einfachste wäre, in Colettes Handy nachzuschauen. Wieso bin ich nicht gleich darauf gekommen? Ich nehme es aus der Hosentasche. Der Akku ist natürlich immer noch leer. Und ich habe immer noch kein Ladekabel.

Nelson hat sich ein wenig erholt. Der Zug rumpelt über die Gleise. Zuletzt hat er das Tempo verlangsamt. Ist sogar zweimal stehen geblieben. Einige Geflüchtete haben versucht auszusteigen, aber die Türen ließen sich nicht öffnen. Sie haben an einem roten Hebel gezogen, aber das hat auch nichts genützt. Es ist stickig, in der Luft hängt ein ekelerregender Gestank.

Der Alte ist verschwunden, und Afeni hat einen Mann mit zwei Kindern an den Platz gelassen, den der Alte besetzt hatte. Der Mann hat seine Frau aus den Augen verloren, als sie in den Zug eingestiegen sind. Sie meldet sich nicht. Jetzt hofft er, dass sie in einem anderen Waggon hockt. Wie sollen sie sich sonst wiederfinden unter Tausenden Flüchtlingen?

Afeni teilt den letzten Rest aus ihrer Wasserflasche mit den beiden Kindern. Sie sind vier und sechs Jahre alt. Von dem Proviant, den Afeni am Bahnhof eingesteckt hat, ist nur noch ein Stück Schokolade übrig. Die Kinder essen es, ohne ein Wort zu sagen. Keine Freude, kein Wort des Dankes, nichts. Sie essen es, als wären sie Maschinen und die Schokolade nicht mehr als Treibstoff.

Seit ungezählten Stunden sind sie unterwegs. Rom, Florenz, Bologna, Lampugnano, Bozen. Die Aufregung vom Anfang der Reise hat sich gelegt. Das Lachen, die Vorfreude, die Angst sind verbraucht. Sogar die Streitereien um die besten Plätze haben irgendwann ein Ende gefunden. Nachdem sie eine Stadt namens Innsbruck passiert haben, hat Afeni aus dem Fenster geschaut. Die Landschaft sah wie ein riesiges Meer aus. Als hätte Gott den Tschadsee ausgetrunken und hier wieder ausgespuckt. Keine Straßen, aber Autos, von denen nur noch die Dächer sichtbar waren. Schilder, die sich aus den Fluten emporreckten, und Häuser, die keine Türen mehr hatten, nur noch Fenster.

Aus dem Lautsprecher kündigt eine Stimme an, dass sie in einer halben Stunde München erreichen. Sie werden aufgefordert, den Zug erst dann zu verlassen, wenn die Polizei die Erlaubnis dazu gibt. Afeni tastet nach Nelsons Hand. Ihre Blicke treffen sich. Was hat das zu bedeuten? Werden sie registriert? Werden diejenigen, die keine Papiere haben, wieder zurückgeschickt? Wohin zurückgeschickt? Niemand will zurück.

Unruhe breitet sich aus, als würde ein Raubtier erwachen. Am anderen Ende des Waggons brüllt jemand, dass sie aussteigen müssen. Afeni versteht nicht, um was es geht. Wieso sollen sie aussteigen? Sie steht auf, schaut zu der Aufregung hin. Die Geflüchteten starren auf ihre Handys, die Augen vor Entsetzen geweitet. Was haben die? Was sehen die?

Einige reißen die Fenster weit auf. Zwei Männer werfen ihre Taschen und Koffer aus dem Zug. Der erste, ein schmaler, großer mit einer glänzenden Glatze, klettert aus dem Fenster. Zuerst das linke Bein, dann der Oberkörper. Seine Hände suchen außen nach einem Halt. Als er ihn gefunden hat, zieht er das rechte Bein hinterher. Er hängt jetzt an der Außenwand des Waggons wie ein Käfer. Schaut nach vorne. Er braucht freies Gelände, wenn er sich fallen lässt. Keine Signalanlagen, keinen Zäune, keine Hindernisse, an denen er zerschellen wird. Am besten wäre ein Fluss. Der Zug fährt jetzt langsamer. Der Mann macht sich bereit. Er schaukelt. Die anderen Geflüchteten verfolgen seinen Kampf wie einen Film im Kino. Sie schreien, rufen, einige treiben ihn an, als würden sie auf ein Spektakel warten. Kurz bevor sie einen Fluss überqueren, springt er ab wie ein Frosch. Im weiten Boden fliegt er über das Geländer der Brücke. Die Arme und Beine rudern, als wollte er gegen die Flugbahn ansteuern. Und dann schafft er es. Mit einem gewaltigen Platschen taucht er in den Fluss.

Der zweite Mann steht vor dem Zugfenster. Er zögert noch.

Der Fluss liegt bereits hinter ihm. Aber wenigstens gibt es freies Gelände. Dann wagt er es. Schiebt zuerst den Oberkörper hinaus. Immer weiter. Eine Frau an einem Fenster weiter vorne schreit. Der Mann wendet den Blick in Fahrtrichtung. Ein fürchterliches Krachen. Blut spritzt gegen das Fenster und in den Waggon. Der Körper des Mannes hängt leblos aus dem Fenster, schaukelt vom Fahrtwind hin und her. Ein Pfeiler hat seinen Kopf abgerissen.

»Afeni!«

Nelson hält ihr sein Handy entgegen. Ein Video zeigt, wie sich schwarz gekleidete Männer und Frauen mit der Polizei am Bahnhof eine Schlacht liefern. Zwei Blöcke stehen sich gegenüber. Beide behelmt, beide schwarz, sodass man sie kaum unterscheiden kann. Nur die Schriften auf den Uniformen trennen sie. Polizei und Werwolf. Sie schlagen mit Knüppeln aufeinander ein. Schüsse fallen. Das Echo jagt durch den Waggon. Aber es kommt nicht von dem Video, es kommt von draußen. Das Video und die Realität verschwimmen ineinander. Der Zug hat den Bahnhof erreicht, hält genau an dem Bahnsteig, an dem die Schlacht tobt. Wieder die Schreie. Auf der anderen Seite des Waggons schlagen die Werwölfe die Scheiben ein, werfen kleine Metallkörper in die Abteile, die sofort beißenden Rauch verströmen.

Die Geflüchteten stürzen in Panik aus den Abteilen, drängen sich in die übervollen Gänge. Jemand rüttelt an der vorderen Tür. Sie öffnet sich. Und als würde der Waggon überkochen, ergießen sich die Leiber auf den Bahnsteig. Nelson und Afeni werden umgerissen, Füße trampeln über sie hinweg, steigen auf Rücken, Arme, Köpfe. Afeni schmeckt Blut. Es ist ihr eigenes. Sie hat sich im Fallen auf die Zunge gebissen. Wütend schlägt sie um sich, greift nach dem Fuß, der auf ihrem Kopf steht, drückt ihn beiseite. Sie sieht, dass der Mann neben ihnen sich über seine beiden Kinder gebeugt hat, sich mit den Armen abstützt, damit sie nicht erdrückt werden.

Afeni kann den Griff eines Fensters erreichen. Sie zieht sich hoch, schiebt, stößt das Gedränge von sich weg, schlägt um sich. Sie reicht Nelson die Hand. Zieht ihn zur Waggontür. Sie stürzen auf den Bahnsteig, landen mit den Händen in Pfützen aus Blut und Wasser. Doch statt sofort aufzustehen, zieht Afeni Nelson auf das Gleis. Hier zwischen zwei Waggons sind sie vor den Schlägen geschützt.

»Wir warten, bis die Polizisten die Lage unter Kontrolle haben«, sagt sie.

»Was ist mit deinem Mund?«, fragt Nelson.

Afeni öffnet ihn. Sofort fließt Blut über ihre Lippen, den Hals hinunter auf das T-Shirt. Nelson zuckt zurück, als er ihre Zunge sieht.

Sie braucht einen Arzt. Sie muss in ein Krankenhaus gehen, wo man ihre Zunge näht. Aber das geht jetzt erst mal nicht. Es ist ein unglaubliches Tohuwabohu. Die Schläge der Knüppel schmatzen, wenn sie auf Arme, Beine und Rücken treffen. Wenn sie zum Bahnsteig hinschauen, sehen sie Stiefel, dazwischen die nackten Füßen von Geflüchteten, Taschen und Koffer, die über den Boden gezogen werden. Zwischen den Rädern des Zuges sind sie sicher. Langsam lässt die Panik in Afeni nach. Dafür poltert der Schmerz in ihrem Mund, klopft bis an die Schädeldecke.

Und dann geht ein Ruck durch den Zug. Langsam setzt er sich in Bewegung, fährt rückwärts aus dem Bahnhof heraus. Afeni sieht den schweren Haken, der zwischen dem ersten Waggon und der Lok herabhängt. Er wird sie und Nelson erschlagen, wenn sie nicht sofort ihr Versteck verlassen.

49 IST COLETTE EINE VERRÄTERIN?

Ich soll das Haus nicht verlassen, hat Leon gesagt. Aber ich muss wissen, ob es stimmt. Hat Colette gelogen? Sind deswegen die Anschläge gescheitert?

Ich halte Colettes Telefon in der Hand. Der schwarze Bildschirm starrt mir entgegen. Flüstert, dass er die Wahrheit kennt, dass ich nur rausgehen und ein Kabel besorgen muss. Ich erinnere mich, dass Colette die Aktion abbrechen wollte. Das hätte sie doch nicht getan, wenn sie für die andere Seite arbeiten würde. Oder gab es einen anderen Grund für ihr Verhalten? Wollte sie dadurch verhindern, dass sie selbst auffliegt? Ich kann einfach nicht glauben, dass Colette uns verraten hat. Ich will es nicht. Doch wenn Colette nicht die Verräterin ist, dann stellt sich die Frage, warum Leon sie so darstellt. Was hat er für ein Interesse daran? Hat der Verfassungsschutz ihn geschickt? Das ist doch möglich. Warum sonst hat er mich in dieses Haus gebracht? Die Ungewissheit macht mich schier wahnsinnig.

Mein Fahndungsfoto ist überall im Netz, hat Mackenzie gesagt. Also kann ich so nicht rausgehen. Ich schaue, ob es etwas gibt, mit dem ich mich verkleiden kann. Im Schrank im Schlafzimmer hängen Klamotten. Anzüge, Hemden, Hüte. Die Jacken und Hosen riechen nach Mottenpulver, aber sie passen ganz gut. Das Hemd riecht nach altem Schweiß. Wenn ich die Haare unter dem Hut verstecke und eine der Brillen aufsetze, die in einer Schublade herumliegen, bin ich kaum als Leela Faber zu erkennen. Der Regenschirm ist ein weiterer Schutz.

Ich eile den schmalen Weg an den Gärten entlang. Irgendwann muss die große Straße kommen, die uns hierhergebracht hat. Weiter vorne ist eine Bushaltestelle. Aber ist der Bus eine gute Idee? Wenn jemand mich erkennt, bin ich gefangen. Besser, ich nehme ein Taxi. Am besten eines mit einem ausländischen Fahrer. Da ist das Risiko, dass mich jemand erkennt, nicht so groß. Alles Unsinn. Warum nehme ich nicht eines der Mieträder, die hier überall herumstehen? Ich lasse den Schirm am Straßenrand liegen, weil er mich beim Fahrradfahren behindert.

In der Fußgängerzone sind die meisten Läden geschlossen, manche Türen regelrecht verbarrikadiert. Neben einem Brunnen demonstrieren junge Aktivisten gegen den Klimawandel. Sie halten ihre vom Regen aufgeweichten Plakate hoch. Ein paar von ihnen singen. »Die Wälder brennen, die Gletscher schmelzen, das Meer, es steigt drei Meter hoch, Städte kollabieren, die Luft ist voller Gift, keiner kann entkommen, weil es jeden von uns trifft / Doch wir wolln, wir wolln leben.« Es klingt wie »We Will Rock You«. Ein Hit aus grauer Vorzeit, als man dachte, die Erde und die Menschen wären noch zu retten.

Der Elektronikmarkt hat genau das Kabel, das ich brauche. Drei Kassen sind geöffnet, obwohl kaum Kunden anstehen. Ich entscheide mich für die Kassiererin, die am freundlichsten lächelt. Die Frau nennt den Preis. Acht fünfundneunzig. Als ich einen Zehner in die Geldschale lege, blickt die Frau auf. Das Lächeln verschwindet aus ihrem Gesicht. Hat sie mich erkannt? Ich greife das Kabel, nehme das Wechselgeld entgegen und gehe betont unauffällig aus dem Geschäft. Als ich mich in der Tür herumdrehe, um zu schauen, ob mich jemand verfolgt, sehe ich, wie die Kassiererin mit einem Mann von der Security spricht und dabei auf mich deutet. Der Mann nimmt sein Handy, telefoniert. Und schon sind von irgendwoher Sirenen zu hören. Gelten die mir? Nein, unmöglich. Trotzdem muss ich hier weg, bevor die Polizei kommt. Ich renne die Treppen zur U-Bahn-Station hinunter. Erwische einen Zug. Keine Ahnung, wo der hinfährt. Eine Station später steige ich wieder aus. Vor einem Bioladen steht ein Fahrrad, das nicht abgeschlossen ist. Selbst schuld, wenn du in Berlin dein Fahrrad nicht abschließt. Ich trete in die Pedale, und niemand hält mich auf.

Als ich in der Schrebergartensiedlung ankomme, regnet es in Strömen. Ich hätte den Schirm nicht liegen lassen sollen. Sofort bin ich bis auf die Haut durchnässt. Ich warte eine Weile, bevor ich in das Haus gehe. Ich muss sicher sein, dass da drin nicht bereits die Polizei auf mich wartet. Eine Polizeistreife fährt vorbei. Und noch eine. Aber sie halten nicht an. Die sind nicht hinter mir her. Noch nicht. Hemd und Hose hängen an mir wie eine kalte Haut. Nach einer Viertelstunde breche ich ab. Ich gehe ins Haus, und noch bevor ich die nassen Klamotten ausziehe, probiere ich das Kabel aus. Es passt!

Ich muss ein paar Minuten warten, bis das Handy genug Saft hat, damit ich es starten kann. Also gehe ich solange ins Bad. Die heiße Dusche wärmt mich wieder auf, das Wasser wäscht die Angst und die Trauer von mir ab. Es ist noch nicht alles verloren. Aber dann fällt mir ein, dass die Aktion mit dem Kabel vielleicht doch umsonst war. Ich brauche den Code, um das Handy zu entsperren. Scheiße, Scheiße, Scheiße! Ich könnte heulen vor Wut. Wie kann man nur so blöde sein. Aber halt. Als wir in dem Transporter gewartet haben, hat Colette geflucht, weil sie zweimal den falschen Code eingegeben hatte. Sie musste eine Weile überlegen, bis es ihr wieder einfiel. Es war ein Datum. Heiligabend!

Als ich mich abgetrocknet und angezogen habe, tippe ich vier Ziffern ein. 2–4–1–2. Richtig. Jetzt brauch ich nur noch die PIN. Es handelt sich um ein Wort, das mit der Zahlentastatur geschrieben werden kann. Eine Farbe. Welche Farbe war es? Welche kann man mit vier Buchstaben schreiben? Blau? Nein. Grün. Nein, grün hat fünf Buchstaben, weil es keinen Umlaut geben darf. Gelb? Ich tippe drei Zahlen ein, 4–3–5, sodass das

Wort GEL erscheint. Jetzt fehlt noch die 2 als B. Der Bildschirm öffnet sich.

Ich scrolle durch Colettes Kontakte. Tatsächlich, da steht Paulus Moses. In den Notizen Hinweise auf die drei Ordner, die Jakob mir geschickt hat. Kassandra, Pythia und Zyklop. Ist da noch mehr? Vielleicht ein Passwort? Nein, Colette ist ja nicht blöd. Ich scrolle weiter durch die Notizen und finde eine Liste der Kraftwerke, darunter die Decknamen von einigen Guardians. Und dann eine Notiz zu Zyklop. Jede Menge Pages- und Numbers-Dokumente. Eines enthält Listen von Zahlen über Ernteausfälle, Rückgang des BIP, Firmenpleiten, Flüchtlingsströme. Eine Analyse des PIK beschreibt, dass die sozioökonomischen Folgen des Klimawandels exponentiell verlaufen. Werden bestimmte Systemschwellen überschritten, steigt die Zahl der tödlichen Hitzewellen dramatisch. In den Äquatorregionen werden ohne Gegenmaßnahmen im Jahr 2040 etwa 360 Millionen Menschen betroffen sein. Im Jahr 2050 etwa eine Milliarde. Zeitgleich treten Überschwemmungen auf, die ganze Landstriche auf Dauer unbewohnbar machen. Das betrifft Indien, Pakistan, Bangladesch und Nigeria, Thailand, Vietnam, Teile von China. Was für ein Horror!

Als ich meine Suche schon beenden will, fällt mir ein Text auf, der in roten Buchstaben geschrieben ist. Darin steht, dass die gesamte Küstenregion von Indien, Myanmar und Bangladesch aufgegeben werden muss.

Wie bitte?

Wenn man dort keine Dämme baut, steht in dem Text, sondern das Wasser auf das Land lässt, könnten Städte wie New York, San Francisco, Miami, Hongkong, Shanghai gerettet werden. Genauso Hamburg, Amsterdam, St. Petersburg. Wenn man Bangladesch, Myanmar und den östlichen Teil von Indien aufgibt, könnte man ein paar Jahre gewinnen. Und die drei Länder würden sich nicht wehren. Sie seien militärisch den Großmächten USA, China und Russland unterlegen. Man will den Regierungen ein paar Hundert Milliarden als Ausgleich zur Verfügung stellen.

Wer ist *man?* Dieser Paulus Moses? Die Black Seven? Ist das überhaupt ernst gemeint oder auch nur wieder so eine Fake-Nachricht? Hunderte Millionen Menschen sollen ihre Heimat verlieren oder ertrinken oder verhungern oder an Krankheiten sterben, um westliche Großstädte zu retten. Das ist so pervers, dass ich es kaum fassen kann. Ich springe auf, laufe umher, merke, dass ich völlig verkrampft bin. Kein Diktator des 20. Jahrhunderts hätte sich so etwas ausdenken können.

Ich wähle Mackenzies Nummer. Es dauert eine Weile, bis sie den Anruf annimmt.

»Ich weiß, was in Zyklop steht«, sage ich.

»Wie hast du das geschafft?«, fragt sie.

»Es steht in Colettes Handy.«

»Von wo aus rufst du an?«

»Aus dem Haus.«

»Mit was für einem Handy?«

»Mit dem von Colette natürlich.«

»Ach du Scheiße. Du musst sofort aus dem Haus verschwinden.«

»Wieso?«

»Mach es einfach!«, brüllt sie.

Ich verstehe nicht, wieso sie auf einmal so nervös ist. Bis ich zum Fenster schaue. Dutzende Polizisten in Kampfuniform und mit Maschinenpistolen. Aus einem Lautsprecher werde ich aufgefordert, das Haus mit erhobenen Händen zu verlassen.

Er hat sie noch nicht dazu fragen können. Falk wehrt das Thema ab. Es gibt Wichtigeres. Vor allem die Nachricht, dass die Polizei Leela gefunden hat. Wie ist das so schnell möglich gewesen? Hat sie ihr Handy benutzt? Wie auch immer, jetzt hat er ein Problem. Sie werden die Telefonate nachverfolgen, und dann muss er Falk erklären, wieso Leela Faber sich im Wochenendhaus seines Freundes versteckt hat, wieso er sie nicht gemeldet hat. Was für eine Erklärung soll er dafür anführen? Wenn es öffentlich wird, und das wird es, nagelt die Presse Falk ans Kreuz. Er kann sich die Schlagzeilen schon denken. Kanzlerin-Berater verhilft Terroristin zur Flucht. Drei Wochen vor Davos. Ist das Watsons und Moses' neue Strategie? Hat Moses Colette installiert? Er muss die Sache abfangen.

Er setzt sich an seinen Schreibtisch, schickt eine Nachricht an Silvia Bauer im Innenministerium.

Du schuldest mir noch was. Wenn eine Nachricht von der Verhaftung einer Leela Faber bei Euch eintrifft, wäre es gut, wenn die für ein paar Stunden untergeht. Gruß L.

Er hat keine Ahnung, ob Silvia überhaupt weiß, warum die Nachricht untergehen soll. Und er wird es ihr auch nicht erklären. Sie soll einfach nur tun, worum er sie bittet. Als eine Mail aufploppt, zuckt er zusammen. Er schielt zum Bildschirm seines Notebooks. Sie kommt aus dem Innenministerium. Silvia bestätigt, dass sie ihm den Gefallen tut, dafür muss er sie zum Essen einladen. Sie nennt ihm ein Lokal und packt gleich noch eine Hiobsbotschaft dazu. Der Verfassungsschutz warnt vor einem Marsch auf Berlin. Mehrere rechte Gruppen haben sich mit Undine von Broch zusammengetan. Wenn die Scheiße fliegt, dann fliegt sie richtig. Leon fasst die Informationen in wenigen Sätzen und großen Überschriften für Falk zusammen. Details wird er ihr mündlich vermitteln.

Der Kaffee ist kalt. Es ist schon die zweite Tasse, die er in den Ausguss kippt, ohne davon getrunken zu haben. Er wählt an der Maschine einen Espresso. Bisher hat er es geschafft, seinen Drogenkonsum auf Koffein zu beschränken.

Am Nachmittag steht eine Sitzung des Krisenkabinetts an. Die zweite in dieser Woche. Er hätte die Sitzung gestern schon vorbereiten sollen. Die Lage in den Überschwemmungsgebieten, die Forderungen der Banken nach einem Bail-out, Rettungsschirm für die Energieversorger und immer wieder Davos und die *World Climate, Environment und Economic Conference*. Falk konnte noch Kroatien, Slowenien und die Slowakei auf ihre Seite ziehen. Das sind wichtige Stimmen, wenn es um die große Entscheidung geht.

Wie wäre es mit fünfundzwanzig Millionen?

Herrje. Was ist das denn? Eine Nachricht auf WhatsApp. Von Paulus Moses. Der Mann nervt ihn endlos. Moses, der das geknechtete Volk aus der Sklaverei ins gelobte Land führt! Was will dieser Dreckskerl? Will er ihn bestechen? Per WhatsApp? Nein, da steckt was anderes dahinter. Er soll neugierig werden. Wenn er auf die Nachricht antwortet, hat Moses ihn am Haken. Er ist zu lange in diesem Geschäft, um das nicht zu wissen. Er geht umher. Lässt den nächsten Espresso aus der Maschine. Was soll er tun? Wenn er antwortet, kriegt er unter Umständen Informationen, die sonst niemand hat. Er schreibt.

Sollte das der Versuch sein, mich zu bestechen, werde ich diese Mail unverzüglich an die Staatsanwaltschaft weiterleiten. Außerdem werde ich die Presse darüber informieren.

Sein rechter Daumen schwebt über dem Pfeil zum Versenden. Hinter seiner Stirn liefern sich Neugier und Loyalität ein kleines Wortgefecht. Und dann, bevor noch alle Argumente ausgetauscht sind, hat sein Daumen reagiert. Na gut. Er wird Falk erklären müssen, warum er sie nicht vorher informiert hat.

Ein leises *Bing* ertönt.

Moses hat geantwortet. Leon betrachtet die Nachricht. Sie enthält keinen Text, nur einen Anhang. Der Scheißkerl macht es spannend. Leon tippt auf das PDF-Symbol. Die Datei wird geladen. Es handelt sich um einen Kontoauszug der HSBC Shanghai. 25 Millionen Dollar, überwiesen von Diana Falk an die NHA-Bank in Delaware, Verwendungszweck *Decamerone*.

Falk hat fünfundzwanzig Millionen auf ein Konto in Delaware überwiesen? Und warum ausgerechnet Delaware? Der amerikanische Bundesstaat wird im Schattenfinanzindex als einer der weltweit größten Steueroasen erwähnt.

Eine Minute später hält Leon die ausgedruckte PDF-Datei in der Hand. Falk hat ihn inzwischen zweimal angeklingelt. Er hat sie vertröstet. Moses schreibt, dass Superreiche von überall in der Welt sich in Neuseeland, in Aspen Colorado und in den Alpen Anlagen bauen lassen, in denen sie völlig autonom jede Naturkatastrophe überleben können. Hinter meterhohen Mauern mit NATO-Draht und bewacht von ehemaligen Geheimdienstagenten stehen unterirdische Gewächshäuser, eine eigene Wasser- und Stromversorgung, ein Wald, Kinos, Museen zur Verfügung. Das Projekt heißt Decamerone und ist so eine Art Atlantis für die Elite der Gesellschaft, während der Rest in der Klimakatastrophe ertrinkt, verdurstet und verhungert oder sich gegenseitig die Schädel einschlägt.

Das ist nicht wahr. Das ist eindeutig Desinformation, um ihn gegen Falk aufzuhetzen.

»Okay«, sagt er laut vor sich hin. »Das ist also deine Strategie, du Scheißkerl.«

Andererseits hat er in Falkes Notebook eine Notiz mit dem Namen Decamerone gelesen. Er ruft sie an.

51 DER TAG BEGINNT MIT EINER ANDACHT

Es ist sechs Uhr in der Früh, und im Hof herrscht bereits ein reges Treiben. Die Männer bauen ein Kreuz auf. Das Hämmern dringt wie ein treibender Rhythmus durch die offenen Fenster. Abel sagt, dass Gott ihre Gebete erhören wird, wenn er sieht, dass sie den rechten Weg beschreiten.

Der rechte Weg besteht in der Opferung von etwas, das sehr wertvoll ist, das sie alle lieben. Abel hat in der Nacht noch mit Gita darüber gesprochen. Er hat ihr gesagt, dass es keinen anderen Weg gibt, als Christa zu opfern, wenn sie Gott gnädig stimmen wollen.

Gita hat so etwas schon einmal gehört. Da war sie fünf Jahre alt und ist in der Bibelschule in Thiruvananthapuram mit den Geschichten über Jesus Christus gefüttert worden. Außerdem gab es Frühstück und Abendessen. Mehr, als es zu Hause gab. Das katholische Erzbistum hat sich damals um seine Schäfchen gekümmert.

Sie musste an sich halten, um sich nicht auf Abel zu stürzen. Aber sie wusste, dass sie keine Chance gegen ihn hat. Also hat sie scheinbar demütig zugestimmt und bereitet nun das Mahl vor, das nach der Opferung gereicht werden soll. Für alle in dem Kloster und für die draußen. Gita weiß, wo Christa ist. Sie hat gesehen, wie Agnes mit einem roten Gewand über dem Arm die Treppe in den Keller hinabgestiegen ist. Es gibt nur eine Erklärung dafür. Es ist das Gewand für die Opferung. Und Gita hat beobachtet, dass Agnes den Kellerschlüssel in der rechten Tasche ihrer Strickjacke trägt. Sie hat einen Plan. Sie hat in der Chronik des Klosters gelesen, dass es im Keller einen geheimen Gang gibt. Er diente vor ewigen Zeiten als Fluchtweg, wenn das Kloster überfallen wurde. Wo der Gang hinführt, steht nicht in der Chronik. Bestimmt in die Freiheit. Wenn sie später Kaffee kocht und Agnes eine Tasse davon haben will, wird sie ihr den Kaffee über die Jacke schütten. Agnes wird sie ausschimpfen, vielleicht auch schlagen. Aber sie wird die Jacke ausziehen und ihr zum Reinigen geben. Dann kann Gita den Schlüssel nehmen und Christa aus dem Keller befreien.

Bis dahin muss sie sich zusammenreißen. Sich unauffällig verhalten, tun, was man ihr aufträgt. Und das heißt, Karotten, Kartoffeln, Kohlrabi schälen und hacken und hundert Liter Suppe kochen. Und nichts davon essen. »Wenn ich sehe, dass du nur ein winziges Stück davon in dein verkommenes Maul schiebst, werde ich dir jeden Zahn, mit dem du es kaust, einzeln herausbrechen«, hat Agnes sie angeschrien. Die anderen Frauen haben hysterisch gelacht. Abel und Agnes haben die Gläubigen perfekt manipuliert, niemand ist solidarisch, jeder Widerstandswille ist gebrochen.

Obwohl die Arbeit anstrengend ist, friert Gita. Es liegt an dem Mauerwerk, das durch den ewigen Regen feucht geworden ist. Weiße Kalkkristalle blühen aus den Ziegelsteinen wie Eis. Ungeziefer wuselt um ihre Schuhe herum. Als sie heute Morgen aufgestanden ist, hat eine Ratte in ihrem Zimmer gehockt und sie schuldbewusst angeschaut. Gita hat keine Angst vor Ratten. Zu Hause in Thiruvananthapuram haben sie Ratten mit bloßen Händen gefangen und im offenen Feuer gebraten. Spinnen und all das Zeug, das so klein ist, dass es durch den Siphon des Waschbeckens kommen kann, machen ihr Angst. Und noch mehr Angst macht ihr alles, was sie nicht sehen kann. Bakterien und Viren. Hauke hat sie damit immer wieder aufgezogen.

Durch die geschlossenen Fenster dringt Abels Stimme, der mit dem ersten Teil der Andacht begonnen hat. Er steht auf einer Mauer und spricht zu den Menschen, die vor dem Kloster campieren. Gita kennt diese Ansprachen. Er hat dann jedes Mal

Schaum in den Mundwinkeln, grinst hämisch, als wolle er seine Zuhörer verhöhnen.

»Was ist mit meinem Kaffee?«, herrscht Agnes sie an. Sie steht in der Tür zu dem kleinen Zimmer, in dem sie all den Papierkram erledigt, der jeden Tag über sie hereinbricht. Es ist durch eine große Fensterscheibe von der Küche getrennt, damit sie die Frauen jederzeit kontrollieren kann. Sie hat schlechte Laune, weil sie alles organisieren und überwachen muss. Gita schenkt Kaffee in einen braunen Becher. Der Kaffee ist kalt, was Agnes überhaupt nicht leiden kann. Nun, sie soll ihn ja auch nicht trinken.

»Wie lange dauert das denn? Ich habe nicht ewig Zeit.«

Gita geht absichtlich langsam. Jetzt beschleunigt sie den Schritt, und als sie nahe genug ist, stolpert sie und schüttet Agnes den Kaffee über die Strickjacke. Sofort zuckt Agnes zurück, weil sie erwartet, dass der Kaffee heiß ist und sie verbrüht.

»Du dummes Weibsstück!«, schreit sie.

Sie holt aus und schlägt Gita mit der Faust ins Gesicht. Das knarzende Geräusch der Hand auf ihrer Nase ist so laut, dass Gita glaubt, es käme von außerhalb ihres Körpers. Tränen schießen in ihre Augen. Sie taumelt ein paar Schritte zurück, bleibt dann stehen und sieht Agnes verdutzt an. Sie hat erwartet, geschlagen zu werden, aber sie hat nicht mit dieser Brutalität gerechnet.

»Das machst du wieder sauber!«

Agnes zieht die Strickjacke aus, drückt sie Gita in die Arme und stößt sie zurück.

»Sofort!«

»Du hast mir die Nase gebrochen«, sagt Gita.

»Na und? Ich breche dir gleich noch viel mehr. Und ihr anderen hört auf, so blöd zu glotzen. Mittagessen ist gestrichen. Für alle.«

Agnes knallt die Tür zu, das Fensterglas scheppert. So war es geplant. Gita eilt mit der Strickjacke zur Treppe, die hinunter in die Waschküche führt. Der Waschdienst beginnt erst um acht Uhr. Das heißt, sie wird allein zwischen den Bottichen, den alten Waschmaschinen und Schleudern sein. Die meisten davon funktionieren nicht, weshalb die Frauen sich die Hände blutig schrubben, wenn sie die weißen Laken in dem heißen Wasser reinigen müssen. Gita nimmt den Schlüsselbund, an dem ein Dutzend Schlüssel hängen, aus der Tasche der Strickjacke. Gegenüber der Treppe befindet sich die Tür, die hinaus in den Garten führt. Einer der Schlüssel wird ja wohl in das Schloss passen. Mit zitternden Fingern probiert sie es zuerst mit dem größten, er passt nicht. Der zweite Schlüssel passt auch nicht. Ebenso der dritte, vierte bis zum zehnten. Jetzt hat sie nur noch einen. Wenn der auch nicht passt, kann sie nicht hinaus in den Garten laufen und an der Rückseite des Gebäudes die Außentreppe zum Vorratskeller hinabsteigen, wo Abel ihre Tochter eingesperrt hat.

Vorsichtig, ganz langsam schiebt sie den Schlüssel in das Schlüsselloch. Als sie ihn nach rechts dreht, ist da ein Widerstand. Es ist der falsche Schlüssel. Wie die anderen auch. Eine brennende Wut befällt Gita. Wieso passen die Schlüssel nicht? Sie hat doch beobachtet, wie Agnes diese Tür aufgeschlossen hat. Hat sie dafür einen anderen Schlüssel benutzt? Wütend drückt sie den Türgriff nach unten, rüttelt daran. Und dann geschieht etwas Unerwartetes. Die Tür öffnet sich. Sie ist nicht abgeschlossen!

»Was machst du so lange da unten?«

Es ist Agnes' Stimme. Ungeduldig, wütend. Wie immer. Was ist nur mit der Frau los? Wie kann sie den ganzen Tag so voller Hass sein? Gita hält die Luft an. Sie darf nicht antworten. Agnes soll denken, dass sie nicht mehr in der Waschküche ist.

»Komm hoch, sofort!«

Als Agnes' schwere Schritte auf der Treppe zu hören sind, tritt Gita ins Freie, schließt leise die Tür hinter sich und rennt los.

52 AFENI SCHREIT

Der Schrei stößt zur Decke der Bahnhofshalle und fällt von dort herab wie ein eisiger Regen. Als der Haken unter dem Waggon immer näher gekommen ist, hat Afeni sich zwischen zwei Achsen zur linken Seite gerollt, über die Schienen hinweg ins Bett neben den Gleisen. Sie hat Nelson zugerufen, er solle es ihr nachmachen. Als er sich nicht bewegt hat, hat sie seine Hand gegriffen, um ihn zu sich herüberzuziehen. Der Oberkörper war schon im Freien. Nelson musste nur noch den Rest des Körpers in Sicherheit bringen. Das Becken, die Beine. Aber es ging nicht. Irgendwas hielt ihn fest. Afeni zog an seiner Hand. Und dann sah sie es. Der Schnürsenkel des rechten Schuhs hatte sich um eine der Schrauben gewickelt, mit der die Schwellen befestigt sind. Das Rad ist über ihn hinweggerollt. Holperte kurz, als wäre Nelson kein Hindernis.

Als der Zug den Blick freigab, sahen die Flüchtlinge, die Schwarzen und die Polizisten, wie Afeni neben den Schienen kniete, die Hände in den Himmel gereckt. Für einen Moment waren die Kämpfenden in ihrem Entsetzen vereint. Zwei Polizisten sprangen ins Gleisbett, beugten sich herab. Stützten Afeni und trugen sie in die Sanitätsstation. Ein Arzt gab ihr eine Beruhigungsspritze, bald darauf schlief sie.

Im Schattenreich ist alles schwarz. Sie ist zwar noch nie dort gewesen, aber so haben die Alten die andere Welt beschrieben. Dort ist es dunkel, die Bäume sind schwarz, im Fluss schwimmen die verlorenen Seelen zum Mond hin. Sie aber wird keine verlorene Seele sein. Sie wird eine Antilope sein, hat ihre Großmutter gesagt. Weil die Antilope schneller ist als der Tod, der überall nach Beute sucht. Das war eine lustige Vorstellung. Alle haben darüber gelacht, haben sich vorgestellt, wie Afeni als Antilope im Schattenreich umherrennt und den Kopf hastig hin und her wendet und nach Gefahr Ausschau hält. Afeni hat nicht gelacht. Sie war aufgebracht und beleidigt. Sie wollte keine Antilope sein. »Warum darf ich keine Löwin sein?«, hat sie gefragt. »Weil ich bereits eine Löwin bin«, hat ihre Großmutter geantwortet. Und eine Familie darf im Totenreich nicht zweimal die Gestalt desselben Tieres annehmen. Also bekam sie ein Amulett geschenkt, das Mwamba symbolisiert.

Als sie aufwacht, schaut sie in blaue Augen. Der Arzt ist nicht älter als sie, trägt eine runde Brille und hat lange, blonde Haare. Er hat ihre Zunge mit drei Stichen genäht. Ein kleines Stück fehlt. Sie wird sich daran gewöhnen müssen, wenn sie spricht und mit dem Muskel das Essen im Mund hin und her zu den Zähnen schiebt und zuletzt in den Rachen hinab.

Die Nachrichten aus einem Radio berichten von dem Massaker am Münchner Bahnhof, wo einhundert Männer der Neonazi-Organisation Werwolf zweiunddreißig Flüchtlinge erschossen oder erschlagen haben. Mehr als dreihundert wurden zum Teil schwer verletzt. Die Polizei hat ihrerseits acht Werwölfe erschossen, mehr als vierzig verhaftet. Unter den Verletzten soll sich auch der Anführer der Gruppe Werwolf befinden, Sigmund Stürmer, der mit bürgerlichem Namen Amadeus Schimmel heißt.

»Haben Sie eine Adresse hier in Deutschland?«, fragt der Arzt.

Kaum hat er die Frage ausgesprochen, schüttelt er den Kopf über seine Naivität.

»Entschuldigen Sie. Wie sollen Sie eine Adresse haben? Sie sind ja nicht auf Verwandtenbesuch.«

»Doch«, antwortet Afeni. »So etwas Ähnliches.«

Sie lachen beide, obwohl Afeni nicht lachen kann. Außerdem ist Nelson tot. Und wenn ein Kind stirbt, soll man neun Monate lang nicht lachen. Dann soll man nie wieder lachen.

Und man soll auch nicht mehr leben. Sie reißt das Amulett von der Kette und schleudert es von sich. Der Arzt hebt es auf und drückt es ihr wieder in die Hand.

»Das Amulett ist nicht schuld an dem, was geschehen ist. Und wer weiß, wofür Sie es noch brauchen«, sagt er.

Zwei Tage später verlässt Afeni das Krankenhaus und macht sich auf den Weg in Richtung Norden. Es sind knapp fünfhundert Kilometer bis Wittenberg, hat der Arzt gesagt. Er hat ihr Geld gegeben, fünfzig Euro, und ihr den Weg beschrieben. Dann hat er ihr noch einen Anorak geschenkt. Der ist wasserdicht, hat er gesagt. Er ist grün und zwei Nummern zu groß, aber das stört Afeni nicht.

Der kleine Treck besteht aus einem Dutzend Personen. Es gibt viele Trecks wie ihren. Sie haben nach München beschlossen, sich aufzuteilen, nicht mehr wie in Italien zu Tausenden über die Dörfer herzufallen und die Leute durch ihre schiere Zahl zu erschrecken. Tausend Flüchtlinge sind eine Gefahr. Zehn erregen Mitleid. Auch bei den Deutschen. Nicht bei allen, aber bei vielen.

Von den fünfzig Euro sind nach der Hälfte der Strecke nur noch sechs Euro übrig, weil Afeni für die anderen aus ihrer kleinen Gruppe Wasser und Brot kauft. In Freising lässt ein Bauer sie in einem Stall schlafen. Sie dürfen sogar duschen. Morgens bringt er ihnen Kaffee und Brot, Käse und Äpfel. In Grafenwöhr werden sie nachts von einer Bürgerwehr überfallen. Als die Polizei nach zwei Stunden kommt, sind zwei Flüchtlinge tot, einer schwer verletzt, eine schwangere Frau verliert ihr Baby. Sie gehen weiter.

Afeni hat die Adresse auswendig gelernt. Wittenberg, Dr.-Behring-Straße 82. Den Zettel, auf dem die Adresse stand, hat sie weggeworfen. Sie will nicht, dass andere sich ihr anschließen. Wenn die sie fragen, wo sie hinwill, sagt sie Berlin. Wenn die sie fragen, wieso Berlin, sagt sie, dass es da keine Überschwemmungen und keine Waldbrände gibt und die Menschen dort freundlich sind. Ob das stimmt, weiß sie nicht. Sie wird es trotzdem sagen.

Als sie die Stadt Hof erreichen, hat der Regen aufgehört, als solle jeder genau sehen, was das Wasser inzwischen mit der Stadt gemacht hat. Afeni weiß, dass das eine zweifelhafte Feststellung ist, weil es keinen göttlichen Willen gibt, der sich an den Menschen richtet, um ihn zu lehren, zu erfreuen oder zu bestrafen. Bis vor wenigen Tagen hat sie das noch gedacht, weil sie sich über Zufälle und das Zusammentreffen von Ereignissen gewundert und sich gefragt hat, wieso es dazu kommen konnte. Seit München denkt sie das nicht mehr. Den Tod ihres Kindes kann sie nur ertragen, indem sie den Gedanken daran in sich verkapselt. Es ist wie eine Ohnmacht im wachen Zustand.

Es gibt keinen Platz für sie, weil die Schulen und Hallen schon von deutschen Flüchtlingen besetzt sind. Menschen, die ihre Dörfer und Städte verlassen mussten, die durch das Wasser unbewohnbar geworden sind.

Wenn Afeni diese Worte hört, durch Wasser unbewohnbar, kann sie nur den Kopf schütteln. Niemals hätte sie sich vorgestellt, dass Wasser ihr Feind sein könnte. Sicher, manchmal hat es zu Hause schreckliche Unwetter gegeben. Aber viel schlimmer war die Dürre.

Sie ziehen weiter. Müde, erschöpft, krank. Finden unter einer Brücke einen trockenen Platz für die Nacht. Stellen Wachen auf, falls wieder eine Bürgerwehr kommt und auf sie einprügelt. Zu acht liegen sie dicht beieinander, wärmen Körper und Seelen. Wie eine Familie sind sie einander vertraut, ohne sich zu kennen.

Am Tag vier nach München erreichen sie einen Fluss. Er heißt Elbe. So einen hat sie noch nie gesehen. Aufgebracht und wild hetzt er unter der Brücke hindurch. Schäumend vor Wut, brüllend, Gischt verspritzend. In seinem Bauch und auf seinem Rücken schleppt er Bäume mit sich, Autos, eine Kuh, ein Hausdach. Sie geht an dem Fluss entlang. Bis sie ein Schild sieht, auf dem das Wort »Wittenberg« steht.

Afeni lässt sich ans Ende der kleinen Gruppe zurückfallen. Sie weiß, dass niemand sich um sie kümmert, weil niemand mehr die Kraft dazu hat. Der Abstand zu den anderen wird immer größer. Irgendwann sind sie so weit weg, dass sie dem Schild zum Bahnhof folgen kann, ohne bemerkt zu werden. Vor dem Bahnhof findet sie einen Stadtplan in einem Glaskasten. Es dauert eine halbe Stunde, bis sie die Straße entdeckt. Und es dauert noch einmal eine Stunde, bis sie dort ankommt, weil sie sich verläuft und jemanden fragen muss, der sie nicht versteht und in die falsche Richtung schickt. Erst ein kleiner Junge auf einem Fahrrad führt sie zu der Adresse.

Dann steht sie vor dem Haus mit der Nummer 82. Sie wartet, ihr Herz schlägt bis zum Hals hinauf. Jeder in ihrer Nähe müsste es hören. Was wird Jakob sagen? Wird er überhaupt da sein?

Sie klopft an die Tür. Wartet. Klopft noch einmal. Wartet wieder. Dann wird die Tür geöffnet.

»Was willst du?«

Ein Mann steht in der Tür. Er ist nicht Jakob.

»Ich bin Afeni. Eine Freundin von Jakob.«

»Jakob? Jakob ist nicht hier. Er ist tot.«

Die Tür fällt zu.

Afeni steht ein paar Minuten wie versteinert da. Soll sie noch einmal klopfen? Sie zögert. Und bevor sie sich entschließen kann, geht die Tür erneut auf.

»Komm«, sagt der Mann.

Er lächelt freundlich, greift ihre Hand und zieht sie in das Haus.

53 ICH MUSS STARK SEIN

Die Füße im Abstand von vierzig Zentimetern aufstellen. Das Gewicht leicht nach vorne verlagern, die Hände zu Fäusten ballen. Alle Muskeln im Körper anspannen und wieder loslassen. Anspannen und wieder loslassen. Ich habe irgendwo gelesen, dass der Körper auf diese Weise positive Signale an das Gehirn sendet. Ich stehe am Fenster meiner Zelle im Frauen-Untersuchungsgefängnis Berlin-Lichtenberg. Es ist der erste Morgen seit meiner Festnahme. Ich war noch nie im Gefängnis.

Nach Tagen unerträglicher Hitze hat es wieder geregnet. Auf der Straße sind große Pfützen zurückgeblieben, die über die Bürgersteige spritzen, wenn Autos hindurchfahren. Das Mauerwerk riecht muffig, kleine Dampfwolken steigen empor. Mackenzie hat versprochen, sich sofort um einen Anwalt zu kümmern. Sie ist die letzte Verbindung zur Außenwelt, der ich noch traue. Ich würde gern auch Leon vertrauen, aber er ist Teil der Regierung. Selbst wenn er mir helfen will, sind ihm die Hände gebunden. In der vergangenen Nacht habe ich verstanden, dass alles, was bisher geschehen ist, nur ein Ablenkungsmanöver war. Es geht nicht um die Liste mit den Namen der bestochenen Abgeordneten. Mit einem Handstreich konnte Moses die vom Tisch wischen. Und dann die Anschläge auf die Kraftwerke. Wochenlang haben wir damit zugebracht, Lagepläne und Arbeitspläne zu besorgen, die empfindlichen Stellen zu finden, an denen die Bomben platziert werden können. Und dann scheitert die Aktion, weil Colette uns verraten hat. Diese Dreckskerle haben sie bei den Guardians eingeschleust. Aber eigentlich waren wir ja auch naiv. Wir hätten doch damit rechnen müssen, dass Moses so etwas macht. Dass seine Auftraggeber alles tun, um uns auf die falsche Spur zu locken und uns aufzuhalten.

Die Tür wird aufgeschlossen. Der Anwalt ist da. Wer auch immer es ist, er muss mich hier rausholen. Sofort. Ich muss herausfinden, wo die Konferenz stattfindet, auf der diese ungeheuerlichen Dinge beschlossen werden.

Ich werde in ein Zimmer gebracht, in dem ein Tisch und zwei Stühle stehen. Ein Mann steht am Fenster. Als er mich bemerkt, dreht er sich langsam herum. Er trägt einen teuren dreiteiligen Anzug, eine Krawatte. Er ist nicht älter als vierzig, sein Lächeln ist freundlich, aber es wirkt irgendwie auch professionell. Wahrscheinlich kennt er Leute wie mich zur Genüge. Er nennt mir seinen Namen, den ich in der Aufregung sofort wieder vergesse, und reicht mir eine Visitenkarte. *Poppe, Maier, Merle und Partner. Rechtsanwälte. Berlin, London, Brüssel.* Er ist Felix Merle. Jetzt weiß ich es wieder.

Wir setzen uns. Dann fragt er, ob ich bereits dem Haftrichter vorgeführt worden sei. Ich verneine. Er meint, dass ich ihn als meinen Verteidiger benennen müsse, damit er Akteneinsicht erhält. Er sagt, dass Mackenzie ihn informiert habe. Das ist schon mal gut. Allerdings entnehme ich seinem Gesichtsausdruck, dass es nicht gut für mich aussieht.

»Es wird zu einer Anklage wegen versuchten Mordes kommen«, sagt er. »Das müssen wir abwehren. Ich glaube, dass wir da gute Chancen haben, weil es erstens nicht zur Detonation des Sprengstoffs gekommen ist und Sie zweitens den Lieferwagen, in dem sich der Sprengstoff befunden hat, vom Gelände gefahren haben. Das kann man durchaus positiv auslegen. Problem wird sein, dass Sie bei der Aktion zu dritt waren. Die Staatsanwaltschaft wird die terroristische Vereinigung ins Spiel bringen. Und da haben wir leider schlechte Karten.«

»Und was heißt das jetzt?«

»Schwer zu sagen. Sie müssen bei einer Verurteilung mit bis zu zehn Jahren rechnen.«

»Zehn Jahre? Ich soll zehn Jahre ins Gefängnis gehen? Ich bin schwanger. Was wird dann aus meinen Babys?«

Ich springe vom Stuhl auf. Auf keinen Fall kann ich zehn Jahre hinter Gittern verbringen.

»Moment«, sagt er. »Nicht so schnell. Da der Anschlag nicht stattgefunden hat, weil die Polizei im Vorfeld informiert wurde, wie Frau Little mir gesagt hat, können wir Strafmilderung oder sogar Straffreiheit erreichen, wenn wir behaupten, dass Sie selbst die Behörden informiert haben, und Sie bereit sind, Aussagen zu machen, die dabei helfen, die anderen versuchten und durchgeführten Anschläge aufzuklären sowie weitere eventuell geplante zu verhindern.«

Ich verstehe nicht gleich, was er da sagt. Ich soll aussagen, dass … was?

»Man nennt das im Volksmund Kronzeugenregelung«, sagt er.

»Wie bitte? Ich soll sagen, dass ich die Aktion verraten habe? Nicht Colette? Ich soll mich gegen die Guardians stellen? Vergessen Sie es. Auf keinen Fall werde ich das tun. Ich werde mir nicht als Kronzeugin einen Vorteil verschaffen, während andere in den Knast wandern. Was ist das für ein bescheuerter Vorschlag?«

Er hat offensichtlich nicht kapiert, um was es hier geht.

»Wir sind keine Gangster, die irgendein egoistisches Ziel im Blick haben und unsere Leute ans Messer liefern, um dadurch den eigenen Kopf aus der Schlinge zu ziehen. Ich werde niemanden verraten. Unter keinen Umständen. Und Sie sollten eher die Regierung wegen Beihilfe zum Totschlag anklagen. Immerhin erlaubt die den Konzernen, Millionen Tonnen CO_2 in die Luft zu blasen«, brülle ich ihn an.

Verdammt noch mal. Ich gehe auf und ab. Drei Meter zur Tür, drei Meter zum Fenster. Hin und her. Ich brauche die Bewegung, um das Adrenalin abzubauen.

Als ich mich wieder setze, lächelt er freundlich. Offensichtlich kennt er Typen wie mich.

»Wenn Sie die Kronzeugenregelung ablehnen, werde ich nicht viel tun können, um Sie vor einer Freiheitsstrafe zu bewahren.«

Er schaut mich ernst an.

»Überlegen Sie es sich gut. Wenn das Gericht Sie verurteilt, werden Ihre Babys zu Pflegeeltern kommen. Sie werden sie über Jahre nicht sehen. Ist es das wert?«

Ist es das wert? Woher soll ich das wissen? Ich war noch nie in so einer Situation. Ich schicke den Anwalt weg. Ich muss nachdenken. In mich hineinhorchen. Tief in mich hineinhorchen.

Tausende Asseln und Ameisen krabbeln über den sandigen Boden. Spinnen lauern am Rande ihrer Netze. Der große Schlüssel hat in die Tür zum Vorratskeller gepasst. Gita muss den Kopf einziehen, weil das Kellergewölbe so niedrig ist, dass man nur gebückt gehen kann. An manchen Stellen tropft Wasser herab. Hinter einer der Türen, die rechts und links vom Gang abgehen, muss Christa eingesperrt sein. Ganz am Ende befindet sich eine Tür mit einem Vorhängeschloss. Gita eilt dort hin. An dem Bund hängt ein großer Buntbartschlüssel, ein Sicherheitsschlüssel, sogar ein Tresorschlüssel, aber keiner, der in ein Vorhängeschloss passt. Sie klopft an die Tür.

»Christa?«

»Mama?«

Christa ist da drin, ein Glück. Gita atmet erleichtert auf.

»Ja, ich bin hier.«

»Wo warst du? Warum bin ich hier eingesperrt. Mama? Kannst du die Tür aufmachen?«

»Ich versuche es.«

»Hast du keinen Schlüssel?«

»Doch, sogar ein Dutzend, aber die passen alle nicht.«

»Warum fragst du nicht Agnes?«

»Das geht jetzt nicht.«

»Ich will hier raus, Mama.«

»Ich hole dich raus, habe keine Angst. Es dauert nur noch einen kleinen Moment.«

Gita braucht etwas, womit sie das Schloss sprengen kann. Eine Tür nach der anderen reißt sie auf, findet Konserven, Öl, Mehl, Reis, haltbare Milch. Im nächsten Raum Wäsche. Dann Putzmittel. Und endlich Werkzeug. Schraubenzieher, Zangen, einen großen Hammer und ein Brecheisen. In Wahrheit will

Gott, dass Christa entkommt, denkt Gita, schnappt sich das Brecheisen und eilt zurück zur Tür, schiebt das schmale Ende in den Bügel des Schlosses, drückt das Eisen nach unten. Mit aller Kraft stemmt sie sich mit dem Oberkörper auf die Stange, und endlich gibt das Schloss nach, bricht auf. Gita entfernt das Schloss, zieht die Tür auf.

Christa steht nur mit einem Nachthemd bekleidet auf einem kleinen Hügel aus Steinen. Den hat sie bestimmt selbst errichtet, damit die Ratten nicht an ihren Füßen knabbern. Das fahle Licht der Glühbirne an der Decke lässt sie krank aussehen. Sie hat tiefe Ringe unter den Augen. Als sie Gita sieht, fällt sie ihr in die Arme, klammert sich an sie.

»Mama.«

»Komm, schnell! Wir müssen hier weg«, sagt Gita. »Wo sind deine Schuhe?«

»Weiß ich nicht.«

Gita packt das Brecheisen. Wer weiß, wofür sie es noch brauchen wird. Sie nimmt die Hand ihrer Tochter und eilt mit ihr den Gang entlang, an dessen Ende jemand im Licht steht.

Agnes.

»Ich hab gewusst, dass du was ausheckst. Na gut, du hast es nicht anders gewollt. Abel wird alles andere als vergnügt sein, wenn ich ihm erzähle, was du hier treibst«, zischt Agnes.

»Bitte, Agnes, bitte sag ihm nichts. Lass uns einfach gehen.«

»Warum sollte ich das tun?«

»Du weißt genau, warum. Du hast doch auch Kinder«, sagt Gita.

»Nein, ich hatte welche, aber sie haben den falschen Weg eingeschlagen.«

Gita versteht, dass Agnes sie nicht gehen lassen wird. Sie weiß, dass Christa geopfert werden wird, dass Abel sie an das Kreuz im Hof schlagen will. Das darf sie unter keinen Umständen zulassen. Also muss sie handeln. Mit einem Schrei aus Wut und Verzweiflung hebt sie das Brecheisen und schlägt es Agnes auf den Kopf. Agnes taumelt rückwärts. Blut läuft über ihr Gesicht. Sie stammelt unverständliche Worte.

»Mama! Was hast du gemacht?«, schreit Christa.

»Du hast gehört, was sie gesagt hat. Sie wird Abel verraten, dass ich dich aus dem Zimmer geholt habe. Komm jetzt!«

Auf der anderen Seite des Ganges steht eine Barrikade aus Holzkisten. Dahinter müsste der Tunnel liegen. Gita räumt die Kisten eine nach der anderen beiseite. Sie sind schwer, Gita muss alle Kraft aufwenden. Mit Christas Hilfe schiebt und zieht sie, bis eine kleine Holztür auftaucht. Sie lässt sich leicht öffnen. Dahinter ist es dunkel.

»Los, du zuerst«, sagt Gita.

»Ich will da nicht rein.«

»Du musst! Schnell, wir müssen hier weg und haben keine Zeit.«

»Aber was ist da drin?«

»Das ist ein alter Fluchtweg. Durch den sind früher die Nonnen aus dem Kloster geflohen, wenn sie angegriffen wurden.«

Christa sieht ihre Mutter ängstlich an. Das schwarze Loch sieht nicht gerade einladend aus. Abgestandene Luft, die nach Erde und Fäulnis riecht, dringt daraus hervor.

»Warum gehst du nicht zuerst?«, fragt Christa.

»Ich bin ganz nah hinter dir.«

Sie umarmt ihre Tochter, küsst sie auf die Wangen. Dann gehen beide auf die Knie und kriechen durch den Eingang. Es ist stockdunkel. Jeden Zentimeter, den sie sich vorwärtsbewegen, müssen sie mit den Händen ertasten. Die Köpfe gesenkt, damit die Spinnweben sich nicht auf die Gesichter legen. Sie zucken zurück, wenn die Hände etwas berühren, das nicht Sand und Stein ist, halten inne, wenn von irgendwoher Rascheln zu hören ist. Immer wieder stoppt Christa, wenn sie das Fiepen der Ratten hört.

»Weiter!«, drängt Gita.

Sie haben ungefähr zwanzig Meter zurückgelegt, als der Tunnel so eng wird, dass Gita kaum noch die Arme aufstützen kann, um sich vorwärtszuziehen. Sie ist außer Atem. Schweiß läuft ihr in die Augen, aber sie kann ihn nicht wegwischen. Sie will kurz anhalten und sich erholen, als Christa plötzlich aufschreit.

»Was ist?«

»Hier ist etwas.«

»Was?«

»Ich weiß es nicht.«

Gita legt sich flach hin, rollt auf den Rücken, nimmt ein Päckchen Streichhölzer aus der Rocktasche. Die Flamme leuchtet auf. Sie dreht den Kopf, schaut nach vorne. Eine Leiche. Hier hat vor nicht allzu langer Zeit schon einmal jemand zu fliehen versucht. Und es nicht geschafft. Als die Flamme an ihren Fingern leckt, lässt Gita das Streichholz los.

»War das ein Mensch?«, fragt Christa.

»Ich weiß es nicht.«

»Warum liegt das hier?«

»Vielleicht ist sie nicht weitergekommen.«

»Sie? Meinst du, es war eine Frau?«

»Kann sein. Du musst weiterkriechen. Schieb sie einfach beiseite.«

»Ich will die nicht anfassen.«

»Mach es, verdammt noch mal!«

Gita zündet ein neues Streichholz an. Jetzt sieht sie, dass Christa leise weint. Sie hätte ihre Tochter nicht so anschreien sollen.

»Schau mich an«, sagt sie. »Schau mich an. Abel ist ein kranker Mensch. Ich habe das nicht gewusst, sonst hätte ich dich nicht hierhergebracht. Er wird dich umbringen, weil er glaubt, dass Gott das so will. Im Hof steht ein Kreuz. Du kennst doch die Geschichte von der Kreuzigung Jesu.«

»Ja.«

»Das will er mit dir machen. Er will dich opfern.«

»Ist das wahr?«

»Ich habe es mit eigenen Ohren gehört.«

»Hat er mich deswegen eingesperrt?«

»Ja. Ich glaube schon.«

Christa beginnt, unkontrolliert zu zittern. Gita möchte sie trösten, ihr versichern, dass alles gut gehen wird, aber sie haben keine Zeit.

»Wir müssen weiter, mein Schatz.«

»Aber was machen wir, wenn wir hier nicht rauskommen?«

»Wir kommen raus. Ganz bestimmt. Und dann fahren wir nach Berlin zu Leela und gehen zusammen mit ihr weg.«

»Wohin?« Das Zittern lässt etwas nach.

»Das weiß ich noch nicht.«

Erneut erlischt das Streichholz. Wortlos kriecht Christa weiter. Wenn sie auf dem Rücken liegt, kann Gita sich ganz gut vorwärtsschieben. Sie legen Meter um Meter zurück. Langsam wächst die Zuversicht, dass sie Abel entfliehen können.

»Mama!«

»Was ist?«

»Hier sind überall Wurzeln.«

»Kannst du sie beiseitedrücken?«

»Nein, die sind zu dick.«

Die Wurzeln gehören zu der Linde, die man vom Küchenfenster aus sehen kann und die so majestätisch und ruhig steht, ihre dicken Äste wie mächtige Arme ausbreitet. Gita erinnert sich daran, dass die Krone eines Laubbaumes der Spiegel seines Wurzelwerkes ist.

55 AUF ALLEN KANÄLEN IST DAS FOTO ZU SEHEN

Sigmund Stürmer hängt rücklings über einem Prellbock, die Arme ausgebreitet, in der rechten Hand das Sturmgewehr, der linke Arm ist nicht zu sehen, der Kopf ist ungelenk nach hinten gerichtet. Entfernt erinnert die Aufnahme an ein Foto, das Robert Capa 1936 von dem Milizionär Federico García, bei Cerro Muriano, in der Nähe von Córdoba gemacht hat. Aber die Ähnlichkeit fällt nur Undine auf. Stürmers Truppe ist in Rage. Für sie sind die Schüsse auf ihren Anführer eine verbrecherische Aktion der verhassten Staatsmacht.

Für Undine allerdings ist Stürmers Verletzung ein Erfolg. Das Foto wird dafür sorgen, dass auch diejenigen, die bisher noch unschlüssig sind, ob es richtig ist, den kriminellen Staat anzugreifen, jetzt umschwenken. Wenn Stürmer überlebt, ist er politisch geschwächt, eventuell nicht mehr voll einsatzfähig. Wenn er nicht überlebt, hat sie den Märtyrer, den sie als Symbol für den Kampf braucht.

Inzwischen sind die neuen Uniformen eingetroffen. Die schwarze martialische Kleidung, die ihre Nähe zum Faschismus erzählt hat, wird abgelegt. Ab jetzt tragen sie Hosen und Hemden in der Farbe des Nordseesandes. Sie sind keine Faschisten, sie sind die Freunde der Natur, ihre Brüder und Schwestern. Und sie, Undine von Broch, ist das liebende Muttertier.

Nachdem sie die zukünftigen Ministerposten aufgeteilt haben, will Undine die Planung des weiteren Vorgehens besprechen. Der Deutsche Jagdverband mit seinen zweihundertfünfzigtausend Mitgliedern hat durch seinen Vorsitzenden Thorsten Winter die unverbrüchliche Freundschaft und Solidarität zugesichert, genauso wie der Deutsche Schützenbund. Ob allerdings tatsächlich jedes der über eine Million Mitglieder für ihre Sache eintritt, lässt sich schwer sagen. Die Naturschutzvereine zieren sich noch. Sie wollen sich nicht mit Nazis, wie die Presse Undine und ihre Gruppe darstellt, gemeinmachen. Allerdings sind sie von der Radikalität der Idee, die Natur vor den Konzernen zu beschützen, beeindruckt. Und wie Undine wissen sie, wer die Schuldigen sind. Sie verstehen also, dass nur eine Revolution die Natur retten kann.

Undine hat Daniel beauftragt, einen Angriffsplan zu erarbeiten, den er euch jetzt vorstellen soll.

Daniel Buch klappt sein Notebook auf.

»Wenn ihr bitte eure Notebooks ebenfalls aufklappt, kann ich euch anhand eines animierten Angriffsplans erläutern, wie wir am effektivsten vorgehen. Das wichtigste Ziel ist im ersten Zug das Bundeskanzleramt.«

Daniel erklärt, wie sie von drei Seiten angreifen wollen. Der Plan sieht aus wie ein fotorealistisches Computerspiel, das jeden einzelnen Kämpfer so detailgenau darstellt, als handele es sich um eine Dokumentation.

»Vom Westen her kommen wir über die Straße des 17. Juni, auf der schon die Truppen nach dem erfolgreichen Frankreichfeldzug einmarschiert sind. Nicht der Frankreichfeldzug vom Juni 1940, sondern der von 1871.«

Kurzes Gelächter.

»Von Nordosten her über Reinhardstraße und Kronprinzenbrücke und von Süden her über die Ebertstraße. Verbündete bei SEK und KSK werden dafür sorgen, dass die Kämpfe an der Bannmeile um den Bundestag und das Kanzleramt auf ein Minimum beschränkt werden.«

»Wie sicher sind wir da?«, fragt Gundula.

»Ich habe mit dem zuständigen Kommandeur verabredet, dass die dortigen Einsatzkräfte im letzten Moment abgezogen werden. Damit ist dann der Weg frei, sowohl die Kanzlerin wie auch weitere Personen ihres Kabinetts zu verhaften oder, sollte es zu Widerstandshandlungen kommen, zu erschießen«, meldet sich Ole Stein zu Wort.

»Sehr gut«, sagt Undine.

»Weitere Einheiten besetzen Verteidigungs- und das Innenministerium und schalten die zuständigen Minister aus«, erklärt Daniel.

»Haben wir Informationen, wie sich die Verbündeten verhalten? Was ist mit der NATO?«, fragt Stein.

»Der Oberbefehlshaber hat angekündigt, die Situation zu beobachten«, erklärt Undine.

»Eigentlich können wir hier auch ruhig sitzen bleiben«, sagt Wolf Kraft. »Wenn ich die Animation anschaue, ist schon alles passiert.«

Allgemeines Lachen.

»Nein, im Ernst«, sagt Kraft. »Es wäre doch interessant zu beobachten, was passiert, wenn wir das hier über die Kanäle ausspielen.«

Undine kann sehen, wie es in Krafts Gehirn arbeitet. Du musst dich mit brillanten Leuten umgeben, lautet ihre Devise. Sie müssen dir in ihrem Bereich überlegen sein und stets das Gefühl haben, dass sie gebraucht werden. Lass sie an der langen Leine laufen. Erst wenn sie anfangen, sich von dir zu emanzipieren, musst du sie zurückreißen.

»Wann geht's los?«, fragt Ole Stein.

Er kann seine Ungeduld kaum noch bremsen.

»Sobald wir Nachricht aus dem Krankenhaus haben, wie es um unseren Kameraden Sigmund steht«, sagt Undine.

»Die haben wir«, sagt Stein. »Er ist vor einer halben Stunde verstorben. Offensichtlich ist jemand in Polizeiuniform in sein Zimmer auf der Intensivstation eingedrungen und hat ihn erschossen.«

Stille.

Alles läuft so, wie Undine es braucht. Das Glück ist auf ihrer Seite. Oder ist es das Schicksal, das sie auserkoren hat, die Zukunft Deutschlands in die Hand zu nehmen?

Deswegen haben sie mich nach Burg verlegt, und als es da zu einem Aufstand unter den Insassen kam, weiter nach Hannover. Die JVA Hannover ist für eine Belegung mit 607 Personen vorgesehen. Ich war Nummer 1135. Ich bin da drei Tage lang geblieben, dann hieß es, zweihundert Frauen sollen in andere Haftanstalten verlegt werden. Warum, haben sie nicht gesagt. Jetzt soll ich mit drei weiteren Frauen in die Justizvollzugsanstalt Billwerder verlegt werden.

Es hat so gutgetan, dass Mackenzie mich besucht hat. Sie hat mir Schokolade und ein paar Bücher mitgebracht. Wir haben über unsere Kochabende geredet, über Mackenzies volltrunkene Fahrt im Uber, in dem sie die Hälfte ihres Abendessens zurückgelassen hatte. Mein Prozess ist auf Antrag der Staatsanwaltschaft mit der Begründung vertagt worden, es gäbe Hinweise auf Beteiligung der Angeklagten an weiteren Straftaten, hat Felix Merle Mackenzie gesagt. Er scheint doch kein schlechter Anwalt zu sein. Um welche Hinweise und welche Straftaten es sich handelt, hat das Gericht nicht mitgeteilt.

Mit jedem Tag mehr, den ich hinter Gefängnismauern verbringe, bedrückt mich die Enge zunehmend. Ich habe das Gefühl, nicht atmen zu können. Manchmal strecke ich die Arme aus, bewege sie vor und zurück, rudere im Kreis, nur um den Raum um mich herum zu spüren. Wenn ich mir vorstelle, dass die Abläufe, die jeden Tag mit gleichgültiger Routine ablaufen, zu meinem Alltag werden, weiß ich nicht, wie ich das aushalten soll. Trotzdem werde ich niemanden verraten.

Als sie mich aus der Zelle holen und ich mit den drei anderen Frauen zum Gefangenentransporter geführt werde, trage ich Handschellen. Meine Beine sind an den Knöcheln mit einer Kette verbunden. Ich nutze den kurzen Moment, um zum Himmel hinaufzuschauen. Zwischen hellen Wolken lugt die Sonne hervor und wärmt für einen kurzen Augenblick mein Gesicht. Dann wird im Transporter die Tür der engen Kabine hinter mir geschlossen.

Die beiden Justizvollzugsbeamten, die mich von Hannover nach Hamburg überstellen, sind freundlich und routiniert. Nach der Hälfte der Strecke öffnet der Beifahrer die Tür zu meiner Kabine. Das darf er eigentlich nicht, aber er will wissen, was in der Schwarzen Pumpe passiert ist, weil ein Cousin von ihm dort arbeitet. Ich erzähle es ihm, und er ist sichtlich beeindruckt. Irgendwie scheint er eine unausgesprochene Sympathie zu hegen für das, was ich getan habe. Nein, nicht getan habe, tun wollte. Er hat in Flensburg gewohnt und durch die Sturmflut alles verloren. Jetzt wohnt er wieder bei seinen Eltern in Hannover, erzählt er mir. Er meint, Billwerder sei schöner als Hannover. Als ich ihn frage, was er damit meint, weiß er es nicht so recht.

»Die JVA Billwerder besteht aus sieben Vollzugsabteilungen«, liest er von seinem Handy ab. »Im Jahr der Eröffnung, 2006, konnten achthundert Gefangene in Einzelhafträumen untergebracht werden. Seit einem halben Jahr sind die Einzelbetten in den Hafträumen des Hochsicherheitstraktes durch Doppelstockbetten ersetzt worden. Trotzdem unverständlich, dass sie euch jetzt nach Billwerder verlegen.«

»Wieso?«, frage ich.

»Das Bundesamt für Seeschifffahrt und Hydrografie erwartet für Hamburg acht Meter.«

»Was heißt das, acht Meter?«

»Acht Meter über Normalnull. Das Höchste, was die je hatten, waren sieben Meter neunzig im Mai in St. Pauli.«

»Die Freier mussten zu den Nutten in der Herbertstraße schwimmen«, meint der Fahrer.

Sie lachen.

»Aber es gibt ja eine Mauer um Billwerder herum«, sagt der Fahrer.

»Wie hoch ist die?«, frage ich.

»Habe ich noch nicht gemessen. Ist auch egal. Irgendwo müssen sie euch ja unterbringen. Lübeck und Neumünster sind total abgesoffen.«

Gegen Mittag erreichen wir die JVA Billwerder. Die kurze Fahrt ist schneller zu Ende als erwartet. Das Gefühl, ich könnte in Freiheit sein, auch. Daten werden aufgenommen, das versiegelte Gepäck geöffnet und untersucht. Es riecht nach frischer Farbe.

»Wissen Sie, wie hoch die Mauer ist?«, frage ich die junge Beamtin, die mich durch die grün gestrichenen Gänge führt. Sie ist etwa so alt wie ich und kräftig gebaut. Die Uniform spannt über ihrem Bauch und den Brüsten.

»Wollen Sie drüberklettern?«, fragt sie mich.

»Nein, ich mache mir Sorgen wegen des Hochwassers.«

»Vier Meter.«

»Die Jungs, die mich hergebracht haben, sagen, dass irgend so ein Bundesamt acht Meter über Normalnull erwartet.«

»Erstens heißen die Jungs Justizvollzugsbeamte, und zweitens hatten wir hier noch nie mehr als drei Meter.«

Die anderen Frauen und ich müssen eine Stunde im Gemeinschaftsraum der Frauenabteilung warten. Wir erhalten jeweils ein belegtes Brötchen, Cola und ein Stück Apfelkuchen. Der Fernseher an der Decke zeigt Bilder von Hamburger Straßen, in denen die Bewohner sich bis in den zweiten Stock zurückgezogen haben. Einige rufen um Hilfe, andere deuten apathisch zu den Wolken, die sich tiefschwarz hinter den Landungsbrücken auftürmen. Unzählige Boote, vollbeladen mit kranken und alten Menschen, Tieren, Hilfsgütern, fahren die Kanäle entlang, die früher mal Straßen waren. Kanus, Schlauchboote, kleine Motorboote, aber auch mittelgroße Jachten und Segeljollen kreuzen, als gehörten sie zum Berufsverkehr. Rund um die Elbphilharmonie vollführen zwei Jetskis akrobatische Kunststücke, während sie einen Mann und eine Frau auf Wasserskiern hinter sich herziehen.

Mittags werden Angela aus Magdeburg und ich in eine Zelle im Erdgeschoss der Frauenabteilung des Hochsicherheitstraktes gebracht. Angela ist kahl rasiert und im Gesicht tätowiert. Als ich sie frage, warum sie im Knast ist, sagt sie, sie habe drei Flüchtlinge erschossen.

»Wenn meine verdammte Knarre nicht Ladehemmung gehabt hätte, wären noch mehr von den Niggern dran gewesen«, dröhnt sie. »Die müssen wir aufhalten. Die sind wie Heuschrecken. Weißt du, wie Heuschrecken sind? Du musst dir mal Videos von Afrika angucken. Die haben da Schwärme, die sind achtzig Kilometer breit und vierzig Kilometer lang. Die fressen alles kahl. Willst du so was hier bei uns haben?«

So geht es den ganzen Nachmittag und nach dem Abendessen weiter. *Nigger, Artfremde, Heuschrecken, Ratten, Umvolkung, minderwertige Rasse* – das komplette Repertoire des Hasses, das ich von zu Hause kenne, wenn Hauke zu viel getrunken hatte und seine Hemmungen vom Alkohol porös waren. Angela erzählt mir von einer Undine von Broch, die eine Revolution in Deutschland anzetteln will.

»Das ist eine irre tolle Frau. Du musst dir mal ihre Reden auf YouTube anhören. Die sagt, dass die Regierung von der Industrie bestochen wird, damit die das Land zerstören können. Die Frau weiß, was zu tun ist. Die ist wie eine Mutter.«

Ich antworte nicht darauf. Ich höre noch nicht mal richtig zu. Meine Gedanken kreisen nicht um die Welt jenseits der Mauern, sondern um das, was mich die nächsten Monate und

Jahre erwartet. Wenn es so kommt, wie Felix Merle sagt, werde ich zu acht bis dreizehn Jahren verurteilt. Ich werde die Zwillinge im Knast kriegen. Sie werden sie mir wegnehmen und Gita geben.

Als Angela nicht aufhört und von der Reinheit der Natur faselt und davon, dass wir unser Blut nicht mit Niggerblut vermischen dürfen, und die ganze Zeit aus einem Buch zitiert, das diese Undine von Broch geschrieben hat, stehe ich aus meinem Bett auf, nehme Angela das Buch aus der Hand und ziehe es ihr über den Kopf. Es kommt zu einer wüsten und unbeholfenen Rangelei, bei der ich natürlich unterliege, weil Angela keine Hemmungen hat, jemandem wehzutun, und weitaus stärker und brutaler ist als ich. Sie schlägt mir auf die Brust, reißt mich an den Haaren und knallt meinen Kopf mehrmals gegen das Waschbecken. Erst als die Toilette überläuft und Wasser unter der Tür hindurch in das Zimmer strömt, hört sie auf.

»Was ist das denn für eine Scheiße?!«, schreit sie.

Das ist durchaus treffend formuliert, denke ich.

Die vier Meter hohen Mauern sind nicht hoch genug, und so stehen wir ein paar Stunden später bis zur Brust in einer stinkenden Brühe, in der all das schwimmt, was wir an Müll und Unrat produzieren. Wir halten die Hände über dem Kopf verschränkt, weil wir das, was um uns herumschwimmt, auf keinen Fall anfassen wollen. Das Wasser fühlt sich verdammt kalt an. Ich zittere wie Espenlaub. Meine Zähne schlagen aufeinander.

In den benachbarten Zellen trommeln Frauen gegen die Zellentüren. Ihre Stimmen klingen heiser, von Wut und Todesangst entstellt.

Ich montiere das Doppelstockbett auseinander und versuche, die Tür mit einer Strebe aufzuhebeln. Dabei rutsche ich immer wieder ab. Die Tür bewegt sich keinen Millimeter.

»Wieso kommt niemand und holt uns hier raus?«, jammert Angela. »Diese verdammten Schweine können uns doch nicht hier absaufen lassen.«

Doch, genau das können die, denke ich. Ich schaue aus dem Fenster und sehe an der Wand des gegenüberliegenden Verwaltungsgebäudes, wie der Pegel weiter steigt.

57 ER MUSS SIE ZUR REDE STELLEN

Von seinem Büro in das Büro der Bundeskanzlerin im siebten Stock des Kanzleramtes braucht Leon drei Minuten. Drei Minuten, in denen er überlegen muss, wie er die Frage formuliert. Immerhin ist sie die Bundeskanzlerin und seine Chefin. Sie ist, was ihre Privatsphäre angeht, einem Sherpa keine Rechenschaft schuldig. Noch nicht mal einem Lover.

Falk sitzt am Schreibtisch. Sie hat die Schuhe ausgezogen, die Füße hochgelegt, die Brille in die Haare geschoben und blättert in Papieren. Ihr Rock ist hochgerutscht. Hinter ihr blickt Kokoschkas Konrad Adenauer wie ein kleiner Junge unsicher in den Raum. Er zerfällt förmlich in den Strichen. Ein fürchterliches Gemälde. Leon konnte es noch nie leiden.

»Hast du das über diese Nazis gelesen?«, fragt Falk. »Die geben sich als Naturschützer aus. Und diese Undine von Broch stilisiert sich zur Mutter der Nation. Ist das nicht lachhaft? Wenn es eine Mutter der Nation gibt, dann bin ich das, oder?«, sagt sie lächelnd. »Momentan sind die immer noch in der Kaserne. Was denkt Kotzer sich, dass er diese Idioten gewähren lässt? Ich will ihn hier haben. Heute Nachmittag.«

Leon schließt die Tür hinter sich, geht auf den Schreibtisch zu. Er antwortet nicht auf die Frage. Falk scheint zu bemerken, dass er aufgewühlt ist. Sie wirft ihm einen Blick über die Schulter zu.

»Was ist los? Schlecht geschlafen?«

Er bleibt vor dem Schreibtisch stehen, die ausgedruckte PDF-Datei in der rechten Hand. Er ist wütend. Er ist so wütend, dass er nur mit Mühe an sich halten kann. Aber auf dem Weg in ihr Büro hat er sich selbst das Versprechen gegeben, nicht laut zu werden, nicht auszurasten. Wenn er etwas von Falk gelernt hat in all den Jahren, seit er ihr Berater ist, dann lässt es sich in einem einfachen Satz zusammenfassen: Zeig deinen Feinden niemals, was du denkst.

»Ist das die Zusammenfassung?«, fragt Falk.

Wortlos reicht er ihr das Papier. Noch bevor sie es in die Hand nimmt, weiß sie, was es ist. Das sieht er ihr an. Sie wirft einen kurzen Blick darauf, legt es auf den Tisch vor sich.

»Was ist das?«, fragt er.

Seine Stimme schwingt einen oder zwei Töne höher als normal. Er würde sie gerne kontrollieren. Cool bleiben. Aber es gelingt ihm nicht. Die Empörung will raus, um sich zu prügeln.

»Das geht dich nichts an.«

»Fünfundzwanzig Millionen?«

»Ich sage es noch mal. Das geht dich nichts an. Und jetzt beruhige dich, und lass uns über diese Nazis sprechen.«

»Ein Konto in Delaware? Eine der schlimmsten Steueroasen für Drogenhändler, Waffenhändler und das ganze Pack, das da Geld wäscht?«

Sie steht auf, kommt hinter dem Schreibtisch hervor. Geht in das kleine Badezimmer, das sich hinter einer verborgenen Tür befindet. Leon hört, wie sie den Rock über die Strumpfhose zieht, dieses helle Schaben, als ob eine Schere durch Papier gleitet. Er hört, wie sie Klopapier abreißt, die Wasserspülung betätigt, die Strumpfhose hochzieht, den Rock richtet, den Wasserhahn aufdreht. Seine Sinne sind so angespannt und geschärft, dass er sogar hört, wie sie sich die Hände an dem kleinen Handtuch abtrocknet.

»Das verstehe ich nicht«, sagt sie, während sie aus dem Bad kommt und an ihm vorbei an ihren Schreibtisch geht.

»Was verstehst du nicht?«

»Seit wann steht es dir zu, dich in meine Privatangelegenheiten einzumischen?«

»Seit mir dieses Arschloch Moses diesen Kontoauszug gemailt hat.«

»Er hat dir den Kontoauszug gemailt? Einfach so?«

»Ja.«

»Auf dem Ausdruck steht 9:32 Uhr. Jetzt ist es Viertel nach zehn. Was hast du so lange gemacht? Im Internet nach Decamerone gesucht?«

»Wie ich die Sache sehe, hast du fünfundzwanzig Millionen bezahlt, damit du dich in Sicherheit bringen kannst, wenn du abgewählt wirst oder wenn uns diese Scheiße hier endgültig um die Ohren fliegt. Wie ist es? Wirst du dann irgendwo in den Bergen von Neuseeland mit den Diktatoren aus Politik und Wirtschaft beim Abendessen geistreiche Gespräche führen?«

Ihr mitleidiger Blick bringt ihn noch weiter auf die Palme. Wieso bleibt sie so ruhig? Wieso versucht sie nicht, ihm zu erklären, warum sie das getan hat? Dass sie Angst hat oder was auch immer die verdammten Gründe sein könnten. Wie kommt sie überhaupt an so viel Geld?

»Ich hätte es wissen müssen«, sagt Falk.

»Was hättest du wissen müssen?«

»Dass man sich auf Idealisten nicht verlassen kann.«

»Was soll das denn heißen?«

»Es mangelt euch an Loyalität.«

»Dass du es wagst, das Wort ›Loyalität‹ in den Mund zu nehmen.«

»Setz dich.«

Er reagiert nicht.

»Setz dich, oder lässt das dein jakobinischer Furor nicht zu?«

Er setzt sich.

»Ich habe einen Fehler gemacht«, sagt sie.

»Nein, du hast keinen Fehler gemacht, du hast eine Wahl getroffen. Du hast dich abgesichert.«

»Ja. Aber jetzt hörst du mir zehn Minuten lang zu. Ich habe mir fünfundzwanzig Millionen Euro geliehen und ein Apartment gekauft. In Neuseeland. Es ist das kleinste. Alles, was einigermaßen schön ist, kann ich mir nicht leisten. Und du weißt, warum ich das getan habe. Wir halten die Klimakatastrophe nicht auf. Während wir hier darauf drängen, die Kohlekraftwerke abzuschalten, bauen Indien und China eintausend neue Kraftwerke. Macht euch die Erde untertan, heißt es in der Bibel. Das haben wir gemacht. Wir haben sie uns untertan gemacht. Aber vielleicht haben wir das falsch gelesen. Es könnte doch auch heißen, macht euch *der* Erde untertan. Weißt du, was Papst Pius zu mir gesagt hat, als er vor drei Jahren hier war? ›Wir sind nicht Gott‹, hat er gesagt. Die Erde war vor uns da und ist uns gegeben worden. Die Harmonie zwischen der Menschheit und der Schöpfung ist zerstört worden durch unsere Anmaßung, den Platz Gottes einzunehmen. Das wissen wir. Nur leider können wir uns nicht schnell genug an das Wissen anpassen. Wir sind begrenzte Geschöpfe. Deswegen rotten wir jeden Tag einhundertfünfzig Tier- und Pflanzenarten aus, verlieren 100 Millionen Tonnen fruchtbare Böden, emittieren 170 Millionen Tonnen Treibhausgase und werden bei alledem täglich 250000 Menschen mehr.«

Er sieht die tiefe Müdigkeit, die ihren Körper erfasst hat. Eine Müdigkeit, gegen die sie sich jeden Morgen stemmen muss. Dann betet sie ihr Mantra vor sich her. *Man darf nicht aufgeben, einmal mehr aufstehen, als man hingefallen ist, es gibt immer Hoffnung*. All der Quatsch, den sie schon lange nicht mehr glaubt.

»Ich habe gedacht, ich könnte etwas erreichen«, sagt sie. »Auf das Momentum setzen, das die vielen jungen Leute geschaffen haben. Ich habe mir vorgestellt, dass ich diejenige bin, die genug Energie hat, um bis zum Schluss zu kämpfen. Dann, wenn alle müde sind und aufgeben, bin ich noch da und ändere alles. Und wenn nicht alles, dann wenigstens so viel, dass wir überleben.«

Er muss aufpassen, dass er nicht anfängt, Mitleid mit ihr zu empfinden. Ihre Stimme verliert an Schärfe, ihr Blick wird stumpf.

»Du hättest das niemals tun dürfen«, sagt er.

Falk reagiert nicht. Sie scheint ihm noch nicht mal zuzuhören.

»Du weißt, was auf der Konferenz in Davos passieren wird. Die Black Seven und ein Dutzend Banken und Fonds werden die Welt neu aufteilen in diejenigen, die überleben, und diejenigen, die verrecken«, fährt er fort.

»Ja«, sagt Falk.

Es klingt wie jedes andere x-beliebige Ja. Als hätte er sie gefragt, ob sie noch einen Kaffee haben möchte.

»Und ausgerechnet die Person, die sich am lautesten, klügsten und entschiedensten dagegenstellt, haben sie in der Hand. Das ist es, warum wir zuletzt nichts von Moses gehört haben. Warum Watson im Videocall so entspannt war. Er wird deine Beteiligung an Decamerone an die Presse geben.«

»Nein, wird er nicht.«

»Wieso nicht?«

Sie steht auf, geht zum Fenster. Ihr Lieblingsplatz, weil sie von hier aus den Bundestag sehen kann, den sie nach allen Regeln der Kunst immer wieder vorführt.

»Weil es nicht stimmt.«

»Es gibt diese Mail, es gibt einen Kontoauszug. Und du hast es zugegeben.«

»Na und? Moses hat vor ein paar Wochen behauptet, dass die Dokumente, die deine Freundin mir vorgelegt hat, gefälscht sind. Wieso sollten andere Dokumente nicht auch gefälscht sein? Dieser kleine Wichtigtuer hat sich mit seiner Propaganda selbst ein Bein gestellt. Und das weiß er. Er hat dir den Kontoauszug gemailt, um uns auseinanderzubringen. Wie es aussieht, scheint ihm das zu gelingen. Was ihr beide allerdings nicht bedenkt, ist, von wem ich das Geld geliehen habe.«

Leon bemerkt, dass er sich selbst diese Frage noch nicht gestellt hat.

»Und von wem hast du das Geld geliehen?«

Sie sieht ihn prüfend an. Offensichtlich ist das die entscheidende Frage. Wichtiger noch als die Tatsache, was sie damit getan hat.

»Etwa von Francis Watson?«

»Das werde ich dir sagen, wenn du deinen albernen Westentaschenputsch beendest.«

Sie ist noch gerissener, als er sich je vorgestellt hat. Sie wird nicht aufgeben. Sie wird so weitermachen wie bisher. Und wenn sie scheitert, hat sie einen Plan B in der Tasche und danach noch einen Plan C und so weiter bis zum Ende des Alphabets.

»Vergiss Decamerone, Leon. Wir müssen uns auf die Schlachten konzentrieren, die wir gewinnen können. Wie hat meine Vorgängerin gesagt, ›ein kleiner, erfolgreicher Schritt ist mehr wert als ein großer, der nie gemacht wird‹. Sie werden mich zwingen, einige Aspekte unseres Vorschlags aufzugeben. Aber die wichtigen Aspekte werden sie durchwinken.«

»Wer? Watson und die Black Seven?«

»Ja.«

»Woher willst du das wissen?«

»Vor einer Stunde war ich noch bereit, es dir zu sagen. Aber so, wie du dich hier aufführst, musst du dich damit zufriedengeben, dass ich es weiß. Ich werde heute Abend mit Indien telefonieren. Es sieht so aus, als würden sie umschwenken.«

Sie wendet sich ihm zu. Da ist es wieder, dieses mysteriöse

Lächeln, das er nicht deuten kann. Was sie sagt, klingt vernünftig, pragmatisch. Politik ist die Kunst des Möglichen, hat Bismarck gesagt. Aber wenn er jetzt zurücksteckt, was kommt dann als Nächstes? Er hat schon so viele Kompromisse gemacht. Mehr, als er sich je hätte vorstellen können. Er ist Schritt um Schritt vor den Notwendigkeiten, den Zwängen, alldem, was angeblich alternativlos ist, zurückgewichen. Was unterscheidet ihn noch von den Technokraten der Macht, die bereit sind, alles zu sagen, alles zu tun, alles zu leugnen, wenn sie nur auf ihren Stühlen sitzen bleiben können? Die Politik schleift dich, bis du ein harmloser kleiner Kiesel in einem Flussbett voller Kiesel bist und die Strömung über dich hinwegrauscht.

»Nein«, sagt er. »Es ist vorbei.«

Wieder einmal. Moses erkennt bei Watson eine geradezu manische Obsession in Bezug auf die junge Frau. Zugegeben, sie ist ein harter Brocken. Und er hat ihre Energie und Widerstandskraft unterschätzt. Aber am Ende ist sie auch nur eine junge Frau, die bei dem dilettantischen Versuch, ein Kohlekraftwerk in die Luft zu sprengen, erwischt worden ist. Sie sitzt im Gefängnis, die Behörden werden sie vor Gericht stellen und zu zehn Jahren Gefängnis verurteilen.

Seit ihrer letzten Begegnung hat sich der Ton ihrer Unterhaltung geändert. Watson ist regelrecht gesprächig geworden, als wolle er sich rechtfertigen für das, was er als Nächstes vorhat.

»Schauen Sie sich doch schon mal das 3-D-Modell an«, hat seine Assistentin gesagt und Moses in einen Raum geführt, in dem Videoprojektionen die Wände komplett ausfüllen. Ein Einführungstext erklärt über das Projekt Decamerone auf. Wer das Ende der Welt überleben will, muss zum Ende der Welt gehen, sagt eine ruhige, tiefe Männerstimme. Moses staunt. Die sprechen allen Ernstes vom Weltuntergang. Neuseeland, eintausend Meilen Entfernung zu Australiens Südküste. Herrliche Landschaften, nur fünf Millionen Einwohner, hohe Berge und eine coole Ministerpräsidentin. Das 3-D-Modell ist in der Tat beeindruckend. Man fliegt von der Küste her auf eine Anhöhe zu. Grüne saftige Wiesen, ein paar Bäume. Dann ein dichter Wald, der nicht ahnen lässt, was sich dahinter verbirgt.

Decamerone liegt hoch genug, um von den Folgen des steigenden Meeresspiegels verschont zu bleiben. Wenn man von oben draufschaut, sieht es wie ein Auge aus. Die Mauer, die das Areal umgibt, ist nach außen geneigt. Einunddreißig Häuser sind innerhalb der Mauern wie in einer Spirale angeordnet und streben auf einen Hubschrauberlandeplatz in der Mitte zu.

Fotos zeigen die Häuser von innen. An den Wänden hängen LED-Bildschirme, auf denen Videos ablaufen, die eine Welt vor der Katastrophe zeigen. Wald und Wiesen, das Meer beim Sonnenaufgang. Die Bewohner können sogar die Geräusche der Orte, aus denen sie geflohen sind, abspielen. New York mit seinen Taxis und dem endlosen Hupen, das Meeresrauschen vor der Küste von San Francisco. Falk hat sich das Tuten der großen Schiffe gewünscht, die im Hamburger Hafen vor Anker gehen, und die Konzerte aus der Elbphilharmonie.

Vor zwei Jahren hat Watson Decamerone gegründet. Ein Ort, an dem man völlig autark ist. Inklusive Miliz, Gewächshaus, Generatoren, Solaranlagen, Hubschrauber. Natürlich auch inklusive der Leute, die man braucht, um den Hubschrauber zu fliegen, die sich mit Gewächshäusern auskennen, die die Resorts versorgen, sich um alles kümmern. Die Zahl der Mitglieder ist auf dreißig begrenzt. Nummer einunddreißig ist für den Messias reserviert. Watson ist streng katholisch, weshalb der Messias natürlich nach Decamerone kommen wird. Ob er von Jesus Christus wohl auch hundert Millionen haben will? Und ob Jesus Christus überhaupt so viel Geld hat? Das Projekt ist nämlich inzwischen so begehrt, dass man Unsummen hinlegen muss, um aufgenommen zu werden.

Moses wählt Claires Nummer. Hört den Rufton. Jeder einzelne ein Nadelstich. Als die Mailbox startet und er ihre Stimme hört, braucht er einen Moment, bis er sprechen kann.

»Ich wollte mich nur mal kurz melden und dir sagen, dass ich an dich denke. Ich habe dir doch von Decamerone erzählt. Ich stehe hier gerade vor einem Modell. Es ist beeindruckend in seiner Größe und der Skrupellosigkeit. Auf so eine Idee muss man erst mal kommen, die Erzählungen, die Giovanni Boccaccio im 14. Jahrhundert verfasst hat, während Millionen Menschen von der Pest dahingerafft wurden, als Namen für ein

Luxusresort zu wählen. Ich habe jetzt keine Zeit mehr, ich rufe dich wieder an.«

Durch das Fenster kann er bis zum Horizont sehen. Bis zu dem Punkt, an dem die Erdkrümmung beginnt. Irgendwo weit hinten brennt es.

»Ich habe heute Morgen gelesen, dass weltweit zwei Drittel aller Zoos geschlossen sind.«

Watson ist unbemerkt in der Tür aufgetaucht und winkt ihn in eine Küche. Moses folgt ihm.

»Ich habe Zoos nie gemocht«, sagt er.

»Wissen Sie, was die gemacht haben? Als klar war, dass sie nicht alle retten können, haben sie sich gefragt, wie sie möglichst viele Tiere retten können. Und da haben sie sich an die Nahrungspyramide erinnert. Zuerst haben sie einige von denen getötet, die am meisten Nahrung brauchen. Elefanten, Giraffen, Rhinos und so weiter. Damit für die Übrigen mehr zu fressen vorhanden ist. Wein?«

Moses nickt.

Watson nimmt eine Flasche Weißwein aus dem Kühlschrank, füllt zwei Gläser und reicht Moses eines davon.

»Als auch für die kleinen Pflanzenfresser nicht mehr genug vorhanden war, haben sie überlegt, wie sie weitermachen sollen«, fährt Watson fort. »Sollen wir einen Tiger töten? Was bringt das? Wenn wir die Zebras und Antilopen, die Fische töten, dann können wir vielleicht die Tiger, Löwen, Eisbären retten. Die Stärksten, die Jäger. Die Friedfertigen wurden geopfert. Am Schluss haben sie die Raubtiere sich selbst überlassen. Als es vorbei war, gab es nur noch Krokodile und Eisbären. Was sagen Sie zu Decamerone?«, fragt Watson.

»Es heißt, man kann Lösungen für Probleme oder seine Flucht vorbereiten, aber wer die Flucht vorbereitet, glaubt nicht an die Lösung der Probleme«, antwortet Moses.

»Schöner Satz. Wo haben Sie den her?«

»Habe ich vergessen.«

»Glauben Sie an die Lösung der Probleme? Mal abgesehen von all der Propaganda, die Sie für uns produzieren. Glauben Sie, dass wir noch eine Chance haben, der Klimakatastrophe zu entgehen? Wer heute achtzig Jahre und älter ist, kann froh sein, weil er es dann nicht mehr erleben wird. Aber ich bin fünfunddreißig. Ich habe noch sechzig Jahre vor mir. Unser Präsident Eisenhower hat 1958 schon mal etwas Ähnliches gemacht. Ein geheimer Bunker in den Bergen von West Virginia, der groß genug war, damit alle Mitglieder des Kongresses dort untergekommen wären. Dreißig Jahre lang hat niemand etwas davon gewusst. Und so soll es hier auch sein.«

Sein Grinsen erzählt von der Selbstsicherheit eines Mannes, der sich für eine Gottheit hält. Kein Gott wie in der christlichen Kirche oder im Koran. Eher wie in der griechischen Mythologie. Zeus. Oder auch Hades.

»Wie steht es bei Frau Falk?«, fragt Moses.

»Das ist geklärt.«

»Sie wird keine Probleme mehr machen?«

»Nein«, antwortet Watson. »Habe ich Ihnen eigentlich gesagt, dass sie sich auch hier eingekauft hat?«

»Ja.«

Es hat ihn gewundert, dass die deutsche Bundeskanzlerin so einen Fehler begeht. Eine Flanke öffnet und sich damit erpressbar macht.

»Ich mache mir allerdings Sorgen wegen dieser Leela Faber«, sagt Watson.

»Sie ist im Gefängnis.«

»Meinen Sie, dass das reicht? Sie weiß von Zyklop, haben Sie mir geschrieben. Und sie scheint eine Person zu sein, die sich nicht an die Gepflogenheiten eines Rechtsstaates hält.«

»Genauso wenig wie Sie«, sagt Moses.

»Richtig. Genauso wenig wie ich.«

»Ich arbeite daran.«

»Es wäre gut, wenn Leela Faber versteht, dass Zyklop das Beste ist, was der Welt passieren kann. Sicher, wir opfern Bangladesch, Teile von Indien und Myanmar, aber wir machen es, um Kalkutta, Shanghai, Hongkong, New York, Hamburg, Amsterdam und noch viele weitere zu retten. Diese Städte sind doch wichtiger als ein paar Dörfer in Bangladesch, wo dumme Bauern beschissenen Reis anbauen. Ich versteh nicht, wie man das nicht begreifen kann.«

»Wann ist die Konferenz in Davos?«, fragt Moses.

»Am 9. November. Beeilen Sie sich, Moses. Und sagen Sie Bescheid, wenn Sie Unterstützung brauchen.«

Moses braucht keine Unterstützung. Jedenfalls nicht so, wie Watson es sich vorstellt.

59 WIR STEHEN AUF DEN STÜHLEN

Über unseren Köpfen ist dreißig Zentimeter Platz bis zur Decke. Vom Fenster ist nur noch der obere Rand frei, das sind keine fünfzehn Zentimeter. Wenn das Wasser weiter steigt, werden wir auf den Tisch klettern müssen. Angela betet und will zu ihrer Mama, flucht und verspricht, ein besserer Menschen zu werden, wenn sie gerettet wird. Weil Gott aber nicht sofort aktiv wird, schimpft sie ihn einen blöden Wichser.

Ich friere nicht mehr. Ich weiß nicht, was das bedeutet, ob es ein gutes oder ein schlechtes Zeichen ist. »In Panik geraten wir erst, wenn alle anderen Möglichkeiten ausgeschöpft sind«, hat Hauke immer gesagt. Wenn ich nun nicht panisch bin, bedeutet das, dass es noch andere Möglichkeiten gibt?

»Hey!«

Eine Frau ruft. Die Stimme kommt aus dem Hof. Ich versuche zu erspähen, wer da ruft. Eine Frau in einem kleinen Schlauchboot mit Außenborder nähert sich vom Verwaltungsgebäude her. Sie trägt einen Friesennerz und einen breiten Hut, der ihr Gesicht halb verdeckt. Als das Boot noch etwa zehn Meter entfernt ist, erkenne ich, dass Mackenzie darin sitzt.

»Mac! Mac! Hierher!«, schreie ich.

Aus den Zellen nebenan brüllen die Frauen ebenfalls.

»Leela! Ein Glück! Ich hab schon gedacht, ich komm zu spät. Ihr müsst da raus, sonst sauft ihr ab!«, ruft Mackenzie.

Na großartig. Das war mir ja noch gar nicht bewusst.

Die Frauen in den Zellen neben unserer schreien, sie solle irgendwas machen. Sie rausholen. Die Türen öffnen.

»Komm hierher«, rufe ich.

Mackenzie nähert sich mit dem Boot und rammt die Außenwand vor unserem Fenster. Dabei verursacht sie Wellen, die in die Zelle schwappen. Kann sie nicht aufpassen? Ich stelle mich auf Zehenspitzen. Es ist komisch. Jetzt, da plötzlich die Chance besteht, dass wir Frauen hier gerettet werden und ich nicht sterben muss, fange ich wieder an zu frieren.

»Mac, wieso bist du hier? Woher weißt du …?«

»Erzähl ich dir später. Warum seid ihr immer noch in den Zellen? Warum haben die euch nicht rausgeholt?«

»Keine Ahnung. Es hat eine Meuterei gegeben. Ein paar Idioten haben wie die Blöden um sich geschossen.«

»Okay, verstehe. Was muss ich tun? Wie kann ich euch da rausholen?«

»Keine Ahnung.«

»Weißt du, wo die Technik ist?«

»Nein.«

»Die ist da drüben im Hauptgebäude«, sagt Angela. »Nur wenn alles unter Wasser steht, funktioniert da nichts mehr. Die Türen werden vom Computer gesteuert. Es gibt aber normale Schlüssel. Die müssen irgendwo in der Verwaltung sein.«

»Woher weißt du das alles?«, frag ich.

»Ich bin nicht das erste Mal im Knast.«

»Okay. Mac, hast du gehört?«

»Ja. Aber wo ist die Verwaltung?«

»Da drüben. Hab ich doch gesagt, verdammt!«, schreit Angela.

»Ist ja gut. Beruhige dich.«

»Ich soll mich beruhigen, wenn ich hier gleich absaufe?«

»Ich hole euch da raus. Ich verspreche es.«

Mackenzie lächelt und versucht, Zuversicht auszustrahlen. Dann gibt sie Gas und lenkt das Boot zum Verwaltungsgebäude hin.

»Beeil dich«, rufe ich ihr noch hinterher.

Das Brummen des Motors wird leiser und verstummt schließlich.

»Das schafft die nicht«, lamentiert Angela.

»Abwarten«, sage ich. »Du kennst Mackenzie nicht. Wenn sie sich was in den Kopf setzt, kann niemand sie aufhalten.«

Das stimmt zwar nicht so ganz, aber fünfzig Prozent davon würden ja auch genügen. Ich rufe in den Hof hinein, dass Mackenzie uns alle retten wird. Aus den Zellen nebenan dringen Drohungen, Mackenzie die Titten abzuschneiden, wenn sie es nicht macht. Galgenhumor und verzweifeltes Lachen. Wir warten.

»Sag was«, greint Angela.

»Was soll ich denn sagen?«

»Ich weiß schon. Du redest nicht mit jedem.«

»Nicht mit jemandem, der drei Flüchtlinge erschossen hat.«

»Noch nicht mal, wenn wir sterben?«

»Ich werde nicht sterben.«

»Woher willst du das wissen? Was, wenn deine Freundin die Schlüssel nicht findet?«

»Ich werde nicht sterben, weil ich schwanger bin.«

»Echt? Sieht man gar nicht. Was wird es?«

»Weiß ich nicht.«

»Wo ist dein Stecher?«

»Mein Freund ist tot.«

»Aaah!«, ein gellender Schrei aus Angelas Kehle zerreißt den Moment.

»Was ist?«

»Da ist was an meinen Beinen. Ein Fisch oder so was.«

»Hier gibt's keine Fische. Das sind Ratten.«

»Scheißratten. Ich kann Ratten nicht leiden.«

Angela zappelt so heftig, dass sie das Gleichgewicht verliert und vom Stuhl rutscht. Wasser schwappt über ihr Gesicht. Sie prustet und rudert wie wild mit den Armen. Ich reiche ihr die Hand, ziehe sie wieder hoch. Angela wischt sich über das Gesicht.

»Ich hab so eine Scheißangst vor Ratten.«

»Die tun dir nichts. Die haben mehr Angst als du.«

»Wissen die das auch?«

»Bist du schon mal von einer Ratte angegriffen worden?«

»Nein.«

»Na also.«

Weil das Wasser weiter steigt, klettern wir auf den Tisch. Zwischen Wasseroberfläche und Decke sind noch fünfzig Zentimeter Platz. Wo bleibt Mackenzie, verdammt noch mal? Angela fängt an zu summen. Ein Lied, das ich Christa vorgesungen habe, als sie noch klein war.

»Guten Abend, gut' Nacht, mit Rosen bedacht, mit Näglein besteckt, schlupf unter die Deck. Morgen früh, wenn Gott will, wirst du wieder geweckt …«

Das Motorboot nähert sich wieder.

»Leela! Ich hab die Schlüssel«, schreit Mackenzie.

»Siehst du?«, sage ich zu Angela. »Sie holt uns hier raus. Wir werden nicht absaufen.«

Überglücklich umarmen wir uns und lachen und schreien vor Freude.

Und dann dauert es doch noch eine gefühlte Ewigkeit, bis sich die Tür zu unserer Zelle öffnet und Mackenzie schwimmend in dem Spalt zwischen Wasseroberfläche und Decke auftaucht.

»Schafft ihr es allein?«, fragt sie. Ihr Atem geht stoßweise.

»Ja«, antworte ich.

»Die Außentür ist offen.«

»Okay.«

»Ich schließ jetzt die anderen Zellen auf.«

Ohne eine Antwort abzuwarten, taucht Mackenzie wieder ab.

Ich schaue Angela an. »Bist du bereit?«

Angela sieht mich entsetzt an. Nein, sie ist nicht bereit.

»Ich kann nicht tauchen«, sagt sie. »Ich kann nur ein paar Sekunden lang die Luft anhalten, dann krieg ich Angst und denk, ich muss ersticken.«

»Du wirst nicht ersticken. Ich schwöre es dir. Es sind ungefähr zwanzig Meter bis zur Außentür. Die schaffen wir in dreißig Sekunden. Okay? Alles, was du tun musst, ist, vorher siebenmal tief einatmen, damit der Körper sich mit Sauerstoff füllt, dann, beim achten Mal, die Luft in der Lunge behalten.«

»Ich kann das nicht.«

»Du kannst es. Ich weiß es.«

»Woher willst du das wissen?«

»Weil jeder Mensch physisch in der Lage ist, die Luft drei Minuten und länger anzuhalten.«

Ich erzähle ihr von einer Apnoetaucherin, die neun Minuten lang tauchen konnte, ohne zu atmen. Angela glaubt trotzdem nicht, dass sie es schafft. Das Wasser steigt weiter. Der Abstand zwischen Wasseroberfläche und Decke wird immer kleiner. Und dann fängt Angela an zu hyperventilieren. Das ist gut, weil sie dadurch den CO_2-Gehalt in der Lunge reduziert und mehr Sauerstoff einatmet.

Ich beobachte sie. Als ich das Gefühl habe, dass Angela genug hyperventiliert hat, stoße ich sie vom Tisch hinunter und tauche ebenfalls ab. Nun sind wir beide unter Wasser. Angela verkrampft sofort, ist steif wie ein Baum. Ich packe sie am T-Shirt und ziehe sie mit kraftvollen Schwimmstößen aus der Zelle heraus. Das Wasser ist so schmutzig, dass ich kaum einen Meter weit sehen kann. Aber ich orientiere mich an der Wand entlang nach rechts und finde nach kurzer Zeit die Außentür.

Sie ist geschlossen. Wieso ist sie geschlossen? Ich drücke

den Türgriff nach unten, ziehe daran. Die Tür bewegt sich keinen Millimeter. Hat Mackenzie eine andere Tür gemeint? Mein Atemreflex setzt früher ein, als ich erwartet habe. Meine Lungen schreien nach Luft. Ich muss Angela loslassen, um es noch einmal zu versuchen. Erneut drücke ich den Türgriff nach unten. Nichts. Erst als ich mit dem Ärmel meiner Jacke hängen bleibe und der Türgriff sich dadurch nach oben bewegt, gibt die Tür nach und lässt sich weit genug öffnen, damit wir ins Freie schwimmen können. Ich will Angela helfen, doch sie ist verschwunden. Ich suche nach ihr, schwimme ein Stück zurück, breite die Arme aus, taste. So lange, bis ich keine Luft mehr in den Lungen habe und aus dem Gebäude herausschwimmen muss. Ich tauche auf, sauge Luft ein und huste mir die Lunge aus dem Leib.

Neben mir schwimmt Angela.

»Wo warst du?«, fragt sie.

»Scheiße, wo warst *du*?«, frage ich zurück.

»Wo ist deine Freundin?«

»Weiß ich nicht.«

»Was machen wir denn jetzt?«

»Du schwimmst rüber zur Verwaltung. Du weißt, wo die Kleiderkammer ist. Hol da Sachen raus, damit wir nachher was Trockenes anziehen können.«

»Und du?«

»Ich helfe Mac, weitere Zellentüren zu öffnen.«

60 DER HIMMEL IST GRAU

Afeni hört das hohe Singen einer Maschine. Deswegen ist sie aufgewacht. Sie hat gedacht, es wäre ihr Herz, das so laut singt, aber es kommt eher von einer Art Bohrmaschine. Viermal bohren, dann Pause, dann wieder viermal bohren. Die Bettdecke ist weiß. Ihr Kopf liegt auf einem weichen Kissen. Da sind ein Schrank, ein Tisch, ein Stuhl, eine Kommode. Über der Kommode hängt ein weißes Plakat, das einen Mann mit runder Brille und eine asiatische Frau zeigt. Darauf steht »The War Is Over«. Die Lampe an der Decke über ihr ist aus Papier. Vielleicht stimmt es nicht, was ihre Großmutter über das Schattenreich gesagt hat, vielleicht ist es dort nicht dunkel, sondern hell.

Afeni erinnert sich, dass sie vor einer Tür gesessen hat und dachte, sie würde sterben. Und dann war da ein Mann, der sie an die Hand genommen und geführt hat. Er hat ihr zu trinken und zu essen gegeben. »Jakob ist tot«, hat er gesagt. Bei einem Unglück in der Antarktis ums Leben gekommen. Afeni ist schockiert gewesen. Die ganze Reise über hat sie ein Ziel gehabt. Sie hat sich vorgestellt, wie Jakob ihnen hilft, in Deutschland zurechtzukommen. Dass er auf ihre Anrufe und Nachrichten nicht geantwortet hat, war beunruhigend. Aber sie hat gedacht, dass es ja die Adresse gibt und dass jemand ihr helfen wird.

Da ist wieder das Bohren. Sie schlägt die Bettdecke zurück und sieht, dass sie ein sauberes T-Shirt und einen Slip trägt. Wer hat ihr das angezogen? Auch ihr Körper ist sauber, das Gesicht, die Haare sind gewaschen. Hat der Mann sie gewaschen? Sie kann sich nicht erinnern. Leise steht sie aus dem Bett auf. Auf dem Fußboden stehen Hausschuhe. Sie wird sich bei ihm bedanken und dann weiterziehen.

Vorsichtig geht sie die Treppe hinunter. Der Mann hantiert

in der Küche. Er ist derselbe, der sie gestern ins Haus geführt hat. Er trägt Jeans und ein Unterhemd. Die Haare hat er ordentlich nach hinten gekämmt. Seine Arme sind muskulös, sein Bauch hängt über der Hose. Auf dem Herd steht ein großer Topf, aus dem Dampf aufsteigt, es riecht säuerlich nach Äpfeln.

»Na, ausgeschlafen?«, fragt er.

»Wo bin ich?«, fragt sie.

»In Sicherheit. Willst du Kaffee? Tee?«

»Nein, danke.«

»Du hast sechzehn Stunden geschlafen. Jetzt hast du bestimmt Hunger und Durst«, sagt er.

Er wirkt freundlich.

»Ich würde gerne meine Sachen wieder anziehen.«

»Die sind in der Waschmaschine. Oben liegen Klamotten von Leela, die müssten dir passen. Aber du kannst auch warten, bis deine Sachen trocken sind. Du gehörst zu denen, die vorgestern hier vorbeigezogen sind, stimmt's? Wo kommst du her?«

»Aus dem Tschad.«

»Tschad! Ich war mal in N'Djamena. Meine Firma wollte euch ein Kohlekraftwerk verkaufen. Aber es ist nichts daraus geworden.«

Während er zu ihr spricht, weicht sein Blick immer wieder zur Seite. Als wollte er nicht, dass sie ihm in die Augen sieht. Irgendwas ist merkwürdig an ihm.

Er nimmt eine Kanne und gießt Kaffee in einen Becher. Es duftet verführerisch. Soll sie den Becher nehmen? Wäre es nicht besser, sie würde sich anziehen und sofort verschwinden? Sie könnte aber auch warten, bis ihre Sachen trocken sind, Kaffee trinken, etwas essen. Sie setzt sich. Er setzt sich ihr gegenüber und beobachtet, wie sie trinkt und von dem Brot und der Marmelade nimmt.

»Als ich dich ins Haus geholt habe, bist du zusammengebrochen und hast ewig geweint. Ich hab dich gefragt, ob du Schmerzen hast, und du hast mich angeschaut, als wäre ich ein Geist.«

Er lacht. Sie lacht mit ihm. Sie spürt, wie ihr Körper sich wieder mit Kraft füllt.

»Du warst ganz schön schmutzig. Um deinen Mund herum war Blut. Ich hab dich ausgezogen und geduscht. Aber ich hab dich nicht angefasst. Nicht so, wie du vielleicht denkst. Du hast dich sogar selbst eingeseift. Dann habe ich Tee gemacht und eine dünne Suppe gekocht und dir Zwieback zu essen gegeben. Ich hab gedacht, dass du es vielleicht nicht verträgst, wenn ich dir Fleisch oder Nudeln gebe. Ich habe dich gefüttert, so wie ich früher Leela und Christa gefüttert habe. Das sind meine Töchter.«

Er deutet auf ein gerahmtes Foto an der Wand. Darauf sind zwei Mädchen. Die eine scheint sechzehn oder älter zu sein, sie hält ein kleines Mädchen auf dem Arm.

»Die große ist Leela, die kleine heißt Christa. Christa ist mit ihrer Mutter zu einer Sekte gegangen. Sie denken, dass Gott sie vor dem Unglück rettet, das über uns reingebrochen ist. Aber das wird er nicht. Du musst für dich selbst sorgen, wenn du überleben willst. Das weißt du bestimmt auch von zu Hause. Ich hab jedenfalls genug Lebensmittelvorräte für zwei. Und als du geschlafen hast, bin ich zum Baumarkt rüber und hab Pressspanplatten für die Fenster gekauft und um die Tür zum Garten zu verstärken. Ich zeig dir nachher mal, wie ich die mit zwei Ladenbändern und zwei zusätzlichen Schlössern gesichert habe. An die Haustür habe ich noch eine zwei Millimeter starke Metallplatte geschraubt.«

Er redet wie ein Wasserfall. Als ob er seit Wochen mit niemandem gesprochen hätte und die Worte in seinem Mund nur darauf warten würden, endlich befreit zu werden. Das Küchenfenster ist mit einer Holzplatte verbarrikadiert. Das war das Geräusch. Ein Akkuschrauber liegt auf dem Tisch neben den Gläsern. Soll sie ihn fragen, warum er das Fenster verrammelt hat? Er scheint ihren Blick zu bemerken.

»Falls du dich wunderst. Das sind Vorsichtsmaßnahmen. Wenn noch mehr von euch kommen, müssen wir gewappnet sein. Verstehst du? Das ist nicht persönlich gemeint, aber ich kann euch nicht alle aufnehmen. Ich weiß, dass es euch da unten ziemlich dreckig geht. Nur haben wir hier auch ganz schön zu kämpfen. Du hast sicher die Überschwemmungen gesehen. Du kannst natürlich bleiben. Und du musst dir auch keine Sorgen machen. Wenn es gefährlich wird, habe ich vorgesorgt. Ich hab eine Sig Sauer 516 Patrol und ein altes AK-47.«

Was eine Sig Sauer ist, weiß Afeni nicht. Aber AK-47 kennt sie. Das sind die Maschinenpistolen, die auch die Männer von Boko Haram benutzen.

»Wir haben genug zu essen, Filme, Alkohol, Zigaretten. Das reicht für die nächsten Wochen, vielleicht sogar Monate, um hier zu überleben. Weißt du, während die Nachbarn noch überlegt haben, ob sie auswandern sollen, hab ich mir die Liste, die das Bundesamt für Bevölkerungsschutz und Katastrophenhilfe bereitgestellt hat, runtergeladen. Man muss vorbereitet sein. Schneller sein als die anderen. Nicht warten, bis die Regale im Supermarkt leer sind.«

Er sieht sie an, als würde er auf ein Lob warten. Dafür, dass er alles richtig gemacht hat.

»Du kannst mir helfen«, sagt er. »Als Gegenleistung, wenn du dich schon nicht bedanken willst.«

Sie spürt seinen eindringlichen Blick, der wie eine raue Hand über ihre Haut streicht. An Armen und Beinen stellen sich die feinen Härchen auf.

»Ich koche Apfelmus ein. Du kannst mir helfen, das Mus in die Gläser zu füllen.«

Mit einer lässigen Handbewegung deutet er zum Tisch, auf dem zwanzig oder mehr Gläser stehen.

»Tut mir leid«, sagt sie. »Ich bin … ich weiß auch nicht. Danke auf alle Fälle. Es ist sehr nett, dass Sie mich aufgenommen haben.«

»Na klar. Ist doch selbstverständlich. Hier bei mir ist es trocken, und wenn es Winter wird, ist es warm. Ich hab im Keller vier Kubikmeter Holz für den Kamin eingelagert. Außerdem acht Zentner Briketts. Damit kommen wir locker über den Winter. Weißt du, ich habe mich die letzten Tage immer wieder gefragt, was ich hier mache. Und dann hast du vor der Tür gesessen. Da habe ich es gewusst. Ein Mann allein kann eine Krise überleben. Das kann er. Aber es ist nicht richtig. Er geht daran seelisch zugrunde. Von meinen früheren Kollegen gibt es einige, die nach der Scheidung oder dem Tod der Frau sich sofort eine neue Frau gesucht haben. Und wenn das mit der neuen Frau nicht geklappt hat, haben sie sich zurückgezogen und angefangen zu saufen und im Internet schlimme Dinge gemacht. Ein Mann braucht einfach ein Gegenüber, in dem er sich spiegeln kann. Sein Denken, sein Handeln. Er existiert nicht für sich, sondern für andere. Das ist schon immer so gewesen. Jetzt bist du da, und alles fügt sich zu einem Zweck hin.«

Er senkt den Kopf. Wischt mit der linken Hand die Tränen aus den Augen.

»Wir können doch so was wie eine Familie sein. Ich will nichts von dir. Du sollst einfach nur bleiben.«

So wie er sie ansieht, weiß sie nicht, ob sie Mitleid mit ihm haben oder sofort aufspringen und das Haus verlassen soll.

»Ich verstehe alles, was Sie sagen. Aber ich kann nicht bleiben«, sagt Afeni. »Ich bin mit meinem Mann verabredet. Er wartet bestimmt schon auf mich. Und er weiß, dass ich hier bin. Vielleicht macht er sich Sorgen. So wie ich ihn kenne, ist er bestimmt schon zur Polizei gegangen.«

»Dein Mann?«

»Ja.«

»Ist er auch … schwarz?«

»Ja, warum?«

»Dann wird die Polizei ihm nicht glauben. Mal abgesehen davon, dass er tot ist. Du hast im Traum von ihm gesprochen. Er ist in München am Bahnhof unter den Zug gekommen. Er hieß Nelson.«

Er lächelt. Das gleiche Lächeln wie in dem Moment, als sie in die Küche gekommen ist. Afeni springt vom Stuhl auf. Greift nach einem der Einmachgläser, schlägt es auf die Tischkante und hält ihm die Scherbe in ihrer Hand entgegen.

»Lassen Sie mich gehen. Bitte!«

Mehr konnten wir nicht retten. Jetzt sitzen wir im ersten Stock des Verwaltungsgebäudes in einem Aufenthaltsraum für Justizvollzugsbeamte. Angela, Mackenzie, ich und die anderen achtzehn. Wir haben trockene Kleidung angezogen und in einem Schrank drei Flaschen Wodka gefunden, von denen zwei nach einer Runde unter den Frauen geleert sind. Ich habe versucht, das Rote Kreuz anzurufen, aber es hat niemand geantwortet. Auch bei der Polizei nicht. Einzig die Feuerwehr hat versprochen, ein Boot zu schicken, um uns abzuholen.

Schockiert davon, dass sie beinahe gestorben wären, erzählen die Frauen von den letzten Minuten und Sekunden, bevor Mackenzie und ich die Türen aufgeschlossen haben. Sie reden durcheinander, lachen, schaudern. Ich höre ihnen zu, nehme den Dank entgegen, der über mir und Mackenzie ausgeschüttet wird. Eine Frau hat einen Weinkrampf, weil sie dachte, sie würde ihre beiden Kinder nicht wiedersehen.

Irgendwann fragt eine der Frauen, ob jemand wisse, wie viele Frauen ertrunken sind. Sofort verstummen wir. Niemand weiß es. Auch nicht, wie viele Männer in den anderen Trakten ertrunken sind. Eine Weile habe ich noch ihr Rufen gehört, bis sich eine Stille über die Anlage gelegt hat, die lauter war als jeder Schrei.

Als die Feuerwehr mit dem Löschboot auf das Gelände fährt, ist aus den offenen Fenstern in den zweiten Stockwerken Geschrei zu hören. Flüche, Drohungen, Schläge gegen die Fenstergitter. Ich dirigiere das Boot zum Verwaltungsgebäude. Die beiden jungen Feuerwehrmänner sagen, dass die Polizei und die Einsatzkräfte völlig überfordert seien. Hunderte sind ums Leben gekommen, von den Fluten mitgerissen, ertrunken, von stürzenden Bäumen erschlagen. Sie drängen darauf, uns schnell einzuladen, um uns in Richtung Lohbrügge zu transportieren. Dort sollen wir in Schulen und Turnhallen untergebracht werden. Ob die Polizei da schon auf uns wartet, wissen die beiden Männer nicht. Es interessiert sie auch nicht. Sie sind zur JVA geschickt worden, weil sie uns holen sollten. Allerdings wirken sie ziemlich beunruhigt, als sie uns sehen. Tattoos in den Gesichtern, Narben, Glatzen, zahnlose Münder. Verurteilt wegen Mord, schwerer Körperverletzung, Raub. Sicher nicht die Liga, mit denen die Jungs ins Kino und anschließend Eis essen gehen. Die Frauen lachen über die ängstlichen Blicke. Aber sie sind dankbar, dass sie hier weggebracht werden. Ich sage Angela, dass wir nicht mit ihnen gehen. Wir haben ja noch das Boot, mit dem Mackenzie gekommen ist.

Die Frauen bedanken sich bei mir und Mackenzie. Bieten ihre Hilfe an, wann und wo auch immer sie gebraucht wird und egal, wie die Hilfe aussehen soll. Angela will sich zu einer Kaserne durchschlagen.

»Was willst du denn da?«, frage ich.

»Undine von Broch ist da. Ich werde mich ihr anschließen.«

Aus heiterem Himmel umarmt sie mich. Drückt mich an sich.

»Du hast mir das Leben gerettet. Scheiße. Das werde ich dir nie vergessen.«

Sie wendet sich an Mackenzie.

»Und dir auch nicht. Auch wenn du ein Nigger bist.«

Sie lacht. Weil sie es für merkwürdig hält, dass eine Schwarze ihr das Leben gerettet hat, oder weil sie die Absurdität des Gedankens begreift, kann ich nicht sagen. Dann klettert sie als Letzte in das Boot. Die Frauen winken, während der Skipper hastig Gas gibt. Wahrscheinlich will er seine ungewöhnliche Fracht schnell loswerden.

Die Wolken überlassen der Sonne nur einen schmalen Streifen vom Himmel. Das Hochwasser beginnt zu sinken. Die Leichen von zwei Beamten treiben in Richtung Tor.

»Ich kann nicht glauben, dass du im allerletzten Moment gekommen bist und mich und die anderen gerettet hast«, sage ich. »Ich weiß nicht, wie ich dir das je danken soll.«

»Du kannst mich ja mal auf ein Bier einladen.«

Mackenzie setzt sich mir gegenüber in einen Sessel, nimmt eine der Wodkaflaschen und setzt sie an.

»Du solltest aufhören, Wodka zu trinken. Das Zeug macht depressiv«, sage ich. »Frag mal die Russen. Außerdem brauche ich dich nüchtern.«

»Betrunken bin ich aber lustiger. Außerdem bin ich so müde, dass ich eine Woche am Stück schlafen könnte.«

»Ich weiß. Aber ich habe dir noch nicht erzählt, was ich in Zyklop gefunden habe.«

Mackenzie stellt die Wodkaflasche ab. Das Wort »Zyklop« macht sie hellwach. Ich erzähle ihr von den Plänen, die in der Datei beschrieben werden.

»Denkst du, die meinen das ernst?«, fragt Mackenzie.

»Wieso nicht? Die wollen die reichen Küstenstädte retten. Und dafür klingt das verdammt plausibel.«

Mackenzie schlägt die Hände über dem Kopf zusammen.

»Bisher hab ich immer gedacht, das sind Gerüchte, die von irgendwelchen idiotischen Verschwörungstheoretikern gestreut werden«, sagt sie.

»Das wollen sie alles auf einer Konferenz beschließen. Die Amerikaner, Russen, Chinesen werden zusammen mit den Black Seven den Machthabern ein paar Hundert Milliarden zur Verfügung stellen, damit sie die Bevölkerung umsiedeln können.«

»Wo findet diese verdammte Konferenz statt?«, fragt Mackenzie.

»Davos.«

»Wann?«

»Weiß ich nicht.«

»Leon weiß es bestimmt.«

»Kannst du ihn anrufen?«

»Ich glaube nicht, dass er uns helfen wird.«

»Wieso?«

»Er hat Streit mit seiner Chefin. Sie hat ihn gefeuert. Aber ich kann es ja mal versuchen.«

Mackenzie greift in die Hosentasche. Das Handy ist nicht da. Weder in der rechten noch in der linken Tasche. Auf ihrem Gesicht zeigt sich ein kurzer Moment des Schreckens, dann erinnert sie sich, dass das Handy zusammen mit ihrem Rucksack im Boot liegt. Sie steht auf, geht zur Tür. Bevor sie den Raum verlässt, dreht sie sich noch einmal um.

»Was hast du vor, wenn du weißt, wo die Konferenz stattfindet?«

»Ich werde den ganzen Laden in die Luft jagen.«

Mackenzie lacht. »Ach so. Und ich hab schon gedacht, du willst irgendwas Dummes machen.«

»Etwas Dummes machen. Dumm, gemessen woran? An meinem Traum von einer kleinen Familie mit Jakob und einem Haus mit Garten und Kindern, die Fangen spielen? Dieser Traum existiert nicht mehr. Alles, was noch existiert, ist das Versprechen, das ich Jakob gegeben habe. Die Geschichte mit den Bestechungen ist gescheitert, der Anschlag ist gescheitert.«

»Du meinst das wirklich ernst.«

Eine Sekunde bevor ich das zu Mackenzie gesagt habe, habe ich noch nichts davon gewusst. Als ob sich der Gedanke irgendwo versteckt hätte.

»Du wirst bis an dein Lebensende im Knast sitzen.«

»Nicht, wenn ich es klug genug anstelle.«

Je tiefer ich mich in den Gedanken fallen lasse, umso mehr spüre ich ein Hochgefühl. Es ist das gleiche Hochgefühl wie an dem Tag, als ich Wittenberg verlassen habe.

»Würdest du das nicht tun?«, frage ich Mackenzie.

»Weiß ich nicht. Ich denke drüber nach, während ich mein Telefon holen gehe.«

Darüber nachdenken. Ich weiß nicht, ob das eine gute Idee ist. Wenn ich zu lange über eine Sache nachdenke, endet es meist damit, dass ich es nicht mache. Es gibt dann jedes Mal unzählige Gründe, etwas nicht zu tun. Gute Gründe. Und trotzdem habe ich den Eindruck, dass mein Verstand ein Feigling ist. Also werde ich nur die Gedanken zulassen, die der Sache dienen. Ich muss nicht nur den Ort wissen, ich muss auch irgendwie da hinkommen, und ich brauche irgendwelches Zeug, Sprengstoff. Wo kriege ich den her? Ich muss mir überlegen, wie und wo wir danach untertauchen können.

»Leela!«

Als Mackenzie zurückkommt, wirkt sie beunruhigt.

»Was ist?«

Sie reicht mir das Handy.

Christa ist weggelaufen. Sie wartet am Bahnhof in Wittenberg auf Dich. Kümmere Dich um sie. Mama.

»Woher hat deine Mutter meine Nummer?«, fragt Mackenzie.

»Ich hab sie ihr gegeben, bevor ich nach Berlin gefahren bin.«

»Sie schreibt nicht, wann deine Schwester da ankommt.«

»Nein. Wie viel Sprit ist in dem Boot?«

VIER

Sie liegt auf der Matratze und schläft. Die rechte Hand zwischen den Beinen, mit der linken hält sie ihren Kopf. Sie hat sich zusammengerollt, klein gemacht wie eine Schlange, die sich selbst verschlingt. Sie schläft nicht freiwillig. Er hat Schlaftabletten zerrieben und in ihr Essen untergerührt. Es war nicht auszuhalten. Jedes Mal, wenn er in den Keller gekommen ist, um nach ihr zu schauen, hat sie geschrien. So laut, dass Hauke dachte, ihm platzen die Trommelfelle.

Sie bekommt ihr Essen in einem schmalen Blechnapf, dazu Wasser mit Apfelsaft, manchmal auch Tee in einem Becher aus Hartplastik. Porzellan und Glas könnte sie zerschlagen und sich oder ihn damit verletzen. Am vergangenen Abend, es gab Pommes frites und Fischstäbchen, hat sie sich verschluckt. Er hat Panik gekriegt. Er will ja nicht, dass sie stirbt. Also hat er die Gittertür geöffnet, um ihr zu helfen, und da hat sie sich auf ihn gestürzt. Nach ihm geschlagen, ihn im Gesicht gekratzt, mit den Fingernägeln versucht, in seine Augen zu stechen. Aber sie hat natürlich unterschätzt, dass er stärker ist als sie. Er hat sie abgeschüttelt, auf den Boden gepresst und gesagt, wenn sie das noch einmal macht, würde er sie umbringen. »Wo ist der Unterschied?«, hat sie ihn gefragt. »Ich bin doch schon so gut wie tot.«

Seitdem nähert er sich ihr nur noch mit äußerster Vorsicht, reicht ihr das Essen durch die Gitterstäbe. Sie darf nicht auf die Toilette gehen, sondern muss ihre Notdurft in einen Eimer verrichten. Er hat ihr einen Sack Torf danebengestellt. Torf löscht den Geruch vollständig aus. Den Eimer leert er in ein Loch im Garten.

Er ist kein Unmensch. Er hat sie mit Respekt behandelt, auch wenn er sie eingesperrt hat. Aber das hat er nur getan, weil er sie beschützen wollte. Wenn er sie gehen lässt, wird sie keine Chance haben zu überleben. Die Nazihorden, die durchs Land ziehen, werden sie umbringen, und wenn das nicht geschieht, wird sie beim nächsten Hochwasser ertrinken. Und wenn auch das nicht passiert, wo will sie denn schlafen, woher will sie etwas zu essen bekommen, wo will sie sich waschen? Manchmal muss man Menschen zu ihrem Glück zwingen, hat er gedacht. Und wie schön es wäre, wenn sie begreifen würde, dass er ihr unter den gegebenen Umständen das beste Leben bietet. Im Tausch für ein bisschen Nähe. Aber das begreift sie nicht. Deswegen hat er heute Morgen beschlossen, sie doch freizulassen. Soll sie zusehen, wie sie sich durchschlägt.

Als er sie angeschaut hat, wie sie ruhig und friedlich schläft und nur hin und wieder ihre Stirn sich in Falten legt, wie ihre Mundwinkel zucken, als wollte sie etwas sagen, da hat er begriffen, dass es eine egoistische Idee war, sie bei sich zu behalten. Entstanden aus Einsamkeit und Wut, weil seine Frauen weggegangen sind und ihn allein gelassen haben. Niemand will allein sein. Nicht in Zeiten wie diesen, wo sich alles auflöst. Und da sie nicht freiwillig bei ihm bleiben will, würde es ein einziger Krampf werden. Er könnte nicht mit ihr reden, nicht mit ihr fernsehen, er könnte auch nicht mit ihr schlafen, weil sie sich allen Aktivitäten verweigern würde. Was er verstehen kann. Er würde sich ja nicht anders verhalten, wenn er in so einer Situation wäre. Er würde denjenigen, der ihn in einem Keller einsperrt, genauso hassen, wie sie ihn hasst.

Er hat einen Rucksack für sie gepackt. Proviant, Wäsche von Gita reingetan, ein paar Sneakers. Dazu hundert Euro. Damit sie sich etwas zu essen kaufen kann. Und eine Landkarte. Für alle Fälle. Er weiß nicht, wohin sie gehen will. Sie weiß es vermutlich auch nicht. Aber zumindest kann sie dann sehen, wohin sie sich verirrt. Sie wird sich schon irgendwie durchschlagen.

»Afeni?«, flüstert er.

Sie reagiert nicht.

»Afeni?«

Etwas lauter. Wieso wacht sie nicht auf? Er geht näher an das Gitter heran. Streckt die rechte Hand hindurch, um sie wach zu rütteln. Sie reagiert immer noch nicht. Plötzlich sieht er Blut. An ihrem Hals. Er zieht an ihrem Bein. Überall ist Blut. An ihren Händen, auf dem Fußboden. Ein Schrecken durchzuckt seinen Körper. Sie hat sich selbst verletzt. Aber womit? Er muss die Tür aufschließen, um zu sehen, wie schlimm es ist. Er greift in die rechte Hosentasche, aber da ist kein Schlüssel. In der linken auch nicht. Er hat ihn oben an der Garderobe vergessen. Als er sich nun herumdreht, um die Treppe hinaufzulaufen, hört er ihre Stimme.

»Hilf mir«, röchelt sie.

Er stoppt, wendet sich ihr zu.

»Was hast du getan?«, fragt er.

»Hilf mir.«

»Wo kommt das ganze Blut her?«

Sie schaut ihn an. In ihr Gesicht sind Angst und Entsetzen geschrieben. Er steht nahe am Gitter.

»Ich werde sterben«, sagt sie.

»Wieso? Du darfst nicht sterben. Es wird alles gut werden, ich schwöre es dir«, sagt er.

Er sieht, wie sie sich mühsam aufrichtet. Sie kommt auf das Gitter zu. Ihre braune Haut ist von schwarz glänzenden Streifen bedeckt. Sie ist so schön, denkt er. Etwas so Schönes darf nicht sterben.

»Oh Gott, Afeni«, sagt er. »Was hast du bloß getan?«

»Komm zu mir«, sagt sie. »Bitte.«

Sie streckt ihre Hand durch das Gitter. Er geht auf das Gitter zu. Fasst ihre linke Hand. Er versteht nicht, was sie von ihm will. Bis er den Löffel in ihrer rechten Hand sieht und den Stich im Hals spürt.

»Was machst du?«, schreit er.

Immer wieder stößt sie ihm den angespitzten Löffelstiel in den Hals. Blut spritzt in kurzen rhythmischen Fontänen hervor. Er lässt sie los. Versucht, ihre Hand zu packen, ihr den Löffel zu entwenden. In ihren schwarzen Augen sieht er unbändige Wut. Immer wieder sticht sie auf ihn ein. Er röchelt, atmet stoßweise im Takt des Blutflusses. Dann sackt er auf die Knie. Die Augen rollen zur Seite, als wollten sie nach innen schauen, ob es da eine Erklärung gibt. Er spürt, wie sie durch die Gitterstäbe nach seinem Hosenbein greift, ihn mit aller Kraft näher an die Tür heranzieht. Sie tastet nach seinen Hosentaschen. Was sucht sie? Den Schlüssel. Aber den hat er doch gar nicht bei sich. Den hat er doch oben vergessen.

63 ABAYA UND NIQAB

Ich habe das Überkleid und den Gesichtsschleier in der Kammer gefunden, in der die persönlichen Sachen der Inhaftierten aufbewahrt werden. Wir fahren mit dem Boot in Richtung Osten, so schnell es geht nach Hause. Der Gedanke, dass meine kleine Schwester in Wittenberg allein auf mich wartet, macht mich krank. Sie abzuholen und in Sicherheit zu bringen ist wichtiger als alles andere.

Die Landschaft ist ein See, der sich bis zum Horizont erstreckt. Bäume ragen aus dem Wasser empor, dazwischen zu Rollen gepresste Heuballen, ein Hochsitz, um Tiere zu beobachten, schwimmt wie ein Floß. Ausgetretenes Öl und Benzin schimmern grün und blau.

Eine Zeit lang orientieren wir uns an den Oberleitungen der Bahn, dann an den Hinweisschildern und Begrenzungspfosten der Landstraße in Richtung Bergedorf. Als die Straße schließlich aus dem Wasser auftaucht, lassen wir das Boot zurück und laufen in die Stadt hinein. Wir müssen jemanden finden, der uns ein Stück mitnimmt. Bis zum nächsten Bahnhof, der noch in Betrieb ist. Wenn das nicht möglich ist, müssen wir ein Auto klauen.

Vor der Rehaklinik spricht Mackenzie eine Mannschaft des Technischen Hilfswerkes an. Bettelt so lange, bis wir mit ihnen bis nach Uelzen fahren dürfen. Ich halte mich im Hintergrund. Ich will nicht, dass einer von denen mich erkennt.

Die sechs Männer sind müde und erschöpft. Mehr als sechsunddreißig Stunden dauert nun schon ihr Einsatz, erzählen sie uns. Sie haben in Geesthacht geholfen, das Helmholtz-Institut für Küstenforschung zu räumen, erzählen von übergelaufenen Klärwerken, einem zerstörten Pumpwerk in Lauenburg, gesperrten Straßen, unterspülten Gleisen, die zu einem Zugunfall bei Dannenberg geführt haben. Sie unterbrechen einander, steigern sich in ihren Beschreibungen, als ginge es um einen Wettbewerb. Das Pumpwerk wird schließlich zum Sieger des Katastrophen-Slams erklärt. Dann wollen sie ein wenig schlafen, bevor sie zum nächsten Einsatz müssen.

Nur der Fahrer bleibt wach, trinkt Kaffee und schluckt kleine Pillen, die seinen Blick glasig und seine Bewegungen hektisch machen. Er redet wie ein Wasserfall, will von Mackenzie wissen, ob ich den Schleier die ganze Zeit tragen muss. Fragt, wo wir hinwollen. Wittenberg? Da war er auch mal. Mit der Schule. Wegen Luther. Aber er kann sich an nichts mehr erinnern. Nur an den Satz vom Rülpsen und Furzen. Er lacht und drückt grundlos auf die Hupe. Ein seltsamer Rausch hat ihn erfasst.

Als er über Funk nach Hamburg zurückbeordert wird, lässt er es sich nicht nehmen, uns noch bis nach Uelzen zu bringen. Er rät uns, den Zug nach Stendal zu nehmen und von dort weiter über Magdeburg bis nach Wittenberg. Mackenzies Einwand, dass die Strecke gesperrt sein könnte, wischt er beiseite. »Das war wegen einer Brücke«, sagt er. Seine Kollegen vom THW hätten den Schaden repariert. Wir verabschieden uns, wünschen einander viel Glück.

Der Intercity wartet an Gleis zwei. Ein Modell aus dem letzten Jahrhundert. Reisende werden über Lautsprecher aufgefordert, nicht zuzusteigen, weil der Zug so überfüllt ist, dass die Türen nicht geschlossen werden können. Ich schaue mich um. Ein paar Waggons weiter wird der Service-Waggon mit Proviant beladen.

»Komm«, sage ich zu Mackenzie.

Wir laufen zu dem Waggon, warten, bis der Beladevorgang beendet ist, und klettern dann hinein. Ein junger Mann sieht uns überrascht an. Auf dem kleinen Schild an seiner Jacke steht »Anatol, Service«.

»Ihr könnt hier nicht einsteigen«, protestiert er.

»Wer sagt das?«, fragt Mackenzie.

»Vorschriften.«

»Vorschriften? Sie ist eine Muslima«, sagt Mackenzie. »Sie ist vor ihrem Mann geflohen. Soll sie wieder zu ihm zurück? Oder ist dir das egal, und du willst hier eine rassistische Nummer abziehen?«

»Ich kann meinen Job verlieren, wenn das einer von den Zugbegleitern mitkriegt.«

»Die werden nichts sagen. Und wenn doch, dann sagst du, dass wir im Auftrag der Personalkontrolle unterwegs sind.«

»Seid ihr das wirklich?«

»Was denkst du denn, Anatol Service? Und jetzt hätten wir gerne zwei Kaffee«, sagt Mackenzie.

Mit den Bechern in den Händen gehen wir zum Ende des Zuges. Da ist immer Platz, hat Anatol gesagt, weil es da so laut und zugig ist.

Während der Intercity in Richtung Stendal schleicht, schauen wir aus dem Fenster zu den Weizenfeldern, auf denen die Halme am Boden liegen und auf dem feuchten Boden verrotten, was die Luft mit einem fauligen Geruch erfüllt. Es macht einen Unterschied, ob man sich etwas vorstellt oder ob man das, was man sich vorgestellt hat, in der Realität sieht. Ich spüre wieder die Unruhe, die mich seit dem Moment, als ich die Zyklop-Datei gesehen habe, antreibt.

»Kennst du das, wenn sich zwei Stimmen in dir gegenseitig anschreien?«, frage ich, ohne Mackenzie anzusehen.

»Nur zwei?«

»Die eine sagt, du musst es tun, und die andere hält mich für eine durchgeknallte Irre, eine Wahnsinnige.«

»Es ist ja auch Wahnsinn. Wie sollen wir das machen?«

»Wir?«

Ich bin erstaunt.

»Heißt das, du bist dabei?«

»Was denkst du denn? Meinst du, ich lasse dich im Stich?«

Ich falle Mackenzie um den Hals, schiebe den Niqab zur Seite und küsse sie vor Freude, bis sie keine Luft mehr kriegt.

»Moment, Leela, nicht so schnell.«

Sie schiebt mich von sich weg.

»Nehmen wir mal an, wir schaffen es tatsächlich, in die Nähe von den Arschlöchern zu kommen, ausgerechnet wir beiden Profis. Und dann, was sollen wir dann machen? Sollen wir die erschießen? Oder in die Luft jagen?«

»Weiß ich noch nicht.«

»Das müssen wir aber wissen!«, regt sie sich auf.

»Ist ja schon gut. Wir befinden uns doch noch in der Phase der Fiktion. Noch ist nichts passiert.«

»Okay. Aber nehmen wir trotzdem mal an, dass wir das irgendwie schaffen. Was glaubst du, was danach passiert? Wir werden schneller gefasst, als du ›Blaubeerkuchen‹ sagen kannst. Erinnerst du dich, was ich dir über Paul Ruthe gesagt habe? Susan Anderson, Dennis Rossellini, Claudia Holter. Sie sind alle tot, weil sie sich mit den Black Seven angelegt haben.«

»Ich weiß.«

Mackenzie hat recht. Wir brauchen Leute, die uns helfen. Leute, denen wir vertrauen können. Die Guardians sitzen im Knast oder sind untergetaucht. Die fallen also aus. Aber was ist mit Leon?

Bundeskanzlerin Diana Falk ist Geschichte. Sie hat gewohnt nüchtern reagiert. Kein Tobsuchtsanfall, keine Vorwürfe, keine emotionalen Ausbrüche. Aber Leon kennt sie gut genug, um zu wissen, dass es in ihr brodelt. Irgendwann wird sie hochgehen. Nur jetzt noch nicht. Bevor es in den Bundestag geht, wo sie eine Erklärung abgeben wird, hat sie alle weggeschickt. Die Assistentinnen, die Sekretärinnen, das halbe Kabinett, das antreten wollte, um wie bei einer Beerdigung zu kondolieren. Einige mit stiller Genugtuung, andere mit Schrecken in den Gesichtern, weil sie sich vor dem fürchten, was jetzt auf sie zukommt. War es ein Fehler, dass er die Nachricht von ihrer Beteiligung an Decamerone an die Presse durchgesteckt hat? Anfangs war er sich hundert Prozent sicher, richtig gehandelt zu haben. Jetzt bröckelt die Gewissheit. Jetzt sind es nur noch achtzig Prozent. Tendenz fallend.

Leon schaut zu, wie Falk ihre persönlichen Dinge zusammenpackt. Ein Foto, das sie mit ihrer Mutter zeigt. Sie muss darauf sieben oder acht Jahre alt sein. Eins mit ihrer Mutter im Bundestag am Tag ihrer Ernennung zur Bundeskanzlerin. Ein drittes mit ihrer Mutter kurz vor deren Tod. Als er sie gefragt hat, wieso es keine Fotos von ihrem Vater gebe, sagte sie, sie würde darüber nicht reden. Falk atmet schwer. Immer wenn sie ihm den Rücken zukehrt, sieht er, wie die Muskeln den Rücken straffen und wieder loslassen. Sie packt die LP mit dem Bootleg eines Konzertes von Prince im Berliner Jazzklub Quasimodo ein, ihr Lieblingsparfüm, Nagellack, Lippenstift, ein Füllfederhalter. Bücher von Sun Zi und Tacitus, Machiavellis *Der Fürst*, Rousseaus *Über den Gesellschaftsvertrag*, Mommsens *Römische Geschichte*. Hararis *Eine kurze Geschichte der Menschheit*. Irgendwo ganz weit hinten steht *Das sexuelle Erleben der*

Catherine M. und Kershaws *Höllensturz.* Sie weint. Ob wegen des Abschieds oder weil sie sich bei jedem Accessoire an den Augenblick, der damit verheiratet ist, erinnert, weiß er nicht.

Jetzt dreht sie sich zu ihm um. Und bewirft ihn mit einem ihrer dicken Wälzer. »Du bist so ein verdammter Scheißkerl«, schreit sie ihn an.

Leon weicht aus. Das Buch kracht gegen die Wand, die Blätter lösen sich aus der Bindung und verteilen sich im Zimmer.

Die Aufregung in der Presse, die Falk stets mit einer Skepsis, Distanz und zum Teil auch mit offener Feindschaft wie im Boulevard begegnet, ist groß. Kaum ist bekannt, dass sie in Decamerone investiert hat, wird auch die Affäre mit ihm genüsslich in der Öffentlichkeit breitgetreten. Es war ja schon lange bekannt und hat lediglich in den Schubladen auf den richtigen Moment gewartet. Jetzt werden Berge von Müll über ihr ausgeschüttet. Wie sie andere Politiker abgesägt hat, dass sie eine eiskalte Machtpolitikerin ist, die schon lange hätte zurücktreten müssen. Man schüttelt die Köpfe, wusste es schon immer. Wäre sie ein Mann, würden die Angriffe nicht so vernichtend ausfallen. Für eine Frau gelten andere Maßstäbe. Entweder, sie ist unantastbar wie die Mutter Jesu, oder die schlimmste aller Huren.

»Wieso?«, schreit sie weiter. »Kannst du mir das sagen?«

»Ich habe es dir gesagt.«

Er bleibt ruhig. Er weiß, er muss sich jetzt die Hinrichtung abholen. Daran führt kein Weg vorbei.

»Wegen Decamerone wirfst du alles weg, was wir über Monate aufgebaut haben? Jedes Telefonat, in dem ich mir stundenlang anhören musste, warum etwas nicht geht? Jedes Meeting mit dem Kabinett, mit Kotzer, mit Fuchs und all diesen Schwachköpfen? Jede Nacht, die wir da oben gesessen und überlegt haben, wie wir diese korrupten Scheißkerle dazu kriegen können, den gesetzlichen Notstand auszurufen, all das trittst du in die Tonne?«

»Ja. Ich trete all das in die Tonne«, schreit er zurück. »Weil du dich erpressbar gemacht hast. Weil Watson und die Black Seven dich in der Hand haben. Weil sie dich in der Manege herumführen. Davos wird eine Farce sein.«

»Nein, sie würden mich nicht in der Manege herumführen. Du hast keine Ahnung, mit wem wir es hier zu tun haben.«

»Doch, das weiß ich sehr genau. Mit Leuten, die sich selbst in Sicherheit bringen, während sie die Welt in die Tonne treten. Und du bist eine davon.«

»Ja? So einfach?«

»So einfach.«

»Schwarz oder weiß?«

»Schwarz oder weiß. Entweder, du bist gegen etwas, oder du bist für etwas.«

»Und du bist der König der Moralisten.«

»Ja, für mich ist Moral der Maßstab, nach dem ich handle. Jedenfalls war es zu Anfang so. Ich hab gedacht, ich kann das in mir bewahren. Etwas, das nicht korrumpierbar ist. Und dann habe ich so viele Deals gemacht, seit ich für dich arbeite. So viele faule Kompromisse. Ich habe mich betrunken, weil ich nicht mehr in den Spiegel schauen konnte.«

»Hör um Himmels willen auf. Weißt du, was das Problem mit euch Moralisten ist? Ihr steigt mit immer neuen zehn Geboten von den Bergen eurer Empörung herab und fordert eine neue, bessere Welt. Und wenn es nicht dazu kommt, wenn die Menschen es nicht schaffen, dann haben sie es nicht genügend gewollt. Das schlechte Gewissen wächst zur Schuld heran, und wer sich schuldig fühlt, geht mit gesenktem Haupt durch die Welt und verstummt. Du hast für deine moralische Makellosigkeit den einzigen Plan, wie wir den Klimawandel bremsen können, weggeworfen.«

Sie räumt weiter. Konzentriert, fleißig, als ginge es um einen stinknormalen Umzug. Dabei muss sie eines der wichtigsten Ämter verlassen, das die Welt gerade zu bieten hat.

»Weißt du, das alles könnte ich noch irgendwie verstehen und notfalls auch verkraften«, sagt sie. »Aber eines kann ich nicht verkraften. Du bist nicht loyal. Und ohne Loyalität ist man in diesem Geschäft nichts. Ein einsamer Krieger, der bei der nächsten Gelegenheit geschlachtet wird. Loyalität ist die einzige Währung, die wirklich zählt. Netzwerke, Talent, Geld, das kannst du alles vergessen.«

Ja, er hat den Plan weggeworfen. Weil eine Schmerzgrenze erreicht war. Wo die verläuft, hat er vorher nicht gewusst. Erst als sie da war, hat er es gemerkt. Und da war die Grenze bereits überschritten. Jemand hat mal gesagt, dass von allen Grenzen, die es gibt, die Schmerzgrenze den nebelhaftesten Verlauf hat.

Falk nimmt ihre Handtasche, ihre Jacke, den Graf von Faber-Castell-Kugelschreiber, den er ihr von seinem ersten Gehalt geschenkt hat.

»Aber was soll's? Die Idee mit dem Notstand ist sowieso schon lange tot.«

Sie geht zur Tür. Ein Weg von zehn Metern. Wahrscheinlich die längsten zehn Meter ihres Lebens. Er schaut ihr hinterher. Die Idee ist schon lange tot? Leon ist irritiert.

»Was soll das heißen?«

»Du solltest ab und zu mal schauen, was der Verfassungsschutz im aktuellen Briefing über Undine von Broch schreibt. Das hast du offensichtlich überlesen.«

Sie winkt ihm zu, ohne sich umzudrehen.

Was meint sie?

65 FÜNFUNDVIERZIG METER FREIER FALL

So viel sind es vom Dach des Waldorf Astoria bis auf den Asphalt. Lange Zeit hat Moses gedacht, seine Akrophobie käme von der Angst, er könnte irgendwo herunterfallen. Aber dann hat er festgestellt, dass das nicht stimmt. Es ist die Angst, er könnte springen. Daraufhin hat er es versucht. Er hätte lediglich einen Schritt machen müssen, um bei Claire zu sein, aber er hat es nicht getan. Was hat ihn davon abgehalten? Jetzt erhält er die Antwort.

Claire steht vor ihm. Endlich. Nach zwei Jahren, in denen er ihr immer wieder gesagt hat, wie leid es ihm tut, in denen er sie angefleht hat, ihm zu vergeben. Würde er sich vorbeugen, könnte er sie berühren, so nahe ist sie. Aber das wagt er nicht, weil er befürchtet, dass sie sich dann zurückzieht. Er muss ihr Zeit lassen.

Ich weiß, warum du es nicht tust, Moses, sagt sie.

Sie nennt ihn Moses, wie alle. Nicht Vater, Papa, Paulus, einfach Moses.

Es ist nicht, weil du mich nicht liebst, sondern weil du noch etwas tun musst, bevor wir uns wiedersehen.

Zuvor hat er eine halbe Stunde lang auf ihre Mailbox geheult. Hat ihr von seinem Gespräch mit Watson erzählt.

»Nehmen Sie es nicht persönlich, sehen Sie es realistisch. So wie die Welt seit Hunderttausenden von Jahren ihren Lauf nimmt. Es ist das Schicksal der Schwachen, von den Starken gefressen zu werden. Oder etwa nicht?«

Er steht auf, geht zur Minibar, nimmt die zweite Flasche Macallan Single Highland Malt heraus.

»Kannst du dir das vorstellen, Claire? Das hat er tatsächlich gesagt und dabei unterschlagen, dass Schicksal nichts Unveränderliches ist. Weder für die Schwachen noch für die Starken.

Der Starke wird nicht dazu gezwungen zu fressen. Er hat die Wahl. Er kann sich gegen das vermeintliche Schicksal stellen. Das aber kann Watson nicht sehen.«

Stell die Flasche weg, sagt sie. *Du darfst dich nicht so sehr betrinken, dass du nicht mehr hören kannst, was ich dir zu sagen habe.*

Er weiß, was sie ihm zu sagen hat. Er weiß es schon lange. Aber er hat sich immer wieder eingeredet, dass er keine Schuld hat an ihrem Tod. Wieso musste sie aber auch zu diesen selbst ernannten Heiligen von den Guardians of Life nach Polen fahren, um gegen den Bau von dem verdammten Kohlekraftwerk Bełchatów zu demonstrieren? Er hatte sie gewarnt. Da sind Leute, die mögen es nicht, wenn man sich zu laut beschwert. Er hat jeden Tag mit ihr telefoniert. Eine Woche lang. Und als er sie endlich so weit hatte, dass sie zurückkommt, als er einen Flug für sie gebucht hatte, war sie nicht mehr erreichbar. Drei Tage später fanden Angler ihre Leiche auf einer Müllhalde.

»Suizid« hieß es im Bericht des Rechtsmediziners. Aber es war kein Selbstmord. Auch nicht bei den zwei anderen Aktivisten, die dort gefunden wurden. Ich bin nicht schuld an dem, was geschehen ist, hat er sich jeden Tag gesagt. Trotzdem hat er einen Anwalt beauftragt, die Ermittlungen zu überprüfen. Und da sind einige Ungereimtheiten ans Tageslicht gekommen. Claire und ihre Freunde sollen an Überdosen Crack gestorben sein.

Ich habe nie Crack genommen. Das weißt du, Moses. Ich habe einmal einen Joint geraucht und dann nie wieder.

Er weiß nicht, was genau passiert ist. Aber jetzt wird sie es ihm sagen.

Wir waren in Łódź, in einem Hostel mit dem schönen Namen »Safestay«. Auf einmal hat Milosz einen Anruf erhalten. Wir sollten sofort kommen, weil ein paar von unseren Freunden verhaftet vor dem Kraftwerk verprügelt werden. Wir sind ins Auto gestiegen und losgefahren. Milosz hat die Adresse gekannt, sonst hätten wir bestimmt jemandem Bescheid gesagt. Oder wenigstens die anderen gefragt, ob das mit den Verhaftungen stimmt. Als wir ankamen, stand da ein Dutzend Männer. Sie trugen schwarze Masken. Wir wussten sofort, dass es eine Falle war. Milosz hat noch versucht abzuhauen, aber da war dieser Lkw hinter uns. Sie haben uns aus dem Wagen geholt und in den Lkw gesteckt. Das war ein Kühllaster. Voll mit Schweinehälften. Ich weiß nicht, wie lange wir da drin waren. Wir haben gefroren. Und irgendwann bin ich eingeschlafen.

Er hört ihr zu. Den Kopf gesenkt, den Blick auf die Flasche Macallan in den Händen.

Wenn du mich wirklich sehen willst, wenn du mit mir reden willst, musst du ein paar Dinge in deinem Leben ändern.

Das ist ihm bewusst. Und er ist bereit dazu.

Du musst aufhören, andere zu erpressen und zu manipulieren, ihnen mit Krieg zu drohen und sie ins Elend zu stürzen, damit deine Auftraggeber ihre grenzenlose, perverse Gier füttern können. Verstehst du das?

Er versteht es.

Du hast so viele Menschen auf dem Gewissen. Du hast dafür gesorgt, dass Menschen, die sich gegen den Ausverkauf ihrer Heimat wehren, verhaftet und gefoltert werden und danach einfach verschwinden. Du hast den Weg geebnet, damit Landschaften gerodet und vergiftet werden, dass Millionen hungern und krank werden. Du hast die Ökonomie des Todes gefördert, die die Ausbeutung unseres Planeten bis hin zum Kollaps bedeutet. Du musst es beenden.

Ja, er weiß es. Er weiß es schon eine ganze Weile. Er wollte nur noch von Claire hören, dass er sie danach wiedersehen wird. Als er den Kopf hebt, ist sie verschwunden. Er setzt die Flasche an.

Bevor er so betrunken ist, dass er nichts mehr sehen, hören und sagen kann, nimmt er sein Handy und schreibt eine Nachricht an Zoltan.

Ich brauche einen diskreten Kontakt zu Leela Faber.

Eine Minute später kommt Zoltans Antwort.

Leela Faber? Bist Du sicher? Wozu?

Das musst Du nicht wissen.

Er wohnt in Jüterbog, hat er gesagt. Im Kloster Zinna. Das hat ihr Angst gemacht. Christa kann mit ihm kommen, hat er gesagt, bis ihre Schwester sie abholt. Er ist langsam gefahren, weil die Straße unter Wasser stand. Überall haben Äste im Weg gelegen, Teile eines Zaunes, Kadaver, die von den Feldern herbeigeschwemmt wurden. Und Müll, immer wieder Müll. Eigentlich hat er nett ausgesehen, obwohl er überall im Gesicht Narben hatte und seine Zähne gelb waren. Er hat während der Fahrt geraucht, aber wenigstens das Fenster aufgemacht, als sie husten musste. Der Aschenbecher war so voll, dass ein paar Zigarettenstummel runtergefallen sind.

Die ganze Zeit hat er von seiner Familie erzählt, von seinen vier Kindern, die ein paar Jahre älter sind als sie. Er hat sogar ihre Namen gesagt, Clara, Hanna, Lukas und Jan. Und als sie gemerkt hat, dass er auf die Polizeistation zufährt, ist sie, kaum hat er angehalten, aus dem Auto gesprungen und weggelaufen. Auf keinen Fall darf die Polizei sie erwischen. Die werden ihren Vater anrufen, und zu ihm will sie auf keinen Fall zurück. Genauso wenig wie in das Kloster, aus dem sie geflohen ist. Sie ist zum Bahnhof gelaufen und ohne Fahrkarte mit dem Regionalexpress nach Wittenberg gefahren. Zum Glück hat niemand kontrolliert.

Leela hat geschrieben, dass sie am Bahnhof warten soll.

Du musst Dich irgendwo verstecken, von wo aus Du uns sehen kannst, wenn wir ankommen.

Jetzt hockt Christa im zweiten Stock der alten Schule direkt gegenüber dem Hintereingang des Bahnhofs. Die Schule hat jahrelang leer gestanden. Die Eingangstür und die Fenster waren mit Brettern verschlossen, dann sind Leute, die keine Wohnung mehr haben, in das Haus eingezogen.

Zuerst hat sie Angst gehabt, als sie die vielen Menschen sah. Aus jedem Zimmer war Musik zu hören. Schlager und Rap und Klassik. Alles durcheinander. Deswegen gab es Streit. Jeder wollte, dass der andere leise ist. Ein paar von den Männern waren ganz schön aggressiv. Einige Frauen auch. Sie haben dauernd wegen irgendwas geschrien. Eine Frau hat sie gefragt, ob sie allein unterwegs ist. »Nein«, hat sie gesagt, »meine Mutter muss noch was organisieren.« Dabei weiß sie doch gar nicht, wo ihre Mutter ist, ob sie überhaupt noch lebt. »Kriech du weiter«, hat ihre Mutter gesagt, als sie in dem Tunnel feststeckten. »Ich komm schon klar«, hat sie gesagt und ihr eine Telefonnummer gegeben. Aber sie ist kein dummes Mädchen. Sie weiß genau, dass ihre Mutter nicht klarkommt. Bestimmt ist Abel stinkwütend auf sie. Wegen Agnes und der Flucht. Jedes Mal, wenn sie sich vorstellt, was Abel mit ihrer Mutter macht, kommen ihr die Tränen, und dann kann sie nicht mehr aufhören zu weinen. Seit sie in der kleinen Kapelle mitten im Wald aus dem Tunnel gekrochen ist, denkt sie ununterbrochen daran, zurückzugehen, damit ihrer Mutter nichts geschieht. Aber jedes Mal erinnert sie sich, was ihre Mutter über Abel gesagt hat. *Er will dich opfern, weil er glaubt, dass Gott es so will.* Ein Zug kommt angerast und fährt ohne Halt weiter.

Die Frau, die sie nach ihrer Mutter gefragt hat, bringt ihr ein Brötchen und einen Becher mit Tee. Christa bedankt sich. Sie hat sich nicht getraut, nach etwas zu essen zu fragen, und jetzt ist sie so dankbar, dass sie der Frau am liebsten um den Hals fallen würde. Sie weiß auch, dass sie die Frau irgendwoher kennt. Woher nur?

»Du bist allein unterwegs, stimmt's?«, fragt die Frau.

»Nein, bin ich nicht.«

»Ich heiße Paula«, sagt die Frau. »Mir hat die Buchhandlung gehört. Und du?«

»Lola«, antwortet Christa.

Sie weiß nicht, wieso sie den Namen der Katze nennt, die ein paar Jahre bei ihnen gewohnt hat, bevor sie von einem Tag auf den anderen verschwunden ist.

»Lola. Das ist ein schöner Name. Willst du mir nicht erzählen, was wirklich passiert ist?«

Eigentlich will sie das nicht. Aber das Brötchen und der Tee erfüllen sie mit einem innigen Wohlgefühl. Sie spürt, wie ihre Muskeln loslassen, wie Wärme ihren Körper ausfüllt. Also erzählt sie Paula von Abel und der geplanten Opferung und ihrer Flucht und ihrer Mutter, die zurückbleiben musste. Wenn sie diese Paula ansieht, weiß sie nicht, ob die ihr glaubt. Sie schwört es zwar, aber ihre Blicke erzählen etwas anderes.

»Du heißt nicht Lola«, sagt sie schließlich. »Ich kenne dich. Du heißt Christa, stimmt's? Deine Mutter Gita und ich sind im selben Bibelkreis gewesen. Und du warst doch auch ein paarmal in meiner Buchhandlung in der Schlossstraße, weißt du das nicht mehr?«

Das ist es, daher kennt Christa die Frau.

»Deine Mutter hat mir erzählt, dass sie mit dir zu Abel Odessa gehen will.«

Ein grimmiger Schrecken fährt in Christas Bauch. Auch das noch. Die kennt Abel. Was das Kreuz und die Opferung angeht, glaubt die ihr bestimmt kein Wort. Schon allein, wie sie die Stirn in Falten zieht und falsch lächelt.

»Es ist wahr, ich schwöre es. Mama hat gesagt, es gibt ein Kreuz im Hof, und er hat gesagt, ich müsste geopfert werden, damit Gott uns gnädig ist.«

»Nein, das hast du bestimmt falsch verstanden. Er hat uns zweimal im Bibelkreis besucht, da war er immer sehr nett. Streng, ja, aber nett. Wie wäre es, wenn du mir sagst, was du wirklich gemacht hast? Bist du von zu Hause weggelaufen?«

»Nein, ich bin nicht von zu Hause weggelaufen. Und es stimmt, was ich gesagt habe. Abel ist total irre. Der denkt, dass es aufhört zu regnen, wenn ein Mädchen geopfert wird.«

»Na, dann schau doch mal zum Fenster raus. Du bist nicht geopfert worden, und trotzdem regnet es nicht mehr.«

Es hat tatsächlich aufgehört zu regnen. Es hat auch gestern nur ganz wenig geregnet. Aber was heißt das schon? Der Regen hört ja nicht auf, weil jemand umgebracht wird. Oder hat Abel Mama an ihrer Stelle geopfert? Weiß diese Paula davon? Christa springt auf, stürzt aus dem Zimmer. Sie hört, wie die Frau nach ihr ruft.

»Christa! Bleib hier. Haltet sie fest!«

Christas Beine fliegen die Treppe hinunter. Immer zwei Stufen auf einmal. Sie stolpert und kann sich am Geländer festhalten. Erster Stock. Die Leute schauen sie verwirrt an. Jemand greift nach ihr, sie zerrt, bis sie wieder freikommt, hört, wie ihre Jacke aufreißt. Parterre, zur Tür hinaus.

»Christa! Bleib stehen! Wo willst du hin?«

Schneller, schneller. Bis sie merkt, dass es eine andere Stimme ist, die nach ihr ruft. Sie wendet den Kopf. Wer ruft nach ihr?

»Chrissie, hier drüben!«

Es ist Leelas Stimme. Aber die Frau, die sie Chrissie nennt, kann nicht ihre Schwester sein. Sie trägt einen Schleier. Christa kann nur ihre Augen sehen. Und neben ihr steht eine schwarze Frau.

Daniel hat gesagt, die Bannmeile um den Reichstag und das Kanzleramt sei kein Hindernis. Sie könnten ungehindert bis zum Kanzleramt vorstoßen und die Bundeskanzlerin und ihre Bande von Verrätern wie bei der Sauenjagd aus dem Amt jagen. Zumindest hat Ole Steins Kontakt es so versichert. Aber jetzt stehen schwer bewaffnete Einheiten von KSK und GSG 9 bereit, um Undine und ihre Truppen aufzuhalten. Das heißt, die Stunde der Wahrheit ist gekommen. Entweder sie ziehen sich zurück, oder sie stellen sich dem Kampf.

Auf Anraten von Wolf Kraft ist Undine im gestreckten Galopp eine halbe Stunde zuvor auf einem Pferd durchs Brandenburger Tor geritten. Vor den Kameras der Nachrichtensender. Es sollte ein ikonisches Bild werden, das den Triumphzug zu einem Symbol macht. Doch was Undine dann in den Straßen sah, hat sie erschüttert. Der starke Regen, der die Kanalisation immer wieder überquellen lässt, hat Müll und Unrat auf den Pariser Platz gespült. Herden von Ratten rennen hurtig umher. Der Eingang des Adlon ist durch einen meterhohen Wall aus Sandsäcken geschützt. Männer in schwarzer Security-Uniform machen deutlich, dass unerwünschte Besucher keinen Zutritt haben. Das Tor der Humboldt-Universität ist geschlossen. Im Lustgarten stehen Hunderte Zelte. Vor dem Dom warten Menschen trotz des Regens in einer schier endlosen Schlange. Einige von ihnen tragen teure Regenklamotten, die meisten sind ungeschützt. Alle haben die Köpfe eingezogen. Eine Suppenküche verteilt Essen. Lediglich ein paar Tapfere stehen am Straßenrand und halten Fähnchen mit Undines Konterfei in den Händen. Graue Gestalten, vom Regen durchnässt. Einige mit Schirm, andere mit einer Plastiktüte über dem Kopf. In den Gesichtern stehen Angst, Erschöpfung und Resignation. Als hätten sie jede Hoffnung auf Rettung aufgegeben. Die muss sie wieder aufrichten.

Was war doch die Fahrt über die Avus dagegen für eine Genugtuung gewesen. Achthundert Fahrzeuge, zu einer Demonstration des Siegeswillens versammelt, waren sie über die Straße des 17. Juni einmarschiert.

»Was machen wir jetzt?«, fragt Ole.

Undine starrt den Reihen der hochgerüsteten Soldaten und Polizisten entgegen. Sie hat diesen Moment immer und immer wieder in Gedanken durchgespielt. Hat die Möglichkeiten abgewogen und trotz der Ankündigung, es würde keinen Widerstand aus dem Innenministerium und den Reihen der Polizei gegen den Sturm auf das Kanzleramt geben, einen genauen Angriffsplan erarbeitet. »Auf Politiker kannst du dich nicht verlassen«, hat sie zu Ole Stein gesagt. Und wie jetzt zu sehen ist, stimmt die Aussage.

Der Plan sieht vor, dass Undine und die erste Reihe des Zuges sich zurückziehen, um Platz für die Lkws zu machen, auf deren Ladefläche schwere Maschinengewehre schonungslos in die Reihen der Polizisten schießen. In einer zweiten Angriffswelle greifen Drohnen die Hubschrauber der GSG 9 BPOL und des KSK an und werfen Granaten und Splitterbomben ab. Da die Einsatzkräfte sowohl von der militärischen Organisation als auch der Brutalität des Angriffs überrascht sind, werden sie sich bald zurückziehen, um das Kanzleramt zu schützen. In der dritten und letzten Welle schwärmen Einheiten von jeweils vier Männern aus, um dezentral zu attackieren. Da KSK und GSG 9 traditionell von rechtsradikalen Personen durchsetzt sind, die im Krisenfall bereit sind, auf die richtige Seite zu wechseln, wird in den Reihen der Soldaten und Polizisten schnell Chaos entstehen. Viele werden desertieren, andere laufen über. Zeichen einer unzureichenden Führung, die es nicht schafft, der Mannschaft Treue und Loyalität einzuimpfen.

»Wir kämpfen«, sagt Undine.

Es sind die letzten beiden Worte, die klar zu verstehen sind und das Signal geben zu einer Schlacht, die in die Geschichte eingehen wird und an deren Ende mehr als dreihundert Menschen tot und weit über achthundert verletzt sind. Zehn Stunden nach dem Ruf zum Kampf ist der Weg zum Kanzleramt frei.

Undine von Broch ernennt sich noch am Nachmittag selbst zur Kanzlerin. In einer Ansprache an das Volk verkündet sie vor den Kameras der nationalen und internationalen Fernsehstationen die Übernahme der Führung des Landes.

»Meine lieben Landsleute, an diesem historischen und glorreichen Tag haben wir die korrupte und unfähige Bundesregierung aus dem Amt gejagt und gezeigt, dass wir gewillt sind, das Schicksal in unsere Hände zu nehmen. Von jetzt an wird dieses unser Deutschland nicht mehr nach der Pfeife internationaler Finanzoligarchen tanzen, nicht länger den Wünschen der Konzerne Folge leisten. Ich weiß aber auch, dass wir Maßnahmen ergreifen müssen, die nicht allen gefallen.«

Sie spricht nicht über die Artfremden, nicht darüber, dass es nur noch Jobs für Deutsche geben wird, dass Millionen Flüchtlinge abgeschoben werden müssen, dass Brüssel sie am Arsch lecken kann. Jetzt geht es darum, ein Programm zu präsentieren, dem möglichst viele zustimmen können.

»Wir werden schmerzhafte Entscheidungen treffen müssen, wenn wir in Zukunft von den schlimmsten Folgen der Umweltzerstörung verschont bleiben wollen. Die Städte an Nord- und Ostsee sind nicht zu retten. Bremerhaven, Bremen, Hamburg, Flensburg, Kiel, Lübeck, Rostock, Stralsund und die vielen kleinen Dörfer und der Küste vorgelagerten Inseln sind verloren.

Wir müssen uns damit abfinden, dass kein Geld der Welt die Fehler reparieren kann, die von der Regierung Falk und allen anderen davor gemacht wurden. Ich verkünde hiermit die Aufgabe und Evakuierung aller Städte entlang der Nord- und Ostseeküste in den nächsten zwei Jahren.«

In den Gesichtern der Reporter kann sie das ungläubige Staunen sehen, das ihre Ankündigung hervorruft. Es ist, als könnten und wollten sie nicht begreifen, dass jemand diese Sätze tatsächlich ausspricht.

»Es hört sich schrecklich an, ich weiß, aber es gibt keinen anderen Weg. Wir sind ein starkes und fleißiges Volk. Und ich verspreche euch, wir werden aus den Trümmern neu erwachsen. Der Tag wird kommen, an dem ihr wieder in eure Heimat zurückkehren könnt. Und diesmal werden es die Reichen sein, die dafür bezahlen, dass sie unser Land in ein Jammertal verwandelt haben, während sie selbst im Trocknen sitzen und zuschauen, wie euer Leben weggeschwemmt wird.«

Kaum hat sie den letzten Satz ausgesprochen, bricht ein infernalischer Jubel los.

Sie hat Angst vor ihm. Aber ich weiß, dass Hauke ihr niemals etwas antun würde. Seine Wut hat sich immer nur gegen Gita gerichtet, weil er ihr »frommes Getue« nicht ertragen kann. Es gibt keine andere Möglichkeit. Vor allem nicht nach den Geschichten, die Christa uns vom Kloster und diesem Abel Odessa erzählt hat. Mackenzie hat die Polizei angerufen und berichtet, was sich im Kloster zuträgt. Die Beamtin hat am Telefon gesagt, sie würde eine Streife schicken, aber sie wisse nicht, wann das geschehen werde, weil die Einsatzkräfte völlig überfordert seien.

»Es ist nur für ein paar Tage«, sage ich zu Christa.

»Warum kann ich nicht mit dir kommen?«

»Weil es nicht geht. Okay?«

»Oder in deine Wohnung.«

»Das Haus ist gesperrt wegen Einsturzgefahr.«

Ich habe die Abaya und den Niqab ausgezogen. In dieser Verkleidung würde ich hier auffallen. Da ist es doch besser, wenn die Nachbarn denken, die verlorene Tochter kehrt heim. Als wir in die Dr.-Behring-Straße einbiegen und auf unser Elternhaus zugehen, beschleicht mich ein seltsames Gefühl. Die Fensterläden sind verschlossen, der Rasen ist lange nicht gemäht worden. Im ersten Moment denke ich, dass mein Vater sich vielleicht diesen Idioten angeschlossen hat, die soeben mit einem Putsch die Macht übernommen haben.

»Wartet hier«, sage ich.

Den Kopf zwischen die Schultern gezogen, laufe ich auf das Gartentor zu. Es ist verschlossen. Ich klettere über das Tor. Die Haustür ist auch verschlossen. Also muss ich wieder den Weg durch das Badezimmer im ersten Stock nehmen. Während ich auf das Garagendach klettere, befällt mich die nächste seltsame

Sorge. Vielleicht ist Hauke doch noch da. Hat sich verbarrikadiert und wartet auf den Tod. Ich stelle mir meinen Vater in seinem Sessel vor, von Maden bevölkert. Ein Bild, zu kurz, um es festzuhalten, und doch lang genug, um zu erschaudern. Die Handbrause in der Dusche tropft immer noch.

»Hallo?«

Ich halte die Luft an und lausche.

»Papa?«

Mein Ruf bleibt unbeantwortet. Also ist er nicht da. Es riecht muffig. Die Feuchtigkeit ist in das Haus eingedrungen und nistet in Wänden und Möbeln. Funktioniert das Licht? Ja, zum Glück. Die Stromrechnung wird also immer noch bezahlt. Das Schlafzimmer ist leer. Gitas Kleider liegen auf dem Bett. Was hat er damit gewollt? Vorsichtig setze ich meine Schritte auf die Treppe. Schaue in das Wohnzimmer, die Küche, die Toilette. Im Flur steht ein gepackter Rucksack. Was hat das zu bedeuten? Ich öffne die Haustür, schließe das Gartentor auf.

»Er ist weg«, sage ich.

Mackenzie und Christa laufen gebückt in das Haus, als könnten sie unter dem Regen hindurchschlüpfen.

»Puh, ist das kalt«, sagt Christa.

Im Flur schütteln sie sich wie Hunde. Streichen sich das Wasser aus den Gesichtern. Christa zittert.

»Zieh dir was Trockenes an. Ich schau mal, ob es was zu essen gibt«, sage ich.

»Ist Papa wirklich weg?«

»Ja.«

»Hast du überall nachgeschaut?«

»Ja. Wenn er da wäre, hätten wir doch schon längst sein Meckern gehört.«

»Hast du auch in mein Zimmer geschaut?«

»Nein, aber Mac geht mit dir. Okay?«

Die beiden traben die Treppe hinauf.

In der Küche stehen zwei Teller auf dem Tisch, Brotreste sind eingetrocknet, daneben zwei Bierflaschen. Er muss Besuch gehabt haben, bevor er gegangen ist. Wahrscheinlich hat er sich mit Angelika wieder versöhnt. Im Kühlschrank haben Schimmelkulturen das Regiment übernommen. Feines hellgrünes Moos wuchert auf den Käsestücken, Wurstscheiben wellen sich. Hier ist nichts zu holen. Aber der Schrank über dem Waschbecken ist mit Konserven vollgepackt. »Omis Linseneintopf mit magerem Schweinefleisch«, »Omis Kartoffeleintopf mit Rauchspeck und Cocktailwürstchen«, »Omis Hühnersuppentopf mit Muschelnudeln«. Wenn das mal kein kulinarisches Fest wird.

»Jemand hat in meinem Bett gelegen«, sagt Christa.

Ich ignoriere die Feststellung. Woher soll ich wissen, wer das war.

»Heute ist der Tag des Gourmets. Ihr dürft es euch aussuchen«, sage ich.

»Wir müssen das Bett neu beziehen, sonst schlaf ich nicht da drin«, sagt Christa.

»Machen wir später. Jetzt essen wir erst mal was. Ich bin für Nudeln. Geht am schnellsten. Erhebt jemand Einspruch?«

Niemand. Sehr gut.

»Schau mal«, sage ich zu Christa, »ob noch Brot da ist. Aber sei vorsichtig, falls der Kasten explodiert.«

Christa verzieht das Gesicht. Langsam lösen sich der Schrecken und die Angst. Ich weiß, ich muss ihr zeigen, dass ich für sie da bin und dass alles gut wird. Von Davos darf ich natürlich nichts erzählen. Aber bis dahin vergeht ohnehin noch genug Zeit, um mir was einfallen zu lassen. Christa öffnet misstrauisch den Brotkasten, schielt hinein.

»Alles leer«, sagt sie.

»Na gut. Dann ohne Brot.«

»Oder wir holen welches aus der Tiefkühltruhe und tauen es im Toaster auf«, sagt sie.

»Von mir aus.«

»Aber ich gehe da nicht runter«, mault Christa.

»Hast du immer noch Angst vor dem Monster?«

»Geh du runter«, sagt Mackenzie. »Christa und ich kümmern uns um das Essen.«

Sie grinst, als wüsste sie, dass auch ich von einem unguten Gefühl beschlichen werde, wenn ich in den Keller gehen soll. Es scheint ein universeller Horror in allen Kellern der Welt zu lauern. Ich zeige Mackenzie den Finger.

Wie üblich steckt im Schloss der Kellertür der alte Schlüssel. Aber jetzt hängt da auch noch ein zweiter, kleiner Sicherheitsschlüssel. Der ist neu. Wofür braucht mein Vater den, frage ich mich. Die Kellertür knarrt beim Öffnen. Wie immer. Es riecht muffig und nach Eisen. Auch wie immer. An der Decke spannen sich Spinnennetze. Asseln krabbeln die Wände rauf und runter, als müssten sie noch schnell etwas erledigen. Ich mag keine Asseln. Ich mag eigentlich nichts, was im Keller ist. Vielleicht sollten wir aufs Brot verzichten. Aber dann sage ich mir, dass es nur ein Keller ist. Da sind die Heizung, der Vorratskeller, der Waschraum mit der Waschmaschine und dem Trockner, der Raum, in dem mein Vater sein Werkzeug aufbewahrt.

Und mein Vater.

Er ist doch da. Liegt in einer schwarzen Pfütze, die von feinen Rissen durchzogen ist wie ein dunkler zerbrochener Spiegel. Er ist blass. Seine Augäpfel sind milchig. Die Wangen eingefallen, die Lippen vertrocknet und der Mund geöffnet, als wollte er etwas sagen. Ich versteh nicht, was passiert ist. Wieso liegt er hier? Wieso in einer Blutlache? Hat er Selbstmord begangen? Im Keller? Jetzt bemerke ich, dass er die alte Heizungstür durch eine Gittertür ersetzt hat. Das Ganze wird immer unheimlicher. Hinter dem Gitter ist es stockdunkel. Und bevor ich noch richtig realisiere, dass mein Vater tot ist, bevor noch der Schrecken in mich fährt, höre ich eine ferne Trommel. Wo kommt die her? Wer trommelt mit kleinen Fingern? Ich schaue mich suchend um, aber dann merke ich, dass es mein Puls ist. Ich recke den Kopf ein Stück nach vorne, um zu sehen, was sich in dem Heizungskeller befindet. Denn da ist etwas. Eindeutig. Ein Tier. Es atmet. Es atmet wie ein Mensch.

»Hallo?«, sage ich. »Ist da jemand?«

Vielleicht sollte ich mich auf die Treppe zurückziehen, damit ich schnell hochrennen kann, wenn tatsächlich jemand im Heizungskeller sein sollte. Und dann, langsam, ganz langsam taucht eine Gestalt auf. Eine Frau. Sie ist schwarz. Ihre weißen Augäpfel strahlen. Ihre Hände fassen nach dem Gitter. Sie trägt das Sonnenblumenkleid, das ich mir letzten Sommer gekauft habe.

»Leela? Kommst du?«

Mackenzies Stimme vom Kopf der Treppe her dringt wie ein Pfeil in meine Erstarrung ein, weckt mich aus der Lähmung und lässt mich aufschreien.

Sekunden später steht Mackenzie neben mir, starrt auf die Leiche.

»Wer ist das?«

»Mein Vater.«

»Und die Frau?«

»Weiß ich nicht.«

69 DIE ENTTÄUSCHUNG IST IHM INS GESICHT GEMEIßELT

Eingegraben in den Augen, die zu dünnen Schlitzen verengt sind, den Mundwinkeln, die sich nach unten ziehen, den Nasenflügeln, die sich weiten, wenn Abel tief Luft holt. Er starrt sie an. Obwohl sie fünf Meter entfernt vor ihm kniet, scheint er ihren Geruch zu schmecken, ihre Angst in der Lunge zu wiegen.

Die Gerichtsverhandlung findet im großen Speisesaal statt. Mehr als dreihundert Gläubige sitzen auf schmalen Holzbänken an den langen Tischen. Abel am Kopf des Saales in einem Sessel, der wie der Thron eines Bischofs aussieht. In seinem Schoß liegt die Bibel.

Gita hat der Opfergabe zur Flucht verholfen. Jetzt werden sie ihr den Prozess machen. Sie hat bereits erlebt, dass in Abel Odessas Liturgie Strafe die zentrale Säule ist, die den Weg der Buße einleitet. Sie besteht aus Einsicht in die Schuld, Bestrafung als Sühne, Erlösung, Vergebung und Heilung der Wunden.

»Ich habe sie im Tunnel gefunden. Aber Christa war schon weg«, jammert Agnes.

Ihre Stimme, die sonst hart und herrisch ist, wenn sie als Abels Prophetin seine Wut und seinen Hass verherrlichen darf, klingt jetzt wie gesplittertes Glas. Sie jammert, und es fehlt nicht viel, bis sie anfängt zu weinen.

»Ich habe sie immer gut behandelt. Und trotzdem wollte sie mich töten«, klagt sie.

Es ist eine Lüge, mit der Agnes sich freizukaufen versucht. Alle im Raum wissen es. Auch Abel weiß es. Aber es ist unerheblich, was Agnes sagt. Gitas Schuld steht fest, bevor noch das erste Wort gefallen ist. Die Strafe genauso. Jetzt geht es nur noch darum, das Urteil zu zelebrieren.

»So ist das also«, sagt Abel.

Er wendet sich Gita zu. »Du hast deiner Tochter gesagt, sie soll weglaufen, obwohl du weißt, dass Gott sie auserwählt hat, um uns mit ihm wieder zu versöhnen.«

»Nein«, antwortet Gita.

»Nein was?«, brüllt Abel.

Das kommt so unvermittelt, dass alle Gläubigen erschreckte Gesichter machen. Wahrscheinlich fürchten sie, dass auch sie Opfer seiner Wut werden könnten. Es ist durchaus möglich, denn niemand weiß, was er als Nächstes plant. Vor allem, wenn er wie jetzt ruhig sitzen bleibt und all seine Kraft in die Stimme legt. Es ist eine enorme Kraft.

»Gott hat sie nicht auserwählt. Das warst du«, sagt Gita.

Die Gläubigen meckern, tuscheln. Sie wissen, was sie zu tun haben. Nicht gleich zu Anfang Gitas Tod fordern, sondern sich langsam in den Wahn hineinsteigern.

»Willst du damit sagen, dass ich lüge? Dass ich behaupte, Gott spräche durch mich, obwohl das nicht stimmt?«

»Das weiß ich nicht. Ich weiß nur, dass Gott kein Opfer verlangt.«

Das Meckern der Gläubigen schwillt an. Erste Worte der Empörung sind zu vernehmen.

»Agnes!«

Abel deutet auf seine Schwester. »Stimmt es, dass Gott kein Opfer verlangt?«

»Nein, Abel. Gott hat es selbst zu Abraham gesagt.«

»Was hat Gott zu Abraham gesagt? Kannst du es für diese Hure hier wiederholen?«

»Gott stellte Abraham auf die Probe. Er sprach zu ihm: ›Nimm deinen Sohn, deinen einzigen, den du liebst, Isaak, geh in das Land Morija, und bring ihn dort auf einem der Berge, den ich dir nenne, als Brandopfer dar.‹ Frühmorgens stand

Abraham auf, sattelte seinen Esel, holte seine beiden Jungknechte und seinen Sohn Isaak und machte sich auf den Weg zu dem Ort, den ihm Gott genannt hatte. Als sie an den Ort kamen, den ihm Gott genannt hatte, baute Abraham den Altar, schichtete Holz auf, fesselte seinen Sohn Isaak und legte ihn auf den Altar. Schon streckte Abraham seine Hand aus und nahm das Messer, um seinen Sohn zu schlachten.«

»So war es«, sagt Abel.

»Da rief ihm der Engel des Herrn vom Himmel her zu: ›Abraham, Abraham!‹«, fährt Agnes fort. »›Streck deine Hand nicht gegen den Knaben aus, und tu ihm nichts zuleide! Denn jetzt weiß ich, dass du Gott fürchtest; denn du hast mir deinen einzigen Sohn nicht vorenthalten.‹«

»So steht es in der Bibel«, brüllt Abel. Seine Stimme dröhnt. »Aber du erkennst den Unterschied, oder etwa nicht?«

Abel nimmt die Bibel aus seinem Schoß, erhebt sich aus seinem Sessel.

»Sie kennt ihn nicht. Sie sieht nicht, was jeder von euch sieht. Habe ich recht?«

Aus dem Meckern wird ein dunkles Rumoren. Gita sieht sich um. Die meisten Gläubigen nicken. Dabei ist Gita sicher, dass niemand weiß, was Abel meint. Und damit das niemand merkt, verzerrt der Hass ihre Gesichter.

»Abraham war bereit, seinen Sohn Isaak Gott zu opfern. Da wusste Gott, dass Abraham ihn fürchtet, heißt es in der Bibel.«

Er hebt die Bibel in die Höhe wie eine Drohung.

»Doch die Hure hier war nicht bereit zu diesem Opfer. Dabei hat sie ihrer Tochter den Namen des Herrn Jesus Christus gegeben, der für unsere Sünden gestorben ist. Habe ich recht?«

Die Zustimmung wächst zu einem Raunen und Rufen an.

»Die Hure hat sich gegen Gott gestellt. Selbstsüchtig hat sie ihr eigenes Wohl gegen euer Wohl gestellt. Es ist ihr egal, ob ihr vor dem Untergang der Welt gerettet werdet, ob ihr in den Fluten ertrinken, in den Stürmen untergehen oder in der Hitze verdursten werdet. Alles, was sie will, ist, sich und ihre Brut zu retten. Wie nennt ihr das?«

Sie wissen nicht, wie sie es nennen sollen, deswegen brüllen sie irgendeinen Mist durcheinander.

»Ihr nennt es Gotteslästerung.«

»Gotteslästerung«, bellen und jaulen die dreihundert.

»Und was sagt die Bibel zu Gotteslästerung?«

Wieder die Kakofonie von aufgebrachten, aufgehetzten, zornigen Stimmen. Nur Agnes nicht. Sie sitzt in einem Rollstuhl, ein Gefäß voller Hass und Missgunst.

»Alle Sünden werden den Menschenkindern vergeben, auch die Lästerung, wie viel sie auch lästern mögen; wer aber den Herrn lästert, der hat keine Vergebung in Ewigkeit, sondern ist ewiger Sünde schuldig«, brüllt Agnes.

Ihre Stimme lodert, als wollte sie Gita allein mit den Worten verbrennen.

Gita spürt Abels Blick wie eine Hand, die sie in die Horde der Besessenen stößt. Sie hebt den Kopf, schaut ihn an. Obwohl alles, was sie bisher erlebt hat, wenn Abel seiner Wut freien Lauf ließ, sie erschrecken müsste, lächelt sie. Sie weiß jetzt, dass sie gewonnen hat. Sie hat ihre Tochter gerettet, hat ihm den Triumph genommen, seine Jünger auf ewig mit einer Schuld zu belegen. Wäre es Christa, die in wenigen Augenblicken an dem Kreuz geopfert wird, würden sie ihm überallhin folgen. Auch in den Tod. Aber Gita ist nur ein schaler Ersatz. Sie weiß es. Und sie weiß, dass er es genauso sieht. Das macht ihn so wütend.

»Packt sie!«, ruft Abel.

Es geht schnell. Ehe Gita sich umsehen kann, stürzen sich Dutzende auf sie, zerren an ihr. Bespucken sie, schlagen, treten, reißen ihr die Haare in Büscheln aus und schleifen sie aus dem Speisesaal heraus in den Hof. Die unfassbaren Schmerzen sind nur auszuhalten, weil der Gedanke an ihre Tochter sie wegträgt. Es fühlt sich an wie eine zweite Geburt. Noch einmal schenkt sie Leben. Deswegen nimmt sie hin, dass sie ihr die Arme ausrenken, die Beine brechen, wenn sie an dem riesigen Holzkreuz Nägel durch Hände und Füße schlagen. Aus den Lautsprechern dröhnt es scheppernd. »Näher, mein Gott, zu dir.«

Der Gesang wird vom Lärm der Hubschrauber übertönt, die tief über dem Kloster kreisen. Es sind die Hubschrauber der Nachrichtensender. Gita wendet den Kopf zur Seite. Sie will nicht, dass die Kameras ihr Gesicht erfassen. Sie will nicht, dass irgendjemand sie sieht. Vor allem nicht ihre Töchter.

Drückt mich auch Kummer hier, drohet man mir, soll doch trotz Kreuz und Pein dies meine Losung sein.

Gita nimmt die letzten Worte nicht mehr wahr, weil die Flammen der Luft den Sauerstoff entziehen und sie ohnmächtig wird, bevor das Feuer nach ihr greifen kann.

Christa war außer sich, hat immer wieder diesen Satz gesagt, verschleiert von einem unaufhörlichen Strom von Tränen. Ich habe ihr erklärt, warum wir die Polizei nicht holen können.

»Die werden mich wieder ins Gefängnis bringen. Willst du das?«, habe ich sie gefragt.

Sie hat den Kopf geschüttelt und bald danach aufgehört zu weinen. Ich habe Mackenzie und sie nach oben geschickt. Sie sollen sich um das Abendessen kümmern, bis ich geklärt habe, was hier unten passiert ist.

»Ich komme aus dem Tschad«, sagt die Frau. »Ich habe fünftausend Kilometer zurückgelegt, um hierherzukommen. Ein Stück sind wir zuerst mit dem Boot und dann mit einem Schiff gefahren. Übers Mittelmeer. Ich habe das gemacht, weil Jakob mir deine Adresse gegeben hat«, sagt sie.

»Woher kennst du Jakob?«, frage ich.

»Er war auf einer wissenschaftlichen Expedition zu den Gletschern auf dem Mount Kenia.«

»Es gibt Gletscher in Afrika?«, wundere ich mich.

»Was denkst du, was das weiße Zeug auf dem Kilimandscharo sonst ist? Nelson war Fahrer, und ich war als Dolmetscherin dabei.«

»Wer ist Nelson?«

»Mein Sohn.«

»Dein Sohn. Und wo ist er?«

Die Frau schweigt, presst die Lippen aufeinander. Und in dem Schweigen spüre ich eine tiefe Verbindung zu ihr. Als wolle sie nicht über etwas sprechen, für das es keine Worte gibt. Die Frau fasst nach einem Amulett, das sie um den Hals trägt. Eine hölzerne Figur, ähnlich wie das Reh, das ich auf dem Himmelbett in der Elbe gesehen und gerettet habe. Die Augen der Frau scheinen ihre Farbe zu ändern. Sie sind schwarz. Waren sie nicht eben noch bernsteinfarben?

»Wie heißt du?«, frage ich.

»Afeni. Und du heißt Leela, stimmt's? Jakob hat mir von dir erzählt. Dass du liest und Bücher schreibst. Und dich für den Umweltschutz einsetzt.«

Welche Frau macht das nicht? Ich spüre, dass diese Afeni unbedingt mein Vertrauen gewinnen will. Sie nickt, während sie erzählt, lächelt, als wären wir bereits Freundinnen.

»Und dass er dir in den Bergen das Leben gerettet hat«, fällt ihr plötzlich ein. »Seitdem hast du eine Narbe an der linken Schulter.«

Das stimmt. Wir waren in den Schweizer Bergen wandern. In der Nähe von Davos. Jakob wollte unbedingt den Tross der Politiker und Wirtschaftsbosse sehen, die beim Weltwirtschaftsforum auflaufen. Wir sind über den Strelapass gewandert, ich bin gestürzt und habe mir das Schlüsselbein gebrochen. Jakob hat mich zwei Kilometer bis zum Restaurant getragen. Die Narbe an der linken Schulter rührt von dem Sturz her.

»Er ist tot, hat dein Vater gesagt.«

»Ja.«

»Das tut mir leid. Weißt du, wie er …«

»Es hat eine Havarie gegeben. In der Antarktis. Er war auf einer Forschungsstation.«

Jedes Mal, wenn ich es ausspreche, fühlt es sich an, als würde eine Klinge durch meinen Körper fahren. Jakob ist nicht mehr da. Sein Leichnam treibt irgendwo im eiskalten Wasser der Antarktis.

»Wirst du die Polizei rufen?«, fragt sie.

Die Polizei zu holen wäre unter normalen Umständen absolut richtig. Immerhin liegt mein Vater tot im Keller. Und wenn er sich nicht selbst umgebracht hat, muss sie es gewesen sein.

Ich weiß allerdings immer noch nicht, wie sie das gemacht haben kann.

»Ich werde die Polizei nicht rufen«, sage ich.

Sie muss nicht wissen, warum nicht. Die Frage ist allerdings, was ich mit ihr machen soll? Ich kann sie ja nicht ewig im Heizungskeller eingesperrt lassen.

»Du kannst von mir aus gehen. Aber vorher erzählst du mir genau, was hier passiert ist, wieso mein Vater dich hier festgehalten hat und wieso er tot ist.«

Afeni erzählt, wie sie an der Tür geklingelt und Hauke sie ins Haus geholt hat, wie er anfangs freundlich war. Die ganze Geschichte bis zu dem Moment, als sie zugestochen hat.

»Ich wollte ihn nicht töten. Aber ich hatte solche Angst, dass er mich nie mehr freilässt.«

Sie habe drei Tage lang nichts gegessen, sagt sie. Aus einem Kessel tropft Wasser, davon habe sie getrunken.

»Ist es nicht absurd, dass ich vor der Dürre geflohen bin, um in einem Land, das in den Fluten ertrinkt, zu verdursten?«

Ich gehe nach oben. Hole den Schlüssel für die Gittertür. Mackenzie und Christa sehen mich fragend an.

»Was machst du mit ihr?«, fragt Christa unsicher.

»Was denkst du? Ich hol sie aus dem verdammten Heizungskeller raus.«

»Aber sie hat Papa getötet.«

»Unser Vater hat sie da unten eingesperrt«, sage ich. »Sollen wir sie da drin lassen?«

Christa weiß es nicht. Wie auch. Sie ist zehn Jahre alt. Wenn ich überlege, was sie in den letzten paar Tagen erlebt hat, ist es ein Wunder, dass sie nicht irregeworden ist.

Eine Stunde später sitzen wir zu viert am Küchentisch. Die Fertignudeln wecken Erinnerungen an eine Zeit, in der ich nur das von der Welt wusste, was ich mit dem Fahrrad erreichen konnte. Manchmal wünsche ich mir diese Zeit zurück. Nicht alles davon, denn die Tomatensoße schmeckt immer noch säuerlich und der geriebene Käse immer noch wie Füße. Aber nichts von der Welt zu wissen und darauf zu vertrauen, dass die Eltern es schon richten werden, egal, was passiert, war ein beruhigender Gedanke.

Christa isst kaum etwas von den Nudeln. Sie sieht immer wieder verstohlen zu Afeni hin, als wäre sie ein Geist aus einer anderen Welt.

»Keinen Hunger?«, fragt Mackenzie?

Christa schüttelt den Kopf.

»Willst du nicht was lesen?«, frage ich. »Hast du schon den letzten Band von *Svynx* fertig?«

»Der liegt im Kloster.«

»Hast du alle mitgenommen?«

»Nein.«

»Dann lies doch einfach in einem, der noch hier ist.«

»Okay.«

Sie steht auf, macht den größtmöglichen Bogen um Afeni herum und geht die Treppe hinauf in ihr Zimmer. Wir hören ihre Schritte.

»Irgendwann verlieren wir alle unseren unschuldigen Blick auf die Welt. Wir verlassen das Puppenhaus und sehen, wie die Welt wirklich ist. Aber muss es so früh passieren?«, frage ich Mackenzie.

»Ich kann ihr helfen«, sagt Afeni.

»Sie kommt schon zurecht«, sage ich.

Diese Frau hat meinen Vater umgebracht, und jetzt will sie Christa helfen? Wie denn? Wir sitzen stumm. Ich versuche, damit klarzukommen, dass mein Vater tot ist. Stelle mir vor, was passiert ist. Aber sobald ich ein Bild davon habe, laufen meine Gedanken davon. Es ist nicht real. Es ist einfach nicht real. Und vielleicht ist das auch gut so. Ich stehe auf, um den Tisch abzuräumen. Und im nächsten Moment höre ich Christas Schrei.

»Leelaaa!«

Es klingt, als würde Christa von einem Tier angegriffen werden. Ich springe auf, der Stuhl kippt nach hinten. An Mackenzie und Afeni vorbei stürze ich die Treppe hinauf.

Christa sitzt auf ihrem Bett, hat die Beine angezogen.

»Was ist passiert? Warum schreist du so?«, frage ich.

Christa deutet auf den Fernseher. Bilder aus einem Hubschrauber zeigen, wie sich eine Gruppe von Menschen kniend um ein riesiges Holzkreuz versammelt hat. Das Schlagen der Rotoren mischt sich mit dem Geschrei der Menschen, die laut jubeln und frohlocken. An dem Kreuz hängt ein Mensch. Eine Frau.

»Ist das Mama?«, fragt Christa.

Ich starre die Bilder an. Ja. Es ist meine Mutter. Warum hält niemand diesen Wahnsinn auf?

»Leela! Ist das Mama?«

»Nein, Chrissie, das ist nicht Mama«, sage ich. »Die Frau sieht nur so aus wie sie. Mama hat lange Haare. Und die Frau hat gar keine Haare mehr. Das ist jemand anderes.«

»Wirklich?«

»Ich schwöre.«

Wir beide wissen, dass es unsere Mutter ist. Aber wir verständigen uns darauf, es nicht zu wissen, wie nur Geschwister es können. Ich schalte den Fernseher aus.

»Geh nicht weg«, sagt sie.

»Nein, mache ich nicht.«

Ich lege mich zu Christa in ihr Bett und drücke sie fest an mich. Aus der Ferne sehen wir bestimmt aus wie ein Wesen mit zwei Köpfen, vier Armen und vier Beinen.

71 CHRISTA IST ENDLICH EINGESCHLAFEN

Sie hat noch lange geschluchzt, aber irgendwann hat sich die Spannung gelöst, hat sie gleichmäßig geatmet. Ich weiß, dass die Bilder in ihr Gedächtnis eingeschrieben bleiben wie ein Brandzeichen. Nach diesem Abend wird sie nicht mehr dieselbe sein. Und ich auch nicht.

Ich nehme ein Bier aus dem Kühlschrank. Es ist kalt und bitter. Die Küche ist aufgeräumt, als sollte Ordnung helfen, das Geschehene besser zu ertragen.

»Schläft sie?«, fragt Mackenzie.

»Ja.«

»Vielleicht war es nicht eure Mutter.«

»Sie war es.«

Ich setze mich an den Küchentisch. Mackenzie rückt den Stuhl an mich heran, nimmt meine Hand und drückt sie. Ich fühle mich, als wäre ich in einem Stand-by-Modus. Was passiert ist, ist so weit weg, irgendwie nicht wahr. Oder zumindest nicht bei mir angekommen. Meine Mutter ist gekreuzigt worden. Ich begreife es nicht.

»Was machen wir jetzt?«

Mackenzies Frage überrascht mich. Ich habe in den letzten Stunden nicht mehr daran gedacht, dass wir eigentlich etwas ganz anderes vorhatten, als meinen Vater und meine Mutter tot zu sehen.

»Ich meine, was passiert ist, ändert doch nichts, oder?«, fragt Mackenzie. »Wir brauchen die Baupläne vom Konferenzzentrum. Die Lage der Wirtschaftsräume, Stromversorgung, Fluchtwege. Wie sieht die Überwachungsanlage aus, wie viel Security gibt es? Außerdem müssen wir da irgendwie reinkommen. Das heißt Ausweise oder Akkreditierungen. Das heißt, wir müssen Leon kontaktieren. Er muss uns helfen.«

Mackenzies Entschlossenheit erstaunt mich. Damit habe ich nicht gerechnet. Aber ich bin froh, dass sie jetzt übernimmt und mich mitzieht. Bis es an der Tür klingelt. Wir zucken zusammen.

»Wer ist das?«, fragt Mackenzie.

Die Sekunden verstreichen. Nichts geschieht. Dann klingelt es erneut. Jetzt ungeduldig.

»Vielleicht nur ein Nachbar«, sage ich.

Ich stehe leise auf, will zur Haustür gehen.

»Warte!«

Mackenzie hält mich auf.

»Wenn es die Polizei ist, dürfen die auf keinen Fall hier reinkommen. Nur wenn die einen Durchsuchungsbefehl haben.«

»Okay.«

Ich gehe zur Haustür. Warte, lausche. Vielleicht kann ich hören, wer da draußen ist, vielleicht sprechen sie miteinander. Aber da ist kein Ton zu vernehmen. Als es zum dritten Mal klingelt, öffne ich die Tür.

Ein Mann steht davor. Er hält einen Regenschirm in der Hand. Wasser tropft von den Rändern des Schirms herab. Ich kenne ihn irgendwoher, weiß aber im Moment nicht, woher.

»Kann ich Ihnen helfen?«, frage ich.

»Das können Sie, Leela Faber.«

Jetzt fällt es mir ein. Ich kenne ihn von Videos im Internet. Und von dem Foto, das Leon mir gezeigt hat. Sofort werfe ich die Tür wieder zu. Das kann nicht sein.

»Wer ist es?«, ruft Mackenzie aus der Küche.

»Was?«

»Wer ist es?«, wiederholt sie.

»Das glaubst du nicht«, antworte ich.

Mein Tonfall klingt so seltsam entrückt, dass Mackenzie zur Tür kommt. Sie schaut mich besorgt an.

»Polizei?«

Ich öffne die Tür.

»Paulus Moses?«, sagt Mackenzie konsterniert.

»Es regnet. Ich weiß, das ist nichts Besonderes. Darf ich trotzdem reinkommen?«, fragt er.

»Was wollen Sie?«, fragt Mackenzie.

»Mit Ihnen reden.«

»Worüber?«

»Das sage ich Ihnen, wenn Sie mich reinlassen.«

Wir schauen uns an. Sollen wir ihn ins Haus lassen? Wir sind völlig überrumpelt. Ich schließe die Tür erneut.

»Was kann er schon tun?«, sage ich. »Wir sind zu zweit. Und er sieht nicht so aus, als könnte er es mit zwei Frauen aufnehmen.«

»Okay. Aber hast du nicht gesagt, dein Vater hätte eine Pistole.«

»Ja, hat er.«

Ich öffne die Tür zum dritten Mal. Wir treten beiseite. Moses schüttelt den Regenschirm vor der Tür aus, stellt ihn in den Schirmständer. Dann zieht er den Mantel aus, fährt sich durch die Haare.

»Schuhe?«, fragt er.

»Können Sie anlassen.«

»Toilette?«

»Erste links. Aber sie ist nicht besonders sauber.«

»Eine schmutzige Toilette ist Ihr geringstes Problem.«

Er zwinkert uns zu und verschwindet hinter einer Tür, an der ein Messingschild klebt. Ein kleiner Junge pinkelt in einen Nachttopf. Mackenzie öffnet noch einmal die Haustür, schaut nach, ob Moses vielleicht doch die Polizei hierhergeführt hat. Dann gehen wir in die Küche.

»Woher weiß er, dass wir hier sind?«, fragt sie flüsternd.

»Handy.«

»Du meinst, er trackt uns?«

»Woher soll er es sonst wissen?«

Wir hören das Rauschen der Klospülung. Die Toilettentür wird geöffnet und wieder geschlossen. Moses kommt in die Küche.

»Also?«, frage ich.

Sein Blick fällt auf den Küchentisch.

»Haben Sie noch ein Bier übrig?«

Mackenzie nimmt eine Flasche aus dem Kühlschrank, öffnet sie, reicht sie Moses. Er setzt sich. Grinst dieses überhebliche Grinsen, für das er im Fernsehen so berühmt ist.

»Ob Sie beide es glauben oder nicht. Ich bin hier, um Ihnen das Leben zu retten.«

Er nimmt ein Foto aus der Innentasche seiner Jacke, schiebt es über den Tisch zu Leela hin. »Kennen Sie den Mann?«

Allerdings kenne ich ihn.

»Er hat mit dem Tod Ihres Freundes zu tun, Leela. Ich weiß nicht genau, wie, aber er war zu dem Zeitpunkt, als Jakob ums Leben kam, in der Antarktis. Vermutlich nicht, um Eis für seinen Whiskey zu holen. Sie sind ihm vor ein paar Wochen hier am Bahnhof begegnet. Das sollte Sie nachdenklich machen. Normalerweise kriegt er, was er will.«

Ich gebe das Foto an Mackenzie weiter.

»Wieso sollte mich das nachdenklich machen?«

»Sie beide wurden bisher absichtlich verschont.«

»Wieso?«

»Man hat sie gebraucht, um Falk zu stürzen. Sie sollten ihr die Liste mit den korrupten Politikern zeigen, um ihr den ersten Schlag zu verpassen. Dass Sie dann das Kraftwerk in die Luft sprengen wollten, haben meine Auftraggeber und ich nicht vorgesehen. Es war aber auch eine selten blöde Idee. Immerhin sind Sie dadurch auf Decamerone gestoßen. Den Rest hat dann Ihr Freund Leon erledigt. Damit ist dieser Unsinn eines gesetzlichen Notstands vom Tisch, und meine Auftraggeber sind glücklich.«

»Sie wollen uns nicht erzählen, dass das alles ein abgekartetes Spiel war«, sagt Mackenzie.

»Was glauben Sie, warum meine Auftraggeber so erfolgreich sind? Sie sind vorausschauend. Beobachten genau, was um sie herum passiert. Wenn das, was passiert, nicht passt, dann wird es passend gemacht. Und Sie, Leela, sind die Nächste, die passend gemacht wird. Wahrscheinlich Sie beide. Wenn nicht auf einen Streich, dann eben auf zwei.«

Kann ich ihm das glauben? Klingt das alles nicht wie eine weitere Geschichte, um uns von etwas abzuhalten, das seinen Auftraggebern schaden könnte? Andererseits weiß er nicht, was Mackenzie und ich vorhaben. Oder doch?

»Warum erzählen Sie uns das?«, fragt Mackenzie.

»Weil ich möchte, dass Sie am Leben bleiben.«

»Warum?«, fragt Mackenzie.

»Das müssen Sie nicht wissen.«

Er greift nach der Bierflasche, nimmt einen großen Schluck. Schließlich seufzt er schwer, stellt die Flasche zurück auf den Tisch und schaut uns erwartungsvoll an.

Mackenzie dreht unter dem Tisch ihren rechten Daumen demonstrativ nach unten. Wir sollten ihn loswerden, heißt das wohl. Aber ich bin nicht sicher. Ich will wissen, warum er hergekommen ist. Was er von uns will.

»Wir glauben Ihnen«, sage ich.

»Sehr schön. Darf ich noch erfahren, was Sie nun tun werden?«

»Nein«, sagt Mackenzie.

»Das habe ich befürchtet. Lassen Sie mich aber eines noch

sagen. Sollten Sie vorhaben unterzutauchen, rate ich Ihnen davon ab. Es gibt keinen Ort, an dem Henry Sie nicht findet. Aber ich glaube ohnehin nicht, dass Sie untertauchen wollen. Wenn ich Sie wäre, würde ich darüber nachdenken, wie ich mich für das, was mit Ihnen und Ihren Freunden geschehen ist, rächen kann.«

»Rächen?«, frage ich verblüfft.

»Zum Beispiel in Davos. Bei der *World Climate, Environment and Economic Conference.* Erzählen Sie mir nicht, dass Sie nicht darüber nachdenken.«

Woher weiß er das?

»Und sollte ich mich tatsächlich täuschen, möchte ich Sie jetzt dazu ermutigen.«

Wir sind zu überrascht, um darauf antworten zu können. Woher weiß er das alles? Und wieso will er uns helfen?

»Ich verstehe, dass Sie an meinen Motiven zweifeln. Weil Sie nicht wissen, warum ich die Fronten gewechselt habe. Aber ich bin jetzt auf Ihrer Seite, glauben Sie mir.«

Er nimmt einen weiteren Schluck aus der Bierflasche, wartet auf unsere Reaktion. Eigentlich möchte ich diesem Mann glauben, wir könnten mächtige Unterstützung wahrlich gebrauchen. Aber wir dürfen nicht wieder ins offene Messer rennen. Nicht in ein noch viel größeres und garantiert tödliches.

»Sie haben meinen Freund denunziert, Sie haben Colette auf uns angesetzt. Jetzt sitzen Sie hier und erzählen uns etwas von Rache?«

Paulus Moses richtet sich auf seinem Stuhl auf und schaut mir direkt in die Augen.

»Schauen Sie, all das, was bisher im Zusammenhang mit dem Klimawandel geschehen ist, war und ist längst eingepreist. Die Demonstrationen, die Petitionen, die Liste mit den korrupten Politikern, sogar Wahlen. Dafür werden Leute wie ich losgeschickt. Von den Black Seven im Auftrag der amerikanischen Regierung. Ich werde gut dafür bezahlt, dass ich das Geschehen in die korrekte Richtung lenke.«

»Welche Richtung soll das sein? Die Zerstörung der Umwelt?«, fragt Mackenzie.

Irgendwas an dem Mann bringt sie auf die Palme. Na ja, nicht irgendwas. Alles, wofür er steht.

»Das ist nur der Kollateralschaden, Frau Little. Die Richtung heißt Geld verdienen. Es wird getan, was immer auch nötig ist, um die Interessen der Black Seven durchzusetzen. Und wenn das einmal nicht gelingt, werden Henry Fonda und die Schakale losgeschickt.«

Soll ich das wirklich glauben? Ist das nicht genau das, was über den sogenannten Deep State gesagt wird? Ich schaue Mackenzie an. Sie grinst spöttisch, so als wüsste sie das alles bereits.

»Wenn irgendwo auf der Welt ein Politiker eines unnatürlichen Todes stirbt«, fährt Moses fort, »sollten Sie nicht fragen, wer ihn getötet hat, sondern Sie sollten sich fragen, wem der Tod nützt, dann kriegen Sie eine Ahnung davon, wer es war. Sie kämpfen hier gegen eine Korporatokratie, meine Damen. Haben Sie davon schon mal gehört? Wenn eine Regierung die Macht an große Unternehmen übergibt, was zu einer Herrschaft von Konzernen in Allianz mit Großbanken führt, sprechen wir von einer Korporatokratie.«

Genau das hat Jakob auch immer gesagt. Er hat sie globale Vampire genannt.

»Fragen Sie sich, wieso Regierungen seit Jahren behaupten, sie würden nun endlich entschlossen gegen die Klimakatastrophe vorgehen, und trotzdem geschieht nur sehr wenig. Überlegen Sie gut, was Sie tun müssen, wenn Sie dieses Komplott aufhalten wollen, denn das ist es, ein Komplott auf dem Rücken der Menschheit. Meine Tochter ist ihm zum Opfer gefallen.«

Er wird plötzlich sehr ernst. Schweigt eine Weile. Es ist ihm ernst, eindeutig. Wer würde denn von seiner Tochter erzählen, um jemanden in eine Falle zu locken? Oder bin ich schon wieder naiv?

»Was sind Sie beide bereit zu tun?«, fragt er dann.

Mackenzie nimmt ihm die Bierflasche aus der Hand.

»Danke für die Predigt. Aber wie Sie schon selbst gesagt haben, man muss sich immer fragen, wer etwas tut und warum er es tut. Und vor allem, wem es nützt. Und wenn Ihnen sonst nichts mehr auf der Seele brennt, wäre es nett, wenn Sie uns allein lassen. Wir müssen noch packen.«

»Ja. Das müssen Sie.«

Er erhebt sich, geht zur Tür. Es ist deutlich zu sehen, dass er sich mehr von dem Besuch versprochen hat. Dann dreht er sich noch einmal um.

»Sie brauchen eine Akkreditierung. Die kann ich Ihnen nicht besorgen. Aber sonst fast alles, inklusive Geld. Denn das werden Sie brauchen.«

Es fehlt nicht viel, und Mackenzie geht auf ihn los. Als sie merkt, dass ich unsicher bin, explodiert sie.

»Leela, das da ist der Feind!«, brüllt sie.

Ich schaue Moses an. Er sieht nicht wie ein Feind aus. Eher wie jemand, der müde ist. Vielleicht sogar gebrochen. Was auch immer mit seiner Tochter passiert ist, es muss ihn erschüttert haben.

»Vielleicht nicht mehr«, sage ich zu Mackenzie. »Ruf Leon an. Er soll herkommen. Wenn er sich weigert, sag ihm, dass wir ihn brauchen. So wie ich ihn einschätze, reagiert er auf Hilferufe.«

72 JESUS CHRISTUS ODER MOHAMMED ODER BUDDHA

Einer von diesen drei Namen muss in deinem Personalausweis stehen, wenn du losziehen willst, um die Welt zu retten. Es genügt nicht, dass du Leon Roth heißt und von einem lächerlichen Idealismus erfüllt bist. Es genügt auch nicht, dass du glaubst, die Geschichte würde den Weg nehmen, den du für den richtigen hältst. Du hast doch oft genug erlebt, dass die Mittelmäßigen jede gute Idee zu Boden reißen, weil sie zu dumm sind, sie zu begreifen, oder weil sie eifersüchtig sind, dass sie nicht von ihnen selbst stammt, oder weil sie nicht in der Lage sind, über ihre Schwanzspitze hinauszublicken. Und diesmal warst du der Mittelmäßige, weil du ein Reinheitsgebot hochgehalten hast, dem du selbst nicht genügst. Oder? Sei ehrlich.

In den Nachrichten gibt es nur ein Thema. Undine von Broch hat eine Diktatur errichtet. Hunderte sind verhaftet worden. Politiker, Journalisten, die Führung der Polizei. Niemand stellt sich ihr und ihren Schergen in den Weg. Es sieht eher so aus, als hätten die meisten Politiker auf jemanden wie sie gewartet. Nur Baum aus der Umwelt und Fuchs aus den Finanzen haben sich gegen sie gestellt. Aber Kotzer, Grothe vom Auswärtigen, Wirtschaftsminister Becker, Familienministerin Klopp konnten gar nicht schnell genug vor Broch auf die Knie gehen. Sie hat sie trotzdem alle verhaften lassen. Die Anklage lautet auf »Verschwörung zum Schaden des deutschen Volkes«. In einigen Kommentaren wurde Undine von Broch mit Jeanne d'Arc verglichen und zur deutschen Marianne auf den Barrikaden ernannt. So ein Schwachsinn. Auf den Straßen hat er eine düstere Beklemmung wahrgenommen. Niemand weiß, was als Nächstes geschieht. Man ist vorsichtig, spricht leise, traut niemandem mehr.

Zuerst wollte er einen Wagen mieten, aber der Wetterbericht hat eine riesige Gewitterfront gemeldet. Die wievielte in diesem Monat? Der Zug ist dann immer noch das sicherste Fortbewegungsmittel. Er steht am Bahnsteig, die Anzeige verkündet das pünktliche Eintreffen des ICE 1020 nach München. Er muss so schnell wie möglich aus Berlin raus, bevor Brochs Schergen ihn verhaften. Es ist ohnehin verwunderlich, dass sie ihn noch nicht geschnappt und totgeschlagen haben.

Leon vermeidet es, die anderen Reisenden anzuschauen, zieht die Kapuze seiner Regenjacke tiefer ins Gesicht. Wer weiß, wer da neben ihm steht. Der Regen peitscht von Nordwesten her gegen das gewölbte Dach des Hauptbahnhofs. Es erinnert ihn daran, wie seine Mutter das Putzwasser ausgeschüttet hat. Wer hätte gedacht, dass es in Deutschland jemals wieder einen autoritären Herrscher oder in diesem Fall eine Herrscherin geben würde? Selbst hier am Bahnsteig redet man leise, schaut sich um, wer mithören könnte. Er hat ein paar Gesprächsfetzen aufgeschnappt. Eine Frau meint, dass Undine von Broch charismatisch sei. Ihr Mann stimmt ihr zu, weil sie die Wahrheit sagen würde.

Es war ein Fehler, Falk über die Klinge springen zu lassen. Er weiß es. Aber er hat nun mal Fakten geschaffen, und mit denen muss er jetzt leben. Das wird sein Eintrag in die Geschichtsbücher sein. Leon Roth, der Mann, der den Öko-Nazis den Weg an die Macht geebnet hat. Auch wenn Undine von Broch jemanden wie ihn nicht gebraucht hat.

Leon hat am Morgen seinen Vater angerufen und angekündigt, dass er gegen Abend in Garmisch ankommen wird. Er hat ihm nicht gesagt, warum er kommt. Sein Vater hat es freilich gewusst. Ein Bauer zu sein, der seine Felder bestellt, ist zu allen Zeiten eine Alternative, hat er gesagt.

Als der ICE einfährt, spürt Leon die Vibration, die einen

Anruf auf seinem Handy ankündigt. Er nimmt es aus der Hosentasche. Der Name auf dem Display überrascht ihn. *Mackenzie.* Was will sie von ihm? Die Reisenden um ihn herum drängen zu den Türen, schieben und stoßen. Einige haben es eilig, die Stadt zu verlassen. Wenn Mackenzie sich bei ihm meldet, führt es nie zu etwas Gutem. Wenn es wichtig ist, wird sie auf die Mailbox sprechen. Andererseits wird er jetzt gleich in den Zug einsteigen, in die Alpen fahren und Bauer werden. Er drückt auf das grüne Telefonsymbol.

»Hallo?«

»Wo bist du?«

»Das geht dich nichts an.«

»Den Geräuschen nach zu urteilen, am Bahnhof. Das ist schon mal gut.«

»Was willst du?«

Mackenzie spricht von einem Plan. Sie klingt so geheimnisvoll, als hätten sie und Leela die Weltformel gefunden. *Die Weltformel.* Er denkt an den berühmten Satz des Mathematikers Blaise Pascal: *Wenn du Gott zum Lachen bringen willst, erzähl ihm von deinen Plänen.* Er soll nach Leipzig kommen, sagt sie. Wieso Leipzig? Egal, er lehnt ohnehin ab. Er hat andere Pläne. Sie sagt, dass sie ihn brauchen. Unbedingt und dringend. Und dass er etwas gutzumachen habe, nachdem er Falk gestürzt habe.

Er will widersprechen, bleibt dann aber stumm.

Sie nennt ihm die Adresse einer Ferienwohnung in Leipzig.

73 UNDINE VON BROCH WAR EIN KLEINES MÄDCHEN

Damals, als Moses mit ihrem Vater Geschäfte gemacht hat. Sie war ungefähr vier Jahre alt, und alles, was sie jetzt darstellt, war damals schon sichtbar. Ein ausgeprägter, beinahe schon starrköpfiger Wille, die Fähigkeit, andere um den Finger zu wickeln, Intelligenz und Ausdauer. Sie verfügt über gute Gene, gepaart mit einer exzellenten Ausbildung in Cambridge. Moses hat sie angerufen, und sie haben ein wenig geplaudert, sich an alte Zeiten erinnert, Moses' Besuche auf dem Broch'schen Anwesen wieder aufleben lassen. Den Tag, an dem ihr Vater volltrunken in Frauenkleidern den perfekten Striptease hingelegt hat, woraufhin sich alle gefragt haben, wo er das gelernt haben könnte.

Er hat Undine nach den Plänen für die Regierung gefragt, und sie hat geantwortet, dass es in zwei, drei Jahren Wahlen geben werde, jetzt aber nicht die Zeit für Demokratie sei, weil das Land gerettet werden müsse. Sie hat nicht viel Zeit gehabt, und Moses ist deshalb ohne weiteres Zögern zur Sache gekommen. Undine hat sofort verstanden, um was es geht, hat aber gesagt, sie könne nicht helfen. Erst als Moses sie an einen moralischen Schuldschein erinnert hat, hat sie zähneknirschend versprochen, das Nötige einzuleiten. Sie will einen Kurier schicken. Dann wurde das Telefonat mit dem Versprechen beendet, sich recht bald wiederzusehen. »Ich könnte dich gut an meiner Seite brauchen«, sagte sie noch.

Moses steht in seinem Hotelzimmer im ersten Stock des Hyatt am Fenster und beobachtet gespannt die Autos, die auf dem Parkplatz ein- und ausfahren. Der Kurier hätte längst eintreffen sollen. Aber seit zwei Stunden hat kein Wagen auf dem Parkplatz gehalten. Auch kein Fahrradkurier mit der Pizza.

Ein deutliches Klopfen reißt ihn aus den Gedanken. Endlich. Wer auch immer der Kurier ist, Brochs Mann oder die Pizza, er wird ihn zusammenstauchen. Er öffnet die Tür, will schon zu einer Standpauke ansetzen, als ihm das Wort auf den Lippen stirbt. Es war also doch keine Einbildung, als er glaubte, die Töne einer Mundharmonika zu hören.

Henry steht vor der Tür, hält eine Schachtel in der linken Hand, die Mundharmonika in der rechten. Er grinst Moses an.

»Du wirst leichtsinnig, mein Freund. Was entweder ein Zeichen von Arroganz oder Demenz ist. Der junge Mann fragt an der Rezeption nach dir, gibt das Päckchen einfach der Kleinen hinter der Theke, woraufhin ich bloß behaupten muss, ich wäre du, und schon drückt sie es mir in die Hand. Willst du mich nicht reinbitten?«

Moses macht einen Schritt zur Seite, bietet das Zimmer an.

»Nach dir«, sagt Henry und dirigiert Moses zum Sofa. »Setz dich.«

Er setzt sich Moses gegenüber, legt das Paket auf den flachen Tisch und schiebt es zu ihm hin.

»Willst du es nicht aufmachen? Ist bestimmt eine Überraschung.«

Während er den Klebestreifen an der Verpackung abreißt, überlegt Moses fieberhaft, wie er Henry überwältigen kann. Die einzige Chance ist die Pizza, die er vor fast einer Stunde bestellt hat. Der Bote wird an der Tür klopfen, Henry wird nicht wissen, wer vor der Tür steht. Diesen kurzen Moment der Irritation muss er nutzen. Er hebt den Deckel des Paketes an. Ein Metallzylinder mit Achtelzollgewinde und rotem Drehverschluss wird sichtbar.

»Na, schau mal einer an«, sagt Henry. »Was hast du denn damit vor? Lass mich raten. Davos?«

Er streicht zärtlich über den Zylinder. »Wie wollt ihr es machen? Jemand vom Kongressteam? Einer von der Security? Oder Leela Faber? Was ist mit dir los, Moses? Hast du die Seiten gewechselt? Warum?«

Es hat keinen Zweck, Henry zu erklären, was er tut und warum er es tut. Es würde noch nicht mal helfen, Henry über Decamerone aufzuklären. Henry denkt nicht in diesen Kategorien. Er denkt an Geld und die Befriedigung seiner psychopathischen Bedürfnisse. Was danach kommt, spielt für ihn keine Rolle.

»Woher weißt du, dass ich hier bin?«

»Watson hat gemeint, es wäre eine gute Idee, dich im Auge zu behalten. Der Mann hat ein unglaubliches Gespür für Gefahren. Als ob er in die Zukunft schauen könnte. Deswegen folge ich dir seit ein paar Tagen wie ein geiler Rüde der läufigen Hündin.«

Das Handy auf dem Tisch klingelt. Bevor Moses danach greifen kann, hat Henry es bereits in der Hand. Er drückt auf das grüne Symbol, lauscht. Hält den Zeigefinger an die Lippen, als Moses etwas sagen will. Dann legt er das Handy wieder zurück.

»Mackenzie Little. Ist sie es? Wird sie es machen?«

»Du bist doch ein schlaues Kerlchen, Henry. Warum kriegst du es nicht selbst raus?«

»Deswegen bin ich ja hier.«

»Du kannst mich mal.«

»Ja, das kann ich. Aber wieso willst du Schmerzen auf dich nehmen? Wegen der Kleinen? Wirst du jetzt sentimental?«

»Du wirst es sowieso nicht verstehen.«

»Mal sehen.«

Er nimmt die Mundharmonika, reicht sie Moses. In dem Moment klopft es energisch an der Tür. Henry dreht kurz den Kopf. Er ist überrascht.

»Wer ist das?«

»Pizza-Lieferdienst.«

»Erzähl mir keine Scheiße. Ist es das Schokomädchen? Habt ihr verabredet, dass sie das Ding hier abholt?«

Erneutes Klopfen. Henry erhebt sich, stellt sich so, dass er Moses im Auge behalten, aber von der Tür aus nicht gesehen werden kann. Aus der Jacke holt er eine Sig Sauer mit Schalldämpfer.

»Mach auf!«, sagt er. »Sie soll reinkommen. Wenn du sie warnst, seid ihr beide tot.«

Moses geht zur Tür, fasst nach dem Türgriff. Er öffnet die Tür ruckartig, sieht den Pizzaboten, lässt sich zu Boden fallen. Die Pizzaschachtel fällt auf ihn drauf. Er robbt auf den Flur hinaus. Ein dumpfes *Plopp* hinter ihm. Und noch einmal. *Plopp*. Moses sieht, wie der Bote wortlos zusammensackt. Er steht auf, rennt nach rechts in Richtung Notausgang. Die Treppe hinunter. Parterre, Keller. Putz spritzt von der Wand, als die Kugeln aus Henrys Pistole hinter ihm einschlagen. Er sprintet einen Gang entlang bis zur Tür, die ihn nach draußen führt. Sie ist verschlossen. Der Schlüssel steckt. Moses' Hände zittern. Er muss die rechte Hand mit der linken festhalten, den Schlüssel führen. Als er ihn drehen kann, hört er Stimmen auf der Treppe. Er stürmt durch die Tür, läuft auf den Hof, nach links über den Parkplatz zur Straße.

Als er sich hinter eine Reihe Autos in Deckung bringt und sich umdreht, kann er Henry nirgends sehen. Er greift nach seinem Handy. Es ist nicht in der Jackentasche. Er sucht hektisch. Andere Tasche, Hose. Er hat es im Zimmer liegen lassen. Aber er muss Leela erreichen und ihr sagen, dass Henry bei ihm war. Dass sie und Mackenzie Little sofort verschwinden müssen. Dass das Paket noch in seinem Hotelzimmer liegt. Er schaut sich um. Wer ist bloß auf die Idee gekommen, alle Telefonzellen abzubauen?

Ich frage ihn, ob der Name dieser Datei ihm etwas sagt. Leon tut so, als ob er mich nicht gehört hätte, schaut sich um und fragt mich, warum wir hierhergezogen sind.

Die Ferienwohnung ist, zugegeben, das Hässlichste, was ich je bewohnt habe. Sie liegt in Gohlis-Süd direkt hinter dem Zoo. Das Mobiliar muss jemand zusammengestellt haben, der farbenblind ist. Nichts will zusammenpassen. Ein blaues Sofa aus den Sechzigern, darauf braune Kissen. Ein grüner Teppich mit Motten darin und rote Tischbeine unter der schwarzen Glasplatte. Der Schrank und die Kommode vom Sperrmüll und in Gelb.

»Klar habe ich davon gehört, dass sie große Teile von Bangladesch aufgeben wollen. Aber das ist ein Fake, den ein paar linksradikale Aluhüte in die Welt gesetzt haben. Niemand wird die Dämme, die im Golf von Bengalen vor der Küste von Bangladesch, Ostindien und Myanmar gebaut wurden, in die Luft jagen«, sagt er. »Wie soll das denn gehen?«

Er rutscht unruhig in einem orangen Sessel herum.

»Du erinnerst dich an den Dateiordner, den wir nicht öffnen konnten? Darin wird genau aufgeschlüsselt, wie das geschehen soll, welche Auswirkungen es hat und wie viel Geld die Regierungen erhalten sollen«, sage ich.

»Und was für einen Effekt soll das haben?«

»Durch die weiträumige Überschwemmung soll der Anstieg des Meeresspiegels gebremst werden. Zumindest vorübergehend, bis die Schutzmaßnahmen für ein paar Megastädte vollendet worden sind«, erklärt Mackenzie.

»Ah, verstehe.«

Der zynische Unterton ist nicht zu überhören.

»Und wer, bitte schön, steckt hinter dieser Verschwörung?«, fragt er.

»Du weißt genau, wer dahintersteckt. Die Black Seven, die amerikanische, chinesische, australische und noch ein Dutzend andere Regierungen«, sage ich.

»Das Meer soll nicht nur die Küste, sondern bis zu zweihundert Kilometer tief die Regionen überschwemmen, die tiefer als der Meeresspiegel liegen«, sagt Mackenzie.

»Das steht in der Datei?«, fragt Leon ungläubig grinsend.

»Zugegeben, es klingt wie die Idee von ein paar Irren. Aber gibt es in dieser Zeit nicht endlos viele Irre?«, frage ich ihn.

Mackenzie reicht Leon ihr Pad. Leon nimmt es, scrollt durch die Seiten. Liest, sieht immer wieder zu uns hin. Es ist wie damals, als wir uns das erste Mal begegnet sind. Vermutlich hat er da nicht geahnt, was noch alles auf ihn zukommt. Als er fertig ist, legt er das Pad auf den Tisch.

»Und ihr wollt bei der Konferenz was machen? Einen Bombenanschlag?«

Wir schweigen.

»Ihr verarscht mich.«

Wir schweigen immer noch.

»Ihr verarscht mich nicht. Das heißt, ihr wollt Leute umbringen? Die Teilnehmer an der Konferenz. Um was zu erreichen? Den Klimawandel aufzuhalten? Indem ihr Menschen ermordet? Ihr seid doch total verrückt. Was auch immer ihr euch reinpfeift, es bekommt euch nicht.«

»Du weißt genau, wie die Situation ist«, sagt Mackenzie. »Willst du die neuesten Daten hören? In Australien brennen vierundzwanzig Millionen Hektar. Das ist doppelt so viel wie 2019. Der Thwaites-Gletscher wird instabil, das Ding ist zweimal so groß wie Österreich. Der Eisverlust auf Grönland übertrifft alle Vorhersagen. Ich war in Sibirien. Willst du Bilder sehen, wie da der Permafrost auftaut? Wir reden und demonstrieren und fordern die Politik auf, etwas zu unternehmen, aber nichts geschieht. Und währenddessen wird es jeden Tag schlimmer.«

Leon erhebt sich von seinem Stuhl, stellt sich gegen die Wand, als bräuchte er einen Halt. Mackenzies energische kleine Rede scheint ihn zu verunsichern.

»Und warum bin ich hier?«

»Ich brauche einen Zugang. Akkreditierung oder Ausweis. Irgendwas«, sage ich.

»Und ihr meint, ich besorg euch das, damit ihr wie viele Menschen umbringen könnt?«

»Einundzwanzig.«

»Wie bitte? Woher wisst ihr das so genau? Wer ist euer Informant?«

»Es ist besser, wenn du jetzt noch nicht allzu viel darüber weißt. Zu deinem eigenen Schutz.«

Leon schüttelt den Kopf. Seine Locken folgen der Bewegung wie in Zeitlupe. Ich verstehe, was in ihm vorgeht. Ich würde es wahrscheinlich ebenso wenig glauben, wenn jemand mir von einem solchen Anschlag erzählen würde.

»Wer auch immer es ist, ich beteilige mich nicht an einem Mord«, sagt er.

»Du beteiligst dich schon die ganze Zeit an einem Mord«, sagt Mackenzie.

Sie wird laut. Wie so oft, wenn etwas nicht so läuft, wie sie es sich vorstellt. Sie ist dann ein amtlicher Orkan.

»Das ist Blödsinn.«

»Ich weiß«, sage ich. »Vor dem Gesetz macht es einen Unterschied, ob du selbst Leute umbringst oder zuschaust, wie gewisse Leute andere direkt und indirekt umbringen. Aber wenn man in deiner Position ist und jahrelang zuschaut, wie diese Scheiße hochkocht, könnte man es zumindest Beihilfe nennen, meinst du nicht auch? Strafgesetzbuch. § 323c Unterlassene Hilfeleistung; Behinderung von Hilfe leistenden Personen.«

Leon erschreckt, weil auch ich ihn anbrülle. Soll er. Er muss wissen, dass es uns ernst ist. Ich nehme mein Telefon, öffne die Seite, die ich in den letzten Tagen immer wieder besucht habe, um mich zu vergewissern, dass wir das Richtige tun. Ich lese vor.

»Absatz eins. Wer bei Unglücksfällen oder gemeiner Gefahr oder Not nicht Hilfe leistet, obwohl dies erforderlich und ihm den Umständen nach zuzumuten, insbesondere ohne erhebliche eigene Gefahr und ohne Verletzung anderer wichtiger Pflichten, möglich ist, wird mit Freiheitsstrafe bis zu einem Jahr oder mit Geldstrafe bestraft. Absatz zwei. Ebenso wird bestraft, wer in diesen Situationen eine Person behindert, die einem Dritten Hilfe leistet oder leisten will.«

»Was hätten wir denn tun sollen? Die Bundeswehr mobilisieren und sämtliche Kohlekraftwerke bombardieren?«

»Du weißt genau, was ihr hättet tun können. Nämlich euch nicht von der Industrie das Geld hinten reinschieben lassen.«

»Das Problem ist ein bisschen komplexer, als ihr euch das vorstellt.«

»Nein, ist es nicht. Und das weißt du.«

»Außerdem bin ich inzwischen in überhaupt keiner Position mehr. Habt ihr was zu trinken?«

»Im Kühlschrank ist Bier.«

»Nein, ich meine etwas, das mich so schnell wie möglich vergessen lässt, was ich hier gerade gehört habe.«

Mackenzie holt eine Flasche Gin aus dem Kühlschrank. Gießt zwei Gläser voll. Sie trinken. Mackenzie schüttelt sich.

»Also?«, frage ich ihn.

»Tut mir leid, ich bin raus«, sagt er.

Mackenzie sieht mich an, als wolle sie sagen, *siehst du, ich habe es gewusst, er zieht den Schwanz ein.*

»Na gut«, sage ich. »Dann eben anders.«

Ich gehe zum Küchenschrank. In der Besteckschublade liegt weit hinten die Pistole meines Vaters. Obwohl ich die Waffe schon ein paarmal in der Hand gehalten habe, fühlt sie sich schwerer an als sonst. Ich setze mich wieder, lege die Waffe auf den Tisch. Der harte Ton, den das Metall auf dem Holz verursacht, lässt Leon aufschrecken. Eine Welle aus ungläubigem Staunen rollt durch sein Gesicht.

»Setz dich«, sage ich.

Leon starrt die Waffe an.

»Ich hab gesagt, du sollst dich setzen.«

»Unglaublich. Wenn ich dran denke, wie wir uns kennengelernt haben. Du hast dich ganz schön verändert, Leela«, sagt er, während er sich zu dem Stuhl begibt und sich schwer darauf sinken lässt.

Ja, das habe ich. Ich habe mich verändert. Und zwar so, wie ich es nie für möglich gehalten hätte. Wenn mir jemand vor drei Monaten prophezeit hätte, dass ich eine Pistole auf den ehemaligen Sherpa der Bundeskanzlerin richten würde, hätte ich gelacht.

»Wir werden ein Nervengift in die Klimaanlage einleiten.«

»Ach du Scheiße! Und von wem kriegt ihr das Zeug?«

»Paulus Moses«, sagt Mackenzie.

Leon lacht. Es ist dieses verächtliche, gemeine Lachen, das ich nur schwer ertragen kann.

»Paulus Moses?«

Er nimmt den Stuhl, dreht ihn herum, sodass die Lehne zwischen ihm und uns ist. Setzt sich wieder.

»Jetzt hört mir mal gut zu. Nehmen wir mal an, die Datei und alles, was da drinsteht, ist die Wahrheit, es ist also keine Spinnerei, auch wenn ich mir das nicht vorstellen kann. Was ist, wenn es eine Falle ist? Wenn Moses von Anfang an wollte, dass Jakob die Dateien findet, sie an dich schickt, damit du ein Affentheater veranstaltest?«

»Zu welchem Zweck?«, fragt Mackenzie.

»Was weiß ich? Um euch ein für alle Mal auszuschalten, indem ihr bei der Festnahme erschossen werdet?«

Das ist exakt die Frage, die wir uns stellen, seit Moses aufgetaucht ist, und auf die wir keine Antwort haben, außer dass ich ihm vertraue. Warum das so ist, weiß ich nicht. Es ist nur ein Gefühl in meinem Bauch. Vielleicht sprechen ja die Zwillinge mit mir.

»Wo ist Moses jetzt?«, fragt Leon.

»Unterwegs.«

»Unterwegs! Was ist, wenn in zwei Minuten die Polizei hier vor der Tür steht?«

Wie auf Kommando klingelt Mackenzies Telefon. Sie wirft einen kurzen Blick darauf.

»Das ist er.«

Ich nicke ihr zu. Mackenzie nimmt das Gespräch an.

»Hallo? … Hallo!«

Sie hebt die Schultern.

»Er antwortet nicht. Ich fahr zu ihm«, sagt sie.

»Sei vorsichtig.«

»Sowieso.«

Ich warte, bis die Haustür zufällt.

»Ich verstehe dich nicht, Leon«, flüstere ich. »Du meinst, wir sollen abwarten und weiter zusehen, wie Millionen Menschen ertrinken und verhungern. Milliarden Tiere krepieren. Weißt du, was ich mich frage? Wie bringst du es mit deinem Gewissen in Einklang, nicht zu handeln?«

Leon schenkt sich selbst ein weiteres Glas voll, kippt den Gin in einem Zug.

»Was willst du damit?«, fragt er und deutet mit dem Kopf

auf die Pistole. »Mich erschießen, wenn ich dir die Akkreditierung nicht besorge?«

»Wir haben keine Zeit, Leon. Die Uhr tickt.«

Ich nehme die Pistole, entsichere sie, ziehe den Schlitten nach hinten und lasse ihn einrasten.

»Ich meine es ernst, Leon. Ich meine es so ernst, wie ich noch nie etwas ernst gemeint habe.«

»Ich kann euch nicht helfen.«

»Das hast du schon mal gesagt. Aber nur, damit du gewarnt bist. Wenn ich abdrücke, kriegst du ein Knalltrauma. Kaputtes Trommelfell. Hörverlust, Tinnitus, Schwindel, Gleichgewichtsstörung. Danach ist das andere Ohr dran.«

Ich spanne den Hahn.

»Ich warte, Leon.«

»Du denkst, du kannst mich mit einer Knarre zu etwas zwingen?«

»Das ist doch der Zweck einer Knarre, oder?«

Obwohl ich das sage, weiß ich, dass ich ihn nicht zwingen kann. Aber ich weiß auch, dass wir manchmal erst in Notsituationen aufwachen und anfangen, unsere festgefahrenen Meinungen zu ändern, Mut zu entwickeln und die Bereitschaft, zu handeln. Ich habe es selbst erlebt.

Er lässt den Kopf sinken.

»Manchmal kommt es mir so vor, als würden wir tief im Herzen auf das Ende der Welt warten«, sagt er.

»Also, Leon?«

»Tu, was du tun musst.«

Ich zögere. Ich habe gepokert, und er hat es gemerkt. Er weiß, dass ich unmöglich abdrücken werde. Und dann, als würde ein Schutzengel über mir schweben, kommt Afeni aus dem Badezimmer. Leon sieht sie und ist irritiert.

»Wer ist das denn?«, fragt er.

75 DIE ZEIT LÄUFT IHNEN DAVON

Mackenzie spürt die Beklemmung. Ein Kribbeln im Nacken, als würde eine Hand nach ihr greifen. Sie hat die Kapuze über ihre Haare gestülpt, den Reißverschluss bis unters Kinn gezogen. Gegen den Wind, der ihr den Regen entgegentreibt, fährt sie mitten auf der Straße. Nachdem Moses sie angerufen hatte, hat sie seine Nummer gewählt, er hat das Gespräch angenommen, aber nichts gesagt. Vielleicht war die Verbindung gestört, und er hat sie nicht gehört. Aber dann hätte er doch irgendwas sagen können. Beim zweiten Anruf hat gleich die Mailbox übernommen. Sie hält an einer Kreuzung, weil zwei Krankenwagen mit heulenden Sirenen vorbeijagen. Fahren die in Richtung Hyatt? Nein, sie biegen vorher ab.

Bevor sie das Hotel betritt, schüttelt sie sich wie ein Hund, der das Wasser aus seinem Fell loswerden will. Die Hosenbeine sind so nass und schwer, dass sie den Gürtel ein Loch enger schnallen muss, sonst rutscht die Jeans auf ihre Knie. Die junge Frau von der Nachtschicht schaut sie an und macht unwillkürlich einen Schritt zurück. Bestimmt, weil Mackenzie bedrohlich aussieht mit der Kapuze, unter der man ihr Gesicht kaum sehen kann. Sie streift die Kapuze zurück und geht direkt auf die Rezeption zu.

»Sie hatten eben Angst, stimmt's?«, sagt sie. »Wenn nachts eine Schwarze mit Kapuze überm Kopf hier reinkommt, weiß man nicht, ob es ein Überfall ist.«

Die junge Frau mit dem kurzen Pony und einem Einhorn-Tattoo am Hals errötet. Das kleine Namensschild an ihrer Uniformjacke weist sie als Johanna aus.

»Nein, ich dachte nur … ich habe gedacht, dass Sie …, weil Sie so nass sind.«

»Es regnet.«

»Ja.«

»Deswegen bin ich nass.«

»Ja, ich weiß.«

»Nachdem wir das geklärt haben, wüsste ich gerne, ob Herr Paulus Moses auf seinem Zimmer ist.«

»Moment.«

Johanna wählt eine Nummer, schaut Mackenzie an. Ihr Lächeln soll den Fauxpas wiedergutmachen.

»Er scheint nicht da zu sein. Tut mir leid.«

»Okay.«

»Wollen Sie eine Nachricht hinterlassen?«

Nein, das will Mackenzie nicht. Aber sie kann auch nicht unverrichteter Dinge abziehen. Die Jeans klebt an ihren Beinen, die Kälte arbeitet sich nach oben, erreicht das Becken, den Bauch, die Brust. Was soll sie also tun? Sie kann ja nicht ewig hier stehen. Ihr Blick fällt auf das Einhorn an Johannas Hals. Das ist die Rettung.

»Das ist aber komisch«, sagt sie. »Er hat gesagt, ich soll kommen, um das Paket abzuholen, das er für meine Mama besorgt hat. Die hat nämlich heute Geburtstag. In dem Paket ist ein Einhorn. So eins, wie Sie am Hals haben. Meine Mama sammelt Einhörner.«

»Wie viele hat sie denn?«

»Neunundneunzig. Das von Herrn Moses ist das hundertste. Ich wollte es abholen und meine Mama überraschen.«

»Neunundneunzig. Das ist aber eine Menge.«

Johanna ringt mit sich. Es ist deutlich zu sehen. Sie darf eigentlich niemanden in das Zimmer eines Gastes lassen. Aber die Geschichte um das Einhorn scheint ihr Vertrauen zu geben. Außerdem hat sie ja noch etwas gutzumachen.

»Kommen Sie«, sagt sie.

Sie marschiert zum Aufzug. Mackenzie folgt ihr zufrieden.

»Ich habe erst achtundzwanzig Einhörner gesammelt«, sagt Johanna. »Aber eines davon ist aus purem Gold. Mein Freund hat es mir zur Verlobung geschenkt.«

»Muss ein toller Freund sein.«

»Das ist er.«

Sie erreichen die Tür zum Zimmer 101, Johanna fährt mit ihrer Chipkarte über das elektronische Türschloss. Ein Klacken, dann springt die Tür auf. Ein Mann sitzt mit dem Rücken zur Tür in einem Sessel, den Kopf nach vorne gebeugt, als würde er ein Buch lesen. Oder vielleicht eher mit dem Handy spielen.

»Herr Moses?«, sagt Johanna.

Ihr Stimme kiekst.

»Hier ist jemand für Sie.«

Sie dreht sich zu Mackenzie um.

»Ich habe Sie gar nicht nach Ihrem Namen gefragt.«

Ein leiser Akkord aus einer Mundharmonika ist zu hören. Der Mann kippt zur Seite, fällt zu Boden. Er hält eine Mundharmonika zwischen den Lippen. Johanna wendet den Blick von Mackenzie ab und sieht den Mann.

»Oh Gott«, stammelt sie. »Bitte nicht.«

Sie taumelt rückwärts, stößt gegen die halb geöffnete Tür und fällt. Als müsste sie sich schnellstens aus einer Gefahrenzone bringen, springt sie sofort wieder auf und rennt den Flur zurück zum Aufzug.

»Nichts anfassen!«, ruft sie noch.

Mackenzie starrt den Mann an. Von seinem Gesicht ist nicht mehr allzu viel übrig. Die Mundharmonika erinnert sie an Manuel. Die Badewanne, das rot gefärbte Wasser. Ein Handy klingelt. Es ist ihr eigenes. »Leela« steht auf dem Display.

»Ja?«

»Mac! Du darfst auf keinen Fall ins Hotel gehen.«

Leelas Stimme klingt, als würde sie rennen.

»Leela.«

»Dreh sofort um. Moses hat angerufen. Henry Fonda ist im Hotel. Hörst du? Mac?«

»Leela, ich bin schon im Zimmer.«

»Ist er da?«

»Hier liegt ein Toter.«

»Wer ist es? Moses?«

»Nein.«

»Hau ab, sofort! Mac, hörst du mich?«

Auf dem Tisch liegt ein Paket. Während Leelas Rufe weiter aus dem Handy dröhnen, öffnet Mackenzie den Deckel des Pakets. Eine Gaskartusche mit einem roten Schraubverschluss liegt darin. Ohne weiter zu überlegen, greift sie das Paket und verlässt das Zimmer. Sie hört, wie der Aufzug am Ende des Flurs auf der linken Seite mit einem hohen *Bing* anhält. Die Türen öffnen sich, ein sanftes Schnaufen. Sie geht nach rechts zur Treppe. Läuft ins Erdgeschoss. Johanna steht wieder hinter dem Tresen. Sie telefoniert und wendet ihr glücklicherweise den Rücken zu.

Sie klemmt das Paket auf den Gepäckträger. Als sie losfährt, in die Straße einbiegt, beschleunigt, hat sie das Gefühl, dass jemand sie verfolgt. Auf dem gesamten Weg dreht sie sich immer wieder um, kann aber niemanden entdecken.

Der Blick ist starr geradeaus gerichtet. Christa hat Dinge erlebt, die einen Menschen wahnsinnig machen können. Sie sollte an ein Kreuz geschlagen und verbrannt werden. Sie ist geflohen und musste ihre Mutter zurücklassen. Sie hat ihren Vater gesehen, wie er in einer Lache aus Blut liegt. Sie hat gesehen, wie ihre Mutter an ihrer Stelle verbrannt ist. Vor einer Viertelstunde ist sie wach geworden. Wie ein Geist ist sie aus dem Nachbarzimmer gekommen und hat sich auf das Sofa gesetzt.

Ich setze mich neben sie und drücke sie an mich. Sage ihr, dass sie atmen soll, weil Christa es eine halbe Minute lang und mehr vergisst. Ich streiche ihr über den Kopf, den harten Rücken, die angespannten Muskeln der Arme. Meine kleine Schwester fühlt sich an, als wäre sie aus Holz. Holz ist nicht weich, Holz weint nicht, Holz bricht. Davor habe ich Angst.

»Ich bin bei dir«, sage ich. »Ich gehe nicht weg. Hörst du, was ich sage?«

Christa wendet den Kopf, als würde sie sich wundern, wer da spricht. Sie sieht mich an wie eine Fremde.

»Hörst du, was ich sage? Ich bin bei dir. Ich gehe nicht weg.«

Christa wendet den Kopf zurück und starrt wieder ins Nichts. Ich lasse sie los, stehe auf, nehme mir einen weiteren Kaffee. Eigentlich sollte ich das nicht tun, weil ich ohnehin schon mit den Nerven am Ende bin. Ein Handy klingelt. Ich schaue zu Mackenzie hin, die neben dem Sideboard steht. Eine Hand auf dem Paket, als wolle sie verhindern, dass es davonläuft. Sie trägt Unterhemd und Slip, die nasse Hose und der nasse Pullover hängen im Badezimmer. Sie nimmt das Handy.

»Ja?«

Ohne eine sichtbare Reaktion lauscht sie dem Anrufer. Nach einer Weile legt sie das Telefon beiseite.

»Leon wird einen Umschlag im Edelweiß an der Rezeption hinterlegen«, sagt sie.

»Gut.«

»Wie hast du ihn dazu gekriegt?«, fragt Mackenzie.

»Afeni hat ihn gefragt, was er über sich und die Welt gedacht hat, als er achtzehn war.«

»Das hat gewirkt?«

»Wie du siehst. Sie hat ihm dann noch das Amulett gezeigt, das sie um den Hals trägt.«

»Wo ist sie?«

»Sie badet. Ich glaube, sie will bis an ihr Lebensende nicht mehr aus der Badewanne herauskommen.«

Christa auf dem Sofa stöhnt auf, dann fängt sie an zu reden. Wie bei einem Wasserfall strömen die Worte aus ihrem Mund.

»Da waren Wurzeln, deswegen hat Mama gesagt, ich soll allein weiterkriechen. Ich habe gesagt, dass sie mitkommen soll, aber das konnte sie nicht, weil es so viele Wurzeln waren. Die waren ganz dicht und dick. Mama ist nicht da durchgekommen. Ich hab gesagt, dass wir zurückkriechen müssen. Aber Mama hat gesagt, dass das nicht geht. Sie hat gesagt, dass ich weiterkriechen soll und dass sie einen anderen Weg findet. Ich hab geweint, und da hat sie mich angeschrien, dass ich nicht weinen, sondern weiterkriechen soll. Und das hab ich getan.«

»Ich weiß«, sage ich. »Und das hast du richtig gemacht.« Ich fahre zärtlich über Christas Wange. Sie sieht mich an, ihre Pupillen wandern nach oben. Sie beginnt zu zucken. Zuerst nur in den Armen, dann in den Beinen und dann im ganzen Körper.

»Was ist mit ihr?«

Mein Blick sucht Mackenzie. Sie kennt sich doch bestimmt mit so etwas aus.

»Sie hat eine PTBS«, sagt sie.

»Was ist das?«

»Eine posttraumatische Belastungsstörung. So etwas tritt ein, nachdem eine Person etwas sehr Schlimmes erlebt hat.«

Ein Geräusch in meinem Rücken lässt mich aufschrecken. Die Tür zum Badezimmer wird geöffnet. Afeni hat ein Badetuch um den Körper gewickelt. Sie ist von einer fremdartigen Aura umgeben, als würde der Mond sie anstrahlen. Sie kommt auf Christa und mich zu. Sanft schiebt sich mich zur Seite. Dann kniet sie vor Christa nieder. Nimmt die Kette mit dem Amulett und hält die hölzerne Antilope vor Christas Stirn.

»Was machst du?«, frage ich sie.

»Pst«, flüstert Afeni.

Der Tonfall ist so klar und entschieden, dass ich unwillkürlich innehalte. Afeni murmelt Worte in einer Sprache, die ich nicht verstehe. Sie legt die Kette um Christas Hals, lässt das Amulett langsam nach unten sinken, bis es direkt vor Christas Solarplexus hängt. Afeni drückt dagegen, Christa beugt sich nach hinten und sinkt langsam auf das Sofakissen. Für einen kurzen Moment sieht es aus, als würde sie schweben.

»Geht raus, und macht die Tür zu«, sagt Afeni.

»Nein, auf keinen Fall«, sage ich. »Was soll das, was machst du mit ihr?«

»Ich helfe ihr, wieder zu uns zurückzufinden.«

Ihre dunklen Augen blitzen. Ihr Blick ist streng. Die Falten in ihrem Gesicht scheinen sich zu glätten. Die Lippen öffnen sich, aber sie bewegen sich nicht.

»Vertrau mir«, sagt sie schließlich.

Mackenzie nimmt mich an der Hand und führt mich aus dem Zimmer, schließt die Tür. Ich habe keine Kraft, mich dagegen zu wehren. In der Küche zieht Mackenzie einen Stuhl vom Tisch weg. Ich setze mich auf den Rand, bereit, jeden Moment wieder aufzuspringen und zu meiner Schwester zu eilen.

»Was macht die mit ihr?«, frage ich wieder.

»Hat Jakob dir nicht von ihr erzählt?«

»Was meinst du?«

»Als er am Mount Kenia war.«

»Nein.«

»Die Expedition ist von einem Gewitter überrascht worden. Sie haben sich verlaufen, und Jakob hat die anderen Teilnehmer verloren. Sie haben vier Tage lang nach ihm gesucht. Bis Jonas Robertson, der war damals der Expeditionsleiter, auf die Idee gekommen ist, Afeni zu fragen.«

»Jakob hat mir von Robertson erzählt, aber nichts von Afeni.«

»Vielleicht, weil du es ihm nicht geglaubt hättest. Er hat es ja selbst nicht geglaubt. Jedenfalls hat Afeni sich eine Nacht lang unter einen Baum gesetzt, und am Morgen hat sie drei Männer zu Jakob geführt.«

»Davon hat er nichts erzählt.«

Die Küchentür wird geöffnet. Afeni kommt herein, setzt sich zu uns an den Tisch. Sie wirkt müde, erschöpft, als habe sie Schwerstarbeit geleistet.

»Was ist mit Christa?«, frage ich. Ich stehe auf, um nach ihr zu schauen.

»Bleib hier«, sagt Afeni.

Ich verstehe nicht, warum ich gehorche. Es ist, als sei es unmöglich, ihrer Aufforderung zu widerstehen.

»Deine Schwester hat etwas, das ihr eine posttraumatische Belastungsstörung nennt. Hast du schon mal davon gehört?«

»Mackenzie hat es gerade erwähnt.«

»Gut. Dann weißt du auch, was das bedeutet.«

»Ungefähr.«

»Christas Seele ist auf dem Weg an einen Ort, der nicht in ihr ist. Je länger man wartet, umso weiter zieht ihre Seele davon. Manchmal endet der Weg in den schwarzen Wäldern. Dann bringen Menschen sich um. Aber du willst nicht, dass deine Schwester sich eines Tages umbringt. Ich habe Mwamba zu ihr geschickt.«

Sie schaut zu Mackenzie hin.

»Mwamba ist kein Geist. Es ist unser Name für das Tier, das ihr Antilope nennt. Nur damit ihr nicht denkt, ich wäre verrückt. Das Außerordentliche an Mwamba ist, dass sie schneller laufen kann als der Tod. Sie ist sogar schneller als Usain Bolt.«

Sie grinst uns an.

»Deshalb wird sie Christa zurückbringen.«

»Wie soll das denn gehen?«, frage ich.

»Ist dir noch nie aufgefallen, dass viele Dinge geschehen, auch ohne dass wir wissen, warum? Der Anruf, wenn du gerade an einen Menschen gedacht hast. Ein Gebet, das dir hilft, gesund zu werden. Warum ist das so? Weißt du es?«

Nein, ich weiß es nicht. Ich habe zwar manchmal darüber nachgedacht, aber nie eine Antwort gefunden. Und Jakob hat mich jedes Mal ausgelacht, wenn ich gesagt habe, dass es vielleicht doch so etwas wie einen Gott gibt.

»Die Welt ist von einem tiefen, ewigen Atem durchdrungen, der das Leben gebiert. Du hast das Amulett gesehen. Für dich war es ein Stück Holz. Ich habe eine Antilope gesehen. Wer von uns beiden hat recht? Die Natur hat nur ein Interesse, sie will sich mit uns verbinden. Auf allen erdenklichen Wegen. Wenn du das nicht zulässt, wendet sie sich von dir ab. Christa schläft. In ein paar Stunden wird sie aufwachen und wieder bei dir sein.«

Ich weiß nicht, ob ich das alles glauben kann. Aber ich werde es versuchen. Weil ich es glauben muss. Um alles in der Welt.

FÜNF

Was eigentlich unvorstellbar war, ist eingetreten. Überall in der Welt haben die Naturkatastrophen zugenommen. Brände, Überschwemmungen, Stürme. Millionen sind auf der Flucht, wer nicht fliehen kann, harrt aus, bis der Tod ein Erbarmen hat.

Moses hat uns die Vollmacht für ein Konto gegeben, auf dem zehn Millionen Dollar zu unserer Verfügung liegen. *Gebt nicht alles auf einmal aus*, hat er geschrieben, *das meiste werdet ihr brauchen, wenn das Spektakel vorüber ist.*

Die vergangenen zwei Wochen haben wir damit zugebracht, jeden Aspekt unserer Aktion minutiös zu kalkulieren. Wir haben das Kongresszentrum ausgespäht, haben auf der Zeichnung des Gebäudes die Wege und Räume markiert, haben notiert, wann die Wachmannschaft Schichtwechsel hat, wann die Putzkolonne kommt. Wie funktionieren die Sicherheitssysteme? Wo befinden sich Kameras? Wo werden die Bilder aufgezeichnet? Wann muss ich wo sein, wie sieht Afenis Aufgabe aus? Wann tauchen Leon und Mackenzie auf? Niemand von uns hat so etwas schon mal vorbereitet, geschweige denn durchgeführt. Ich hoffe, es ist ein guter Plan. Und wenn nicht, ist es jetzt auch zu spät.

Ich gehe den Weg, den ich seit einer Woche jeden Tag gehe. Vom Zweisternehotel Edelweiß, das von außen immer noch so aussieht wie vor hundert Jahren, als es erbaut wurde. Rechts in die Rossweidstraße, dann links in den Richtstattweg. Obwohl heute der große Tag ist, kann man kaum etwas von dem Spektakel spüren. Am Straßenrand parken die Übertragungswagen der internationalen Presse und recken ihre Satellitenschüsseln wie Hände in den Himmel. Die Bewohner von Davos sind routiniert desinteressiert. Sie haben andere Probleme. Seit auch die letzten Gletscher verschwunden sind und es keinen Wintertourismus mehr gibt, sind viele weggezogen. Im Hotelrestaurant haben sie mir heute Morgen gesagt, dass es keine Avocados gibt, weil die Lieferketten zusammengebrochen sind. Man besinnt sich auf regionales Gemüse.

In ein paar Stunden ist es so weit. Dann fallen die Götter mit ihrer Entourage hier ein. Die Straßen um das Kongresszentrum werden gesperrt, die Stadt verwandelt sich für einen Abend und eine Nacht in einen Hochsicherheitstrakt. Je näher ich meinem Ziel komme, umso mehr Polizisten in Uniform patrouillieren durch die Straßen. Dazwischen die Zivilen, die, wenn nötig, das Graubündner Recht außer Kraft setzen, um ihre Chefs zu schützen. Sie sollen unerkannt vorgehen, aber man erkennt sie an der Uniform ihrer Gesichter, den mahlenden Kiefern, den Sonnenbrillen, die sie wahrscheinlich in einer Großbestellung gekauft haben, und an der eisigen Kälte ihrer Blicke, wenn sie die Sonnenbrillen absetzen.

Mit jedem Schritt, den ich mich meinem Ziel nähere, wird die Tasche in meiner rechten Hand schwerer. Nach zweihundert Metern erreiche ich das Kongresszentrum. Seit 1971 finden hier die Sitzungen des Weltwirtschaftsforums statt. Eine große Tafel verkündet den Titel der aktuellen Veranstaltung. *World Climate, Environment and Economic Conference.* Ich stelle mich mit dem Rücken zum Gebäude, mein Blick schweift über die Davoser Berge, die so oft gemalt wurden. Damals, als es in der Silvretta noch Schnee gab. Es stimmt mich sentimental, dass ich sie heute zum letzten Mal sehe.

»Keine Lust heute?«, ruft jemand hinter mir.

Ich erkenne die Stimme. Den rauen Ton, der sich nicht so recht mit dem Graubündner Singsang anfreunden will. Beat Sigg ist klein, drahtig, seine Haut ist gegerbt. Bevor er bei der Security angefangen hat, war er Skilehrer oder Hotelbettentester, wie sie hier sagen. Er hat Pause, ist vor die Tür des Zentrums getreten, um eine Zigarette zu rauchen.

Ich warte einen Moment, bevor ich mich herumdrehe. Nur für den Fall, dass er die Anspannung in meinem Gesicht sehen kann. Ich hätte statt der Brille mit den dicken Gläsern eine Sonnenbrille aufsetzen sollen, damit man meine Augen nicht sieht. Die Augen sind der Spiegel der Seele, heißt es. Und in meiner Seele sieht es momentan aus, als würde ein Orchester missgelaunt die Instrumente stimmen, während die Sänger aufgeregt durcheinanderquatschen. Dann sind da ja auch noch Leon, Mackenzie, Christa, Yema, Dimitri, meine Mutter, mein Vater, mein Professor an der Uni, Jakob, Gott und noch ein paar andere, die ich nicht identifizieren kann. Die Einzige, die ich nicht hören kann, bin ich. Ich setze ein Lächeln auf.

»Das Wetter ist so schön. Wer will da schon in einem Kabuff sitzen?«

»Das stimmt«, sagt er.

Damit ist unser Dialog auch schon wieder beendet. Beat redet nicht viel. Wie die meisten hier. Sie brauchen keinen Small Talk, um sich zu vergewissern, dass sie einander verstehen. Ich umklammere den Griff meiner Tasche.

Das Kongresszentrum ist ein sonderbares Gebäude. Die Außenwände sind holzverkleidet. An der Front sind sie wie ein eckiger Trichter asymmetrisch nach innen gedrückt und führen auf den gläsernen Eingang zu. Als ich an Beat vorbeigehe, nicke ich ihm kurz zu. Ich weiß, dass er verheiratet ist. Seine zwei Kinder sind sechzehn und achtzehn Jahre alt. Er hat mir die Namen gesagt, aber ich habe sie in der Aufregung vergessen. Als er mir Bilder gezeigt hat, ist mir unser Vorhaben schwer wie Blei geworden.

Ich öffne die Eingangstür und gehe auf die Sicherheitsschleuse zu. In den ersten beiden Tagen haben die Sicherheitskräfte mich noch kontrolliert. Ich musste meinen Ausweis vorzeigen, die Tasche öffnen, dann wurde ich gescannt. Am dritten

Tag haben wir Witze über den Scanner gemacht, danach haben wir uns mit unseren Vornamen begrüßt, gestern haben sie die Kontrolle ganz eingestellt. Es war genau so, wie Leon vorhergesagt hat. Irgendwann kommt es ihnen unhöflich vor, dich abzutasten. Als Nächstes denken sie, dass die Kontrollen überflüssig sind, weil sie glauben, sie würden dich kennen. Zuletzt ist es ihnen peinlich, und sie winken dich einfach durch. Es ist so ein Hierarchie-Ding. Solange sie dich kontrollieren, bist du eine mögliche Gefahr und damit wichtiger als sie. Indem sie dich aber durchwinken, behaupten sie, dass sie die Situation unter Kontrolle haben, und fühlen sich wieder wichtiger.

Aber jetzt hat die Security gewechselt. Ich sehe es, kaum dass ich die Eingangshalle betrete. Alles neue Gesichter. Das heißt, sie werden mich kontrollieren, in meine Tasche schauen, den Gaszylinder sehen, fragen, wofür der ist. Ich habe eine Erklärung, aber ich weiß nicht, ob sie die schlucken. Wenn ich Pech habe, ist der Plan am Ende, noch bevor es richtig losgegangen ist.

Die Internationale Schule, das Rathaus, den Bahnhof, und einmal pro Woche wird Afeni für das Kongresszentrum eingeteilt. Der Job ist anstrengend. Morgens wird sie mit einem Transporter von ihrer Unterkunft in einem ehemaligen Flüchtlingscamp abgeholt und an ihren Arbeitsplatz gebracht. Sie sind ein Trupp von vier Frauen und einem Vorarbeiter namens Milan. Die Frauen kommen aus Bosnien und Herzegowina, Milan aus Serbien. Sie mögen einander nicht. Es hat irgendwas mit der Vergangenheit zu tun und vielen Toten. Wie immer. Afeni hat eine der Frauen gefragt, was für eine Vergangenheit das ist, aber keine Antwort erhalten.

Milan soll eigentlich mithelfen, aber er hängt die meiste Zeit am Telefon und macht irgendwelche Deals. Afeni vermutet, dass er mit Drogen handelt. Manchmal verschwindet er auch einfach für eine Stunde, und wenn er zurückkommt, hat er eine Fahne. Dann schreit er sie an, weil sie nicht rechtzeitig fertig werden, und lässt sie Überstunden machen. Die Frauen protestieren, sagen, dass sie zu Hause Kinder und Männer wie ihn haben. Aber das nützt nichts. Afeni hält sich aus den Streitereien raus. Die anderen Frauen schneiden sie deswegen und schanzen ihr die Toiletten zu. Afeni ist das egal. Sie weiß ja, dass sie den Job nur bis heute machen wird.

Am Abend zuvor hat sie Milan gefragt, ob sie die Schicht tauschen darf. Sie müsse zum Arzt, hat sie gesagt. Der eigentliche Grund heißt Kongresszentrum. Sie muss dort sein, damit sie zu einem bestimmten Zeitpunkt eine Ohnmacht simulieren kann, damit wiederum Leela in ihrer Rolle als Ärztin sie behandeln kann. Nach der Behandlung wird die Security sie in einen Raum bringen, der fürs Personal reserviert ist. Von dort muss sie sich Zugang zu dem Raum verschaffen, von dem die Überwachungskameras gesteuert werden. Sie hat den Lageplan im Kopf, kennt jeden Gang, jeden Raum, weiß, wo die entsprechenden Schlüssel deponiert sind, falls irgendwo irgendwas abgeschlossen sein sollte.

Milan hat Nein gesagt. Sie hat insistiert. Hat ihn angebettelt. Hat ihm Geld angeboten. Daraufhin hat Milan die Ohren gespitzt. Er wollte kein Geld haben, aber vielleicht eine andere Gefälligkeit. Sein breites, schmieriges Grinsen hat keinen Zweifel daran gelassen, welche Gefälligkeit er meinte. Afeni hat gesagt, dass das nicht gehe, weil sie genau deswegen zum Arzt muss. Sie ist nicht tiefer in das Thema eingestiegen, aber das musste sie auch nicht. Milan hat verstanden, hat sie eine Schlampe genannt und ihr den Vormittag für den Arztbesuch freigegeben. Ab Mittag soll sie dann im Kongresszentrum putzen. Afeni hat sich tausendmal bedankt.

Jetzt wartet sie zusammen mit einer weiteren Frau vor dem Davoser Busbahnhof darauf, dass Milan sie abholt und zum Kongresszentrum fährt. Die große Videoleinwand an der Vorderseite des Bahnhofs feiert das Treffen der Staatschefs und Vertreter der Industrie, das in wenigen Stunden beginnen soll. Es ist bereits nach zwölf. Eigentlich hätte Milan vor einer halben Stunde eintreffen sollen. Afeni wird nervös. Wenn er nicht in fünf Minuten vorfährt, wird sie mit einem Taxi zum Kongresszentrum fahren. Allerdings weiß sie nicht, ob man sie dort ohne Milan reinlassen wird. Als die fünf Minuten rum sind, klingelt Afenis Handy. Milan hatte einen Autounfall, er wird heute nicht kommen. Die Schicht im Kongresszentrum fällt flach, weil in der Firma niemand da ist, der Afeni fahren kann.

»Ich könnte ein Taxi nehmen«, sagt Afeni.

»Aber das bezahlst du.«

»Ja, schon gut. Rufst du die an und sagst, dass ich komme?«

Im Kalten Krieg wurde es als Kampfstoff eingesetzt. Laut Paulus Moses, der das Zeug für uns besorgt hat, führt es zuerst zu Husten und Übelkeit. Danach zu Muskelzucken und Krämpfen, Schweißausbrüchen, Erbrechen, unkontrollierbarem Stuhlabgang, Bewusstlosigkeit, zentralen und peripheren Atemlähmung und zuletzt zum Tod. Wenn die Security mich fragt, werde ich sagen, dass sich in der Flasche O_2 befindet, um im Notfall Menschen beatmen zu können.

Aber was ist, wenn sie es mir nicht glauben? Die Gaskartusche sieht nicht wie die für die üblichen Beatmungsgeräte aus. Sie werden skeptisch reagieren. Einer von ihnen wird auf wichtig machen und sagen, ich soll das Ventil öffnen. Der Chef der Truppe wird das hoffentlich ablehnen. Aber sie werden durch meine nervöse Reaktion aus ihrer Sorglosigkeit rausgerissen. Der Chef wird Alarm auslösen. Sie werden mich zu Boden stoßen, von der Tasche isolieren, Schuhe auf Rücken und Nacken, Handschellen. Sofort aus dem Kongresszentrum rausbringen. Vermutlich in das nächste Gefängnis. Wo sie mich fragen, wer ich bin, wer meine Hintermänner sind, wie ich es schaffen konnte, eine Woche lang jeden Tag das Zentrum zu betreten, ohne dass jemand Verdacht geschöpft hat.

Während ich wie Lots Weib angewurzelt stehe, stolpern diese Gedanken in meinem Kopf übereinander und versuchen, mein Reptiliengehirn von unüberlegten Panikreaktionen abzuhalten. Ich kann bereits spüren, wie die ersten Fluchtreaktionen im Anmarsch sind. Schweißausbruch, Anspannung der Beinmuskulatur, Harndrang.

Sie schauen mich an. Warten darauf, dass ich auf sie zugehe. Was soll ich jetzt tun? Ich kann nicht mehr zurück. Mein Blick schweift durch die Halle. Links weist ein Piktogramm auf die

Toiletten hin. Kann ich so tun, als müsste ich noch schnell aufs Klo? Theoretisch ja, aber alle Toiletten befinden sich hinter dem Sicherheitsbereich. Rechts stehen die Zivilen vom amerikanischen Secret Service, dem russischen FSO, der chinesischen Stasi. Sie langweilen sich, plaudern miteinander. Einige starren auf ihre Smartphones. Sie bleiben im Hintergrund, beobachten. Warten darauf, dass der kleine Knopf in ihren Ohren ihnen sagt, wann sie losschlagen sollen. Sie sind die Hand. Der Kopf sind die vielen Kameras, die Bilder an die Gesichtserkennungssysteme liefern.

»Hast du Angst?«

Ich zucke zusammen. Beat hinter mir hat die Hand auf meine linke Schulter gelegt.

»Was?«, frage ich, als hätte ich ihn nicht verstanden. Ich muss Zeit gewinnen, um genau die Antwort zu finden, die mich nicht verrät und durch die Security bringt.

»Du stehst doch auf die Leibesvisitation«, sagt er grinsend.

Als sie aufgehört haben, mich mit dem Handscanner abzutasten, habe ich einen blöden Witz gemacht. Ich habe gesagt, wenn es die Security nicht gäbe, hätte ich gar keinen Sex mehr. Sie haben gelacht und ein paar von ihren Witzen erzählt. Den mit Umberto kannte ich schon.

»Ich überlege gerade, ob ich den neuen Kellerhoff eingepackt habe.«

»Warum schaust du nicht nach?«

»Muss ich nicht. Ich hab ihn eingepackt, fällt mir gerade ein.«

»Dann ist doch alles gut. Komm.«

Er nimmt mich mit, sagt seinen Kollegen, dass es schon in Ordnung sei, wenn sie mich ohne Kontrolle durchlassen.

Ich stelle meine Tasche auf das schwarze Förderband, beobachte, wie sie durch den Röntgenscanner transportiert wird.

Die Frau, die den Bildschirm beobachtet, fragt, was in dem Metallzylinder drin ist. Sauerstoff, sage ich und verweise darauf, dass wir Ärzte immer Sauerstoff dabeihaben müssen. Bevor ich weiter ausführe, winkt sie ab. Beats Hinweis, dass ich keine Gefahr bin, wirkt. Ich wünsche noch einen schönen Tag und gehe weiter zur Treppe, die mich ins Untergeschoss führt. Dorthin, wo sich die Sanitätsstation befindet.

Später werde ich in den Raum nebenan gehen, an dessen Tür auf einem Schild das verheißungsvolle Wort *Klima* steht. Ich werde die Verkleidung der Klimaanlage aufschrauben und den einen Schlauch finden, der frische, gereinigte Luft in den Konferenzsaal pustet. Ich werde ein Ventil zwischen Auslass und Schlauch platzieren und das Ventil mit der Gaskartusche verbinden. Und dann werde ich warten.

Bei einem Krankenwagen, der über dreißig Jahre alt und seit einem Jahr nicht mehr im Einsatz ist, kann man das nur noch Halsabschneiderei nennen. Angeblich hat dieser Reto dem Mann am Telefon, also Leon, den Preis genannt, und Leon war einverstanden. Aber jetzt will Reto den Wagen nicht hergeben, weil es ein Oldtimer ist und er Angst hat, dass die Kiste beschädigt wird. Wieso schaltet er Annoncen, wenn er die Kiste nicht hergeben will? Reto weiß es nicht.

Mackenzie redet auf ihn ein wie auf ein krankes Pferd, sagt, dass der Wagen kaum fahren muss, weil sie ihn für Filmaufnahmen brauchen. Das ist ein Fehler. Als Reto nämlich das Zauberwort »Film« hört, werden seine Augen groß und größer. Die Leute vom Film haben Geld, das weiß er von einem Freund, der regelmäßig seine Wohnung an Filmfirmen vermietet. Mackenzie kann ihn noch auf viertausend runterhandeln. Dafür erklärt er ihr umständlich, wie Blaulicht und Martinshorn angeschaltet werden.

»Die Tankuhr ist kaputt, kann sein, dass Sie tanken müssen!«, ruft er ihr noch hinterher, als sie am Steuer des Krankenwagens den Hof der Autowerkstatt verlässt.

Na großartig. Und wo ist bitte schön die nächste Tankstelle? Mackenzie fährt betont langsam, um so wenig Sprit wie möglich zu verbrauchen. Google Maps zeigt zwei Tankstellen an. Eine Migrol im Süden und eine bei dem Spar-Supermarkt in der Nähe des Davosersees. Die Migrol ist dreihundert Meter näher, sagt Google. Der Tankwart meint, dass sie es wohl mit dem letzten Schluck hierher geschafft hat. In Zukunft soll sie den Tank nicht leer fahren, weil dann der Dreck, der sich unten in dem Benzintank sammelt, in den Motor gesaugt wird. Mackenzie bedankt sich.

Leon hat inzwischen Berufsbekleidung besorgt und wartet vor der katholischen Kirche.

»Wieso dauert das so lange?«, fährt er Mackenzie an, kaum dass sie neben ihm angehalten hat.

»Das kann ich dir sagen. Weil du mit der Autovermietung keinen Preis ausgehandelt hast.«

»Wer sagt das?«

»Reto.«

»Wer ist Reto?«

»Der Kerl, dem die Kiste gehört.«

»Er hat am Telefon tausend aufgerufen.«

»Jetzt sind es viertausend geworden. Außerdem musste ich noch tanken. Steig ein«, sagt Mackenzie.

Sie fährt zum Migros-Supermarkt. Dort warten sie. Um Punkt 20:15 Uhr werden sie mit Blaulicht zum Kongresszentrum fahren und Leela und Afeni einladen.

Auf halber Strecke zum Supermarkt fängt der Motor an zu stottern. Leon sieht Mackenzie mit diesem speziellen Blick an, der sie sofort auf die Palme bringt. Als ob sie schuld daran wäre, dass die Karre nicht richtig läuft.

»Was hast du getankt?«, fragt er.

»Benzin.«

»Du hast Benzin getankt?«

»Was hätte ich denn sonst tanken sollen?«

»Das ist ein Diesel.«

»Ich hab ja auch Diesel getankt.«

»Eben hast du noch gesagt, du hast Benzin getankt.«

»Ich habe Benzin als Oberbegriff für Kraftstoff gemeint.«

»Hast du die Quittung?«

Mackenzie hat gute Lust, ihn rauszuwerfen und die Sache allein durchzuziehen. Sie holt die Tankquittung aus der Jackentasche und hält sie ihm hin. Sie hat Diesel getankt.

»Aber warum läuft die Karre nicht richtig?«, fragt er.

»Weil der Tank fast leer war und die Pumpe Dreck angesaugt hat.«

»Scheiße. Und was machen wir jetzt?«

»Wir fahren zurück zu Reto«, sagt Mackenzie. »Er muss die Dieselpumpe reinigen.«

»Wie lange dauert so was?«

»Woher soll ich das wissen?«

»Wir haben noch sechs Stunden. Was ist, wenn er nicht fertig wird?«, brüllt Leon.

»Schrei mich nicht so an, verdammt«, brüllt Mackenzie zurück.

Sie fährt auf den Parkplatz des Spitals, stellt den Motor ab. Mit der Faust schlägt sie wütend aufs Lenkrad.

»Wir sind die absoluten Dilettanten«, sagt sie. »Wir müssen Leela und Afeni Bescheid sagen. Sie müssen sofort verschwinden.«

Leon schaut zum Seitenfenster hinaus. Ein Krankenwagen fährt mit Blaulicht vor der Notaufnahme vor.

»Nein, müssen sie nicht«, sagt Leon.

Ist es der falsche? Nein, es gibt nur den einen. Hat Moses uns angelogen? Kommt jetzt gleich die Security um die Ecke und erschießt mich? Ich muss an die Klimaanlage rankommen. Und zwar so, dass niemand etwas davon bemerkt. Das heißt, ich muss warten, bis die Kamera, die hier unten den Flur überwacht, nicht zu der Tür hinsieht. Der Schweiß läuft mir unter der Perücke hervor und brennt in den Augen. Ich versuche, mich zu beruhigen. Atme tief ein und wieder aus, um aus dem Panikmodus herauszukommen. Es gibt eine Lösung für das Problem. Ich weiß es. Weil es für jedes Problem eine Lösung gibt. Mackenzies Mantra. Wie wäre es, wenn ich noch einmal in den Gebäudeplan schaue?

Ich warte ab, bis die Kamera zur Treppe hinschaut, dann stürme ich zurück in das Sanitätszimmer. Schaue in den Plan. Manchmal hilft es tatsächlich, wenn man innehält und nachsieht, wo der Fehler liegen könnte. Es ist die falsche Tür. Nicht die in dem kleinen Seitenflur, sondern die im Hauptflur, von dem die Toiletten abgehen.

Nach einer Minute ist die richtige Tür offen, und ich kann in den Raum hineinschlüpfen. Vor mir stehen zwei modulare Lüftungsanlagen mit Wärmerückgewinnung, wie es in der Funktionsbeschreibung heißt. Die linke Anlage ist für den Konferenzsaal zuständig, die rechte für das übrige Gebäude. Also links. Im Plan steht, dass die Abluft von oben rechts aus dem Konferenzsaal kommt. Sie strömt von rechts nach links. Die Frischluft strömt im unteren Teil der Anlage von links nach rechts. Der Rotor befindet sich in dem Block in der Mitte. An den muss ich ran. Das heißt, fünf Schrauben lösen. In meiner Tasche habe ich dafür ein Werkzeug, das wie die Instrumente aussieht, mit denen man eine Intubation vornehmen kann. Das

Rohr besteht aus zwei Teilen. Wenn ich die auseinanderziehe und in entgegengesetzter Richtung wieder zusammenstecke, wird daraus ein behelfsmäßiger Schraubenschlüssel.

Die erste Schraube lässt sich leicht lösen. Ich brauche kaum Kraft aufzuwenden. Trotzdem strengt mich die Arbeit an. Ich atme schwer. Nein, ich hyperventiliere. Ich muss eine Pause einlegen. Ein Blick auf die Uhr zeigt mir, dass ich noch genug Zeit habe. Also kann ich langsam machen. Die zweite, dritte und vierte Schraube flutschen vom Gewinde, als wollten sie mich anfeuern. Schließlich liegt die fünfte Schraube in meiner Hand. Ich schaue auf die Uhr. Eigentlich ist jetzt Zeit für Afenis Auftritt. Ich verlasse den Raum. Kaum habe ich die Tür hinter mir geschlossen, ruft jemand von der Treppe aus meinen Namen.

»Frau Schmidt?«

»Ja?«

»Können Sie schnell raufkommen? Die Putzfrau ist ohnmächtig geworden.«

Na also. Afeni ist pünktlich. Ich laufe los, drehe auf der Treppe noch einmal um und hole meine Arzttasche.

Afeni trägt eine Latzhose und darunter ein Hemd mit dem Logo des Reinigungsdienstes. Der Putzeimer ist umgekippt, und sie liegt neben dem Anmeldecounter in einer Wasserlache. Das war so nicht geplant, aber lässt sich jetzt nicht mehr ändern. Vier Leute von der Security stehen um sie herum. Wieso zieht niemand sie aus der Wasserlache heraus? Alle haben Angst, etwas falsch zu machen.

»Helfen Sie mir«, sage ich zu der Blonden.

Zu zweit tragen wir Afeni ein Stück beiseite. Ich merke, wie die Blicke auf mir lasten. Sie erwarten, dass ich das Richtige tue.

»Weiß jemand, was mit ihr passiert ist?«, frage ich.

Niemand. Alle schütteln den Kopf.

»Auf einmal hat sie da gelegen«, sagt die Blonde.

Ich spreche Afeni an, sie reagiert nicht. Genauso, wie wir es verabredet haben. Ich rüttele an ihren Schultern. Nichts. Ich habe auswendig gelernt, was man mit einer bewusstlosen Person machen muss. Zuerst auf den Rücken legen. Okay, so liegt Afeni bereits. Dann unters Kinn greifen und den Kopf in den Nacken sinken lassen. Wenn die Brust sich nicht bewegt, atmet die Person nicht. Okay, ihre Brust bewegt sich, aber es ist kaum zu sehen. Ich halte das rechte Ohr an ihren Mund und ihre Nase. Afeni hält die Luft an. Gut so. Das heißt Herzdruckmassage. Ich knie neben ihr, rechter Handballen dort, wo das Herz ist, ungefähr untere Hälfte des Brustbeins. Die Finger der linken Hand mit denen der rechten verschränken. Arme durchdrücken und Brustbein eindrücken. Wenn es kracht, war der Druck zu groß. Also muss ich vorsichtig sein. Ich will sie ja nicht verletzen.

»Ambulanz ist schon unterwegs«, sagt Beat.

Er kniet neben mir.

»Soll ich dich ablösen?«

»Geht schon.«

Mit der linken Hand die Nase zuhalten, rechte Hand auf den Brustkorb. Sie hat ganz flache Brüste. Meinen Mund über ihren Mund stülpen. Zweimal Luft in ihren Mund pressen. Dann wieder auf den Brustkorb drücken. Als ich den Mund erneut über ihren stülpe, hebt sich ihr Brustkorb. Sie atmet und reißt die Augen auf.

»Wo bin ich? Was ist passiert?«, fragt sie.

Um mich herum wird applaudiert.

»Du bist eine Heldin«, sagt Beat.

Er umarmt mich. Nein, das bin ich nicht.

Afeni erhebt sich vom Boden. Sie zwinkert mir unmerklich zu. Eine Frau von der Security führt sie zu einer Tür, auf der »Personal« steht. In diesen Bereich darf nur die Security rein. Es sei denn, es handelt sich um einen Notfall. Wie ebendiesen hier. Es läuft, wie wir es geplant haben.

82 ER MUSSTE EINFACH NUR DER SCHWARZEN FOLGEN

Bis zu einer Ferienwohnung hinter dem Leipziger Zoo. Er wusste, was die Frauen vorhaben. Nur noch nicht, wie sie es machen wollen. Er wusste es natürlich, weil Moses es ihm verraten hatte.

Henry hat ihn auf dem Weg zur Schatzalp ausfindig gemacht. Moses hat sich gewundert, wie Henry ihn dort finden konnte. Reine Intuition. Irgendwie hat Henry schon im Hotel gespürt, dass Moses lebensmüde ist. Und da hat er gedacht, dass die Berge ein guter, wenn auch sentimentaler Weg sind, um sich umzubringen. Dass er Moses dann auf Höhe der kleinen Kapelle begegnet ist, war reines Glück. Als Erstes hat er Moses gezwungen, in die Kapelle zu gehen. Dort hat er ihm ins rechte Knie geschossen, damit er nicht mehr weglaufen konnte. Dann ins linke.

Moses war ein harter Hund. Hat ihn angelogen, er wisse nicht, was Leela Faber vorhat. Also musste Henry die Schmerzdosis erhöhen. Nicht mehr schießen, sondern mit einem Taschenmesser in den Wunden bohren.

Es gibt Menschen, die können Folter recht lang aushalten. Du darfst dich nicht gegen die Schmerzen wehren, musst sie annehmen, durch dich hindurchströmen lassen. Er selbst ist da ziemlich resistent. Drei Jahre in einem russischen Folterknast sind ein gutes Training. Aber irgendwann kannst du das nicht mehr. Irgendwann ist jeder Widerstand gebrochen. Bei Moses hat es eine halbe Stunde gedauert. Respekt. Vermutlich gab es etwas, an dem er sich festhalten konnte. Ein höheres Ziel, eine Mission, für die es sich lohnt, Schmerzen zu ertragen. Henry hat ihn danach gefragt, aber Moses wollte es ihm nicht verraten. Henry hat ihn dann erlöst, indem er ihm in den Mund geschossen hat. Die adäquate Strafe für Verräter.

>> 442

Danach hat er Francis Watson angerufen, ihm erzählt, was er von Moses erfahren hat, und ihn gefragt, wie er vorgehen soll. Watson hat ihn mit einer brillanten Idee überrascht. Henry hat gestaunt. Eines muss man dem Mann lassen, hat er gedacht. Watson hat Visionen. Und einen Weitblick, angesichts dessen Henry sich wie ein Maulwurf vorkommt.

»Sie dürfen sich jetzt um Leela Faber kümmern«, sagt Watson, als er, umgeben von einem Dutzend Agenten, vor dem Kongresszentrum eintrifft.

Der Lärm in der Lobby sagt mir, dass die Götter ihren Auftritt haben. Ich habe alles vorbereitet, also kann ich nach oben gehen und schauen, ob sie auch wirklich alle antanzen. Und da sehe ich sie. Eingerahmt von ihren Bewachern, im Schlepptau ihre Entourage, ihre Berater und Sherpas. Die werden überleben, weil für die eigentliche Konferenz, auf der Zyklop beschlossen werden soll, nur einundzwanzig Personen zugelassen sind. Jedenfalls hat Leon das so in Erfahrung gebracht. Ich bete, dass es tatsächlich so ist. Undine von Broch ist, soweit ich sehen kann, nicht dabei. Aber dafür sehe ich ihn. Henry Fonda. Er geht direkt neben Francis Watson. Mackenzie hat zwar von der Mundharmonika im Hotel erzählt, aber wir haben nicht damit gerechnet, dass er hier auftaucht. Eindeutig ein Fehler.

Was jetzt? Beruhige dich, Leela, sage ich zu mir. Du machst weiter wie geplant. Ich eile zurück, stoppe jedoch auf halber Treppe. Was wollen die beiden Anzüge hier unten? Sie sehen aus wie die typischen amerikanischen CIA-Agenten. Sonnenbrille, Knopf im Ohr, Beule in der Anzugjacke. Einer von ihnen lacht. Das sagt mir, dass sie nicht wegen mir hier unten sind. Vielleicht haben sie gerade Pause.

»Gentlemen«, sage ich so ruhig wie nur möglich, »hier unten ist Rauchen verboten.«

»Ja, und?«

»Ich darf Sie bitten, die Zigaretten auszumachen oder in den Raum zu gehen, der für Raucher reserviert ist.«

Ich habe keine Ahnung, ob es diesen Raum gibt und wo er sein soll.

»Und wenn nicht?«, fragt der Jüngere der beiden und grinst frech.

»Ich bin Ärztin. Ich bin allergisch gegen Zigarettenrauch.

Wenn ich einen allergischen Anfall kriege und in einem Notfall nicht zur Verfügung stehe, werde ich den Verantwortlichen sagen, dass Sie sich meiner höflichen Bitte mit Arroganz oder Ignoranz widersetzt haben. Suchen Sie es sich aus.«

Die beiden sehen sich erstaunt an. Ich deute auf die Überwachungskamera, die sie nun im Visier hat. Der Jüngere winkt der Kamera zu.

»Wir sind gleich fertig«, sagt der Ältere.

Dann wenden sie sich wieder von mir ab. Wie lange dauert es, bis eine Zigarette zu Ende geraucht ist?

Anstatt einen ausrangierten Krankenwagen zu nehmen, stehlen sie einfach einen, der noch in Betrieb ist. Mackenzie und Leon sitzen in dem Oldtimer auf dem Parkplatz des Davoser Spitals und schauen unablässig zur Notaufnahme hin. Ungefähr jede halbe Stunde fährt ein Krankenwagen vor. Als würden die Verletzten, die hierhergebracht werden, sich untereinander abstimmen, damit es nicht zu einem Stau kommt.

Leon hat beobachtet, dass die Sanitäter die Autoschlüssel stecken lassen, wenn sie die Patienten in die Notaufnahme bringen. Das ist zwar unvernünftig, aber wer rechnet schon damit, dass ein Krankenwagen an so einem Ort und in so einer Situation gestohlen wird? Die Sanitäter jedenfalls nicht. Die Frage ist allerdings, wie lange es dauert, bis der Diebstahl entdeckt wird und die Polizei eine Fahndung rausgibt.

»Die haben nachher Besseres zu tun, als nach einem Krankenwagen zu suchen«, sagt Leon.

»Da kommt wieder einer«, sagt Mackenzie.

Ihr Atem ist eine graue Wolke. Sie mussten die Heizung des Oldtimers abstellen, weil die Batterie in die Knie gegangen ist.

»Nehmen wir den?«, fragt sie.

Leon schaut auf die Uhr. In zwanzig Minuten müssen sie bei dem Kongresszentrum vorfahren.

»Ja«, sagt er.

Sie warten, bis die Sanitäter eine hochschwangere Frau ausladen und durch die Tür der Notaufnahme schieben.

»Jetzt!«, sagt Leon.

Sie springen aus dem Oldtimer, laufen über den Parkplatz und dann gebückt die Rampe hinauf. Als sie den Krankenwagen erreichen, blitzt hinter ihnen Blaulicht auf. Der nächste Notfall hat sich nicht ans Zeitmanagement gehalten.

»Schafft eure Kiste weg!«, ruft der Fahrer.

»Schon dabei«, sagt Leon.

Mackenzie und er steigen ein. Ein Blick zum Zündschloss, der Schlüssel steckt. Ein kurzer Druck auf den Startknopf, der Motor springt an.

»Na also, wer sagt's denn«, meint Leon.

Mit Vollgas rast Mackenzie die Rampe hinunter.

85 HAT MAN SIE VERGESSEN?

Seit die Frau von der Security sie in den Umkleideraum geführt hat, sitzt Afeni auf einer Bank und wartet. Sie hat darum gebeten, dass man ihr ihre Tasche bringt, weil sie ihre Medikamente darin aufbewahrt. Sie schaut auf die Uhr. Zeit für die Verwandlung. Sie schlüpft aus der Latzhose, legt das T-Shirt zusammen und verstaut beides in ihrer Tasche. Sie nimmt das Kleid, das alle Schattierungen von Ocker in sich vereint, und zieht es an. Mit der rechten Hand greift sie über die Schulter und zieht den Reißverschluss hoch. Über der rechten Brust trägt sie ein Schild mit ihrem Namen und dem Titel. »Botschafterin der Republik Tschad«. Sie bindet die Schuhe fest zu, falls sie, was Mwamba bewahren möge, rennen muss.

Noch einmal tief durchatmen, dann verlässt sie die Garderobe, geht den Gang nach links bis zu einer Tür, hinter der sich die Server und die Steuerung der Überwachungskameras befinden. Die Tür ist unverschlossen, wie Mackenzie gesagt hat. Hinter der Tür wird ein Mann sitzen, der die Überwachungskameras überwacht. Es ist ein recht einfacher Job, weil das dazugehörige Programm regelmäßig mit den Gesichtern und Bewegungsmustern der Leute gefüttert wird, die Zugang zum Zentrum haben. Bei verdächtigen Bewegungen schlägt das Programm autonom Alarm. Eigentlich braucht man den Mann nicht, aber das Vertrauen in die Technik hält sich naturgemäß in Grenzen. Afeni schlüpft durch die Tür.

Mackenzie hat ihr den Raum genau beschrieben. Rechts stehen die Racks mit den Servern, auf der linken Seite ein Tisch, darauf ein Monitor, eine Tastatur und davor ein junger Mann.

Er hat die Füße auf den Tisch gelegt. In den Händen hält er sein Telefon und scrollt durch eine Reihe von Fotos nackter Frauen.

»Hallo«, sagt Afeni.

Der junge Mann hat sie offensichtlich nicht kommen hören, denn jetzt wirbelt er auf dem Stuhl herum.

»Was machen Sie …«

Er bremst seine Empörung, als er das Kleid und das kleine Schild sieht.

»Ich habe mich verlaufen«, sagt Afeni. »Jemand hat mir gesagt, hier wären die Toiletten.«

»Nein, Frau Botschafterin, die sind auf der anderen Seite vom Gang. Aber die sind nur fürs Personal. Wieso hat man Sie hierhergeschickt?«

»Weil draußen vor den Damentoiletten eine lange Schlange steht.«

Das Phänomen scheint er zu kennen. Jedenfalls grinst er und nickt.

»Frauen und Toiletten«, sagt er. »Immer dasselbe Problem. Man müsste viel mehr Klos für Frauen als für Männer bauen.«

»Da haben Sie recht«, sagt Afeni.

Er geht an ihr vorbei zur Tür.

»Kommen Sie, ich zeige Ihnen den Weg.«

»Gerne.«

Er öffnet die Tür. Als er sich herumdreht, ist Afeni verschwunden. Auf seinem Gesicht zeigt sich Verblüffung. Er versteht nicht, wo sie hingegangen sein könnte. Der Raum ist klein, man kann sich nicht verstecken. Er versteht auch nicht, warum er plötzlich so müde ist, dass er sich kaum noch auf den Beinen halten kann. Noch bevor er es zu seinem Stuhl schafft, bricht er zusammen.

Afeni nimmt ihn an den Armen und schiebt ihn unter den Tisch.

86 DIE ÜBERWACHUNGSKAMERA BEWEGT SICH NICHT

Das heißt, Afeni hat es in den Technikraum geschafft. Das Problem ist nicht, in den Klimaraum reinzukommen. Dazu müsste ich niemanden in der Technik haben, sondern lediglich die Bewegung der Kamera abpassen. Das Problem ist der Moment, in dem ich den Raum verlasse. Ich werde dann keine Zeit haben zu warten, bis die Kamera von der Tür wegschwenkt. Das heißt, ich könnte gefilmt werden. Vielleicht ist das nicht von Bedeutung, wenn das hier vorbei ist und die Polizei und die Geheimdienste uns doch noch auf die Spur kommen. Aber ich darf nicht riskieren, dass jemand vor dem dazugehörigen Monitor sitzt und Alarm schlägt.

Ich gehe in den Klimaraum. Ich muss den schwarzen Schlauch mit den dünnen roten Streifen auf der rechten Seite lösen und mit dem Ventil der Kartusche verbinden. Ich mache es. Ein rotes Lämpchen blinkt. Aber das stört mich nicht. Es erinnert mich lediglich daran, dass ich nicht viel Zeit habe, weil die Anlage sich nach sechzig Sekunden abschaltet, wenn der Schlauch nicht wieder mit dem Ventil verbunden wird.

Dann fällt mein Blick auf das Ventil. Sofort bricht mir kalter Schweiß aus. Schlauch und Ventil sind unterschiedlich dick. Wenn ich den Schlauch über das Ventil stülpe, bleibt ein halber Millimeter Spielraum. Warum haben wir das nicht vorhergesehen? Oder haben wir es gesehen, aber der Bauplan erzählt uns etwas anderes? Ich nehme mein Handy, rufe den Plan auf, suche die Seite, auf der Größen und Abmessungen notiert sind.

Hier steht es. Der Schlauch hat laut Plan einen Durchmesser von einem halben Zoll. Das Ventil an der Kartusche einen Durchmesser von einem Viertel Zoll.

87 EIN ZUCKENDES BLAU HUSCHT ÜBER HAUSWÄNDE

Der Schnee auf Bürgersteig und Straße wird in ein unwirkliches Licht getaucht. Sogar die Schneeflocken verwandeln sich in taumelnde Farbtupfer, bevor sie gegen die Windschutzscheibe klatschen und von den Scheibenwischern beiseitegeschoben werden. Mackenzie lenkt den Krankenwagen die Talstraße hinunter zum Kongressplatz. Schon von Weitem können sie und Leon sehen, dass die Zufahrt gesperrt ist. Polizisten stehen gelangweilt neben Absperrgittern. Auf ihren Mützen und den Schultern ihrer Mäntel sammelt sich Schnee. Kleine Rauchwolken steigen von ihren Zigaretten auf. Neben Mackenzie rutscht Leon nervös auf dem Beifahrersitz herum, seine Hände wühlen in den Hosentaschen.

»Was ist?«, fragt Mackenzie.

»Ich kann den Ausweis nicht finden.«

»Hast du in deiner Jacke nachgesehen?«

»Da ist er auch nicht. Ich habe ihn aus meiner Tasche genommen und …«

Er schlägt sich mit der flachen Hand gegen die Stirn.

»Was?«, fragt Mackenzie.

»Er liegt im Oldtimer.«

»Scheiße! Was machen wir jetzt? Soll ich umdrehen?«

»Wir sind in einem Notfall unterwegs. Wie sieht das denn aus, wenn du auf einmal umdrehst? Fahr weiter!«

Sie erreichen die Absperrung. Die vier Polizisten treten von einem Bein aufs andere, um sich zu bewegen und die Kälte zu vertreiben. Eine Polizistin löst sich aus der Gruppe.

»Geht es um einen Notfall?«

»Herzstillstand«, sagt Leon.

»Wir haben keine Meldung.«

Die Polizistin geht zu ihren Kollegen zurück. Sie reden miteinander, schauen zu dem Krankenwagen hin.

Ein anderer Polizist kommt zur Fahrerseite.

»Schon in Ordnung«, sagt er und gibt seinen Kollegen ein Zeichen, woraufhin die das Absperrgitter beiseiteräumen.

»Danke«, sagt Mackenzie.

Sie gibt Gas, der Motor heult auf. Sie hat vergessen, die Handbremse zu lösen. Als sie den Hebel betätigt, macht der Wagen einen Sprung nach vorne und der Motor säuft ab. Die Polizisten sehen sie misstrauisch an.

Vielleicht sollte ich irgendwas in den Spalt hineinstopfen? Aber was? Ich spüre, wie mir der Schweiß den Rücken hinunterläuft. Ein Teil versickert in meinem Slip. Nicht gerade angenehm. Halt! Der Slip.

Ich ziehe die Hose aus. Stülpe den Schlauch über das Ventil, stopfe den Slip in den Spalt zwischen Ventil und Schlauch. Zuerst geht es, aber dann rutscht er wieder heraus. Was mache ich jetzt? Das rote Lämpchen blinkt schneller. Wie viel Zeit bleibt mir noch? Ich gerate in Panik, und mittendrin fällt mir etwas auf. In dem Plan steht etwas von einem roten Schlauch mit schwarzen Streifen. Was ich hier in der Hand halte, ist schwarz mit roten Streifen. Kann es sein, dass ich den falschen Schlauch gelöst habe?

Und es hat sich wie eine Ewigkeit angefühlt, bis der Motor endlich wieder angesprungen ist. Sie halten vor dem Haupteingang. Bevor sie aussteigen können, kommen ihnen zwei Männer von der Security entgegen. Einer will wissen, wieso sie hier sind. Leon erwähnt den Notruf. Aber davon ist nichts bekannt. Ein Mann, der sich als Beat Sigg vorgestellt hat, kommt dazu.

»Eure Kollegen waren schon vor einer Stunde da. Ihr kommt zu spät«, sagt er.

»Wir haben einen Anruf erhalten, dass es einen Herzinfarkt mit Atemstillstand gibt. Haben die Kollegen die Person mitgenommen?«, fragt Mackenzie.

»Nein.«

»Dann sollten wir sie vielleicht doch zur Sicherheit noch mal untersuchen. Wo ist sie?«

»Das weiß ich nicht«, sagt Beat.

Mackenzie steigt aus. Sie muss sich einen Moment an der Wagentür festhalten, weil ihre Beine nachgeben.

»Alles okay mit dir?«, fragt einer von der Security.

»Ist nur ein bisschen glatt.«

Sie geht hinter Leon und Beat in das Gebäude. Leon hält sich an seinem metallenen Koffer fest, als würde er sich ohne ihn verlaufen. Mackenzie staunt, wie groß die Lobby ist. Als sie in der Mitte angekommen sind, bleibt Beat stehen.

»Wartet hier«, sagt er. »Wenn ich sie gefunden habe, sag ich euch Bescheid.«

Er durchquert die Halle, verschwindet durch eine Tür mit der Aufschrift »Personal«.

Überall stehen Männer und Frauen in Anzügen. Einige tragen Sonnenbrillen. Sie sehen zu Mackenzie und Leon hin. Vorsicht und Misstrauen in ihren Blicken und Gesten.

»Wenn er nicht bald zurück ist, klapp ich hier zusammen«, sagt Mackenzie.

»Kein Problem. In dem Koffer ist ein Defibrillator«, sagt Leon.

Mackenzie lächelt.

Watson hat ihm die Wohnung versprochen als Dank für seine Dienste. Jetzt beobachtet Fonda durch das Fenster im ersten Stock, wie Watson auf dem Parkplatz hinter dem Kongresszentrum in eine Limousine einsteigt und wegfährt. Es ist so weit. Er macht sich auf den Weg in den Keller, wo sich sowohl der Sanitätsraum als auch der Raum mit der Klimaanlage befinden. Als er die Treppe hinuntergeht, riecht er kalten Zigarettenrauch. Die Überwachungskamera ist auf ihn gerichtet. Er senkt den Kopf. Stoppt vor der Tür.

Zwei Möglichkeiten. Entweder, Leela Faber ist bereits in dem Raum, dann wird er sie überwältigen und töten, oder sie ist noch nicht in dem Raum, dann wird er auf sie warten. Er klopft. Sobald die Tür auch nur einen Spalt aufgeht, wird er sich dagegen werfen.

Nichts geschieht. Er schlüpft in den Raum. Leela Faber steht vor ihm. Sie schraubt an der Verkleidung der Klimaanlage herum. Aber wieso hat sie die Hose ausgezogen?

>> 456

Ich will schnell in die Hose schlüpfen, damit er nicht auf dumme Gedanken kommt. Er sagt, ich soll die Hose auslassen und stattdessen das Werkzeug weglegen. Vermutlich denkt er, ich will die Verkleidung abschrauben. Dabei schraube ich sie gerade wieder zu.

»Leela Faber«, sagt er. »Hast du Sehnsucht nach mir gehabt? Es hat lange gedauert. Du hast dich bestimmt gewundert.«

Ihm ist nicht klar, dass in weniger als drei Minuten Gas durch die Kanäle der Klimaanlage bis in den Konferenzsaal strömt. Und ich werde es ihm auch nicht sagen.

»Sie haben Jakob umgebracht«, sage ich.

»Du meinst den Kerl bei der Forschungsstation. Nein, habe ich nicht. Ich hätte es getan, war ja schließlich mein Auftrag, aber auf einmal gab es diesen Riss, und der scheiß Eisberg ist abgebrochen. Dein Freund hat noch versucht, die Station zu retten. Aber da war es schon zu spät.«

Ob das stimmt? Warum sollte er lügen? Ich spüre die Babys in meinem Bauch. Zum ersten Mal eine Bewegung. Ein Fuß oder eine Hand. Ich schreie auf.

Er scheint meine Verwunderung zu sehen. Zieht die Stirn in Falten und grinst. Und bevor ich es noch sehen kann, hat er mir ins Gesicht geschlagen. Mein Kopf fliegt nach links. Das rechte Ohr pfeift. Mein Mund steht offen, ich kann ihn nicht mehr schließen.

»Du hättest bei den Büchern bleiben sollen«, sagt er.

Der nächste Schlag trifft mich auf der Brust. Ich klappe in der Mitte zusammen. Ich kriege keine Luft, muss mich übergeben. Er macht einen Schritt zurück, während ein saurer Brei aus meinem Mund spritzt. Dann nimmt er Anlauf, trifft mich im Gesicht, und ich stürze nach hinten. Für einen kurzen Augenblick wird der Raum um mich herum schwarz. Ich habe Angst, dass ich die Kontrolle verliere. Mit halb geschlossenen Augen sehe ich, wie er sich breitbeinig über mich stellt. Den Gürtel seiner Hose öffnet, während er mit einer Pistole auf meinen Kopf zielt. Ich sehe zu ihm hoch. Ist das der Moment, in dem es endet? Vergewaltigt und danach mit einer Kugel in meinem Gesicht?

Afeni kommt nicht.

Irgendwas ist schiefgegangen. Und während ich überlege, wie ich ihn aufhalten kann, dringt wie aus der Ferne ein Geräusch in mein Bewusstsein. Es ist ein hoher, spitzer Ton. Und er dringt aus Henry Fondas Mund hervor.

Die Augen aufgerissen, die Lippen zusammengepresst, das Gesicht vor Schmerz verzerrt, fasst er sich an den Hals. Er weiß nicht, was mit ihm geschieht. Wieso er nicht atmen kann. Aber ich weiß es. Durch seine Beine hindurch sehe ich Afeni. Sie steht hinter ihm wie eine stolze schwarze Königin. Den Blick wie eine Lanze auf ihn gerichtet. Scharf und fokussiert. Das Amulett drückt sie auf seinen Hals.

Er röchelt. Dann fällt er nach vorne. Als sein Körper auf dem Boden aufschlägt, höre ich Knochen brechen.

Afeni atmet schwer.

»Komm«, sagt sie.

Sie reicht mir die Hand und hilft mir auf. Ich rieche den scharfen, bitteren Wunsch nach Rache.

»Wir müssen uns beeilen«, will ich sagen.

Aber es kommt nur ein unverständliches Kauderwelsch aus meinem Mund. Mein Kiefer ist gebrochen. Ich ziehe die Hose an, bedeute Afeni, dass ich die Tasche holen muss. Danach gehen wir die Treppe hinauf in das Foyer. Von fern ist Geschrei zu hören. Trampeln von Füßen. Husten. Sirenen brüllen. Chaos bricht aus. Die Anzüge und die Sonnenbrillen stürzen zum Konferenzraum hin.

Wir gehen langsam auf Mackenzie und Leon zu. Beat steht neben ihnen. Er sieht mich an, in seinem Blick das pure Unverständnis. Was passiert hier? Menschen stolpern an uns vorbei. Die Gesichter rot und blau. Sie fassen sich an den Hals, husten Blut, taumeln und stürzen zu Boden. Bleiben zuckend liegen. Ich sehe sie. Wir verlassen das Foyer und steigen in den Krankenwagen. Mackenzie gibt Gas. Leon ruft Christa an, sagt ihr, dass wir sie abholen.

Dann fahren wir in Richtung Osten. Dorthin, wo die Sonne aufgeht.

EPILOG

Ich heiße Leela Faber, ich bin vierundzwanzig Jahre alt. Ich befinde mich in Isolationshaft in einer Einzelzelle im Hochsicherheitsgefängnis Tignez in Cazis, Mittelbünden, Schweiz. Die Anklage lautet auf zwanzigfachen Mord. Zwanzig Menschen sind ums Leben gekommen. Ehemänner und Ehefrauen, Väter und Mütter, Brüder und Schwestern. Menschen wie du und ich. Wenn ich daran denke, wenn ich sie mir in ihren Familien vorstelle, wie sie miteinander fröhlich sind, Geburtstage feiern, sonntags zusammensitzen, weiß ich, dass ich ein fürchterliches Verbrechen begangen habe. Und ich weiß, dass es dafür keine Entschuldigung gibt. Außer vielleicht einer.

Ich habe gesehen, was sie getan haben, um ihre persönlichen Interessen über das Wohl von Millionen zu stellen. Ich habe erlebt, wie sie in ihrer grenzenlosen Gier Hunger, Not und Sterben in Kauf genommen haben. Ich habe verstanden, welche schier unermessliche Macht sie haben und wie unbedeutend, machtlos und hilflos wir sind. An diesem Punkt war ich so verzweifelt und so wütend, dass ich keinen anderen Weg mehr gesehen habe, wie ich sie aufhalten sollte.

Aber jetzt frage ich mich, ob Verzweiflung und Wut so eine Tat rechtfertigen. Afeni meint, ja. Für sie haben wir in Notwehr gehandelt. Mackenzie sieht in uns eher so jemanden wie die biblische Judith, die den Tyrannen Holofernes geköpft hat. Und ausgerechnet Leon behauptet steif und fest, wir hätten wie Stauffenberg keine andere Wahl gehabt und einen Beitrag dazu geleistet, die Erde wieder zu einem Ort zu machen, an dem Mensch und Tier leben können. Ist das so?

Es stimmt, viele Länder haben jetzt begonnen zu handeln, haben Kohlekraftwerke abgeschaltet, die Rodung der tropischen Wälder gestoppt, den Verbrauch von Ressourcen reduziert. Machen sie das wegen uns und dem Anschlag? Und nützt das überhaupt noch etwas? Jedes Mal, wenn ich mit Mackenzie darüber gesprochen habe, hat sie gesagt, ich solle mir den Klimawandel wie ein riesiges Containerschiff vorstellen. Von dem Moment an, in dem das Schiff die Motoren abschaltet, bis zu dem Moment, in dem es zum Stehen kommt, gleitet es noch viele Meilen weiter.

Ich weiß nicht, wie du darüber denkst, jetzt, wo du die ganze Geschichte kennst. Vielleicht denkst du, dass ich krank bin, eine Wahnsinnige, dass Mackenzie, Leon, Afeni und ich einfach nur Mörder sind, die hart bestraft werden müssen. Ich kann das verstehen. Wenn es ganz still ist, so wie die meiste Zeit in meiner Zelle, begreife ich selbst nicht mehr, wie ich so etwas tun konnte. Dann kommt es mir so vor, als hätte ein anderer Mensch die Tat begangen. Vielleicht war es so, und ich muss jetzt einfach nur noch mit diesem anderen Menschen eins werden. Ich habe ja genug Zeit. Zeit, um endlich mein Buch fertig zu schreiben. Denn ich weiß jetzt auch, wovon es handeln soll.

Ich denke immerzu an meine Freunde. Mackenzie und meine kleine Schwester Christa sind vor einer Woche untergetaucht, als klar wurde, dass auch Mackenzie wegen Mordes angeklagt wird. Niemand weiß, wo sie sich aufhalten. Afeni ist auf der Flucht. In den Nachrichten heißt es, sie sei zurück nach Afrika gegangen. Leon ist wegen Beihilfe zu einer terroristischen Straftat angeklagt worden. Der Mörder von Paulus Moses ist unerkannt entkommen. Abel Odessa ist an einem unbekannten Virus gestorben, die Sekte hat sich danach aufgelöst. Undine von Broch ist immer noch Kanzlerin. Diana Falk hat sich in ein Resort auf der Südinsel Neuseelands zurückgezogen. Und Francis Watson, der auf unerklärliche Weise den Anschlag überlebt hat, hat inzwischen einen umfassenden Deal abgeschlossen, der es den Black Seven erlaubt, nahezu fünfzig Prozent der Energieversorgung der Welt durch die Installation von Solarfeldern in Südeuropa, Afrika und Südamerika zu gewährleisten. Sie nennen sich jetzt Green Seven.

In fünf Monaten kommen meine Babys zur Welt. Ich werde sie nach meiner Mutter und Jakob benennen. Die Pflegefamilie, die sie aufnehmen will, sind nette Leute. Obwohl auch sie viel Hass abkriegen, lassen sie sich dadurch nicht abschrecken.

Wenn ich eines Tages das Gefängnis verlassen darf, werden Gita und Jakob etwa so alt sein wie ich jetzt. Ich weiß nicht, was sie dann über mich denken, aber ich hoffe, dass es die Welt dann noch gibt und sie darin leben können. Denn das würde bedeuten, dass ich nicht alles falsch gemacht habe.

Oder?

DANKSAGUNG

Ein Roman wie 2,5° entsteht nicht, indem ich eine Geschichte im Kopf habe, mich an den Schreibtisch setze und meine Finger in die Tasten drücke. Es ist wie bei einer Wanderung. Das Ziel steht fest, aber unterwegs treten Hindernisse auf, Verlockungen, neue Wege. Brücken verschwinden, das Wetter wird schlecht und die Hotels schließen überraschend. Und irgendwann ist sogar nicht mal mehr klar, ob das Ziel noch erreicht werden kann oder ob es seine Attraktion verloren hat. Auf diesem Weg haben mich viele Menschen begleitet, mich an der Hand genommen, den Finger auf den Routenplan gelegt und mich ermutigt, angetrieben und auch gebremst, wenn ich die Courage zu verlieren drohte. Einigen von Ihnen will ich hier meinen herzlichsten Dank aussprechen.

Meiner Frau Rosi, die stets als erste erfährt, wenn es Zweifel am Kurs gibt, mir zuhört und die richtigen Fragen stellt.

Meiner Tochter Emilia, die mir mit ihrem feinen Vorbild gezeigt hat, dass der Proviant sich ändern muss.

Meinem Freund Max, der mir unermüdlich hilft, mich als Schriftsteller zu finden.

Wolfgang Wolters, der eine brillante Idee für den Schluss hatte.

Monika Boese, die als Lektorin bei so manchem Kurswechsel stets ein waches und kluges Auge auf das Konzept hatte.

Lothar Strüh, der mit viel Erfahrung dabei half, den Text in eine Form zu bringen, in der er zu einer spannenden Geschichte werden konnte.

Meinen Mitstreitern bei Parents-for-Future Berlin dafür danken, dass sie mir gezeigt haben, dass die Klimakrise kein Schicksal ist, welches wir einfach hinnehmen müssen. Und nicht zuletzt will ich Greta Thunberg stellvertretend für all die

Kinder und Jugendlichen bei Fridays for Future dafür danken, dass sie unermüdlich dafür kämpfen, die Welt als einen lebenswerten Ort zu erhalten.

Euch allen gilt mein innigster Dank.

Berlin, Oktober 2020,
Noah Richter